XI
QIAN
HUA

洗铭华

七月荔 著

江苏凤凰文艺出版社
JIANGSU PHOENIX LITERATURE AND
ART PUBLISHING

第十一章　一直都是你　173

第十二章　我向来喜欢忽略他　187

第十三章　我想让一个人消失　204

第十四章　那定是极为痛苦的童年　219

第十五章　有没有罪　233

第十六章　你不信我，从来都没有信过我　247

第十七章　大结局·上　267

第十八章　大结局·下　294

第十九章　仲溪午番外篇　307

第二十章　华戎舟番外篇　318

第二十一章　仲夜阑番外篇　332

目录

第一章　保命攻略·上　　　　　　　001

第二章　保命攻略·下　　　　　　　022

第三章　你究竟是不是华浅　　　　　039

第四章　身体受了伤，心也会变脆弱　057

第五章　决不会再肆意揣测你　　　　075

第六章　明知是非而不言对错　　　　089

第七章　一个人的努力只是徒劳　　　103

第八章　反派之所以是反派　　　　　122

第九章　惦记　　　　　　　　　　　138

第十章　我没有……他了　　　　　　158

第一章

保命攻略·上

1

"礼成——送入洞房。"

陌生又尖细的声音刺入耳膜，我下意识地皱起眉头，勉强睁开眼后入目是一片红。

我想抬手扯去挡住视线的那抹红，却发现身体竟然无法动弹。

耳边声音不断——

"恭喜晋王得此贵女……"

"华小姐和晋王真是郎才女貌……"

……

直到屁股挨着床榻，耳边渐渐安静下来后，我才发现自己终于有了对身体的掌控权。

我迫不及待地扯下那抹红色，眼里总算有了些别的颜色。

我低头一看手里的那抹红：红盖头？

再看自己的衣服：凤冠霞帔？

我抬起头：古色古香的屋里，烛火摇曳。

我僵硬地转动脖子，看到一个眉清目秀的丫头，十六七岁的模样。

只见她一脸惊慌，抬手夺过我手中的盖头重新给我盖上："小姐，大婚之夜，这盖头是要等王爷过来揭的，你怎么能自己拉下来？多不吉利！"

视线再次被红色占据后，我傻愣了片刻，结合刚才听到的喧哗声，我终于慢慢反应了过来。

想起方才一路上听到的恭维声：晋王、华小姐……

听着真是分外耳熟。耳边又响起那丫头的声音，彻底证实了我的猜想："小姐，你如今嫁入晋王府，可不比在华府自在了，夫人之前还一再叮嘱奴婢……"

晋王、华府……我试探性地开口："千芷？"

"奴婢在。"回应声响起后，我闭上了眼，深吸了口气，努力遏制住自己想口吐芬芳的冲动。

因为方才我叫出的这个名字，正是我熬夜追的小说里一个丫鬟的名字，所以我这是……穿越了？

只是因为熬夜追小说，忍不住在上班时打了个盹儿，结果一睁眼我就结婚了？对象还是我熬夜追的小说里的男主——仲夜阑。

作为一个刚大学毕业的二十三岁适龄女青年，正是我相亲……啊呸，正是在社会大展宏图的好年纪，怎么打个盹儿就穿书了？

努力按捺住如一团乱麻的心绪，我再次扯下了盖头。无视千芷的阻止，我别扭地开口："千芷，你……去帮我备些热水，我身子……乏了。"

"可是等下王爷……"

"他不会来的。"我打断了千芷的话，径直走到镜子前，开始拆凤冠。

因为我穿越进的这个身体的原主人，并不是那本小说里的女主……而是最不讨喜的"白莲花"女二号。

作为小说里最不讨喜的恶毒女二号——华浅，她如所有言情文里的恶毒女二一般颇为工于心计，行事也是狠辣无情，今日的这场婚礼，在原小说里也是她谋划来的。她先是对男主下药，假装失身于他，之后又假装为清白自杀未遂，才如愿嫁入晋王府，正是所有"白莲花"惯用的套路。

好在小说里男主角虽娶了她，但是从未碰过她，可能是作者有心理洁癖，这倒是让我也松了口气。

身后的丫鬟千芷踌躇许久还是默默退下了，按我吩咐的去做。

剩我一人的梳妆台镜子里，果然是一张陌生的脸。只见镜中人眉目如画、顾盼生姿，尽显柔弱之姿，果然是男人最喜欢而女人最讨厌的长相。

行若扶柳，心如蛇蝎。

这八个字是我看完小说后对女二的点评，其父亲是当朝宰相，华氏一族也是世家贵族。她生得是柔美无辜，琴棋书画也是样样精通，可偏偏一手好牌打得稀烂。

原来华浅和男主仲夜阑算是自小便认识，男主前期因误会错认，才对她倾心。而真正的女主名叫牧遥，其父亲是边城太守，因政绩斐然才调到京城任职，由此也开始了这段三角虐恋。

坐在热气腾腾的浴桶里，一直悬空的心也没有半点缓和。

一方面是我无缘无故穿书这一事实的冲击；另一方面是我在害怕……小说里女二的结局可是非常之惨，因其恶毒，所以作者给她安排了一个大快人心的悲惨结局——先是沦落勾栏，然后万箭穿心而死。

看的时候只感觉痛快，可是换到了我身上，想想就心口疼。

只怪我穿越过来的时机太倒霉，今日的这场婚礼算得上是小说的转折点，因为婚礼过后的第十天便是女主一家被斩首之日，罪名则是女二的父亲华相一手编造的"叛国"。

女主之前在全家的掩护下没有被抓入狱，想找男主求助却撞见仲夜阑和一直假称是自己好姐姐的华浅的婚礼。万念俱灰之下，女主暴露了行踪，被男主察觉后，男主便把她藏了起来。之后女主无能为力地看着自己的亲人在午门被斩首，女主开始忍气吞声地躲在晋王府，一方面和男主虐恋情深，一方面追查真相。

按小说里的情节发展下去，接下来就是女主牧遥性情大变，开始触底反弹的爽文路线了。在女主光环的庇护下，她不仅找出了华氏的罪证，还和男主敞开了心扉。最后在男主帮助下，她面圣陈情，使作恶的华氏一族也落得同样的下场，男子皆斩首，女子入奴籍。

回忆得入了神，浴桶里的水凉了我都没有察觉，还是屏风后千芷的声音打断了我的回忆："小姐……王……爷在前厅喝多了，怕惊扰你，托人传了口信，说今晚就在书房歇下了。"

果然和小说一样，此时男主应当是发现了女主的踪迹，两个人正在上演虐恋情深的苦情戏码。

掬了捧半凉的水泼到脸上，才让我混乱的脑子好了些。我起身开始更衣，我需要厘清自己的思绪，就先不管他们了。

虽不知我来到这里是何缘故，但是目前我需要应对的形势并不乐观，与其想着一些没用的抱怨，还不如快些接受再谋新出路。毕竟我可不是原主华浅，不能就这样坐以待毙。

那么如今第一个问题是女主牧遥。原华浅做了那么多坏事，此时牧遥刚识破她的真面目，就算我现在跪在牧遥面前剖腹自尽忏悔，她也未必会原谅，所以我只能另辟蹊径、徐徐图之。

第二个问题是男主仲夜阑。他目前之所以喜欢华浅，是因为错把小时候遇见的那个姑娘认成了她，现在知道此事的只有当事人牧遥和我。这件事就像一颗定时炸弹，必须由我告诉仲夜阑，因为若是从牧遥口中说出来，恐怕我就更死无葬身之地了。

不过在小说里，可是虐了两百多章后牧遥才告知他这件事，现在我还有差不多一百章的时间去改变剧情，至少扭转一下仲夜阑的看法，最好让他在心里能对我……有所亏欠。日后我说出来此事，可以互相抵消，不然我现在作死地跑过去说，恐怕暴虐的男主会直接拿刀砍我。

前途未卜，随遇而安，我要……活着，这是我穿越过来之后唯一的念头。

2

一夜辗转反侧，感觉我刚睡了片刻，千芷的声音就在帷帘后响起。

"王妃，时辰不早了，该起了，今日还需进宫呢。"

这个称谓让人颇感不适应，看着千芷一脸的喜气洋洋，我心里却是压抑得很。

昨晚忧思过重，整晚勉强睡了两三个时辰，现在头沉甸甸的。

强行按捺住自己的不自在，任由千芷给我梳妆打扮。

只是看到一柜子的白色罗裙时，我还是不由得皱起眉头开口："这怎么都是白色的？"

千芷一脸惊讶地看着我道："小姐不是向来只喜欢白色吗？"

这"白莲花"还真是紧紧贴合自己的人设呀。

正欲开口让千芷日后定做一些其他颜色的衣服，忽然听到门外有声音传过来："奴婢见过王爷。"

转过身，看到一个高大的身影逆光而立，初晨的太阳透过他的轮廓落在地上，我微眯双眼，才看清他的面容。

这还是我和名义上的相公第一次见面。

一张薄冰般冷漠的容颜一点点从阳光里走到我的眼前，这张脸逆着日光透出些许苍白，站在面前俯视我时，目光仿佛冰刃，能刺到人心头上。

果然生得好相貌。

回想起关于男主的设定，他的性情和大多数言情小说里的套数一样，暴虐冷血，唯独对所爱之人柔情。一开始因为误会，以为女二是他所爱，才会庇护她，在发现了自己的真爱并识破女二的真面目后，才幡然悔悟，不再看顾女二半分，任她自生自灭。

只见眼前的仲夜阑长腿一迈，几步到了我身边，开口："昨夜贪欢多喝了几杯，怕惊扰你，便在书房睡下了，阿浅可会怪我？"

看着他微微闪躲的目光，我回忆了一下，现在的牧遥应该是被关在这晋王府的哪个地方。他已经对女主动了心，偏偏自己不知，果真是当局者迷。

心里无数念头闪过，面上却是半点不显，我按昨日找千芷恶补的礼仪行了一礼，开口："臣妾不敢。"

说多错多，在没有探明白处境之前，我还是谨言慎行比较妥当。

然而礼刚行到一半，一双宽大的手就把我拉了起来，仲夜阑的掌心如同两把烙铁烫在我的手腕。

此时他眼里的疼惜也是真心实意的，在看清华浅真面目之前，小说里的仲夜阑确实是真心对她好的。

"你我之间不必用这些称谓，还像以前一样唤我就行。"

强忍着想从他手中抽出自己手腕的冲动，我抬头冲他一笑，一如之前那个刻意伪装温婉纯良的华浅。

时间紧，来不及用早餐，我就和仲夜阑坐上了进宫的马车。

一路上仲夜阑的眼神飘忽不定，心里应该念着不知该如何安置牧遥吧。

一辆马车上的两个人，明明是最亲密的关系，却无半点亲密。仲夜阑还没察觉，而我如同一个造物主一般旁观着。小说里的女二有没有可能也是察觉到仲夜阑对她无意，才会步步错下去呢？

我不由自主地摇了摇头，现在保命都来不及，哪还有时间想这个？

行驶的马车突然停了，皇宫到了。

仲夜阑先出去，我也跟着他探出身子，就看见他微微一笑冲我伸手。

真是恃美逞凶，这一笑让我脚下一空，差点跌落下去。

还好仲夜阑手疾眼快地上前扶住了我歪倒的身子，我不由得面上一窘。

好歹我也二十三岁了，怎么穿越到一个十七岁的姑娘身上，自己脸皮也变薄了呢？还一副没见过世面的样子。

一路无言尾随仲夜阑来到宫殿，老远就看见座上一个明黄色的身影，不等我们走近，就见他走了过来。

"皇兄终于来了，昨日我还想着去晋王府给皇兄道贺，母后劝我说，怕惊扰到你们，我才作罢。"

听到声音，我微抬眸，看到了一张和仲夜阑的脸有五分相似的面容。只是仲夜阑像冰刃一般有攻击性，这个皇上则是如同美玉，带着玲珑剔透的柔和。

这应该就是小说里的男二了，当今皇上——仲溪午，他是仲夜阑的弟弟，在未来对牧遥一见倾心，甚至力排众议，想要立她为后，于是由此开始了狗血的兄弟之争。

我发现很多作者都有这种恶趣味，似乎很喜欢看兄弟为一人反目成仇。

说起来文中还有一个男三伍朔漠，身份是他国的皇子，他在原小说开头夜探皇城时差点被捉，因牧遥无意之中相助才得以逃脱，于是他也就此陷入这场玛丽苏之争中。

这样想下来，牧遥果真是女主光环环绕，三大杰出青年都拜倒在她的石榴裙下。和我形成明显的对比，回想起来，小说里华浅身边好像连一个真心相待的人都没有。

我心情顿时有点不舒坦了，这作者也太偏心了吧，难怪女二都是恶毒的，条件明明那么好，却人人只爱女主，时间一长难免会心理扭曲。

突然感到有人在身后轻轻碰了碰我，我回头看到了千芷焦急的面容，才发现仲夜阑他们已经走出几步远，我还像根木头一样杵在原地。原来方才他们寒暄完，便准备相携去太后的宫殿，而我走神就被忘在了原地，前面高谈阔论的两位倒是没发现身边少了个人。

快走几步赶上，仲夜阑可能是以为我会自己跟上，就没提醒我，而这个皇帝仲溪午嘛，从头到尾都没看我一眼，倒像在刻意忽视我。

进了太后寝殿，看到上面坐着两个华服之人。面带皱纹、头发半白的应该就是太后了，另一个……应该是小说里宠冠六宫的戚贵妃，皇帝并未立后，因此后宫如今是她一人独大。

"儿臣、臣妾见过太后娘娘。"

太后笑得满目慈祥，像极了好脾气的老人。我却不敢掉以轻心，毕竟是在上一轮宫斗中赢到最后的女人。

而且，小说里她并不喜欢华浅，因为作为后宫里的女人，她向来最厌恶用柔弱博取人心的伎俩。

果然没说几句，太后就把目光转到了我身上，一改方才的和蔼："既然如愿嫁入了晋王府，往后就收收心，好生做晋王妃，别做出什么有失身份的事情！"

太后和皇上定是知道华浅嫁过来的真相，才这般不喜，也就是说，全世界只有仲夜阑能被华浅套住，旁人都清醒得很。

果然是虐文里惯用的套路，一开始男主总是相信女二。

经昨天一夜，我已经接受了这个事实，逆天改命太难，但是为了活下去而去改变一个人的看法，应该就比较容易了。

若是往常的华浅，定会委屈地向仲夜阑求助，所以太后说得这样狠估计也是想激我一下，若我面露委屈，她就可以趁机多敲打我一阵。

"太后教诲，臣妾铭记在心。"我抬头直视太后，努力把她想象成要给我涨薪水的老板，目带虔诚。

太后没想到我是这种不卑不亢的反应，目光闪了闪，又不死心地开口："记住没用，做到才行。"

我忍不住要喜欢这个老太太了，这疾恶如仇的可爱模样让我差点笑出来，我的萌点还真是奇怪。

"臣妾日后定当言行如一，克己复礼。"

这一番假大空的话说出来我毫不脸红，太后脸色稍缓，连一旁的皇帝听到这话也不由得瞥了我一眼。

恶毒女二保命攻略第一步：改变形象。

3

寒暄了片刻，皇帝和仲夜阑便借着探讨国事离开了，算起来仲夜阑年少时就养在皇后身边，自然和仲溪午关系不错，而此时仲溪午还没有见过女主，二人也不曾反目。

我则是带着假笑听太后和戚贵妃闲聊，太后终究对我有意见，所以刻意把我冷落在一旁，戚贵妃也不敢违背她而找我搭话。

一群人就旁若无人地聊着，我反正是未觉得有半分尴尬，因为我之前每次和老板们出去吃饭时，都是极力降低自己的存在感，所以像这样做一个无声的旁听者，我是再熟练不过了。

只是昨日没睡好，脑袋还是一阵阵地疼，默默抬手揉了揉太阳穴，就听见太后的声音传过来："晋王妃这个模样是对我的话有什么不满吗？"

我手一顿，就对上了太后略带冷意的目光。

我就是走神揉了揉脑袋而已，她们说了什么？

还好不等我回答，太后又开口："你来说说，为女子者，什么为重？"

思维急速地转动着，想了想小说里太后的性情，我犹豫了片刻后开口："回母后，古人曰，女子有四德，德、容、言、工。"

"你也知德排第一位，日后就好生修身齐家，当好阑儿身边的贤内助。"太后看我回答得中规中矩，就淡淡地敲打了一番。

果真是看我不顺眼，不放过任何说教的机会，女二作的妖让我来赎罪。

"臣妾定当牢记。"我敛眉垂首，做出恭敬的模样。

一旁的戚贵妃见气氛不好，颇有眼色地转移了话题，提起御花园池塘里新添的金鱼。

太后听到金鱼，生了兴致，于是一拨人浩浩荡荡地出去观鱼，我亦是乖乖地跟随着。

看着一堆人对着池塘里的鱼评头论足，我心里生出些说不上来的滋味。这后宫女人果真过得无趣，只是见了几条金鱼而已，却这般欢喜。

有妃嫔想讨好太后，一直往她身边凑，我就顺其自然地站到了角落。

无意之中感觉太后似乎看了我一眼，我望过去却没有捕捉到她的目光，只当是自己多心了。

看着池边的一堆人，我突然想到很多水中救人的小说情节，说起来我在现代也是学过几节游泳课的。

若是太后失足落入水中，我能凭借自己三脚猫的游泳功夫救了她，那她定会对我一改从前的印象，说不定还能成为我的靠山，让日后得知真相的仲夜阑不敢轻易动我。

不过这也只是我自己想想，瞎乐罢了，太后又不傻，怎么会自己往水里跳呢？再说恐怕也没有人敢把她推进水里。

被自己天马行空的想象逗得想笑，但还未等我笑出来，身后突然传来一股力，我的笑容顿时僵在脸上。

"扑通！"

人果然应该一心向善，心思歪了就会有恶果，就如同此时的我，只是想了想就遭了报应。

"天啊，晋王妃掉水里了，快来人——"

戚贵妃的惊呼声戛然而止。

因为她看到我用蛙泳的姿势自力更生地游回了岸边，然后在丫鬟的帮助下爬上了岸。

本身我掉的地方就离岸边很近，所以这一系列事情发生得很快，快到连太后都目瞪口呆起来。

"你何时学会这种……"太后极为艰难地开口，似乎在想措辞形容我的泳姿。

现在是初秋时节，天气虽不算冷，但全身湿漉漉的我仍忍不住哆嗦了一下。

看到我狼狈的模样，太后便收了自己的询问，命左右奴婢带我下去更衣。

她虽讨厌我，但也只是口头上教训罢了，不会刻意晾着我受罪。由此看来，这个老太太倒是没有那些腌臜的小心思，我心里也默默制订了日后的巴结路线。

跟着两个宫女到了一个宫殿，她们效率极高地备下了热水。我随便泡了一下，驱了驱染上的寒意就赶紧起来更衣，毕竟太后还在等着呢。

刚套上外衫，坐在镜前擦拭头发，就突然从镜中看到我身后一声不响地站着一个女的。

这丫鬟怎么这般不懂规矩？我回头，看到她明显有别于宫里奴婢的华丽打扮，心里一愣，顿时反应过来，目无波澜地看向她。

我们两个人诡异地沉默了许久，没办法，不是我故意装得高深莫测，实在是我不知道她是谁呀，万一开口说错话怎么办？

终于，华服美人先开了口："浅妹妹终于得偿所愿做了晋王妃，我这个做姐姐的，真心替你高兴。"

姐姐？

我极快地反应过来，小说里华浅是华府独女，因此华相只能从华氏旁支里挑出一女子送入皇宫，算起来我应该叫她堂姐。

不过这个堂姐嘛……可是小说里导致华府满门抄斩的重要人物呢。她先是利用华相的势力和帮助，一步步在后宫越爬越高，后来见华相势弱便反插一刀，向女主牧遥示好。

当然了，小说最后她也没有什么好下场，这种扒高踩低的墙头草，也只是一个炮灰罢了。

"华美人这般悄无声息站在人身后的祝福方式，真是平白吓人一跳。"我放下手里擦头发的布帛才开口说道。

看到我这漫不经心的态度，华美人眼里闪过几分不屑，却还是面带笑容地说："浅妹妹怎么如今与我这般生疏？想当初你我二人可是关系极好的。"

虽然华府确实是罪有应得，她倒戈也算是为民除害，不过她这种墙头草，反水也只是为了自己的利益罢了，我仍旧是看不过去的。所以我并未回话，转身拿起梳子开始整理头发。

从镜子里看到被无视的她脸上明显挂不住了，我才开口："华美人既然已经入了宫，日后还是莫要与我姐妹相称了，我可担不起这一句……妹妹，免得惹人笑话。"

只有后宫里的女人，彼此才姐妹相称的。

华美人虽然眼里几经变幻，但还是没有对我发作，毕竟她自己的老爹不成器，只是个七品小官，她全靠华相的势力才能在后宫步步攀升。

"是我失言了，和晋王妃许久不见，好不容易才安排见上一面，一时亲切才口误了。"她能屈能伸地回道。

我心里一突，握着梳子的手一紧，回头问她："安排？"

华美人面色闪过不自然，还是回我道："晋王妃身边围绕着太多人，太后也是心心念着你，我想和你说些体己话，才出此下策。"

"方才是你安排的人……推我下水？"

"岸边早有熟水性的嬷嬷候着，是不会让晋王妃受伤的。"华美人急忙忙地解释，"后宫的眼线太多，只有这样才不会引人猜疑。"

脑子飞快地转着，我心底越来越凉，比方才落水时感觉还冷。她不过是一个美人，哪里能在后宫只手遮天？想起太后之前似乎若有若无地看了我一眼，太后会不会以为我是刻意站在外围，以配合华美人行事？我心里一阵恼火。

小说着重描写男女主的戏份，作为女二的华浅和炮灰华美人，只是简单提了几句她们相互勾结，传递情报，并未详细描绘如何勾结。

现在我穿越过来，应是补充了小说情景外的故事。

心思百转，我当即准备斩断和这华美人的任何联系，一是斩断华相在后宫里作恶的手脚，二是处理华美人这个眼界狭隘的——墙头草。

4

"华美人心思未免过重，有事大可直接与我说，何必如此遮遮掩掩？"我冷言开口。华美人一愣，开口委婉地说道："这后宫里事情太多，有些事情还要劳烦妹妹回禀华相……"

"荒唐！"我努力拿出最凌厉的气场呵斥她，"华美人莫非昏了头吗？我父亲为何要知道你这后宫之事？"

看我义正词严的模样，华美人被我整得一愣一愣的，忽然她一笑，略带几分自得地走近了几步，开口："这里我都打点好了，没人会注意的，晋王妃可以放心。"

这种智商是怎么在后宫混的？看来小说里她活到华氏倒了之后才死，应该全是皇上刻意放纵，用她来钓出华府，要不然她怎么可能活那么久呢？

"华美人说这话我就不明白了，有什么话非要遮遮掩掩？"我故作糊涂，加上华浅这副好相貌，看着确实无辜。

我一而再、再而三地装傻，华美人也被带出了几分气性，她略带讽刺地开口："晋王妃可真是健忘，当初华相送我入皇宫，又多加栽培，可不就是为了我能在这后宫相助于他吗？"

听到此话，我带上三分惊讶、七分难以置信地开口："华美人真是糊涂了吗？当初你一心要进宫，叔父官职太低，无能为力，父亲因为手足之情，才略施援手，怎么到你这儿就成了我父亲攀权附贵了？！"

华美人被我"精湛"的演技唬住了，仿佛从未见过我似的傻愣着。我便努力做出痛心疾首的模样，不等她回话就开口："念在你是我堂姐的情分上，此次落水一事我不会告诉旁人，亦不会追究，只望华美人日后莫要再耍此等心机，伤往日情分了。"

推锅谁不会呀？借此机会把和她的联系一刀两断也好，华府有罪，华相人的确坏，但是不能由她这种小人来推波助澜。

"晋王妃今日是魔怔了吗？若不是当初你一心痴恋晋王，华相如何会把我送入皇宫给他铺路？"华美人被我几番抢白，终于恼羞成怒地开口。

我则捂住心口做出伤痛的模样，把华浅柔弱的"白莲花"形象发挥到极致："华美人这话好生伤人啊，我心向晋王不假，可是父亲若真想在后宫安排人手，华氏一族貌美女子那么多，父亲何必选你？你曾说自己对皇上痴心一片，父亲顾及与叔父的手足之情才破例帮你，可怜父亲一番好意却惨遭误解。"

华美人被我气得脸都涨红了，因为我不但颠倒黑白，还骂她丑。

不等她反驳，我又极为郑重地开口："日后我会告诫父亲不要因为手足之情而一再破例了，华美人既然对皇上痴心不改，那就别把心思放到其他地方，从一而终这个道理不用我来教了吧？"

话说完，我就披头散发地出去找丫鬟梳头了，步速极快，完全不给她反应的时间。

刚出了门，隐约看到拐角处闪过明黄色的影子，正欲过去查看就听到有丫鬟唤我，终归刚才我表现得是那么公正大义，我也不担心会有偷听的人，所以就装作不知，跟着丫鬟去一旁整理我的仪容了。

梳完头发，我就跟着丫鬟回到了太后的宫殿，刚踏过门槛，一个高大的身影就冲到了我的面前，与此同时，一双大手握住了我的肩膀。

"你没事吧？"

看到仲夜阑用满是关心的目光把我从头到脚扫了一个遍，我心中默念——

这是女主的男人……

这是女主的男人……

……

给自己洗完脑后，我才装作羞涩地低头，遮住自己无半点情愫的眼眸："王爷不必忧心，我并无不妥。"

话出了口我才察觉不对，"我"字说得太顺口了，应该自称"臣妾"才对。

然而并未有人提出我的称谓不当，礼教森严的太后竟然满带笑意地开口："方才要不是我拦着，恐怕阑儿就要飞奔到侧殿去找他的王妃了，当真是对我不放心。"

仲夜阑倒是不客套，半是抱怨地说道："好好的人交给母后，不到半天就出了事儿，这让我怎么放心得下呢？"

"你还真是个没良心的，有了媳妇儿就忘了娘。"太后故作恼怒地说道，眼里却未见半分怒气。

看向我的目光也柔和了些，果然……我赌对了。

"怎么这么热闹？朕错过什么了吗？"

仲溪午挑开帘子走了进来，一众人赶紧跪拜。他倒是无半点帝王的架子，笑着招手在太后身旁坐下。

"你的皇兄成了亲，眼里就只有自己的娇妻，还开始说教我这个半老婆子了。"太后笑着对仲溪午开口。

仲溪午朝我看过来，目光停了片刻才收回，我则是眼观鼻、鼻观心地跟着仲夜阑入座。

太后笑闹了片刻后，冲我招了招手："浅丫头到我这里来。"

屋里气氛一顿，许多人，包括仲夜阑，都目带惊讶之色，好奇太后怎么突然对我如此亲近。

我老老实实地走了过去。

走近之后，太后突然从手腕上脱下一只白玉镯子，拉起了我的手，戴到我手腕上，开口道："这是先帝赏赐给我的，如今我把它送给你。"

我一惊，忙推辞道："这怎么敢当？"

然而手还未抽出来，就被太后紧紧握住，她又说："我知道你是个明事理的孩子，知道什么该做……我既然赐给你了，你收下便是。"

抬眸对上太后略带深意的眼眸，我心里一跳。她满是细纹的手在我的手背上拍了拍，如同拍在了我的心头上，感觉格外沉重。

这是示好，也是……警告，果然，方才落水之事不简单。

"母后一番好意，晋王妃收下便是。"一旁的仲溪午也开了口。我只得低头应和，明显感觉到各异的目光投过来，让我的脊背硬生生出了一层薄汗。提心吊胆地用过午膳，方才离开皇宫，太后也未再多说什么。

马车里。

仲夜阑突然开口："阿浅今日似乎颇得母后欢心，还未曾见过母后这般亲近地待你。"

我一愣，这话的意思是，他一直都知道太后不喜欢我，所以今天太后对我好点他就察觉出来了。

本来以为他之前见我被太后说教却不言语，只是因为他不知太后对我的敌意，原来他一直都知道。

这一下子就能看出来差距，果然因为是女二，为了满足观众疾恶如仇的阅读感受，所有的事儿都得自己扛。

仲夜阑虽说口口声声爱华浅，可是从细节上就能看出不对来。现在的我越来越觉得华浅黑化得彻底，是因为仲夜阑的态度。

坦然对上他探究的目光，我强忍住自己的鸡皮疙瘩柔声开口："应是因为王爷，母后才爱屋及乌了。"

仲夜阑或许是察觉到自己失言了，他没有追问，笑着握住我的手安慰："哪里是我的缘故，阿浅这般好，他人了解后都应明白的。"

我手背一僵，努力控制住，没有甩开他的手，露出一个"白莲花"的标配笑脸。

恶毒女二保命攻略第二步：要忍常人所不能忍之事。

5

回了晋王府，仲夜阑还是一如既往地去了书房忙公事，我也就回了自己寝房休息，毕竟提心吊胆地在皇宫待了一天，确实令人心力交瘁。

只是有人却不想让我这样安逸。

"王妃，这天色已晚，也不见王爷过来，老奴备了些补身子的汤，不如王妃带去探望一下王爷吧。"

说话的是陪嫁过来的李嬷嬷，非常忠心于华相夫人，也就是我——华浅的娘亲。

这说是送汤，摆明了是要我去邀宠，我心里不耐烦起来："王爷有公事要忙，我还是不打扰为好。"

听了我的话，李嬷嬷顿时露出一副恨铁不成钢的模样，说道："王妃怎么不明白呢！这新婚之夜王爷都没回房，现在若是还宿在别处，别人知道了指定该笑话王妃了。王妃在华府的时候还知道抓男人心，怎么嫁过来就失了警惕呢？要知道……"

"我送，我送！"眼见着李嬷嬷的长篇大论没完没了，我赶紧先示弱。李嬷嬷满意地点了点头，面含鼓励地目送我离开。带着千芷，我拖着疲惫的身体来到了书房。一进书房就看到仲夜阑手持毛笔写着什么，看到我过来，他搁下笔，问道："阿浅怎么过来了？"

我示意千芷送上汤，开口："听说王爷忙于政务，我特地命下人熬了些补汤，王爷莫要累坏了身子。"

"多谢你的一片心意了。"停了片刻，仲夜阑又说道，"今日皇上又给了我件差事，这几日恐怕我会比较忙……"

这就是委婉地告诉我，他不能来陪我了，那真是太好了。我当即深明大义地开口："没事，王爷先忙，我就不打扰了。"

一旁的千芷顿时露出了和方才李嬷嬷同款的恨铁不成钢的表

情，仲夜阑也没想到我会走得这么迅速和突然，他愣了一下，开口：
"我……我不是在赶你走。"

"我送完汤本就要离开了，王爷注意身体，我就先回房了。"不等他反应，我就火急火燎地出了书房。

完成了任务，现在终于能回去好好休息了。

"小姐……"

"不要说话。"千芷的声音刚响起就被我打断，我可不想再听说教了。

回去后李嬷嬷见我只是一人回来，顿时露出欲言又止的表情，我只当看不见。

沐浴过后，就见千芷拿着一份红色礼单过来："王妃请过目，这是归宁的礼单。"

梳头的手一停。对了，古代还有"三朝回门"这一风俗。这样说起来，我马上就要见小说里最大的反派，也就是华浅的爹——当朝华相了。

作为反派定然是不会有好下场的，而把华相拉回正路也是不大可能，那我只能先设计让他手里少些罪孽脏事，这样日后他倒台时，所犯的罪也不至于牵扯一族之人。毕竟我现在也是华氏之人，一损俱损。

婚后第三日便是归宁之日，一大早我又被千芷从床上拉起来。这古人未免太勤勉了吧，天还没有亮呢！

收拾整理了半个时辰之后，仲夜阑就出现了，一起用过早餐后，我们便同坐马车出门了。然而车行到半路，一个侍卫突然敲了敲马车，在仲夜阑耳边禀告了些什么。

看着仲夜阑明显失了神的眼眸，我立刻明白了，如小说所述，此时牧遥趁仲夜阑陪华浅归宁，便逃出了晋王府，之后差点被官兵抓走，幸得仲夜阑及时赶到。

想到这里，我便开口："王爷有事就先去忙吧，我先回门，在华府等着王爷。"

"这怎么行呢？"嘴里这样说着，他的眼神分明在动摇。

我心里叹了口气，面上还是一副不在意的模样："我既说了，王爷应了便是。"仲夜阑权衡之下，还是对我表达歉意之后离开了，马车外的千芷被我的举动气得脸都快青了。

这个丫头作为华浅身边的大丫鬟，在小说里自然也是为人刻薄狠辣，但是对我还算忠心，所以也不是无可救药。

行驶的马车突然一停，害得我一个踉跄差点滚了出去。刚坐稳就听到我刚才心里夸过的千芷怒骂道："哪里来的死要饭的，敢挡了晋王府的马车，不要命了吗？！"

……果真是一副反派作风。

听到马车外传来一个讨好的中年男子的声音："这要饭的偷了小人的银钱，慌不择路才冲撞了贵人的马车，我这就带他走。"

随后就是一阵拳打脚踢，还有闷哼声传过来。

千芷的声音又响起来，估计是被仲夜阑离开的事儿气到了，所以说话越发不客气："要打就拉远点儿，别让我们的马车沾染了晦气。"

外面讨好声传来，却唯独没有被打之人的求饶声。

我叹了口气。这个千芷年纪还小，因为之前的华浅，她也染上了不良习性，像极了电视里仗势欺人的小人。不过凭她忠心这一点，我还是愿意给她把心思扳正过来的。

"千芷，谁允许你一口一个死要饭的称呼别人了？"我掀开车帘，下了车，若是现在就这样走了，岂不是坐实了我仗势欺人的嘴脸吗？

千芷一愣，赶紧走过来说："王妃怎么下来了？这事奴婢来处理就行，别让这些贱民污了小姐的眼。"

"再让我听见你这样称呼别人，罚一个月银钱。"我面无表情地开口。

千芷面露委屈，却也没有多说。我绕过她，走到那堆人面前。

看到一个蜷缩在地的孩子，应该有十来岁，全身脏兮兮的，衣不蔽体，骨瘦如柴到很像我曾在图片上看到的非洲难民。而他旁边则站着两个打手模样的人，还有一个对我满面堆笑的商人模样的中年男子，应当就是方才开口的那个人。

"你说他偷了你的银钱？"我开口问道。

那商人赶紧回道："回王妃的话，小人是来这边谈生意的，方才在街上走着，这个要饭的突然撞了我一下，我身上的钱袋就没了。不知他做了什么手脚，我搜遍他全身也没发现。"

"你在他身上没有搜到你的钱袋？"我微微挑眉问道。

商人赶紧解释："这种乞丐都是皮贱嘴硬，不打一顿他是不会说出把钱袋藏哪里去了的。"

我不理会那商人，走到那孩子身边蹲下开口："他的钱袋，你有没有偷？"

商人还想开口，我一个眼刀过去，他就讷讷不言语了。

等了许久，才听到一个细如蚊蚋的声音响起："我……没有。"

"他说谎，就是他这个小畜生……"

"闭嘴。"我呵断了商人的解释，"你一没有找到钱袋，二没有抓到现行，却对他横施暴力，只听你空口白牙一番话就给他定罪吗？"

商人理亏，张了张嘴，不知该如何反驳我。

果然，古代人的命当真轻贱不值钱，所以他对小乞丐拳打脚踢却无人在意。若不是那孩子撞了我的马车，说不定今天会被活活打死。

只是古人观念腐朽，又能怎样呢，以我一人之力又哪里能改？

"你若坚持是这孩子偷了你的钱袋，那不妨报官，让京兆尹来断过错，但是若无证据指认，到时候你打人一事，可就不是只赔些医药费这么简单了。"我开口说道。

京兆尹自然会偏向晋王府，那商人也不傻，当即就从打手那里拿了些银两，赔着笑脸塞到那乞儿手里，称是自己认错了人。

我也没有再与他纠缠，放任他离开。

看着一直蜷缩在地的那个孩子，我再次蹲下身子，他捂住银钱的手腕瘦到仿佛是骷髅上挂了一层薄皮。

心里生出些不忍，我放柔声音问道："你叫什么名字？"

隐约从他口中听到一个"周"字，我开口说道："你是姓周吗？方才那商人给你的银两应该够你洗漱一番加饱餐一顿，这里人多眼杂，我便是给你银两恐怕你也保不住。我看你小小年纪倒是极能忍耐，若日后想找份工养活自己，可以来晋王府寻我，我说话算数。"

他一直低着头，似乎疼痛难忍，我也没有再说下去，喊过来一个侍卫陪他去医馆……怕刚才那商人回来报复。

现在我可要好好树立我的正面形象，为日后华府的翻车留后路。

上马车时，背后似乎有一道视线。我向来直觉很准，顺着感觉朝一个方向望去，只看到一间酒楼半掩的一扇窗，没有人影。

第二章

保命攻略·下

6

到了华府，远远便看到两个头发微白的华服之人在门口候着，男的风度翩翩，女的雍容端庄。见只我一人下马车，他们都皱起了眉头，这应该就是华相和华夫人了，看样貌真不像反派。

"王爷有紧急公务要处理，等下再过来。"我开口解释道。

华相脸色顿时不好起来，甩着袖子也不等我就朝屋里走去了……你个糟老头子，最好再对我坏一点儿，这样不用等女主出手，我自己先来个大义灭亲。

华夫人则拉着我，嘴上不停地念叨："浅儿，你莫要因为嫁过去就松懈下来，这后院之事可是复杂得很，晋王条件那么好，就算成了亲，还是有很多狐媚子盯着侧妃的位置呢。要我说，你还是得尽早诞下嫡子才行，这样你的位置才稳固，也能帮衬一下华氏……"

唉，三观不合，我也只能沉默地听着。

到了华夫人住的院子，却没有看到华相，我开口问道："父亲呢？"

华夫人一手拉着我进去，说："你爹一大早就盼望着你们回来，结果就你一个人回来了，他此刻期望落空，估计在书房里生闷气呢。"

脚步一顿，我挣开了华夫人的手："那我去找他吧，我有些话要对父亲说。"

拒绝了华夫人的陪同，我出了院子。这时我尴尬地发现，我不认路，于是我拿出大家闺秀的架子，毫不慌乱地对门口的一个小丫鬟说道："我要去父亲书房，你来带路。"

小丫鬟虽然面上有些疑惑，但还是乖乖地带路了。

到了书房，我径直走进去，看到华相独自坐在书桌前。看到我之后他抬了抬眼眸，并未说话。

我便自己先找了把椅子坐下，才开口："前天我随王爷进了宫，遇见了我的堂姐，发现了些趣事，父亲可想知道是什么？"

听到华美人，华相脸色才暂缓，估计以为我是来传递信息的，他问道："她说了什么？"

我笑了笑，双目直视华相："她……安排人将我推到了御池里。"

华相顿时皱起眉头，下意识地说："怎么会？"

"因为女儿现在已是晋王妃，按理说位分是高于她的，她心怀不满就置气对我出手，想让我吃些苦头。"我一本正经地瞎编。

华相明显存疑："她是我一手培养的，怎么反过来对付你？"

"所以说父亲真是上了年纪，识人不清了。"我笑着说，言语却不留情面，"那样一个只顾个人利益、眼界狭隘的女人，父亲还这般尽心地培养。"

华相被我说得脸上阴晴不定，我便借机又加了把火："还有，她说是找我谈话，言语却句句挖坑，要不是我警醒，恐怕也发现不了……有皇室的人在偷听。"

"什么？！"华相这下终于坐不住了，"你的意思是华……她投靠了皇帝，反过来套你的话？"

"父亲眼线众多，大可一查，只是日后还是少与华美人联系为好。"我毫不心虚地回道。

我自然不担心他去打探，我说的话本就是真假参半，华美人设计令我落水和皇室之人偷听我们谈话，都是真的。

大方向没问题，我其他的添油加醋也就不重要了。华相作为大反派，为人肯定多疑，那我就利用这一点来慢慢剪去他的党羽，至少让他落罪之时能少些受罚的名头。

华相沉默了半天后再次看向我，眼神里带了些探究："依你看，接下来我该怎么办？"

我并未退缩，迎着他的目光开口："皇上此时已经留意到了父亲，所以依我之见，父亲此时应该掩去锋芒，低调行事。"

华相老狐狸一样的眼眸转了转，并未言语。

我便继续说道："还有，前日听皇上谈话，提及了如今在狱中的……牧氏一家，皇上的意思似是对他们仍是看重，说不定这几日就会找个由头给他们减罪，所以我想此事若是父亲主动提出来，也算是给皇上一个台阶下。"

华相这次面上没有其他表情，他异常平静地开口："浅儿不是向来讨厌他们一家吗？我好不容易如你所愿，除去了他们，现在怎么反过来为他们说情了？"

和这个老狐狸打交道我不敢松懈半分，手在衣袖里握紧，面上却做出一副无奈愤恨的模样："皇上此时已经怀疑父亲结党营私，所以我此番建议也是为父亲好。若是由父亲提出为他们减罪，说不定会打消皇上的一些疑虑，让他认为你当初并非因为私怨才对牧家出手。"

华相没有看我，手指无意地在桌面上敲击，似乎在盘算："浅儿可知道斩草应除根的道理？"

我言辞恳切地继续说道："父亲也知我十分厌恶牧遥一家，若不是情形所迫，我怎会让父亲为他们求情？一荣俱荣，一损俱损，终归牧氏一家已无翻身之地，饶他们一命也无大碍。"

华相沉默了，我也不再言语，等着他自己衡量。多亏了之前华浅对牧遥一家的深恶痛绝，我这般说情才会让华相以为我真是迫不得已，为了华府才这样做。若牧氏一家并未因为华相陷害而被斩首，那我和牧遥也不会那般水火不容了。

"浅儿真是长大了。"最终华相笑着开口，眼里满是赞许地看着我。

我心里一松。这就是他答应了，我强忍住心里的狂喜，依华相的权势，想留牧氏一家自然容易。

松开了方才在衣袖下一直紧紧握住的拳头，发现手心竟然全是汗水，这一番过招，真是让我分分钟想逃跑，可求生欲让我还是留下来面对华相。

离开了书房，我在丫鬟的带领下去我之前的闺房，只觉得每一步都踩在了棉花上，脚步虚浮，大反派的气场真不是吹的。

"妹妹、妹妹……"

突然听到一个气喘吁吁的男声响起。

我往声音的来处看去，只见一个白白胖胖、穿着墨绿色衣袍的胖子冲我跑过来。

远远地看去，活像是一个成了精的粽子冲我奔来。

听到他对我的称呼，我就明白了，这个就是华浅的同胞哥哥——华深。

看这名字就知道作者对女二和她哥哥有多不看重了，这名字起得跟随口编的一样。

小说里，这个华深可是一个不怎么样的角色，仗势欺人，荒淫好色，强抢民女，无恶不作……把所有纨绔的陋习占了个遍。

本来我是挺喜欢胖胖的朋友的，因为看起来就带着几分娇憨，但是这个华深，他的人设我是真的喜欢不起来。

他气喘吁吁地跑到我身边，递给我一匹布后开口说道："这是我前几日寻到的云锦缎子，正是妹妹最喜欢的白色，世间就此一匹，我花了重金才抢到。妹妹若是用来做了衣衫，定能把晋王迷得七荤八素的。"

小说里华深似乎智商也不怎么够用，所以才一直讨好自己有心计的妹妹。如今看来果真如此，一句话已经把我得罪了两遍。

一是我不喜欢白色，二是我不喜欢晋王仲夜阑。

我没有接，跟着丫鬟继续走，丢下一句："我不喜欢白色了，你还是给你后院的那些姬妾用吧。"

这个官二代华深，后院大大小小纳了十几房小妾，因此到现在也没有贵女愿意嫁过来，华相和华夫人因他智力不足，才分外放纵。

果然华深又极没有眼力见儿地追过来，脸上的肥肉把眼睛都挤得只剩一条缝了，还一个劲儿地往我面前凑："那些女人哪里配用这种东西，还是妹妹天生丽质，才配得上这千金难求的布匹。"

以往这兄妹俩最喜欢上演互相吹捧的戏码，我却半点儿不喜欢这种踩一捧一的说法，当即冷了脸："不是说了我不喜欢白色吗？别跟着我了。"

华深顿时停在原地，不敢再跟过来了。

恶毒女二保命攻略第三步：远小人，救贤臣。

7

仲夜阑最终还是赶到华府吃了顿晚宴，而我则是吃过饭就提出回晋王府。

毕竟一直面对着老狐狸一般的华相、一直给我传授生嫡子技巧和打压妾室手段的华夫人，还有一个荒淫纨绔的华深，这种感觉太难受了，还不如让我待在冷清的晋王府。

这样看来，女二华浅的亲人无一个正面角色，那她又怎么可能出淤泥而不染呢？回去的马车上，我经过一天的思量，当即准备快刀斩乱麻，开口道："王爷，我想见牧遥。"

仲夜阑身子一僵，因为我说的是我想见她，而不是问她在哪里，这就证明我知道了他和牧遥的事情。

"你……知道了？"仲夜阑看上去很是忐忑，"阿浅，你相信我，我只是……"

"王爷不必给我解释，我只是因为之前和牧遥……好歹姐妹一场，有些事情想和她说，并非盘问质疑你。"我开口解释，努力让自己笑得无半点儿介怀。

看到我的模样，仲夜阑松了口气，应允回府带我过去，末了还给我吃了颗定心丸："阿浅，我救牧遥绝无半点私情，从小时候你陪我守陵开始，我就发誓此生只你一人。"

……我谢谢你的安慰，小时候陪你的那个人可不是华浅，而是跟着家人第一次来京城探亲的女主。

或许是他心中有愧，倒是没问我哪里得来的消息，也省得我解释。

到了晋王府，仲夜阑便直接带我去了府里一个角落的院子，他在外面等着，给我们留空间说话。

进了屋里，我发现桌子上伏着一个人，似乎睡了过去。

走近了几步，才看到她的容颜，这应该算是我穿越过来第一次见女主吧。

伏在案上的女子双眉紧锁，不同于华浅肤白胜雪的柔弱模样，她应是自小在边城长大，肤色是那种健康的小麦色，这几日受的打击让她脸色略微有点憔悴，但还是难掩眉宇间的坚忍。

原来这就是女主呀，我突然明白了女主、女二的差距，华浅如同一棵柔弱可怜的蒲草，而牧遥却是生机勃勃的柏松。一个靠依赖他人为生；另一个可以和你并肩站立。

看着她紧抿的嘴角和皱起的眉头，我突然想……

若是她死了，那华府或许就不会倾覆；若是她死了，只要我不说，就不用担心仲夜阑知道小时候的真相了；若是她死了，那我是不是就可以完全避免万箭穿心的下场了？

好像只要她消失，我所有的谋略和担忧就可以不必有了。

静静地看了她片刻，我狠狠地抽了自己一个嘴巴子。是不是穿越到女二的身上，自己也变恶毒了？华氏一族作恶多端，凭什么为了自己活命，就让无辜之人付出代价？

为了谴责自己，我下手特别重，疼得我龇牙咧嘴。也正是因为我下手太重，打脸的声音吵醒了牧遥。她睁开眼，正看到我捂着脸吸气。她的一双明眸果真是充满了生命力，当即怒视我："华——浅！"

听声音很是咬牙切齿，果然此时已经恨透了我。

"听说你在晋王府，我便特意来看看你。"我尴尬地笑着开口。

牧遥冷笑一声，讽刺道："你现在是来炫耀自己的胜利吗？"

呃……小说里的华浅确实是来炫耀了，我可不是。

"以往是我瞎了眼，错把蛇蝎当姐妹，害得如今我满门陪葬，但是华浅，你给我听着，早晚我会向世人揭穿你蛇蝎的真面目，揭穿你们华府伪善的嘴脸。善恶有报，你们华府休想一世太平。"牧遥站在桌边，语气含冰。

嗯，我知道你能揭开真相，让华府之人恶有恶报，不过我今天来可不是为了听这个。我并未气恼，看着她真诚地说："我向你保证，你的家人不会有事儿。"

牧遥一愣，接着目露嘲讽："你这又是在玩什么花样？我身上还有什么是你能利用的吗？难不成你以为我还会相信于你？"

我坐下来，给自己倒了杯茶："牧遥，这个世界上有很多事情都是无法选择的，很多事情并非出于我本意，正如我无法一下子撼动一棵大树，所以我只能慢慢图之。你不信我，很正常，但是我保证，日后对你所说之话，全为实话。"

"我家人七日后就要被处斩了，你让我拿什么来相信你？"

手中的茶杯被她一掌拂落，在地上摔得粉碎。我叹了口气，正想开口，就被门外的声音打断。

"我怎么听到了摔东西的声音？"仲夜阑皱眉走进来，看到我，顿时脸色大变，"你的脸……是不是她打的？"

脸？

突然想起来方才自己抽自己的那个嘴巴子，我赶紧开口："不不不……"

仲夜阑不等我阻止就开口怒斥牧遥："我好心收留你，谁给你的胆子伤害阿浅？"

我……

看到牧遥对我越来越嘲讽的目光，我简直要大喊冤枉了，我打自己耳光可不是为了陷害你啊！

仲夜阑还想开口，我手疾眼快地用手捂住了他的嘴。

"王爷误会了，这和牧遥无关，是我自己打的，因为……因为方才我脸上停了只蚊虫。"

看着仲夜阑明显不信的目光，我目带真诚地说道："王爷真的误会牧遥了，她并未动我一根指头。将心比心，女孩子最怕被人冤枉，所以……王爷给她赔个不是吧。"

说完，我就很有眼力见儿地走了，给他们留一个培养感情的空间。

后续发展我就不清楚了，他们两个的感情路还是由他们自己慢慢去探索吧。

不出两日，就听到消息传来，皇上念牧遥一家之前的功绩，改斩首为流放。

听到这个消息我高兴得差点蹦起来。很好，我已经改变了牧遥家人的结局，现在我和牧遥之间没有了人命的血海深仇，那接下来最大的矛盾就是——抢男人。

这个好说，找个时机，我主动退出便是，所以现在我就该给自己谋划一条退路了。

华相作为大反派，最后很难有什么好下场，所以我得在力所能及的范围内，给自己安排一条可以全身而退的后路。

想到这里，我当即准备出府去巡查我的陪嫁铺子。恶毒女二保命攻略第四步：攒钱以备跑路。

8

一连几日，我都致力于查看各间陪嫁铺子的账务，一番了解下来我突然发现，华浅原来这么有钱啊，就算日后离开晋王府，我的生计应该也不成问题了。

所以现在我要做的就是，把这些铺子的盈利从明面上转到暗地里。晋王府家大业大，完全不在乎我的这点小钱，所以处理起来并不是特别困难。

于是每月乔装改扮去钱庄存钱，便是我最大的乐趣了。

为了防止身份暴露，我还女扮男装了一番，在钱庄给自己胡诌了一个"明月公子"的称号。看着明月公子名下的钱越来越多，毫不夸张地说，我真是做梦都能笑醒。

这样轻松了一个月之后，一日我正在屋里用早膳，就看到仲夜阑带着牧遥走进来。

这段时间牧遥估计忙着安置自己被流放的家人，所以我们就没有再见过。现在应该是她家人安置妥帖了，所以又来我面前上演虐恋情深了。

果不其然，仲夜阑在我身边坐下，非常刻意而做作地握住我的手开口道："晋王府向来不养闲人，阿浅，我给你送了个丫鬟过来。"

牧遥看到仲夜阑握住我的手，明显脸一白。

我真是……这满满当当的一屋人，看着像是缺丫鬟吗？

我到底是造了什么孽啊，作为一个单身狗，看你们在我面前花式秀恩爱。

这还不算完，我又看见牧遥红着眼眶对仲夜阑说："你若是觉得看我不顺眼，大可以让我走，何必这样侮辱我？"

仲夜阑收回握着我的手，嘴硬地说道："晋王府哪里是你说来就来，说走就走的地方？"

虽然看不到，但是我觉得我现在的表情就如同那个地铁上老爷爷看手机的表情包，这真是……让人看不下去。

若是真正的华浅，不得被气疯啊？就连我这个外人都看不下去了。

眼见他们俩还要继续秀下去，我赶紧开口："我这院子里不缺丫鬟，上次去王爷书房，看着似乎极为冷清，不如就让牧遥去书房那边服侍吧。"

所以你们俩给我有多远滚多远，别在我眼前，看着糟心。

这两人一听我这建议，就不再争吵了。一个感觉留住了对方，一个感觉没那么丢面子，当下一拍即合离开了。

而我房间里的嬷嬷和千芷简直想把我的脑袋撬开，或者一巴掌打醒我。

"王妃怎么这样糊涂？那个牧遥一看就对王爷图谋不轨，老身我都看不下去了。"

"就是，王妃为何不顺从王爷，把她要过来当丫鬟，让奴婢好生修理一下她？"

"王妃……"

不听不听，王八念经。

我才不想让牧遥在我房间里，每日看他们俩给我演狗血偶像剧。

尤论李嬷嬷和千芷如何苦口婆心劝说加恐吓，我都是一副宠辱不惊、高深莫测的表情，最后她们说得口干舌燥，终于自己放弃了。

日子又这样过去了两个多月，我的日子就是在天天攒钱和听一堆丫鬟婆子唠嗑中过去的。

或许是恋爱中的女人智商为零，没了我的打扰，男女主的感情直线升温。牧遥也没有一门心思地想扳倒华府，我倒是暂时没有了生命危机。

但愿他们日后能念我的好，毕竟我给他们制造了那么多机会。

目前我最大的难题就是解开小时候的误会，彻底成全他们。为了减少仲夜阑得知真相后的怒气值，我能做的就是现在多给他留些好印象。

回想了一下小说的情节，我突然眼前一亮。算了算时间，再过三个多月应该就是那件事发生的时间了，我倒是可以好好利用一下，来解开和仲夜阑的误会。

所以也就是三个多月后，我便可以不必在这晋王府每日伪装贤妻良母。然而我没有开心几天，就听到了一个糟心的消息。

"王妃，大公子在酒楼里和人闹起来了。"李嬷嬷急匆匆地进来对我说。大公子？那个胖粽子？

"怎么回事？"我皱眉问道。

"刚才华府传来消息，说是大公子在酒楼里……因女子和别人起了争执，劳烦王妃前去看一看。"

我眉头越皱越深，为何要来找我？

"为何下人找到了晋王府，父亲和母亲呢？"

李嬷嬷面带难色开口："丞相和夫人昨日告假回了族里，一时半会儿无法赶过来，所以下人只能来寻王妃了。"

我顿时觉得胸闷气短起来。我说呢，原来没人管他，他就又无法无天了。我才刚轻松了几天，那个败家哥哥就又给我找事儿做了。

我这边为了活着，努力树立正面形象，他在那边却给我败好感。

只是若任由他闹下去，丢脸的还是华府——谁让我也姓华呢？

"备车，出府。"我没好气地吩咐千芷。

到了地方，我下了马车就看到酒楼外面围了许多看热闹的人，看来此事已经闹得不小了。

来的路上听报信的下人说了一下大概情况，那个好色的华深在酒楼吃饭，看上了弹琵琶的姑娘。那个姑娘性子也烈，誓死不从，就有路过的江湖中人看不过去，出手救下了姑娘。

结果华深那个败家子就不依不饶起来，仗势欺人，双方僵持不下。

有眼尖的人看到我，默默地给我让出一条路来。

一进酒楼就看到华深躲在家丁后面，嘴上还不停地骂骂咧咧，叫嚣着要让别人好看。

他对面是两个衣着普通，却一看就是练家子的人，还有一个面容娇美的女子抱着琵琶躲在他们身后。

"兄长，你闹够了没有？"进了酒楼，我未曾犹豫，直接厉声呵斥。

看到我，华深眼神一亮，冲我跑过来，拉着我的胳膊欣喜地说："妹妹，你是来帮我的吗？这两个贱民不识好歹，刚才还冲我动手，妹妹，你快帮我教训他们。"

这人……脑子真的有问题，我怒气冲冲看着他，他还一脸兴奋地认为我是来帮他的。

正准备开骂，突然听到那两个人之中的灰衣男子开口："华府当真是仗势欺人，华相的身份不够用，还搬来了晋王妃这个救兵，在这京城，华家要只手遮天了吗？"

灰衣男子目露精光。我眉头一皱，这真是好大的罪名。

"你哪里看到我是来帮他的？"我反问道。

灰衣男子轻嗤一声，回道："华大公子口口声声喊的妹妹，我等可是听得一清二楚。晋王是何等的人物，如今竟然连自家后院都管不了，平白污了他的名誉。"

这人怎么对我这么大的敌意？我来这儿就说了两句话，他却句句刺我。

"这位……壮士是否对我有什么误解？"我开口相问。

"误解谈不上，只是我向来喜憎分明，可惜了晋王那等惊才绝艳的人才，偏偏将鱼目当作珍珠，连女子家的腌臜伎俩都会中招……"

嗯？这人看衣着似江湖人士，怎么话语中像是很清楚我嫁给仲夜阑的缘由？这话就差没指着我鼻子骂我不知廉耻地倒贴了。

还未想明白这其中缘故，突然见一个身影冲那灰衣男子扑过去，狠狠地打了他一拳。

灰衣男子一愣，当即一脚把那个身影踹出去老远，还不解恨地上去补了两拳，嘴里骂骂咧咧："哪里来的狗奴才，想邀功想疯了？晋王妃身边那么多守卫，哪里轮到你一个酒楼跑堂的来出头？"

眼见场面越来越乱，我赶紧命人拉开了那灰衣男子，被打的那个身影看打扮的确是这家酒楼的杂役。

"来人，把他给我绑起来。"我伸手指向那灰衣男子。

灰衣人一愣，当即怒气冲冲地吼道："你凭什么抓我？"

"就凭你出言不逊，污蔑皇室。"

"我哪有……"

不等他回嘴，我又抬手一指华深，说道："把他也给我一同绑起来，全都送到京兆尹。"

酒楼里的气氛一滞，再闹下去就真成笑话了，所以我需要当机立断才行。

9

"妹……妹妹，你是不是指错人了？"华深油腻的胖脸上挤出一个尴尬的笑，问我。

"指的就是你，既然兄长的毛病改不了，那就去衙门那边的牢房待几天吧。还有你……"我转头看向那个灰衣人，继续说道，"我不是京兆尹，所以无法判对错，但是方才你屡次对我出言不逊，我也不是好脾气之人，所以你们便一同去衙门解释吧。"

说罢，我就抬手示意晋王府侍卫行动，自己走到方才那个被打的酒楼杂役面前。

他已经被打得鼻青脸肿，看不清面容，只是从他瘦削的身形来看，应该还是个十几岁的少年。

不管他是会看人眼色，懂得见风使舵，还是为在我面前博个功名，终归是为了维护我。就算我不喜欢这类人，也不会不念他的恩情。

"你叫什么名字？"我开口问道。

他的嘴里似乎被打破了，说话带着血沫，口齿不清地说着什么。

我就听到了一个"勇"字和一个"周"字，于是开口："周勇是吧？方才多谢你一番好意了，只是下次你想为别人出头之时，记得先考虑你是否能保全自己，没有什么是比自己更重要的。"

那个杂役一愣，一双棕色的眼眸定定地看着我。

我伸手扯了扯他方才被揪乱的衣襟，又继续说："你的医药费由晋王府来出，只是日后行事切记不要再这么冲动了，不是谁都愿意承这份情的。"

杂役嘴动了动，似乎想说什么。

这时我那哥哥华深突然扑过来抱住我的腿，哭喊道："妹妹，我知道错了，以后再也不敢了，你不要把我送到那京兆尹处。"

这个华深人虽纨绔了些，但是好歹还有怕性。不过，我是铁了心要趁华相、华夫人二人不在，好好治治他，免得他日后在我谋划之时，给我一而再、再而三地添堵。

甩开他的手，我不理会就往外走。忽然一抹蓝色的身影挡在了我面前，正是方才一直沉默地站在灰衣人身边的另一人，他身着蓝袍，拦住我，开口道："晋王妃且慢。"

我抬眸看他，只见他冲我作了一揖，开口："晋王妃，我弟弟方才出言不逊，我向你赔个不是。他向来心直口快且头脑简单，容易被人误导，听之信之，还望晋王妃不要与他一般见识。"

这兄弟二人一个唱白脸一个唱红脸，真是配合得不错，我却是不吃这套："不必给我道歉，我不插手此事，你们去京兆尹处解释清楚便是。"

"那这样可好？我们兄弟二人再次给王妃道个歉，也不追究华公子之过，终归只是口角之争罢了，还是别闹到衙门去。"蓝衣人又提出建议来。

华深马上在旁边应和，三个人都在等看着我的反应，我勾了勾嘴角说："我可以不追究，只是你们之间该如何，可不是由你们说了算，要看当事人如何处置。"

他们一愣，开始看向一直被忽视的琵琶女，只有蓝衣人仍旧意味不明地看了我一眼。

琵琶女唯唯诺诺："若……若是华公子日后不再纠缠，小女自不会追究。"

"不纠缠不纠缠。"华深赶紧开口，真是看着又油腻又猥琐。

受害人都开了口，我也不好再将他们强送衙门了，只是可惜了这个教训华深的机会。

看着华深松了口气后就得意忘形的模样，我心生嘲讽，转头对晋王府侍卫道："你们几个送我兄长回去，在我父母回来之前，你们便守在华府，不许他踏出门一步。"

"妹妹……"

华深还想开口，但被我"你再说话我就把你送衙门"的眼神吓回去了，战战兢兢地跟着侍卫离开了。

那两个江湖人见此，也对我一拜后相继离开。看着他们的背影，我心里却未放松半分。这两人来得着实古怪，正想吩咐侍卫偷偷跟踪他们一探究竟，突然听到熟悉的声音传来。

"晋王妃可真是令人刮目相看啊。"我心头一跳，回头看到一抹月白色的身影——皇帝仲溪午。

"皇……"

"嘘——"未等我开口唤他，他就将手指比在嘴唇上，示意我噤声，"我可是微服私访，晋王妃莫要暴露了我的身份。"

酒楼里的人开始慢慢散去，我勉强维持着笑容。这皇帝怎会出现在这酒楼里？

只见仲溪午一派月朗风清，笑得清透澄澈，没有丝毫帝王架子，比起第一次在皇宫里见我时，要温和得多。

不过对于我这种从小怕老师，长大怕领导的人来说，在这种大人物面前，我还是不敢放轻松的。

"刚才见晋王妃处事干净果断，真是和以前大不相同啊。"仲溪午眉目含笑，眼里干净得没有半点杂质，似乎真的是随口说说。

我张了张嘴，却是不知道该如何唤他。他马上善解人意地说："晋王妃算起来是我的皇嫂，那唤我名字就行。"

这不是说笑吗？我哪有那个胆子？权衡之下我开口："仲公子说笑了，为人妻和为人女时，定是有不同的。"

仲溪午并未过多纠缠于这个话题，反而问道："怎么方才不见皇兄前来呢？"

"这终归是我们华府的事儿，所以王爷还是不出面为好。"我思索一下，才谨慎地回答。

仲溪午笑未变。看着那张脸真是如春风拂面，这兄弟俩还真是两个极端。一个像冰块，一个像暖阳，也正对应了他们的名字——夜阑、溪午。

不过在言情小说里，仲溪午这种温润有礼的性子可是不讨喜，大多是男二。人们似乎更喜欢看冰山融化，而不是暖阳依旧。

感慨归感慨，我不想同他有过多牵扯，正欲开口告别时，却听他抢先说："出来这么久，我也该回去了。此番我是简易出行，不知道晋王妃能不能捎我一程呢？"

我能说不吗？

"仲公子若不嫌弃马车简陋，那便这边请吧。"

我面上一派淡定，心里却直打鼓，这皇帝是要闹哪一出？与我同乘似乎有些不合规矩吧，难不成——

他看上我了？

这个想法把我吓得不轻，他可是皇帝啊，后宫佳丽三千，我宁可不要命地去和牧遥抢仲夜阑，也不想被收入后宫。

然而上了马车后，我就发现是我自作多情了。因为仲溪午自上了马车后就不再言语，直到下车才开口和我道了声谢，而后离去，看来真是来蹭车的。

忍不住为自己的胡思乱想而脸红，那是未来属于女主的痴情男二啊，我一个恶毒女二又在这儿瞎想些什么？

第三章

你究竟是不是华浅

10

回到府里天色已经晚了，李嬷嬷早就备下了晚饭，但是我被那个纨绔折腾得已没了胃口，勉强夹了两筷子，就想吩咐她们撤下去，这时，却来了个想不到的人。

只见仲夜阑身着藏蓝色便服，抬步走了进来，修长的身躯在灯光下投下一片阴影，显得一张脸异常白净。

我不由得一愣，因为他这几个月极少来我这个院子里，我都习惯了，更别说是晚上过来。

我慌忙站起来想行礼，却被他拉起来。

"我都说了，阿浅在我面前不必这般生疏。"低沉的声音响起。

我身子不由得一抖，这可是我名义上的老公啊，想想还是感觉别扭。

"太后娘娘说过，礼不可废。"我维持住自己的微笑。

仲夜阑垂了垂头也不说其他，只是侧身坐下："刚回府，还未来得及用晚膳，正好在你这里赶上了。"

本来不想吃了的我，只能又坐下来陪他吃饭。

"你的食量怎么这么小？"

或许是见我胃口不佳，仲夜阑又开口问道。

"王爷未过来时,我就用了些许晚膳。"我回道。

只觉得有点儿不对劲,往日他和牧遥在书房你侬我侬的,今天为什么跑我这里了?若说今天有什么不同,也就唯有我那个败家哥哥闯祸了——他是来兴师问罪的吗?

果然,他放下碗筷,看着我的眼神格外郑重。

难不成小皇帝找他告状了?

正当我胡思乱想之时,听到他开口:"这段时日,我是不是对你有太多疏忽?"

这没头没脑的话是几个意思,是褒还是贬?我不由得皱起眉头。

又听他说:"今日你哥哥之事为什么不来找我?"

这语气太过古怪,不像是指责。摸不透他的想法,我只能谨慎地开口:"王爷每日已经有许多事务要处理,我自己能处理之事就不麻烦王爷了。"

我尽心为他考虑的话并没有博得他的欢颜,他还是面无表情地开口:"夫妻本为一体,你现在怎么对我这么见外?"

好吧,我这马屁是拍到了马腿上,他难不成在怪我太过独立?想想也是,之前的华浅可是万事只仰仗他的,现在突然变化这么大,难免会让他产生落差感。

"我兄长之事太过荒唐,实在不适合王爷出面,否则他人更会说我们仗势欺人。好歹我兄长还能听我一言,我可以自己解决。"我还是开口解释。

仲夜阑直勾勾地看着我,看得我手心直冒汗。他说:"阿浅,为什么我们成亲以后,你开始对我疏远起来?"

这人……真是不识好歹,我善解人意地不去打扰你和牧遥,你怎么反而怪我疏远你?

"王爷多虑了。"我拿起一盏茶,尴尬地笑着掩饰道。

"我们既然已经成了亲,我就该对你负责,之前是我……之错,成亲以后对你诸多冷落，往后我会好好对你。"仲夜阑郑重其事地说道。

"咳咳……"

一口茶水一下子呛在喉咙里，我狼狈地接过千芷递过来的手帕，状似不经意地躲开仲夜阑伸来正欲给我拍后背的手。

这仲夜阑是何时来的责任感？吓得我差点儿要把小时候华浅顶替牧遥身份之事说出来了。不过求生欲让我闭上了嘴，现在还不行，我手里的筹码还不足以承担仲夜阑的雷霆之怒。

犹豫了一下，我开口："那牧遥呢，王爷如何处理？"

明显看到他的身子一僵，犹豫了许久，才像是下定了决心："我既然娶了你，就不会负你。"

所以，现在他在我和牧遥之间选了我？

说起来这部小说之所以称为虐文，就是因为仲夜阑不像其他渣男一样想左拥右抱，他娶了华浅，就没想过要再把牧遥也收进房里。

在不知华浅真面目之前，仲夜阑确实对她极好，宁可把对女主的爱意藏在心底。只是可能男女主光环太重，他努力想放手却越陷越深，小说也由此越来越虐。

若不是仲夜阑后来得知了真相，再加上华浅的真面目暴露，恐怕他还是宁可自己难受，也不会休妻奔向牧遥。

之前的华浅人虽不怎么样，但挑男人的眼光还是不错的。只是有情人终会成眷属，华浅这个恶毒女配只会迎来黯然落幕，多么俗套的剧情啊。华浅之前所做之事，就是一颗定时炸弹，让我无法心安理得地接受仲夜阑此时的好意。

"我要的可不是你不会负我，王爷不妨给自己一些时间想想清楚，不然贸然做决定可能对……所有人都不公平。"我低眉开口。

我需要时间，三个月后的祭祖典礼，那是我给自己积累筹码的机会。

仲夜阑沉默许久还是走了，我疲惫地让丫鬟撤去了晚膳。

李嬷嬷和千芷交换了好几次眼神，见此又忍不住开了口："王妃，方才王爷分明是想留下来的，为何王妃……"

"嬷嬷难道没看出来吗？他此时的心已经不在我这里了。"我揉了揉太阳穴开口。

李嬷嬷一愣，叹了口气接着说："王妃既然嫁过来了，就已为人妇。做妻子的怎能时时刻刻都要求夫君的心在自己身边？成亲后过日子，不比之前做女儿家，王妃应当权衡利弊，而不是只凭感情。"

"嬷嬷说的道理我都懂。"我勉强勾了勾嘴角，"可是，我不愿啊……"

李嬷嬷摇了摇头，不再说下去。她是华浅的陪嫁嬷嬷，自小看着华浅长大，感情也是极为深厚。她此时只当是我年纪还小，想等我慢慢明白这些道理，所以也没有逼迫我。

院里很快就安静下来，我躺在床榻上，愣愣地看着床顶。仲夜阑，别来招惹我。有些东西，一开始就没有得到，也就不会有所谓的失去之痛了。

接下来一个多月，仲夜阑不再每天在书房忙碌，而是时不时来寻我，似乎是真的在践行他说过的要认真待我的话。

与此同时，牧遥看我的眼神也越来越不善，为了不使我们的矛盾扩大，我开始避开仲夜阑。只是晋王府就那么大，躲来躲去的我，最后甚至选择进宫找太后唠嗑。

毕竟华浅的交际圈就那么大，比起回华府，我更想和上届宫斗冠军多聊一聊。不管怎么样，混个脸熟也对我以后有利，而且还能有效避开仲夜阑。

太后一开始对于我的殷勤格外警惕，反正我只是想亲眼观摩一下传说中的宫斗，所以也不在乎她给我冷板凳。

隔三岔五我就打着尽孝的名义进宫，太后可能是慢慢发现我真的只是想看看她，并无其他企图，也终于渐渐和颜悦色起来。

这个老太太初次见，只觉得冰冷难以接近，然而接触下来，我发现她虽然时不时会要些小脾气，但不是刻薄之人。

于是我往皇宫跑得越发地勤了，一来二去，和后宫的妃嫔也混得极熟。

她们每日都在彼此钩心斗角，突然来了我这个外人，她们仿佛是找到了宣泄的地方，动不动就拉着我说上许久。

一开始还顾忌我和华美人的关系，但是看到我几次对华美人爱搭不理，导致她日渐势弱后，其他妃嫔不管是心存拉拢，还是想找个外人唠嗑，和我相处得都是极为不错的。

于是我每日看她们在太后面前句句给别人挖坑，再加上在皇上面前邀宠，感觉自己嘴炮能力也直线上升了，无聊的日子也有意思起来。

这可是比《甄嬛传》还真的宫斗场面啊，我就差拿把瓜子嗑着看了。

每日仲溪午来探望太后时，总会有一大堆打扮得花枝招展的美人用各种借口来吸引他的注意，看得我是不亦乐乎，同时默默地学了不少本领。

11

看着太后游刃有余地处理着诸多妃嫔之间的关系，我突然打心底里佩服这个老太太。

可能当太后没那么难，但是当一个是非分明、不偏不倚的太后，定是需要极大的智慧和忍耐力的。

而太后的游刃有余和仲溪午的温和有礼，倒是真不愧为母子，都是泰山……哦不，是美人崩于面前而色不变。

"太后娘娘，何老夫人又从南方托人送了些水果过来。"掌事苏姑姑拎着一个匣子过来。

何氏是太后的母族，何老夫人则是太后的母亲。何氏一族当初为避免外戚势大，举族搬至南方，只是每年寄些特产，族人极少出现。

一如太后和皇上的为人，谦逊而知进退。太后打开一看，只见匣子里装着颗颗饱满的荔枝，里面的冰块还冒着森森冷气。

明明不是荔枝的时节，却能千里送来，可见何氏一方面是有钱，另一方面就是真心疼太后了。

太后笑着摇了摇头，合上了匣子："都说了多少次了，母亲还是不改，往京城送东西可是费时又费力。"

马上就有妃嫔极有眼力见儿地开口："那是何老夫人疼太后娘娘呢，哪里会嫌麻烦！"

太后心情也极好，回道："哪里是疼我这个老婆子？还不是皇上喜欢吃这个，给皇上送过去吧。"

本是吩咐苏姑姑，可是当即就有妃子跳出来开口："方才见苏姑姑忙得脚不沾地，不如臣妾给皇上送过去吧。"

说着伸手就要去接匣子，却听另一个美人开口讽刺道："李美人可真是会见缝插针，太后娘娘的一番心意，你还舰着脸去抢。"

李美人的手僵在半空中，脸上红一阵白一阵，咬牙切齿地说："卫姐姐这话就冤枉我了，我只是好心替太后娘娘分忧罢了。"

通过这段时间的观察，我发现这宫中的李美人和卫美人是最水火不容的，两人也算是颇受皇帝宠爱，再加上她们的父亲品级相近，因此两个人总是动不动就掐起来。

戚贵妃则是独居高位，不与她们一般见识，至于其他妃嫔，只是在幸灾乐祸地看热闹。

由此而来，每每最头疼的就是太后了。这不，两个美人争执不下，就又让太后下决断，大有"你若让她去，我就不会善罢甘休"的架势。

我在心里默默地对太后抱以同情时，突然听到太后开口："浅丫头在这儿也无事，不如帮我把这荔枝给皇上送过去吧。"

……我这是躺枪了吗？

两个美人见这差事落到了我一个外人身上，顿时也不吵了，可能觉得对方没有占到便宜，所以两个人都赞同由我去。

太后果然不愧是宫斗冠军，一句话解开了她们的矛盾。

"是，母后。"我站起来行了一礼，就接过匣子准备离开了，仲溪午一直都温和得不像个皇帝，经过这些时日的相处，我也没那么畏惧他了。

转身时和戚贵妃的目光对上了，她精致的面容突然冲我一笑。我虽然一头雾水，却也回报以微笑。

跟着奴才一路到了御书房，禀告后我才进去。一路垂眉低眼不敢乱看，规规矩矩地说明了来意。

听到头顶一道声音传来："拿过来吧。"

等了半天也不见奴才过来接我手里的匣子，我只得自己走上前，将匣子放在桌子上。

这才发现书桌上放满了奏折，那工作量看着就让人心惊，当皇帝果真辛苦啊。

"你会看奏折吗？"

"啊？"突如其来的问话让我没反应过来，下意识地抬头对上了仲溪午那双清明的眸子。

仲溪午并未介意，反而开口："你看看这个。"

修长的手指夹住了一本黄色的奏折，我踌躇片刻，还是接了过来。

这又是搞什么名堂？于情于理都不该让我这个"皇嫂"看奏折吧？不过他开了口，我又怎么能不看？那不就是违抗皇命了嘛。

打开奏折，后背顿时生出了一层冷汗，奏折上写的全是华深那个浑蛋干过的种种"好事"，欺男霸女，事无巨细。奏折还直接参华相教子不严，甚至言辞间直指华相本身有问题，才会导致儿子效仿。

手指不由自主地收紧，我说太后怎会突然让我来送东西，怎么想都觉得不太妥当，若是他们合计好的，就说得过去了。

不过他们的目的是什么呢？试探我的反应，还是想从我入手，打压华府？

看了将近一个月的宫斗剧之后，我也开始多了些心思，当即做出羞愧的模样跪下："回皇上，兄长心智有损，因此家父才纵容了些，疏忽了对他的管教，还请皇上从重惩罚。"

若是华深有脑子，也不会明目张胆做出这种事情来，也不怪我说他智障了。

"哦？"仲溪午挑眉说道，"你倒是明事理，那依你看，我该如何处罚你的兄长呢？"

努力掐了自己一把，才让自己挤出些眼泪，我抬头说道："华深是臣妇兄长，骨肉至亲，即便他有诸多过错，但是长幼有序，臣妇又是一介女子，不知该如何处理。皇上深明大义，自有处断，臣妇不敢妄加指点。"

仲溪午听此似笑非笑地说道："一直听华相夸自己的女儿举世无双，怎么在我面前这般拘谨？"

"做父母的，总是觉得自己的子女是最好的，因此难免会夸大其词。"我低头回道。片刻后听到一阵脚步声，一双绣着金线的黑色鞋子在我面前停下，在我身上投下了一片阴影。

察觉到他俯身向我靠近，我竟然下意识地想跑，这是我第一次感觉到上位者的压迫，或者是他第一次在我面前展露君威。

果然男二的温柔都是女主的，我什么都没有。

我强忍着一动不动，他俯身，一只手抬起我的手臂，将我拉起来，另一只手抽走了我手中的奏折放在桌上。

"晋王妃不必如此紧张，我并非兴师问罪，只是随口问问罢了。"仲溪午又恢复了平常的温润有礼。

只是还握在我手臂上的手掌，传来阵阵压迫感。我感觉自己挤出来一抹比哭还难看的微笑。

突然外面太监尖细的声音响起来："皇上，太后娘娘传了口信过来，说是晋王来了，正在寻晋王妃呢。"

第一次感觉仲夜阑的名字那么亲切，我恨不得朝他飞奔过去，同时也不由自主地舒了口气。

听到仲溪午笑了一声，我才发现自己太过庆幸，下意识地发出了不容人忽视的吐气声音。

仲溪午松开了我的手臂，说道："走吧，我们去太后宫里。"

我一路无言地跟在他的身后，到了太后宫殿，看到仲夜阑面容的那一瞬间我都想哭了。

我错了，我真的错了，我不应该为了躲他反而把自己投到皇宫这个龙潭虎穴里面，小说里皇上可对华府没那么大的敌意，怎么我一来什么都变了呢？还是越变越坏的那种。

看到我一副泫然欲泣的模样，仲夜阑双眼不由得生出了很多困惑，却没有贸然开口。

直到走到他身边，紧紧地拽住了他的衣袖，我才感觉方才飘浮的心落了下来。

"晋王和王妃的感情可真好啊，真是羡煞旁人。"戚贵妃的笑声响起。

鉴于我这段时间培养的好人缘，其他妃嫔也跟着调笑了一番。

仲溪午的目光似乎不经意地瞟过仲夜阑的衣袖，顿了一下才转移视线，他开口道："许久没在皇宫见过皇兄了，不知皇兄这段时间在忙什么？"

仲夜阑一边笑着回答，一边默默地在衣袖下握住了我的手。

宽大的手掌将我整个手包了进去，他似乎是知道我的不安，虽然不清楚原因，却还是给我以安慰。

12

恍恍惚惚出了皇宫，坐上马车之后，我还有着阵阵心悸。仲夜阑此时才开口问道："皇宫里有谁为难你了吗？"

我敷衍地笑了笑，回道："没有。"

仲夜阑皱了皱眉头，他明显看出了我在撒谎："阿浅，你现在怎么什么事儿都喜欢憋在心里呢？以往你可是事事与我相商的。"

我垂下头，不再言语。

弄不明白华府在皇帝心里究竟是何种存在，让我实在难安。小说里华府毁于女主手中，现在我化解了我们之间的血海深仇，不必非要再你死我活的，可是皇帝怎么开始注意到华府了呢？

所以也就是华府一定要亡，没了女主的滔天恨意，也躲不过皇帝的不明心思吗？

这就是反派唯一的出路吗？为什么……偏偏是我，恶有恶报这个大快人心的套路，为什么要由无辜的我来承担苦果呢？

正胡思乱想之时，一个手掌突然落在我的头顶。我抬头，看到坐在我对面的仲夜阑看着我，虽然他还是面无表情，眼里却很是郑重："阿浅，我们成亲以后你似乎有很多心事，你不愿说，我不逼你。你只要知道有我在，我定会护着你。"

这一番表白并没有让我放松半分，他想护着的那个人，可从来都不是我。倘若日后真相大白，我只求和他形同路人便好。

回到府里后，不知是被吓着，还是心里忐忑，我竟然开始浑身发热。

我一度感觉自己发烧到快要灵魂出窍，似乎就要回到那个车水马龙的现代社会，然而一觉醒来，还是在这古色古香的屋里。

虽然大病一场，但是也有好处，我有借口不去皇宫了，毕竟我之前去得那么勤，被皇上一吓唬就不去了，这样太过刻意了。这病真是来得及时。

太后还派人过来问了问，看我实在是病得脸色苍白，才没有召我入宫。与此同时，我发现……这古代的药也太苦了吧！

我之前还挺喜欢苦涩的味道，比如苦瓜、莲子心，或者咖啡，但是这种中药的苦真的让人不能忍。

我也曾很喜欢中药的气味，然而第一次喝我的脸就绿了，差点儿把胃吐出来。从那以后，我就偷偷把药倒掉，正好可以让病好得慢一些。

在我的不懈努力下，我成功地在病榻上躺了半个月之久。

生病初期，华夫人就带着华深上门探望了。

想起那个让我生病的罪魁祸首，我也没了好脸色。虽然生着病，但是我一直让千芷留意着外面的情况，得知仲溪午并未对华府发作，我才安心下来，却也更加疑惑：他究竟是图什么？

"浅浅，你这病了一场，怎么看着瘦了这么多呢？"华夫人开口满是难掩的关切。

终归是华浅的亲人，我掩下心里的不耐烦："母亲或是许久未见，才有这种错觉。"

华夫人拉着我啰唆了许多，华深也乖巧地坐着一声不吭，华夫人说了许久终于扯到了正题上："我和你父亲因为……宫里的事，去族里待了一个月才回来，刚回来就听说你哥哥又给你惹麻烦了。"

我一皱眉，华相突然拒绝给华美人任何支援，也难怪族中之人会叫他回去相商。不过我也不担心，华相向来极有主意，不会出尔反尔，他认定华美人已有反心，宁可信其有，不可信其无，他不会听他人之话就轻易动摇。

这也是所有聪明人最容易犯的毛病，越聪明越多疑，自己的女儿和弟弟家的侄女，孰远孰近，一目了然。

见我不言语，华夫人给华深使个眼色，那个纨绔就觍着脸朝我走过来，从怀里掏出来一盒子珠宝首饰，说道："我看妹妹进了晋王府就不曾添首饰，特地为你寻了些送来。"

华夫人也在一旁帮腔："深儿心里可是一直惦记着你这个妹妹呢，去了首饰店，先把好的都包了起来，连我这个做母亲的都没有份呢。"

看着两个人一唱一和，我终究还是接下了首饰，虽然不喜欢，但是不能当着华夫人驳了华深的面子。

然而我刚收下，华深老毛病就又犯了，只见他挤着那张胖脸谄笑着说："方才过来，看到妹夫书房里出来一个丫鬟，那模样可真精神，我怎么不曾在妹妹身边见过呢？"

仲夜阑书房？

那不就是牧遥吗？仲夜阑喜静，身边极少有丫鬟。

这个二傻子是觉得华府倒得不够快吗？竟敢觊觎仲夜阑的女人！

我当即忍气怒斥："华深，你给我把脑子放清楚了，仲夜阑身边之人也是你能想入非非的？你也不怕连累华府的人掉脑袋。"

华深被我严厉的模样吓得缩回了脑袋，赶紧解释："我就是问问，妹妹不要生气，我怎么敢招惹你身边的人呢！"

看我还气不过，华夫人赶紧开口："浅浅，你哥哥就这个样子，口无遮拦。话说晋王身边竟然有了丫鬟？是什么来历……"

牧遥在边城长大，向来不喜欢那些虚与委蛇的场面，进京以来没有怎么露过脸，所以她们没见过也正常。"母亲，你现在该做的是管好你的儿子，而不是把手插进晋王府。"我毫不客气地打断她。

华夫人脸上也有些挂不住了："我这不是为你着想吗？你这是生的哪门子气……"看我脸色不好，华夫人终究不再说下去，而且让华深去外面候着，免得再惹到我。

"你哥哥虽然人迟钝了些，但总归还是真心实意对你好的，之前有什么都是先想着给你留着，连我这个做母亲的都没这个待遇。"华深走后，华夫人又为他说起好话。

这华夫人可真是会美化自己的儿子，华深所做的种种事情，说他迟钝都是在表扬他。

"当年我怀你的时候，深儿不过五岁，每日都要来摸摸我的肚子，念叨着让你快点出来，他这个做哥哥的来好好照顾你……"

听不下去华夫人为那个纨绔说情，我又开口打断了她："劳烦母亲今日回去给父亲带句话。"

华夫人一脸不解地看着我，似是没想到我话题转得这么快。

"千里之堤，溃于蚁穴。"

华府就算必须要亡，也不能这么快。

华夫人走后我继续养病生活，每日晒晒太阳，听听丫鬟们闲聊，过得十分自在。

丫鬟们见我和颜悦色，也都没那么拘谨了。

这不，负责刺绣的银杏见我无聊，便主动与我搭话："王妃可听说了？王府里新招了些府兵。"

"那又如何？"我不解地问道。

快言快语的翠竹却抢先开口："这次的府兵里有一个人生得可好看了，王府里的丫鬟都忍不住去偷看呢。"

果然不管任何时代的女性，都免不了八卦的心情。"是吗？我怎么没印象啊？"我好奇地问。

"新府兵入府那天，王妃正好病倒了，才不曾见到。"银杏回道。

翠竹面上微红，傻笑着说："王妃见了也定当称奇，我真真没见过那么好看的男子。"

"瞧你们那没见识的样子，一个奴才而已，长得好看有什么用？"一旁的千芷不屑地说道，之前她本是对其他下人极为看不上的，在我努力掰扯下，总算好了些。虽然话还是不怎么中听，但总算没那么刻薄了。

银杏和翠竹也没那么怕她了，比较活泼的翠竹还是忍不住小声反驳："若是芷姐姐见了，定然说不出这种话。"

千芷不屑地哼了一声："你以为我和你们这些没见识的一样啊。"看着一群丫鬟热热闹闹地拌嘴，我忍不住笑了起来。

多好的青春啊，在我十六七岁时，也会和朋友讨论男生讨论得不亦乐乎，那种单纯而肆意的欢声笑语，才可贵啊。

13

转眼到了仲夜阑的生辰，小说里因为他生辰正是他母妃的忌辰，所以他从不过生日，而华浅为讨他欢心，低调地在晋王府办了个生日宴。

这个晚宴便是牧遥和仲溪午的第一次相遇，仲溪午对她一见钟情。本来我还曾想为了男女主的幸福少点坎坷，阻拦一下仲溪午，但是现在想想，我还是老实待着吧。

仲溪午让人捉摸不定，我可不敢再乱出手了。仲夜阑又格外难缠，索性就按小说情节发展，给仲夜阑一个情敌，让他产生些危机感。

若是仲夜阑一味地把心思放我身上，等到我坦白那天，他肯定会更加生气。千芷老早就寻来了一把名琴，想让我到时候闪亮登场，而我听了却微笑不语。

小说里的华浅是琴棋书画样样精通，而我却是琴棋书画啥都不行，所以嘛，我也就有了别的打算。

仲夜阑生日当天，我按小说情节让人安排了一桌好菜，等他晚上回来。

而他回来时，身后不出意外地跟着仲溪午，我就故作一副惊讶的表情行礼。

仲溪午丝毫没有架子地让我起身："今日是皇兄生辰，我只是来凑个热闹。"

看着真是和蔼可亲，不过有了在皇宫里的一番遭遇之后，我再也不敢放轻松了。

我们三人入了席，刚吃上几口，就听千芷小声唤我："王妃，东西备好了。"

兄弟二人疑惑地看着我，我淡笑一下，开口道："今日王爷生辰，臣妾特地寻了一把名琴，想为王爷助兴。"

身后的千芷露出满意的表情，然而下一秒她的表情就变得无比僵硬，因为她听到我说："早听闻牧遥的琴艺出神入化，我也是十分好奇，不知牧遥可否为王爷演奏一曲？"

小说里是华浅先弹了一曲，然后开始挑衅边城长大的牧遥，结果最后惨遭打脸。那我索性顺水推舟助她成名，别拿我当垫脚石就行。

话音刚落，牧遥就怀疑地看着我，那模样仿佛怀疑我在琴上下了毒，不然怎么会给她铺路？仲夜阑也是疑惑地看着我。

身后的千芷又是一副想冲上来摇我肩膀的模样。只是大家都碍于仲溪午在，没有发作，牧遥也行了一礼后接过琴开始弹奏。

按小说里的说法，她的琴音不同于寻常女子的柔弱动听，反而带着铮铮铁骨，使人顿生金戈铁马之气。家族的不平遭遇，使得琴音又多了几分令人叹惋的悲壮。

总之小说写了那么多，我是一个字都没听出来。

不过看到仲夜阑恍惚的神色，和仲溪午渐渐发亮的眼眸，我就知道应该是不错的。

很好，都按小说情节走了。仲夜阑，你也给我好好清醒一下，看看你身边马上就要成形的情敌。

一曲终了，仲溪午是最先拍手的："皇兄府里真是卧虎藏龙，一个丫鬟却能弹出如此琴音，真是令人叹为观止啊。"

嗯嗯，马上就要观摩男主、男二为女主手足相残了，想想还有点小激动呢。小说结尾终归是皆大欢喜，我也不担心他们争夺一番，毕竟越难得到的，才越珍贵。

正当我傻乐时，仲溪午突然转头看向我："久闻晋王妃的琴艺也是京城一绝，不知比之如何呢？"

……真是女主出场后，男二便开始为难我了。

"牧遥珠玉在前，我自愧不如。"我掩了掩嘴角，做出羞愧的模样。

"那晋王妃为皇兄准备了什么生辰礼呢？"仲溪午又望着我开口，

眼里满是真诚的好奇。

你还没完没了了是吗？

我哪知道他们听完牧遥弹琴后，还会想起我，我现在去哪儿变一个贺礼出来呀？

仲夜阑也抬眸向我望过来，让我那一句"我没准备"咽回肚子里。

慌忙中我四处乱看，想找出些什么，目光扫过饭桌，顿时眼前一亮，心里有了主意，便道："皇上和王爷稍候片刻，我去去就来。"

古人有吃长寿面的习俗。五音不全，要啥啥不行，吃饭第一名的我，唯一拿得出手的也就是厨艺了，这也是我之前在现代社会一个人住练出来的。

忙了小半个时辰我才匆匆端着一碗面赶过去。

我尴尬地笑着开口："我自知才疏学浅，便只能拿这一碗长寿面送王爷了，还望王爷莫要嫌弃，礼轻情意重。"

仲夜阑似是极为诧异，连一贯的冰山脸都维持不住了，应该是没想到我准备了一个如此拿不出手的贺礼。

最终他还是接过去吃了一口，看向我，说了句："王妃有心了。"过关就行，我心底长舒了一口气。

"晋王妃是何时学的这厨艺呢？我怎么听说华相的女儿是十指不沾阳春水的？"仲溪午又开口说道。

他还真的针对上我了吗？

"这是我偷偷学的，想给王爷一个惊喜。"

或许是我说得极为真诚，连我的丫鬟千芷都觉得我是背着她们偷偷准备的贺礼，从而满意地看向我。

鬼知道我是被仲溪午赶鸭子上架的。

好歹用一碗面蒙混过关，总算不再纠结礼物之事了，仲夜阑非常给面子地把一碗面吃得一干二净，看我的眼神也越来越温和。

而我心里却咯噔一下，小说里华浅成亲之后一直不懂事地缠着仲夜阑，各种作死、耍心眼，才会让他渐行渐远。我如今的表现却和小说大相径庭，我是不是需要学习一下之前华浅的方针路线？

晚宴就在我的胡思乱想中结束了，牧遥的琴声也并没有像小说中那样引起巨大轰动，难道是没有我的衬托，就无法彰显她的优秀了？

仲溪午并没有马上回宫，兄弟二人难得地对月互饮起来，我只得在旁边作陪。

古代的月亮可真是亮啊，可能是因为没有雾霾，所以真的如古诗中所说的，如一轮白玉盘挂在天空。

正在发呆之际，突然听到仲溪午的声音："晋王妃在想什么，这么入神？"

我转过头，却发现仲夜阑不在，下意识地开口："王爷呢？"

仲溪午一愣，答道："刚才和皇兄说起城防布置，他去书房拿城防图，等下就回来。"

我这是发了多久的呆？怎么什么都不知道呢？这仲夜阑有点儿过分吧，走也不和我说一下。

"看来我和皇兄说的话着实没意思，才让你走了神。"仲溪午又开口笑道。

我借假笑掩饰着尴尬："是臣妾太过愚昧，听不懂皇上和王爷谈的国家大事，才走了神，还望皇上恕罪。"

仲溪午面上带笑，眼神却是锐利的："我以为晋王妃作为华相的女儿，应该对这朝中之事很感兴趣才对。"

这小皇帝还真是没完没了了，为什么一直揪着华府不放呢？或许是在晋王府，自己的地盘让我有了几丝底气："嗯，皇上想错了。"

仲溪午不由得一愣，似是没想到我会回答得这么干脆，但他马上也反应了过来："晋王妃这是觉得在晋王府，就有底气了吗？"

"臣妾不懂皇上的意思。"我继续假笑装糊涂。

却见仲溪午突然脸色一冷，皇帝的气场扑面而来："你究竟是不是华浅？"

"我当然是。"我发现自己越心虚反而声音越大。

仲溪午并未被我突然提高的音量吓到，而是冷笑一声道："皇兄成亲之前，朕也见过华浅几面，她可是丝毫见不得皇兄身边出现别的女子，更别说替别的女子在皇兄面前邀宠了。"

手心开始冒汗，他又开始拿君威吓我了。

我强装镇定："这话我之前似乎和皇上说过，为人女和为人妻自然会有不同。"

仲溪午挑了挑眉，继续问："你说来听听。"

我深吸一口气，回道："为人子女时，父母是我的半边天，所以我可以肆无忌惮地去喜欢王爷，因为将他视作我人生的唯一存在，才会想要占据他的所有视线。"

我停顿了一下，见仲溪午并未插嘴，定了定心继续说："成了亲，我发现自己必须学会撑起来整片天，不能再只想一处。所以我虽依然爱王爷，却不像以前只想把他据为己有。也是因为太过爱他，我才明白了，只要他开心，我什么都可以。"

一番令人脸酸的告白让我大言不惭地说出来，仲溪午脸色并没有好转，依然十分冷漠，我努力不露出心虚的表情和他对视着。

突然他粲然一笑，如同骄阳般的面容差点晃了我的眼。只见他头一歪，冲着我身后说道："这番告白听着可真是让人眼红，皇兄可还感动？"

第四章

身体受了伤，心也会变脆弱

14

我机械地转过头，看到仲夜阑手里拿着一沓纸，正站在凉亭外面的阴影处。全身的血液"轰"的一声全涌到头顶，我是真的想口吐芬芳了。

活了二十三年，从来没有告过白的我，人生第一次遇到如此尴尬的境地。回头再对上仲溪午那似笑非笑的眼眸，我觉得我还是一头在这凉亭的柱子上撞死比较好。

仲夜阑踏步走进来，眼神如同经历了地震一样动荡。他身后跟着的牧遥却满眼嘲讽，以她对华浅的了解，定会以为我是知道他们在才故意说这番话的。

我真的不是故意的，要是知道仲夜阑在听，打死我都不会不要脸地说出那番话。

爱一个人时会变得十分口拙，不爱时才能侃侃而谈，我就是因为对仲夜阑没那个心思，才能这样瞎扯一通，但是古人似乎不知道这个道理。

仲夜阑眼里带着愧疚，估计又觉得他成亲以来忽视我了，他张了张嘴："你……"

我当机立断站起来，用帕子捂住脸，丢下一句"臣妾妄言，实在惭愧"，然后拔腿就跑，被帕子遮住的脸恐怕已经扭曲得不能见人了，实在是太丢脸了！这不是我想要的。

　　仲溪午，你身为男二，何苦要一直为难我这个不容易的女二呢？

　　一连几天，我都闭门不出，还吩咐丫鬟谁也不见，千芷虽不赞成，但是见我严厉，也只能听从，将仲夜阑挡在门外。

　　实在挡不了时，我就回了华府住。这还把华夫人吓了一跳，以为我和仲夜阑置气了，华深倒是挺高兴，说是难得有机会每天都能看到我。

　　我以为我能忍受华夫人每天的谋划人心之说，华相时不时的探究试探，还有华深动不动的作死，结果住了两天我就忍不下去了。

　　这个家庭实在是太可怕了。

　　无奈还是回了晋王府，仲夜阑似是知道我在躲他，只当我是害羞，所以也不再来寻我，倒是让我得了几天喘气的时间。

　　入夜，我沐浴过后便坐在了书桌前，拿着一支笔开始勾勾画画。因为我这个人记性不怎么样，所以我总是习惯先把接下来的事写下来，再逐步推理，如此方能没有遗漏。

　　刚写下"祭祖典礼"四个字，就听到外面一阵喧哗，停了笔让平时话比较多的翠竹出去打探。然而她回来之时却带着一个人——仲夜阑。这几日缓过来了，我也没那么尴尬，所以就像往常一样行了个礼。仲夜阑大步跨进来，看到我就开口问："阿浅，院子可还好？"

　　我一头雾水："怎么了？"

　　只见仲夜阑满脸戾气地说道："有个不知天高地厚的人，竟然敢夜闯晋王府。"

　　我则是眼前一亮。小说里有这个情节，这个夜闯晋王府的人应该就是我们的男三——伍朔漠了。

　　他听说女主"被困"晋王府，便前来相救，结果女主犹豫之时惊动了仲夜阑，伍朔漠只得先行离开，而半个月之后的祭祖典礼才是他真正动手的时机。

很好，看见小说情节还是按部就班来的，我就放心了。

因为小说的时间线过得很快，而我却一天天地过着小说里没有的生活，如同在填补时间线的空白。所以我无法得知我的异变，是否会给小说情节带来什么变故，但就目前看来，我并未影响剧情的走向。

见我不语，仲夜阑缓了脸色开口："方才过来看，你这院子似乎人丁稀少，明日去找计东给你们再添些府兵。"

我本想开口说不用了，毕竟这夜访者是怎么也到不了我这里的，然而看到仲夜阑身后那一群丫鬟满是期待地看着我，心里不由得觉得好笑，真是女大不中留啊。

"好的，那我明日派人去寻计管家。"我开口应下。

仲夜阑说完之后，并未立即离开，似是还有什么话想对我说，我视而不见地接下去说："那臣妾恭送王爷。"

仲夜阑眉头一皱，最终还是点了点头离去。

他刚走，那群丫鬟就眼巴巴地看向我。我忍不住笑出了声，倒是驱散了些心里的不定。

"去吧，明天你们去找计管家，把你们想要的人要过来。"我无奈地摇着头对她们说。

她们一个个顿时兴高采烈得快要蹦起来了。年轻真好啊，我十五六岁的时候也曾有喜欢的人，也是恨不得朝朝暮暮见到他。

那时候的喜欢就是这么单纯，每次不经意的相遇仿佛就是最大的幸福。可惜现在我这个二十三岁的人，虽披着十七岁少女的皮，心却已经老了。

对我来说，现在最重要的就是做好祭祖典礼的局。我继续拿起笔开始涂写回忆，小说中，男三伍朔漠在典礼上带人蒙面大闹了一场，想要带走女主。

仲夜阑不知情，一力护着她，牧遥这个时候才看明白自己的心，她不愿离开，更是因为仲夜阑挡下了伍朔漠射过来的一箭，彻底揭开了两个人之间的那层纱。

救命之恩谁能抵抗住呢？这倒是让我这个知情者捡了个便宜，无论华浅做过什么，我都可以用这个来抵消。

不过我可没那么傻，去为仲夜阑挡箭，我想的是关键时刻我抱着他往地上一滚，避开男三射过来的箭就行。

这样我不用受苦，也得了个"救命恩人"的称谓。华浅之前骗人的确恶劣，但是在这个恩情面前，仲夜阑再生气也不会对我出手了。

对于已经掌握了时间、地点、情节的我，这简直就是送上门的人情，为何不收呢？

我现在需要做的就是一遍遍演练，锻炼身体的敏捷度。这个身体太柔弱，我还得多多努力才行。

于是每日晨昏我开始在院子里跑起步来，把一院子的丫鬟看得瞠目结舌，在我的警告下，她们也不敢多说什么。

唯有李嬷嬷因为年纪大了，还会时不时痛心地念叨几句，看我的眼神活生生就像是我误入歧途了一样。毕竟在这些世家嬷嬷眼里，女子应当谨言慎行，恭顺良淑，我天天撸着袖子跑步，简直要把她气出心绞痛来。

不过还好，我的院子里只有些丫鬟嬷嬷，府里的小厮和府兵都在院外守着，无事也不会擅闯，所以时间一长，李嬷嬷也就忍了下来，任由我胡闹。

转眼就到了祭祖典礼，天未亮，我就又被拉起来梳妆打扮。这让嗜睡的我觉得十分痛苦，不过想到今天过后，我和仲夜阑就彻底两清了，这才打起了精神。

典礼上我要穿王妃的服饰，真是又厚又重的袍子，还得戴那一堆看着就脖子痛的珠宝钗饰。我心里默念：忍忍吧，最后一次了。

跟着仲夜阑来到祭坛时，已有不少官员候在那儿了，远远看到了华相他们，我微微点头示意了一番。

等了约莫一刻钟，皇帝和太后相携而来。因未曾立后，所以是太后站在皇帝身旁。

接下来，所有官员和亲眷都到自己的位置上站好，这场面让我忍不住想起了大学升国旗的场面，大家也是按照各自的位置站好，奏国歌，行注目礼。

恰巧这时司仪开始主持，一连串听不懂的语言像是在唱歌。我忍不住笑出了声，顿时收到身边之人各异的目光，连仲夜阑都皱眉看了我一眼。我赶紧眼观鼻，鼻观心，老实站好。

15

直到太阳升到了正头顶，典礼才结束，不知道是不是我的错觉，身边之人都明显松了口气，看来难受的不止我一人啊。

不过这时候我反而精神起来，因为好戏就要上场了。

刚走到晋王府随从身边，突然听到人群一声惊呼，接着就看到高台上仲溪午身前一支箭射入地面。

"护驾！"

随着公公尖细的声音响起，一群士兵迅速将仲溪午围了起来，仲溪午只是眉头紧皱，并未露出半点畏惧。

我不由得勾了勾嘴唇。真是和小说里的情节一模一样，伍朔漠就是趁大家散场，人群凌乱而松懈之时，出手声东击西，他真正的目的，自然是救牧遥。

随后便有几十个黑色的人影涌入，对着人群砍杀，看着像是想杀出一条路到仲溪午身边，实际却慢慢将晋王府的人隔离开来。

仲夜阑手持长剑，眉目凌厉，牧遥则是担忧地站在他身后。

我就默默退到了最后面，按照小说情节，还得杀上好一会儿，伍朔漠见仲夜阑一直拦着，无法接近牧遥，才搭箭射击。

所以我就先老老实实待在外围看戏吧。因为小说中华浅并未在此次袭击里受到半点损伤，所以我才有恃无恐地待在一旁。

人群里的黑衣人出手并不狠辣，一看就并不想伤人性命，只是想制造混乱。当局者迷，而我这个旁观者却看得格外清楚。

疯狂喊叫哭泣的人群里，我简直就是个异类。

正当我想找找看哪儿有瓜子，能让我嗑着看会儿戏时，一个黑衣人突然持刀向我冲过来。

他怎么不按套路出牌？

方才人多眼杂，我就独自退到了最后方，可他偏偏从后面袭击，现在我身边空无一人，仲夜阑还在前面酣战。

我当即冷了脸色，用之前在皇宫里从太后和皇上身上学的凌厉气场，冲那黑衣人吼道："住手！"

不知是我目光太狠，还是表情太凶，那个黑衣人真的举着刀停了下来。我抬手一指前面的牧遥，那黑衣人也下意识地看了过去，我说道："那才是你的目标。"

黑衣人僵硬地转回头，没有遮住的双眼露出了被羞辱的神色。可能他反应过来了：为什么要听我的话？

随即他又砍了下来。

我心里哀号：你能不能按小说情节来？

正当我闭眼准备抱头逃窜时，突然听到刀剑相击的声音，随后是一声闷哼。

我睁开眼，看到的是一个身量和我差不多的少年郎的背影，身穿晋王府府兵的衣衫。

他牢牢地挡在我面前，微侧过头对着我。我看到他的侧脸上有几点血渍，这才明白他是在为我挡去他方才击杀黑衣人的血腥场面。

"王妃，你没事儿吧？"少年开口。

我顿时放下了心，果然小说里华浅没受伤，就是应该不会受伤的。我上前拍了拍那个府兵的肩膀："有前途啊，少年，你叫什么名字？"

我感觉到手下的身体一阵僵硬，又看到他嘴唇动了动，不过人群太吵，我没听清楚他说什么，正欲探头过去，我突然注意到牧遥的脸色变得决绝了。

不好，女主要挡箭了，当即也顾不得嘉奖那个府兵，我拔腿就往仲夜阑那个方向跑去。

到了他们身边，我就看到远处一个黑衣人手持长弓，正欲拉开。一看他那不同于其他黑衣人的衣服样式，我就知道他是男三伍朔漠。

看到牧遥抬手似乎想抱住仲夜阑，我当机立断推开了她："放着我来！"

我算对了时间，算对了方向，算对了人……

却唯独没有算到一个警惕的习武之人下盘有多稳。我全力扑向仲夜阑，想扑倒他，然而他一动不动……一动不动！

我顿时心凉了，是真的凉了，因为我一扑未成之后，就低头看到了自己胸口那个凸出来的箭头。

很好，给我来了个透心凉。仲夜阑的表情也不复方才的淡定，眼神里满是惊恐，他向我伸出手。我张嘴想说话，却只有鲜血汩汩地涌出。

太疼了！

两眼一黑，我不知是疼昏过去还是吓昏过去了。

再次醒来，我发现自己又躺在了房里的床上，胸口的箭已经没有了，取而代之的是撕心裂肺的疼。

好家伙，这男二、男三真不是盖的，可能真的与我有仇。

"千……咝——"刚想叫千芷，就牵扯到了胸口的伤口，疼得我感觉自己差点儿就要往生了。

然而听到动静最先进来的却是仲夜阑。我一愣，他匆匆走过来，语气温柔得仿佛要沁出水来："阿浅，你终于醒了。"

我顿时感觉伤口更疼了，我这算是偷鸡不成蚀把米吗？不对，应该是赔了夫人又折兵。

"我……"

"你不要说话，好生休养。大夫说这箭再偏一点……我恐怕就无法再见到你了。"我刚说了一个字就被他打断，他继而满目含情地看着我。

……这是把女主的剧情安到我身上了吗？我觉得不能再犹豫了，要赶紧快刀斩乱麻。

"我……"

"有什么事等你好了再说。"我的话又被他打断。

"不行，我……"

"阿浅，你放心，我今后……定不会负你。"仲夜阑又一次开口。

我两眼一翻，感觉一口气堵在胸口不上不下，差点驾鹤西去。

忍痛伸手紧紧抓住仲夜阑落在被角的手，我再次开口："仲夜阑，我有事必须现在对你说。"

仲夜阑一脸疑惑地看着我。废话，就要趁我半死不活的时候说，你再生气也拿现在的我无可奈何。

"小时候在寺庙陪你守陵的那个女孩……不是我，而是牧遥。"我咬牙忍痛说了出来。

仲夜阑脸唰的一下变白了："你在说什么？！"

果然，这件事对他太重要了。

我深吸了一口气，继续说："王爷还记得当时给那个女孩的玉佩吗？我之前撒谎说被我兄长打碎了，但是我在牧遥身上见过。"

察觉到我握着的手陡然变凉，我的伤口好像更疼了。

"还有，我和王爷之间清清白白，从未有过夫妻之实。当初那场……意外，是我下的药，因为我察觉王爷对牧遥不同，再加上我是冒充的，慌乱之下才做出那等错事，嫁进王府来。"

我松开了握着他的手，眼泪都被伤口疼出来了，看着倒像是我真的悔过了。

"这次在生死关头走了一遭，我才知道自己错得有多厉害。我不求王爷原谅我的过错，只求王爷日后莫要牵连我的家人。

"我一人之错一人担，王爷若要休妻，我亦不会有怨言。是我蒙了心智，王爷生气也是应当……"

一口气说了这么多，疼得我泪眼模糊，完全看不清他的表情。

最终，我又昏了过去，为什么这个世界没有强效麻醉药呢？

再次醒来时，身边果然只剩下千芷，没了仲夜阑的身影。我丝毫不意外。

"千芷，给我拿些蒙汗药过来。"我轻声吩咐道。

千芷红着眼眶给我拿了过来，接下来很长一段时间，我都靠蒙汗药度日。

我是一个很怕疼的人，所以我宁可选择昏迷不醒，也不想清醒地面对伤口的疼痛。

这样睡着、昏迷着，这大半年经历的事情、见过的人轮番在梦里出现，一度我都不知道自己是醒着的还是昏迷的。

又一次睁开眼时，我看到仲溪午在床边坐着。

"真是见鬼了。"我又闭上了眼，这小皇帝怎么在梦里还阴魂不散？

"哦？朕长得有那么……不堪入目吗？"熟悉的声音响起，我猛地睁眼，一用力想坐起，可胸口疼得我顿时清醒了。

这……不是梦！

16

倒吸了口冷气，不知是被吓的还是伤口疼的，我挣扎着想行礼，仲溪午抬手示意不必。我也就顺水推舟免了，只是咬牙坐起来："方才臣妇做了噩梦，口出狂言，还望皇上恕罪。"

仲溪午勾唇笑了笑，并不在意："无妨，晋王妃不必放在心上。"

这些时日我都是昏睡着，突然醒来，脑子还是昏沉着，只是隐约感觉不对劲儿。

"听闻晋王妃昏迷了五天之久，母后心忧，便让我带徐太医来瞧瞧。"仲溪午开口解释着。

我竟然睡了这么久？这几日每次醒来，我为了减少些疼痛，都会喝许多蒙汗药，并未留意竟迷迷糊糊了这么久。

我此时才注意到仲溪午身旁站了个中年男子，是太医的打扮。我脑子有点儿发蒙，可能是睡了太久，一时之间转不过来，就听从仲溪午的话伸手给太医。

徐太医上前号了片刻脉，之后起身行礼开口："回皇上，晋王妃身子已无大碍，之前……先前伤势颇为凶险，迫近心脉，恐怕日后会落下心绞痛的毛病。"

心绞痛？

我脑子里突然浮现林黛玉捧心蹙眉的模样，我以后会向她看齐了？

"既是无大碍，为何会昏迷如此之久？"

仲溪午皱眉发问的模样把我从胡思乱想中拉回现实。

"回皇上，臣方才号脉时，察觉到晋王妃体内有过量蒙汗药的残留。"徐太医拱手，不慌不忙地回答。

我勉强挤出一抹微笑开口："是臣妇怕疼，所以才依靠这蒙汗药度日。"仲溪午明显一愣，似是没想到这个回答。

一旁的徐太医又插嘴道："恕下官直言，是药三分毒，蒙汗药过度使用会导致虚弱无力，有损心智，王妃还请慎用。"

我不由得一愣，只想着睡着避开疼痛，却未曾想蒙汗药竟影响智力。难怪这些时日总是感觉头脑昏沉，我可是要靠脑子吃饭的，以后还是忍忍不吃吧。

想到这里，我面带愧色地回道："多谢徐太医提点，日后我定会注意。"

仲溪午面上不知是好笑还是诧异："我还不曾听说用这个法子来躲疼痛的。"

"是臣妇太过虚弱，吃不了这疼痛才出此下策。"

我是真的怕疼，从小到大，能吃药我就决不打针。之前最严重一次发烧到将近39℃，我也是靠偷偷吃药扛了过来，不敢告诉家人，就怕被逼着打针。

仲溪午冲徐太医点头示意，徐太医就拱手告辞了。

我一脸蒙：他不一起走吗？

可能是我的表情太明显，仲溪午开口："晋王妃可是想赶我走？"

"臣妇不敢。"我赶紧开口，渐渐清醒的脑子仍想不明白他还留下干什么。看我的笑话？

仲溪午从容地在桌子旁坐下，一旁的千芷赶紧倒茶。他轻饮一口才说道："我有些事还想不明白，想请晋王妃给我解惑。"

这人真是卑鄙，明知道我此时脑子迷糊，还故意挑这种时候问问题，我赶紧强打精神。

看我如临大敌的模样，仲溪午并未在意，继续温和地说下去："那日祭祖典礼刺客突袭，其他官家小姐都惊慌失措，晋王妃那等从容的模样真让人注目。"

祭祖典礼那么乱，这个仲溪午好好的注意我干吗？不过想想我当时四处寻找瓜子看戏的模样，确实是淡定得过分了。

"因为王爷在身边，臣妇相信王爷才未慌乱。"我垂下眼眸，做出一副小媳妇娇羞的模样。

仲溪午语调未变，仍是好声好气地继续问："可是我见晋王妃直面刺客也未曾有半点退缩，那气场竟让刺客都停了动作。"

我装腔作势吓唬蒙面人的场景也被他看见了？

那他是否……也看见了我指向牧遥的动作？

我继续"娇羞"地笑了笑，正欲开口，笑容却不由得一僵。

不对！

仲溪午此时并不知晓我和牧遥之间的纠葛，所以那日我指向牧遥的方向，在他看来，恐怕是……仲夜阑的方向，因为仲夜阑就站在牧遥身前。

抬眸对上仲溪午的眼睛，只见他笑容和煦，可是笑意未达眼底。

我真是……蒙汗药真的太伤脑了，日后我再疼也得把它戒掉。

平时我可不是这么迟钝，这么久才察觉出仲溪午的意图。

果然，一开始就感觉不对，于情于理都不该是他仲溪午带着太医来看我。依我们两人的身份，这种行为着实出格。

想起徐太医方才的话，我心底阵阵发冷，竟盖过了伤口疼痛。

难怪徐太医方才着重说了我之前伤势过重，原来他仲溪午压根儿就是怀疑我在装病，所以才特地带太医亲自查看我伤势是否真有那么严重。

若是我伤势轻了，恐怕他就断定刺客是和……华府有关了，那我救仲夜阑的目的也就没那么单纯了。可是出乎他的意料，我是真的差点丢了命，然而听他所问，这也未曾打消他的疑虑。

华相本就是奸臣，仲溪午这般揣测也无可厚非，可是我为什么觉得这么委屈呢？我可是差点死掉了，为何还要蒙受这种冤屈？

"臣妇才从鬼门关走了一遭，受了些惊吓，脑子不清醒，所以劳烦皇上有话直说。您可是在怀疑那日刺客和华府有关？"我语气不大好。享受不了病人的待遇，总得让我发一下病人的脾气吧？

仲溪午明显一愣，似是没想到我会这般直白，眼里也露出几分尴尬，和我对视的眼眸闪了闪，然后开口："晋王妃想多了，朕只是随口一问。"

心虚了就拿君威压我。

我强忍疼痛下了床，感觉手脚都在抖。这一动感觉伤口可真是太疼了。

仲溪午似是想站起来扶我，我却直接跪下，垂首开口："皇上，臣妾虽只是后院一介妇人，可是臣妾也知道人的命只有一条，即便是臣妾有不轨之心，也不会拿自己的性命相搏。"

想起这事我就心塞，明明只是想救人图个恩情，结果差点儿把自己赔进去，真是倒霉催的。既然算计失误让我差点儿丢了命，那可得好好利用一下。

"臣妾心知皇上向来对我有诸多偏见，只是方才徐太医也说了，这箭伤差点送我去了黄泉。臣妾因为怕疼宁可选择服用蒙汗药度日，难不成皇上还认为臣妾是这般不畏死之人吗？那日祭祖典礼混乱，臣妾不知自己举动有何不得体而引来皇上的疑心，只是臣妾将王爷的安全看得比自己的命还重，难道这还不足以证明臣妾的一片真心吗？"

昏睡了好几天，虽没有照镜子，我也知道自己怕是憔悴得像个女鬼。希望这副形象能打消仲溪午心头的几丝怀疑吧。他拐弯抹角地试探，我就偏偏反其道而行之地直言相告，看他还好意思欺负我这个生病的弱女子不。

仲溪午的脸色僵硬了片刻，眼神终究缓和下来，他伸手扶我："是我失言了，晋王妃莫要……"

这时外面突然响起了奴才的通报声："皇上、晋王妃，王爷身边的丫鬟牧遥求见。"

仲溪午一愣，我也趁机抽回自己的手，在十芷的扶持下站立。

牧遥走了进来。

我看到仲溪午的目光陡然变亮，完全不同于看我时的探究。

"你是那日弹琴的那个丫鬟吧？你叫牧遥？"仲溪午先开口问道。

牧遥落落大方地行了一礼，和我的苍白憔悴形成了鲜明的对比，她回道："回皇上，正是奴婢。王爷听说皇上入府，特让奴婢来请皇上过去。"

她这一句话给我传递了两个信息：一是仲溪午是不请自来，完全没有告知仲夜阑；二是仲夜阑……已经到了不愿见我的地步。

仲溪午笑着点头应下，回头看到我还站着，目光似是闪了闪："晋王妃好生休养，朕就不叨扰了。"

靠着千芷行了一礼恭送，我感觉身子都在抖，连累千芷都差点儿站不稳。牧遥走在后面，跨过门槛时回头看了我一眼，眼神是说不出的复杂，最终还是转头离开了。

突然，我鼻子就酸了起来，仲溪午只看牧遥一眼就能一见钟情，为何我做了这么多努力，他却还是对我满怀敌意和揣测？还有仲夜阑，如今是见都不愿见我。

牧遥想要博得他人的信任和喜欢就如此容易，而我……我生平第一次羡慕起她，羡慕她那与生俱来的女主光环。

"小姐，是不是伤口太疼了？你眼眶都红了。"千芷扶我在床上躺好，看到我的脸后担忧地问道。

"是呀，太疼了。"我闭眼回答。

原来一个人的身体受了伤，心也会变脆弱。

17

咬牙不再使用蒙汗药，伤口还是未痊愈，隐隐作痛，这样撑了三四日后，下床行动才不会牵扯到伤口。

这些时日仲夜阑没有来过一次，我也摸不透他的想法。小说里是华相倒台之后，华浅冒充顶替的事情才被牧遥揭露，仲夜阑就直接休书赶人。

现在华相还在，我又是主动自首，照理说不管是看我背后的权势，还是我的态度，他都不该有那么大的怒气。差人去寻了几次，却只得来一个"他在忙，没时间"的回复。

我不由得想，是不是我自首得太早了？应该在对仲夜阑再好一点之时再坦白。可是我的命都差点给他了，还不够吗？

晋王府的人极会见风使舵，见我受伤之后，仲夜阑除了最开始的探望，就没再到我的院子，下人逐渐对我多有怠慢。

我倒是还好，不过千芷那丫头因为之前的性子，吃了不少亏，也开始学得稳重起来。我不由得心疼起她，这也算是我连累了她，才逼得她这样迅速成长。

听翠竹说，华夫人和华深几次想探望都被挡住了，原本想理论，但不知道仲夜阑说了什么，他们就灰头土脸地走了，不敢再硬闯。

我估计是拿我嫁进晋王府的真相牵制了他们。

只是华夫人终究心疼自己女儿，人来不了，东西却源源不断地送进来，各种滋补药材堆成了堆。

而华深也是每隔几日就会托人送些东西过来，不过送的都是珠宝首饰。可能对于他那种纨绔来说，取悦女人的礼物只有这些吧，我每次都直接丢在一边，看都不看。

养好了身子我就坐不住了，不管是被休还是其他，我都得知道个方向才能进行下一步。

被休的话我就直接回华府，再声称自己想青灯古佛静心度日，直接出府到皇城之外的地方拿着银子快活去。若是……其他结果，我还得再规划一下自己的路线，总不能一辈子在这里浪费青春吧？

于是我去了仲夜阑的书房，门口是牧遥守着，她看到我，眉头皱了皱。

"我有事求见王爷，麻烦你通报一下。"我有礼貌地开口，此时的女主可得罪不起。

牧遥看着我的目光没有了之前那种刻骨恨意，却还是不善："王爷说了……不见你。"这话说得倒是直白。

"可是我有事必须见王爷。"我并未知难而退。牧遥目光缩了一下，却低头并未言语，仍是一动不动。

我又走近一步，迎着牧遥诧异的目光开口："牧遥，我之前说过，很多选择不是出自我的本心，但是我不会对你再有任何不轨之心。我欠你的，我发誓会一点点地还给你，你信我一次，好不好？"

或许是这段时间的病痛折磨的，我脸色非常苍白，牧遥目光明显闪了闪，非常复杂，她咬了咬唇正欲开口，却被书房内一道低沉的嗓音阻止。

"我正在处理公务，不见……人。"

牧遥一愣，瞟了我一眼，便又垂下头不再看我。

我抬手按住胸口那处箭伤，努力使自己放大声音时不牵扯到它："臣妾华氏，今日前来自请下堂。"

说完就感觉手按着的伤口又疼了片刻，果然还是未愈合，一用力就会痛。

牧遥一脸震惊地看着我，仿佛根本不认识我，院里其他守卫也终于一改木头人形象，向我侧目。

等了许久，书房内也没有回声，我便又开口："臣妾所言实为深思熟虑的结果，望王爷郑重考虑，臣妾回院子静候通知。"没有回应，我转身就走。

苦情戏里面的女主总是苦苦守在门外等男主开门，那样的戏码我可演不来，再说我也只是个女二，所以就不等在这里受罪了。

我既在大庭广众之下说了那番话，他仲夜阑有本事就一辈子都不见我。

回院子的路上，跟着我的千芷、翠竹眼眶都红了，我心中觉得好笑，这两个傻丫头定以为方才那是我受委屈之后的赌气说辞，所以才会为我难过。

"两个傻丫头，我自有打算，你们不要瞎操心，我可是堂堂丞相千金，还能被人欺负了去？"我忍不住开口安慰她们。

眼见就要走到院子门口，我开口想转移她们的注意力："翠竹，你去给我寻些点心来，没用早膳，走路都感觉步子飘了。"

然而一直没听到回话，我疑惑地回头，看到翠竹正面泛红晕地偷瞄院子门口，似是完全没听到我的话。我顺着她的目光看去，看到一个府兵打扮的少年正守在院口。

额头上不由得冒出些黑线，亏我刚才还怕她为我难受，好言相劝了那么久，结果这个丫头看到情郎就忘了娘——不对不对，是忘了我。

我心里不由得好奇，仔细看了那府兵一眼，也不由得一愣。难怪翠竹这个小丫头春心萌动，这个府兵生得真是好相貌。

男生女相，那张脸精致得恐怕连女子都会嫉妒。只是他棕色的眼眸带着几分戾气，反而为他增添了几分男子家的英挺，不至于太过阴柔。

看我打量他，那府兵抬眸瞄了我一眼，又迅速垂眸，但耳尖已泛红。我不由得心觉好笑，再回头看翠竹痴傻的模样，我忍不住大声叹了口气，抬步继续走。只是隐约感觉这府兵有点眼熟，走到门口处，我又忍不住扭头看了他一眼。入目是他的侧脸，我恍然大悟，这不就是在祭祖典礼，为我挡下了蒙面人之刀的那个府兵吗？脚步一转，我迈步到了他的面前，歪头看向他。他被我突如其来的动作吓了一跳，连脖子都红了。

"是你呀，少年，就是在祭祖典礼救了我的那个？"我歪着头开口。

他深深地垂下头才开口，声音带着些许沙哑："回……回王……王妃，是属下。"

应该是正在变声期吧，这院子人太多，以往我都不曾留意到他。

"典礼上太乱没听清，你叫什么来着？"我又好奇地问。

"属下……叫华、戎、舟。"他突然抬头，棕色的眼眸直视着我，一字一顿地回答，看着极其认真。

"放肆，谁给你的胆子，敢平视王妃……"身旁的千芷厉声喝道。

我抬手阻止了她的呵斥，看着那府兵……哦，华戎舟迅速垂下头去，我又开口："那这次我记下了，原来我们还是同姓，你今年几岁了？"

华戎舟又抬头看了我一眼，才回答："属下今年……十六了。"

真是个小朋友啊，我心里默默地想着，便抬手拍了拍他的肩。

感觉他身子一抖，可能是紧张，我放柔声音："那我大你七……呃，一岁，你的相救之恩我还记着呢，日后好好努力啊。"

差点儿把我的真实年龄报出来，忘了华浅只有十七岁。

"是，王妃。"华戎舟回答得极为郑重，像是我交给他了什么重要差事儿一样，年纪小就是好骗。

抬步往院子里走去，也不知道我还能在华府待多久，日后我若是离开了，就给他些银两当回报吧，总不能忘恩负义。

晚上让丫鬟帮忙洗了个头之后，我就一身清爽地上了床，却翻来覆去地睡不着，最后还是自己摸索着点上放在床头的油灯，披了件外衣坐了起来。

不想喊丫鬟，我就着烛光开始翻箱倒柜。反正睡不着，不如好好盘查一下我的物品，这些时日华深送来的首饰好像挺值钱的，赶明儿去卖了换银钱存起来。

冷不丁传来一个声音："你在找什么？"

"收拾行李。"我下意识地回答，却突然感觉不对。

一回头，仲夜阑正一身黑衣站在烛光的阴影里，面容比这黑夜还黑。手被吓得一抖，烛光迎风而灭，黑暗里一片寂静。

第五章

决不会再肆意揣测你

18

"把灯点上。"仲夜阑听不出喜怒的声音再次响起。

我欲哭无泪,这大半夜的是想吓死人吗?火石方才被我放在屋中央的桌子上,现在我眼前是黑到伸手不见五指。

华浅有一点倒是和我挺像的,都有轻度夜盲症。

"我……我看不见。"我握着油灯,老实地缩在首饰台前,小声回答。

等了许久,才听到一阵脚步声离我越来越近。

手里的灯被人突然抢走,我像个傻子一样大气不敢出一下,就傻看着黑暗。

听到火石摩擦的声音,一丝火光亮起,随后油灯就被点着了,我也看到了仲夜阑面无表情的那张脸。

果然,这男人爱你时是一张脸,不爱你时就是另一张脸了。

他重新回到桌子前,把油灯放好,自己则一声不吭。

我顿时不知道该怎么办了,他为什么会大半夜过来呢?这个时刻实在不适合谈正事。

纠结了片刻,我还是没有动,开口问道:"王爷前来,是白日的问题有答案了吗?"

仲夜阑的面容在烛火摇曳下显得飘忽不定，只是声音却没有一丝波澜："你是料定了我会赶你出府，才会在此收拾行李？"

我眼珠转了转，才开口："不是王爷想的那样，是我睡不着，想起来兄长在我养病期间送来许多首饰，我都未曾看过，才起来整理一下。"

仲夜阑明显是不信的："日后别对本王的心思妄加揣测。"

呵呵，又一个吓唬人的，"本王"都用上了。

不对，我都自请下堂了，哪里来的日后？

正疑惑着，又听仲夜阑说道："这些时日我有个问题想不通，你在祭祖典礼上救我，只是为了功过相抵，好离开晋王府吗？"

我不由得一抖。这个王爷也太聪明了吧，虽然昏暗中可能看不清楚表情，但是我还是做出一副痛心的模样："王爷怎么如此说臣妾？臣妾的一片痴心天地可鉴，只是前期执念太深才入了歧途，现在清醒过来自然是要离开……"

"你既然如此深情，那本王成全你，让你留下。"仲夜阑突如其来这么一句，硬生生地将我的表白噎在喉咙里，我……又适得其反了吗？我勉强又开了口："那怎么行，臣妾已知错，自然要承担后果……"

仲夜阑勾了勾嘴角，露出一副皮笑肉不笑的表情："知错了就行，你为救我差点赔上性命，我也不是忘恩负义之人，晋王府的粮食养得起一个闲人的。"

什么意思？

难道说我后半生就得困在这个小院子里孤独终老吗？

我不要啊，我还有大把的钞票，大堆的古风美男呢！

要不要承认我是为了离开晋王府才救的他？还有我只是没推动他才被迫挡了箭，这样他就不必念这个恩情了吧？

仲夜阑好像猜到了我的想法，先说道："华相权势滔天，我还得给华府几分薄面。你既功过相抵，就老实待在这后院度日吧。"

华相？

那我让华相倒台了，不就不用给他薄面了吗？

这个想法让我又想抽自己嘴巴子了，现在华相倒台，恐怕我会更惨。

正想再说几句，仲夜阑起身就离开了，不给我半点时间。

更过分的是，他还把油灯扑灭了！

"王……王爷？"我心存希望地开口，"我看不到东西了。"

然而等了片刻却没有一点声音，我不死心地继续说："王爷，我是真的什么都看不见。"

还是没有回应。

我深吸一口气，开始伏低身子按记忆里的房屋布置，慢慢摸索，想要回到床上。

一次又一次被不知道什么东西磕到膝盖，第三次撞到东西后，我终于忍不住低声咒骂："仲夜阑，你个忘恩负义没人性的东西。"

许久才摸回床上，我终于舒了口气，等明天膝盖估计会青紫一片。一阵风吹过来，我伏在床上看到窗户还开着，凉凉的月光投了进来。奇怪，明明记得窗户刚才是关着的呀。算了，不管了，总之冻不到我。如果再下去关窗的话，指不定又会磕几下。早上，我刚想赖个床，就听到外面吵吵闹闹。

"千芷。"我带着起床气大喊，却看见千芷红着眼眶进来，看着像是被气的。

"怎么了？"我皱眉问道。

"王妃，方才王爷身边的侍卫南风来了，说是……要……"千芷低着头结结巴巴，语气满是不平。

"好好说话。"我皱眉吩咐。

"南风说是王爷要把王府的中馈印章拿走。"千芷说着就带上了哭腔，终究是个小姑娘，"王妃伤势未愈，王爷不但不念及恩情，还……还……"

抬手揉了揉太阳穴，我开口："给他吧。"

我不贪这晋王府一分钱，所以一直以来的中馈都是推给下人帮忙打理，这拿不拿走，对我来说也没什么区别。

"可是王妃……王爷他怎么能……"

看千芷还是不服气，我叹了口气说："千芷，王爷他知道了，当年在寺庙的真相，还有我为了嫁过来设计的那个局……"

千芷的脸一下子变白了，只是最后还是忍不住嘟囔："那王妃为王爷差点没了命，他也不能这样绝情吧？"

千芷是我的丫鬟，自是站在我的角度，觉得仲夜阑太过冷血，不念旧情。

可若是站在仲夜阑的角度来看，华浅骗了他这么久，还设计他，差点让他和真正相爱之人分离，他怎能不恨呢？

千芷终究不情不愿地把中馈印章交给了南风，接下来我才真正知道了什么叫人情冷暖。

院子里的下人见风向不对，渐渐投向别的地方，一来二去，我这院子变得格外冷清，只剩千芷、翠竹、银杏和李嬷嬷四人。

对了，还有那个叫华戎舟的府兵，可能是年纪小不通人情世故，依然守在我这院子门口处，没有另谋出路。

院子里人少了，我倒是感觉不错，省得天天人来人往，让我连名字都记不住。仲夜阑并未限制我的自由，所以伤好之后，我可以自由出入，看来他是要把我当成隐形人了。

日常饮食上倒是没有亏待我，毕竟我身后还有华相这个后台，下人虽见我失宠，却不敢太过苛待。

这种惬意安静的生活让我差点儿想就此堕落下去，不再去绸缪。但是又想，我也不能一辈子守着仲夜阑呀，这大好的年纪我还是得多出去看看，顺便找个对象，谈场恋爱。

于是我又开始制订新的路线。现在我没了性命之忧，那就该作死了——让他仲夜阑忍受不了，然后赶我走。

正好此时接到了太后的召见，我便迫不及待地前去抱大腿。

刚出了院子就听到华戎舟唤我，我让千芷先去安排马车，自己走了回去。

华戎舟伸出双手，掌心是一个方形木头盒子，我疑惑地接过来，打开一看，是一只银镯。

又是华深那个败家子送过来的吧，说了他那么多次了，还是不开窍，只送我首饰，还不如直接给我钱呢。

我合上盒子把它放回华戎舟手里。他一愣，棕色的眼眸呆呆地看着我，我开口："日后华深再派人送东西过来，你就直接帮我退了，就说我对这些不感兴趣。"

转身准备走，听到华戎舟又急急忙忙地喊道："王妃，这不是普通首饰。"

我回头，看到他拿出镯子，按向镯子接口凸起处，然后一拧。

"咔嗒"一声，镯子竟然变成了一把精致的小刀，约有十厘米长、一指宽。

我眼前一亮，又从他手里接过那不知是该叫银镯还是该叫小刀的东西。

"这华深终于长记性了，寻了这样个新奇的玩意儿。"我惊叹地开口。

这小刀不大，沉甸甸的，却又很精致，不知是否锋利，我伸出手指想摸一下刀刃。

手腕却突然被紧紧拽住，抬头疑惑地对上华戎舟满是紧张的眼眸，他说："王妃小心，这刀虽小，但是异常锋利。"

19

"能有多锋利……"

我拿着小刀割向手里的木盒，话还没说完，木盒就被切去一个角，真是削铁……削木如泥啊，跟切豆腐一样。

忍不住又切了几下，盒子被割成几块我才停下来，越来越喜欢这个精致的小物件。

"给华深……呃，兄长回个话，说我甚喜欢这个东西。"我爱不释手地说着，对华深的印象也好了些，看来他也不全然是个一窍不通的二傻子。

抬眼对上华戎舟那双漂亮的棕色眼眸，他似乎也是格外开心。突然他注意到自己还拉着我的手腕，顿时脸变得通红，仓皇地就要跪下："属下……"

"别整那些没用的。"我拉起了他准备下跪的身体，"来，教教我，这个是怎么变回镯子的？"

这个操作也格外简单，只是按着凸起处，再往反方向一拧就变回一个平淡无奇的镯子了，真是个防身的好物品。

看着一直垂着头的华戎舟，这似乎是个格外实诚的孩子，我心念一动：也该培养些自己的人了。

"我这院子里也没什么东西好守着的，现在我正准备入宫，缺个护卫。"我努力摆出慈母的表情，"你来为我驾车可好？"

华戎舟抬头错愕地看着我，我继续笑得如同一个老母亲。只见他面上通红，灼灼目光中却少了几分戾气："属下……遵命。"

我既然下定决心要离开晋王府，那上到太后，下到晋王府侍卫，都得好好经营人脉。

到了皇宫，跟着领路太监一路低头走着，突然前面的太监身形闪了闪就没了。

我一皱眉，身边的千芷紧张地开口："王妃……"

我抬手示意她不必惊慌，我可是被大摇大摆请进来的，怕没人敢这样明目张胆地设计我。

片刻后，前面路口突然闪现一个明黄色的身影，仲溪午就言笑晏晏地出现了："这么巧啊，晋王妃。"

我面上微笑着行了一个礼，心里暗骂，巧个鬼！

能在皇宫这样大胆设计别人的，也非他莫属了。

"我正好也要去母后那边，一同前往吧。"仲溪午微侧身，我缓步跟上。

注意到他身边的大太监高禹公公不着痕迹地挡在千芷前面，拉开了我们之间的距离，我就明白他是有话对我说。

"你伤势可好些了？"果然，才和下人拉开距离，仲溪午就开了口，"那日在晋王府，因为皇兄有请，我都没来得及细问你。"

他还想怎么细问？

"回皇上，臣妇已无大碍。"我中规中矩地回答。

仲溪午脚步一顿，我装作不知，继续走，他又开口："看你一副气未消的模样，难道还觉得我在不分时间地……试探你？"

我连头都没有抬："皇上说笑了，臣妇不敢。"

"只是不敢，而不是不气？"仲溪午声音并未见怒气，似乎有些无奈，但还是一如既往的温和，"那我向你保证，日后决不会再肆意揣测你，你可会消气？"

这是什么乱七八糟的台词？我忍不住侧头看了仲溪午一眼，只见他笑得极为真诚。我嘴角抽了抽，他这话说错对象了吧？

"皇上所思自是都有道理，哪里算是揣测？"我继续客套着。

和他打过这几次交道，哪一次不是句句给我下套？保险起见，我还是做出一副诚惶诚恐的妇人模样就好。

"也罢，来日方长。我似乎现在才看懂……"仲溪午没有再纠结之前的话题，却没头没脑地来了这么一句。

"说起来，那日晋王妃说的一句话，我思来想去觉得十分有道理。"仲溪午话题倒是转移得不露痕迹。

只不过……又来了，和他说话真的心累，那么多弯弯绕绕，可是我又不敢不接话。

"臣妇愚昧，不知又说错了什么话？"

仲溪午叹了口气："说过不再揣测你，你不必这般谨小慎微。"

我不语，鬼才信呢。

仲溪午双手负于身后，脚步未停地说道："你说人的命只有一条，所以凡事都不值得以命相搏，这个道理日后你还是好好琢磨一下为好。"

啥意思？拿性命威胁我？这个皇帝真是吃饱了撑的，天天就喜欢玩弄权术，亏他长了那张如春风般的脸，原来温柔全都是对于女主而言。

看我脸色不太好，仲溪午愣了片刻，脚步缓了缓，又说下去："我的意思是你……"

正好到了太后宫殿，我大步迈进去，把他抛在身后。

高公公拦千芷，导致他们落后了不近的距离，但我这种逾矩的动作，他们也应当看不见。

穿过来之后我处处忍让，这次实在是不想再听仲溪午那一堆七拐八绕的话了。谁还没有点气性，我就不信他还能现在把我拉出去斩首。

快步走进太后宫殿里面，太后眼尖，一下子就看到了我，马上做出一副生气的表情："你这个丫头真是不懂事，阑儿那么好的功夫哪里轮得到你出头，白白在床上躺得那么久，让我在这宫里还得提心吊胆。"

明明是愠怒的一张脸，眼睛里却是明显的关切，我心里一暖，坐到了她身边，露出讨巧的笑脸开口："母后教训得是，是臣妾太冲动了。"

看我主动服软，太后脸也绷不住了，拉住我的手说："看看你都瘦成什么样了，以前我就嫌你身子不好，现在瘦成这样，日后可怎么给阑儿传宗接代呀。"

我的笑容一僵，难不成所有的长辈都喜欢催婚催生子？跨时代她们也没有代沟啊。

正犹豫要不要开口跟她说我和仲夜阑的关系变化，仲溪午的声音传了过来："母后太偏心了吧？我都进来这么久了，怎么像是看不见我一样呢？"

自己亲儿子来了，太后脸上笑容更盛，嘴上却是不留情："你还好意思说，到现在连个孩子都没有，我可不得把期望放在阑儿身上？"

她说完还拍了拍我的手……我一个恋爱都没谈过的人，为什么要和他们在这里讨论生孩子的话题？！

仲溪午看着也是无奈，就老实坐着不再说话，太后又转头向我说道："病了这么久也不给我报个信，害得我都想派个太医去看你了。"

我一挑眉，看向仲溪午，他清俊的脸上也有了几分尴尬神色。

当初某人可口口声声说是太后担心我，才让他带太医来看我，这真是现场打脸，太后都不知道这事儿。

"是臣妾倦怠了，下次定不会如此。"我装作不知地回太后。揭穿仲溪午也没啥意思了，大家都是心知肚明，何必硬要把脸皮撕破呢？

"还敢有下次？"太后重重地拍了我的头一下，"你是觉得我这条老命活得太长了是吧？"

我赶紧开口讨饶，哄了半天才安抚好这个老太太。

之前太后虽对我亲近了些，但还是有些距离的，没有今天这般，像是自家人一样。

看来我为仲夜阑挡箭一事，让她彻底对我改观了，觉得我是真心喜欢仲夜阑的，所以之前华浅用过的小伎俩她也不放心上了，权当是平常女子太过喜欢才犯的错。

陪太后说了许久，天色渐晚，我才开口告辞。我话音刚落就听仲溪午说道："时辰不早了，那儿臣也不叨扰母后了。"我刚说要走，他也跟着走，这也太明显了！一看就是又想拉着我打嘴仗。太后那么聪明的人，自然也看了出来，她眉头皱了皱，却没有开口阻止。我只得和仲溪午一前一后出了太后宫殿。

20

出了宫殿，我头也不抬，行了个礼拔腿就走，速度简直和专业的竞走运动员没什么两样。

"晋王妃。"仲溪午的声音从身后传过来，我脚步未停，装听不见。千芷畏惧地拉了拉我的衣袖，我还是昂首挺胸大步向前迈。

"华浅。"

我还是不理会，专心致志地竞走。

忽然左手腕猛地被拉住，止住了我的步伐。我反应迅速地甩开，后退一步开口："皇上这是做什么？男女授受不亲，臣妇现在还是皇上的皇嫂，皇上这种举动是想置臣妇于不义之地吗？"

高公公被我大不敬的态度吓得目瞪口呆，仲溪午抬了抬手，高公公便极有眼力见儿地又扯着千芷走远了几步。

"方才唤你几次，你都装听不见，怎么现在反倒怪起我了？"仲溪午见他们走远才开口。

"皇上唤臣妇了吗？臣妇心念王爷，匆忙赶路没听见。"我摆出一副死猪不怕开水烫的模样。

"你前几日不是都自请下堂了吗？怎么现在还拿这个身份来狐假虎威？"仲溪午并未生气，只是好笑地问着。

"皇上日理万机，对别人的家事儿未免太关注了吧？"我还是冷着一张脸开口。

仲溪午低头轻笑了一声："你今天怎么像是被踩了尾巴一样，脾气这么暴躁？"

你才有尾巴，你全家都有，心里暗骂一句才反应过来我此时应该也算他"全家"里的一员。

"皇上若无其他事，臣妇就先告辞了。"我行了一礼转身又要走。

"你怎么不听人说完话就要走?"仲溪午的声音再次响起,他又一次扯住我的衣袖,"我只是想说方才来的路上,我让你惜命的意思是……"

"皇上。"我猛地抽回袖子,"扑通"一下跪下,地上尖锐的石子刺得膝盖生疼,我强忍着疼痛开口,"皇上若是真心提醒臣妾惜命,就不该和臣妾拉拉扯扯,这皇宫耳目众多,皇上可曾想过旁人见了,臣妾该如何自处?"

"我看有谁敢胡言乱语!"

"自是不会有人说皇上,可是臣妾呢?"我抬头对上仲溪午微眯的双眸,"臣妾现在失了王爷的心,父亲也已年迈,兄长又是一事无成。臣妾身为一介妇人,本就孤立无援,皇上自是体会不到一个女子的难处。日后臣妾别无所求,只想青灯古佛与世无争罢了。"

许久没有听到仲溪午的声音,他也没了笑容,我强迫自己保持着看破红尘的表情。

最终他开口:"你还是觉得我在试探你吗?"

我垂头不语,只听他叹了口气说:"罢了。"

然后我面前那明黄色的衣角一闪而过,他慢慢走远,千芷见状赶紧过来扶我。

站起来后我才舒了口气,这两个兄弟没一个省心的,我方才借着发脾气,给仲溪午分析了华府的形势,也是表达自己的态度。

我失宠,华深一事无成,后宫里的华美人也被我斩断了和华相的联系。现在华相权倾朝野又怎样?终归他根本就是后继无人,仲溪午完全不用再通过我来打压华府。

"赶紧走。"我低头对千芷说。

看她一脸迷惑的模样,我又说道:"刚才和皇上吵了一顿,我怕他等会儿反应过来,来找我麻烦。"

千芷:"……"

回去的马车里,我闭目养神,心思百转。

只怪之前华浅深爱仲夜阑的人设立得太牢，所以我因为知错而想和离的说法根本站不住脚，不然冲着太后如今对我的态度，我也能求求她。

现在，我要是在仲夜阑不追究错误的情况下还坚持和离，那就平白惹人怀疑了。

所以要想和离，一是我有错，二是仲夜阑有错。

我有错的风险代价可能会太大，让我难以承受，而仲夜阑有错的话……也不容易啊。

若是再早穿越过来一天，我就算撕破了脸也要阻止当初那场婚礼，可偏偏是婚礼之时穿越过来，真是给我出了难题。

刚回到晋王府，就看到华府的下人来送帖子，说是让我明日回华府。这些时日华夫人都无法进来看我，所以看到我今天能进宫看太后，就迫不及待地来请我了。

我揉了揉眉心。仲溪午态度不明，华府可能还是他心中的一根刺，所以我能做的就是不让华府成为众矢之的。

真不明白，为何女主还没开始左右仲溪午的想法，他就这么早地开始针对华府。第二日，我无视千芷的催促，睡了个懒觉才出发回门。

华府门口是华深来接我，他一路兴高采烈地问我可喜欢他这些时日送去的首饰。

被他缠得无奈了，我才拉了拉袖子，露出那个暗藏玄机的手镯，说："喜欢喜欢，这不，我都戴出来了。"

他一愣，肥胖的脸上露出了些许疑惑，正好这时候走到了正厅里面，我也就不再应付他了。

华相和华夫人坐在上座，华夫人一看到我，就赶忙走过来，拉着我看了一圈："这些时日没见，你怎么消瘦成这个模样了？是不是那晋王苛待你了？当初真是看走眼了，那个冷血无情的……"

"夫人。"华相低沉的声音响起，带着些许警告。华夫人动作一慢，拿着帕子擦了擦泪，却是不再言语。

华相这才轻咳一声开口："浅儿身子可恢复了？"

"我已无大碍。"

华夫人拉着我在桌子旁边坐下，华深也老老实实地自己坐好。华相这才切入正题："我听说你前几日寻晋王爷自请下堂？"

迎着华相严厉的目光，我承认："是的。"

"胡闹。"华相呵斥道，"你年纪不小了，怎么还是这样任性？！"

"老爷……"华夫人看华相语气太重，赶紧推了推他的手臂，华相却不理会。

果然，今日喊我回来就是兴师问罪的，他们进不了晋王府，只能让我回来接受说教。

我苦笑一声："父亲为何不问原因就斥责我呢？"

华相眉头越皱越深："能有什么原因？之前在府里太惯着你了，把你养得这么不懂事。"

"老爷，浅儿年纪还小，你少说两句吧。"华夫人又出来打圆场，然后转头冲我埋怨，"浅儿，虽说这次晋王做得不地道，但是你好不容易嫁过去了，怎么还能耍小脾气呢？夫妻相处本就需要包容……"

他们真的是华浅的父母吗？我开始怀疑了，为何只会一味地怪罪我，而半点儿不问我的想法？

"母亲，妹妹这么漂亮，喜欢她的人多了，何必一直待在晋王府受委屈呢？"

万万没想到，华深竟是为我说话，我心里一柔，顿时感觉他也没那么面目可憎了。

"闭嘴。"华相怒吼，"你有什么资格说话？！天天一事无成，你若上进些，我至于为了这个家这般费心谋划吗？早知道，还不如当初没生你呢！"

华深头一缩，明显畏惧得不再开口。

我看到这里，心里也平静下来了："父亲，一直以来你所图的是什么？"

华相目光如同利箭般落在我身上，这次我并未畏惧："是权倾朝野，还是想要阖家欢乐？"

"你这说的是什么话？"华相重重地放下手里的茶盏。

华夫人一直冲我使眼色，我视而不见："想必父亲要的定然是第一个吧？说什么为了这个家，可是看着兄长堕落却不加管教，看着女儿受委屈却连原因都不问，只会斥责。所以我在父亲心中，是不是从来都只有晋王妃的身份这一点价值？"

"浅儿。"还是华夫人开了口，"你怎能如此说你父亲？"

"我说得有何不对？"我冷笑着开口，"我和仲夜阑已经恩断义绝，他碍于情面才留我在王府虚度余生，我又为何不能离开？非要把余生全浪费在晋王府吗？"

华相气极反笑："当初不是你要死要活地想嫁进去吗？现在后悔了？"

"对，当初是我要嫁进去的，甚至冒充了仲夜阑心中之人，还下药设计他娶我。我年少无知是非不辨，凡事只凭个人喜恶。这些事儿父亲都是知道的，可是父亲……"我开口，眼眶却不由自主地红了，真是可恨之人必有可怜之处，之前的华浅心思不正，大部分还是家庭原因吧。

"难道你不知道我做错了吗？为何从来都没有告诉过我？"

第六章

明知是非而不言对错

21

"在我想冒充别人时，父亲为何不告诉我不该这样做？在我想下药设计仲夜阑时，父亲为何不说女子不该这样自甘堕落？为人父母，不就是要在子女不懂事误入歧途时及时指导吗？母亲居于后院，可能阅历有限，可是父亲……为何你从来都是明知是非而不言对错呢？"

若是华相当初能够对华浅严加管教，华浅会不会就不至于一错再错呢？我不知道这个猜想的结果如何，可是现在的我真的有点儿难过。

华相面色阴晴不定，我擦了擦眼泪开口："父亲现在还能说不是只想着权势吗？"

"放肆。"华相拍案而起，"我若没有这权势，你以为你和你哥哥能想要什么就有什么吗？好处你都拿完了，现在还反过来怪我疏忽你们？"

"那父亲知道我真正想要什么吗？"我也站了起来，"我想要的不过是一家人好好地过着普通的生活，父亲若是想证明凡事只为我们着想，那就辞官吧。我手里的钱足够我们找个小地方，后半生衣食无忧。"

"我若是辞官了，以后谁来护着你那任性妄为的哥哥？我让你嫁入晋王府，是想着你哥哥日后若是落魄，我们又不在了，你能扶他一把，可你还是只知道要你自己的大小姐脾气，半点儿不为他人考虑。"

华相似乎越来越生气,脸涨得通红,没了以往儒雅的模样。

"说到底,父亲还是舍不得手里的权势啊,还拿兄长做借口。"我忍不住笑了起来,心里仿佛突然有了一片荒漠,那里寸草不生。

"父亲可想过这滔天的权势也是烫手的山芋?日后父亲若是跌落高台,等待华府的是什么?华氏一族又会是什么下场?从现在开始我不会再给父亲任何权力上的支持,这个晋王妃,我是不会要……"

"啪!"

清脆的耳光声响起。

"老爷。"华夫人的惊呼声也响起。

只见华相跌坐在椅子上,双目喷火般盯着我:"逆女,养了这么多年,养出你这么一个东西……"

华夫人上前给他抚胸口顺气,用眼神示意我赶紧道歉,连华深也讪讪地扯了扯我的袖子。

我抚着方才被打歪的脸,只感觉火辣辣地疼,看来华相真的是被我气得不轻,才会出手这么重。

我勾了勾嘴角,却忍不住倒吸了口气,可真疼啊。

我捂着脸开口:"看来我和父亲是谈不到一块儿去了,不如等父亲冷静下来再想想我的话吧。父亲若坚持要当这个丞相,那就请恕女儿不孝。"

说完我转身便走,不理会身后华相的怒吼声,还有华夫人的挽留。

为这个华府,我能做的都做了,能提醒的都提醒了,剩下的就看华相的选择好了。

因为华相之女这个身份,我每日受到的揣测和恶意已经够多了。

刚走了几步,华深却是追了上来,他跟在我身后,犹豫了一下还是拉住了我。

"妹妹,你刚才怎么能那样和父亲顶嘴呢?看把父亲气的,你还是回去和父亲道个歉吧。"他拉着我的衣袖,小心翼翼地说。

"兄长也觉得是我做错了吗?"我停下,一动不动地开口。

华深支支吾吾半天也没有说出什么来,想起他方才在屋里对我的维护之言,我觉得心头一软,便拉住了他的手。

应是我许久不曾这样亲近他了,他看着有点不知所措,我鼻子微酸。

"兄长是想要每日战战兢兢的荣华富贵,还是想要安稳度日的百姓生活?"我看着他,目不转睛。这个华府有一个人能支持我一下就好。

华深缩了缩头,看我不依不饶,最终还是开口:"妹妹是否思虑过重了?有父亲在,怕什么?好好的为什么非要去过那种市井里贱民的生活……"

我自嘲地笑了一下,华深还是习惯了这锦衣玉食、权势滔天的官二代生活,不愿做一个普普通通的人。

这整个华府,无人听我的,也无人信我,让我如何逆转华府满门抄斩、流放的结局?

我穿越到了华浅身上,就没想过要独善其身,所以每天都费尽心机,想最大限度地降低损失,保全所有人。

可是,以我一人之力,还是难以撑起来华府的整片天啊。我松开了华深的手,转身继续向外走,华深只是默默跟着送我,不再多言。

说不上是失望,若是最大的反派轻而易举地就归于正途,那未免也太过简单了,不是所有的人和事都能仅凭几句贴心话就扭转,那种事情只会发生在童话里。

出了华府,马车旁边的华戎舟一脸惊讶地看向我,想必我脸上已经肿起来了一个手掌印。

我勉强挤出一抹微笑,开口:"回府吧。"

华戎舟点了点头,没有多问。

刚进晋王府,就迎面碰上了仲夜阑,他本欲装作看不见,却突然一顿,向我走来。

"谁打的?"他开口,语气没有一点儿起伏,像是问今天天气怎么样。

"还能有谁？恐怕也没几个人能打我了吧？"我耸了耸肩，无奈地开口。

仲夜阑皱了皱眉头，没有言语，我因为脸疼，行了一礼便转身想走。

却听到仲夜阑在身后开口："你如今的身份还是晋王妃，日后莫要让旁人欺负到你头上，平白丢了晋王府的脸。"

我转头，仲夜阑却躲开了我的视线，我笑了笑正想开口，眼角的余光看到他身后不远处出现了一个身影。

心思一转，我走过去，伸开手抱住了他的腰，把头靠近他的胸口处，顿时感觉他的身体僵硬得如同一块铁板。

"你……这是做什么？"他开口，却没有直接推开我。

我手未松，抬头对上他的目光，灿烂地一笑："让王爷明白一些道理呀。"

他皱眉，我接着说："因为此时……牧遥就在你身后。"

仲夜阑下意识地推开我，用力太猛，我还跟跄了几步，险些跌倒。他回头看，牧遥已经脸色苍白地转身离开了。

"你……"仲夜阑瞪着我，双眸满是火光。

"所以啊，王爷你也看到了，我若是还留在晋王府……"我打断了他的话，"那你心爱之人就永远只能躲在身后，不能上位。"

仲夜阑继续看着我，我还是微笑以对。他眼里的火光渐渐灭了，然后转身朝牧遥的方向追过去，不再理我。

我也不再笑了，毕竟一笑脸就是疼的，这个表情也太难受了。

"小姐，你今日怎么像只……"千芷吞吞吐吐地开口。

"像只刺猬一样？"我接住了她的话。

她点了点头，我捂着脸，努力不牵扯到红肿的地方："我是用最简单直接的办法让他明白这个道理，我若留在晋王府一天，他爱的人就不能光明正大地站在他身边，我是在逼他做选择呢。"

千芷拧了拧眉没有再说，这段时间在我的影响下，她终于也开始觉得我并不是非仲夜阑不可了。

转头对上了左边华戎舟炯炯有神的目光，我拍了拍他的肩膀："小朋友，可不要跟着我们学坏了啊。"

他顿时脸红到脖子上去了，旁边的千芷也是一副无语的模样。

其实我这样做还有一个原因，那就是处在脆弱之中的人最怕别人伸出手。为了掐灭自己不该有的幻想，我才会用这种方式推开一切的可能性。

22

脸上的掌印过了三四日才消下去，华夫人一直给我来信，说让我回去给华相赔个不是。

我只是将信放在一旁不理会。无法改变他们的观念，那我至少要让他们知道我的态度，哪怕对他们有一丝影响也好。

算起来小说里到此时应该快要到男三伍朔漠出使的故事情节了，上次刺杀时，他蒙着面，所以应该只有女主知道他的容貌，如今他才能大摇大摆地做使臣出使。

对于这个射了我一箭的男子，我没有半点儿兴趣，终归是我自己往箭上撞的，也不能怪他。而小说里华浅察觉出伍朔漠对牧遥的心思，便私下找他求合作，让他不择手段带走牧遥。

伍朔漠一开始答应了，却临阵倒戈，让华浅白食恶果。华浅最终彻底遭到仲夜阑的厌弃，只是碍于华相权势才没有当场休妻，于是接下来男女主就开始尽心尽力地要扳倒华相了。

而华浅不甘于坐以待毙，便塞给下人一些钱逃出了晋王府，本想买凶伺机报复，却误信他人，被卖到勾栏之中，受尽凌辱。

最终……不提也罢。

所以我只要一不和伍朔漠结盟，二不买凶杀人，就不会落得同小说里面一样的结局。

打着这个主意，我连皇宫里举办的伍朔漠接风宴都想称病不参加，随便他们几个折腾去。

然而太后却派人前来探望，我只得打消了避其锋芒的念头。

再次坐上了去皇宫的马车。这次仲夜阑直接是骑马跟着，都不愿和我同车了，所以马车里面只有我、千芷和牧遥。

仲夜阑如今正宠着她，自然走哪儿都要带着。

于是就形成了现在我们三个同坐一车的尴尬场面，不过牧遥也不愿多理我，估计在想着如何进宫找靠山给牧家翻案——牧家虽然没有被杀，只是流放，但终究是冤枉的。先前牧遥可能羁绊于和仲夜阑的感情问题，没有别的心思。现在他们的感情在我的推动下和和美美，估计她也该腾出手来收拾华相了。

我的三观正在和我想活命这个想法激烈搏斗，三观告诉我华府罪有应得，可是我想活下去这个愿望告诉我，那些事情本应该和我无关。

若是华相听我一劝，能够避其锋芒辞官回乡，也就几乎等于流放了，这勉强算是设计牧遥家人的后果。人都是自私的，我又何尝不想活命，说不定那样就能逃过满门抄斩的下场，可惜华相醉心于权势且太过顽固。

想得我头疼也分不清孰重孰轻，因此我也顾不上和牧遥搭话了。马车里只有千芷比较专心——专心致志地怒视着牧遥。

到了皇宫后，我便老老实实跟在仲夜阑身边，毕竟这种场合下，我还是晋王妃，他也不能太过疏离，只不过却是刻意和我保持距离，似乎怕我又突然扑上去抱他。

我不由得嗤之以鼻，真是自作多情了，我也不是见谁都抱的好吗？进入宴席，我们按各自的位置坐好，我正好看到斜对面是华相一家。

华深挤眉弄眼地冲我示意，我不由得一笑，也冲他点了点头，眼角的余光看到华相自顾自地饮着酒，似是完全没看到我一样。

这个老头真是又固执又气性大。

同时也注意到我正对面坐着一位面目英俊的男子，他时不时地瞄向仲夜阑身后——牧遥所在的位置，而牧遥也一脸震惊地看着他。

我知道他应该就是男三伍朔漠了，小说里牧遥一开始并不知道他的真实身份，所以现在才这么吃惊。

忍不住观察了一下他，生得是英气逼人，笑起来却又痞中带乖，真是经典的玛丽苏套路，女主身边的男人就是个顶个儿地优秀。

应是察觉到了我的目光，他看向我，目光明显地闪了闪，就赶紧转开视线，拿起酒杯掩饰。或许他认出来，我就是当时为仲夜阑挡了那一箭的人，所以有点心虚吧。

说起来，他射中的又不是要害，若是我知道推不动仲夜阑，就直接推开牧遥，装装样子喊两嗓子好了，终归仲夜阑男主光环护体死不了，平白让我受了这么多罪。

不过片刻，皇上、太后还有戚贵妃就相携而来，然后就是一系列客套而无聊的外交话语，我低头做出一副贤良恭顺的模样，其实思绪早不知道飘到哪里去了。

"把筷子给我放下来。"身边坐着的仲夜阑突然开口，语气带着些许不耐烦。

我一愣，才反应过来，自己一发呆就喜欢拿着筷子摆弄吃的，盘子里的糕点已经被我戳得支离破碎，看着着实不雅。

仲夜阑的脸色不太好。我只觉得他莫名其妙，我又没有戳他的吃食，难不成因为我浪费粮食他才生气？

心里无语，再加上这宴会着实烦闷，我便开口要如厕，仲夜阑只当没有听见，我也就自顾自地离开了。

皇宫太大，我不敢走远，就随便寻了处假山坐下透透气，准备等宴会差不多结束了再回去。只是才坐了片刻，就听到一道声音传过来："晋王妃怎会一人在此？"

声音听着不怎么耳熟，我偏了偏头，不由得一愣：怎么会是伍朔漠？

"大皇子又怎会在此？"我起身拍了拍衣角带上的草屑，规规矩矩行了个礼。

伍朔漠看着我的动作，愣了一下才开口："晋王妃和传言中的似乎很是不同。"

传言？牧遥说出来的传言吗？那肯定没我什么好话。

我笑而不语，就想寻个由头离开，毕竟接近这个牧遥的狂热粉，对于我可没什么好处。

可是他却不想就此放过我："以往听传言，晋王和王妃伉俪情深，让人颇为羡慕，只是我方才看着，你们似是颇为冷淡呢。"

这个伍朔漠打什么主意，也太自来熟了吧？小说里可是华浅先找上他求合作的，现在怎么变成他倒贴了？

"夫妻之间的事儿哪有那么简单，越是表现得浓情蜜意的夫妻，关系未必就越好，相敬如宾的夫妻才能长久，大皇子成婚之后就会明白这些道理了。"我淡笑回应，拿出自己已婚妇女的优势来压他。

伍朔漠也是笑了笑，随后目露精光："说起来成婚，我倒是有个心上人……"

你心上人和我有毛线关系？跟我说这干啥？

"就是方才晋王身后的丫鬟，看着颇合我眼缘，就怕晋王不愿放手啊。"

伍朔漠做出一副惋惜的模样，却是不停地留意我的神情。

这位兄弟能不能再明显一点？就差没直接对我说："我看上了牧遥，你成全了我，也是成全你自己和仲夜阑。"

"那你问晋王去吧，我做不了他的主。"我根本不接招。

伍朔漠的惊愕掩饰都掩饰不住了，毕竟在他打听到的情报里，我可是深爱仲夜阑又善妒的，没道理对送上门的盟友不接受。

不过我可是知道和他结盟的下场是什么，他临阵倒戈倒是成全了他有情有义、拿得起放得下的人设，而华浅就没那么幸运了。

"王妃难道不明白我的意思吗？我是说我们可以合作，各取所需，你帮我……"

"咳咳咳……"

我的咳嗽声打断了他的话，迎着他皱眉不满的表情，我故意做出一副虚弱的模样："大皇子请谅解，自从祭祖典礼上被不知何处来的贼人射了一箭后，我的身体就越发不好了，一遇凉就止不住咳起来，所以我就先告辞了。"

伍朔漠脸色一下子变得异常尴尬，他以为我不知道是谁射的箭，但我就是故意说给他听的，看他还有没有脸继续拉着我说。

然而我却低估了他的脸皮厚度，刚转身，他又一步迈到我面前，伸出长臂挡住了我的路："晋王妃且慢……"

"满朝都在为大皇子接风洗尘，大皇子怎么撂下那么多人独自跑出来呢？"

一道明黄色身影从一旁的假山后一闪而出。

23

仲溪午双手背于身后，长身玉立，言笑晏晏，看着真是翩翩公子模样。

伍朔漠面色一僵又恢复如常："陛下说笑了，我是喝多了酒头疼，才出来吹吹风，现在正准备回去呢。"

伍朔漠看了我一眼，身子一顿后对我拱了拱手："那我就先回席，晋王妃，咱们改日再谈。"

这个臭不要脸的，当着皇帝的面说这种话，知不知道会给我惹来多大麻烦？本来仲溪午就一直猜忌我。

伍朔漠没有半点害了人的自觉，行过礼后就转身离开了。然后我就看到了一个名叫变脸的表演，仲溪午脸色肉眼可见地冷了几分。

还别说，一直和煦的小太阳，突然冷起来也是挺吓人的。不知道方才我们之间的话他有没有听到，看他不好的表情，定是听到了，会不会以为我要害他的心上人？

纠结了片刻我还是先开口："皇上，方才不是你想的那样。"

我一开口，似乎看到他脸色好转了一些，这么好哄的吗？

"那你说说如何不是我想的那样。"他开口回道。

"我并没有想要针对牧遥……"我偷偷看他的表情，只见他眉头一皱，我赶紧又解释道，"方才是伍朔漠先开口说他看上了牧遥，那只是他的事儿而已，我可从头到尾都没有说过要帮他，也没有应承过要把牧遥给他，全是他一厢情愿罢了。"

我毫不客气地把伍朔漠出卖得一干二净。终归他射了我一箭，方才又坑了我一把，那也别怪我不留情面，先把自己择清就好。

"所以皇上直接找他兴师问罪就对了。"

"我为何要问他的罪？"

仲溪午一本正经的话把我噎了一下，这个人还真是揣着明白装糊涂。

我也就配合他的表演："皇上请放心，我说过我日后只想与世无争，就不会参与到这些纷争之中。"

仲溪午的眉头越皱越深，我也就行了个礼先行离开。

刚绕到假山后面，就又迎面碰上了一个熟人——一身绿色罗裙的华美人。这可真是自己送上门儿来了。

华美人虽然之前失去了华相的支持，但是就她进宫以来积累的资本让她也没那么容易倒下去，而华相这段时间看我忤逆，对华美人的心思也死灰复燃，终究是个隐患。

想起还在假山后面的皇帝，我眼珠一转，不如我来一个一箭双雕。

趁今天彻底断了华相谋权的小心思，然后再卖皇帝一个人情，让他不能再一直揪着我，怀疑我有不臣之心。

思及此，我就给千芷使了个眼色，让她拦住了华美人的去路。

"华美人行色匆匆的，这是准备去哪儿呀？"我刻意做出一副倨傲的模样。

华美人这种女人我是很清楚的，扒高踩低、吃里爬外，且极为小心眼，最见不得别人比她好。

我刻意抚了抚头上之前华深送过来的价值连城的簪子，又拨了拨同样千金难求的耳环，把"心机婊"演绎得绘声绘色。

还好今天出门时听千芷说参加皇宴不能太过朴素，才戴上了这些首饰。

华美人眼神里果然闪过一丝妒恨，却又装出毫不在意的模样："听奴才说皇上多饮了些酒，我便熬了些醒酒汤，晋王妃无事还是不要挡路为好。"

华美人正欲绕过我，我却又挡了过去，我们说了这几句话也不见仲溪午走出来，看来他明白了我的意思，就开始躲着看我打什么主意了。

"华美人可真是会心疼人啊，只是皇上龙体娇贵，哪里喝得下这种鄙陋的东西？"我掩鼻做出嫌弃的模样。

华美人果然一点就炸："华浅，你什么意思？"

我做作地嗤笑一声才开口："堂姐还真是改不了这小家子的做派，都入宫当主子了还是这般上不得台面。"

我突然发现了自己的潜能，若是在现代，我完全可以考虑往娱乐圈发展了。因为我表演出来的恶毒刻薄形象……别说华美人了，我瞅着千芷看我的眼神都觉得她想打我。

"你……"华美人正欲指着我的鼻子破口大骂，她身后手捧托盘的丫鬟拉了拉她的衣袖，小声说道："美人，我们还是赶快去送醒酒汤吧，再晚些这刚煮好的汤就要凉了。"

这丫头倒是比主子还聪明，不过我是打定主意要把华美人拉下来，一是送人情给仲溪午，顺便让他日后没机会拿着华美人做筏子攻击华府；二是华相已被我的忤逆气得想重操旧业，要捡起她这颗棋子，那我之前的挑拨可不就白忙活了嘛。

于是我便等华美人路过我身边之时，伸腿一绊……

看着她狼狈地跌倒在地，我心里也生出了些负罪感，是不是有点太欺负人了？

不过负罪感一闪而过，我立刻就强迫自己狠下心来，我可不是那些有圣母心的女主，华美人这根墙头草，日后可是会成为一颗定时炸弹。小说里她也是华府满门抄斩的推手，我还是防患于未然，先断了她反水的后路。

"华浅，你是不是疯了？"华美人爬起来拍了拍自己衣服，对我怒目圆睁。千芷下意识地挡在我面前，我一抬手就把她拨到身后，我惹的人当然要我来负责。

"堂姐这话可就太伤人心了，难不成你自己没踩稳也要怪我？"我故意做出一副受伤的模样。

"华浅，我和你无冤无仇，为何你要一直针对我？"看得出来，华美人忍耐不住了，不顾身旁丫鬟的拉扯开口，"先前我还多次为华相传递消息，你却恩将仇报！"

上钩了。"堂姐你说什么，我怎么听不懂呢？"我掩唇故作惊讶。

华美人被我激得越发口无遮拦："你少在这里装模作样了，若没有我，华相怎么可能在朝堂上步步高升？"

我叹了口气，开口："堂姐说话越发可笑了，我父亲一不参与党争，二不涉后宫，何来要你相助？再说你进宫也就一两年的时间，哪里来的那么大权势？"

为了除掉这个华美人，我也只能先昧着良心说瞎话了。

"华浅，你说你是太愚蠢还是太自作聪明，你以为华相甘做一名孤臣吗？"华美人冷笑一声回道。

我颇为不屑地扭过头，回道："父亲的想法我可能不是全知晓，但还是比华美人清楚多了，若是父亲贪恋权势，这几个月怎会对华美人多次派过去示好的人视而不见呢？"

华美人的脸色一白，她应该也不明白为何华相突然对她不理睬，但是她极好面子，还是嘴硬地说："你以为我非华相不可吗？没有他我照样能在这后宫混得出人头地，你等着瞧，早晚我坐上凤位让你跪着求我。"

嗯，志向还是挺远大的，是不是不想当皇后的妃子就不是好妃子？不过有时候没有自知之明就不太好了。

"哦？华美人何时还能左右朕的决定了？这凤位是你说要就能要的吗？"仲溪午终于从假山后面走了出来，华美人脸色一下子变得如同一张纸一样苍白。

"华浅，你……你竟然……"华美人咬牙切齿地怒视我，估计明白过来我刚才为什么一直针对她。

仲溪午却抢在我前面开了口："你还没回答朕的问题，区区一个美人，胃口倒是不小。"

好歹还是皇帝，平时温和就算了，但是摆起架子来还是挺吓人的，曾经我不是就被吓得腿软了吗？

哎，说起来，我是什么时候开始不怕他了？

华美人刚才和我说话时把自己的退路堵得严严实实，是她口口声声说不需要华相的，现在也不能再攀咬了。

想着计划已大功告成，我就拿帕子拭了拭眼角不存在的泪水，开口："还望皇上念在华氏一族的功劳上，莫要过分责罚美人，臣妇体弱不禁风力，就先行告退了。"

仲溪午看着我惺惺作态，眼里满是笑意，轻咳了一声掩饰，再看华美人脸似乎都绿了，和她的衣服一个色儿。

我心里叹了口气，华美人并没有做出什么实际的出格之举，仲溪午应是只会将她打入冷宫。那我日后就安排些人多多照料她一下，再给她送些银两，后宫里面也是有钱就好办事，终归此次是我主动设计她的。

刚转身，就听到一声怒喊和两声惊呼。

"华浅，你这个贱人！"

"王妃！"

"皇上！"手腕突然被人死死握住，一个转身我就被人扯入怀中，抱得严丝合缝。一只手掌按住我的后颈，让我抬不起头来，满面的墨香扑鼻而来。与此同时，还有陶瓷砸到人身上之后摔碎的声音——是那刚煮好的醒酒汤。

第七章

一个人的努力只是徒劳

24

这一刻我突然有点儿理解仲夜阑的心情了，就是那种偏偏被自己不喜欢的人救了的感觉……真是一言难尽。

迫于恩情，不能再理直气壮地怨他之前所行之事了。

仲溪午松了手我才抬起头，他仍是一派温和淡定，只是嘴唇似乎白了几分。

与此同时，我还看到他的右肩头正在冒热气。

这醒酒汤这么烫的吗?

高公公匆匆走了过来，抖着嘴唇说："皇……皇上……"

仲溪午面色未变，看向一旁失魂落魄的华美人，她似乎连求饶都忘了，身边的丫鬟倒是机灵，不住地磕头。

若说之前她还有一分的翻身机会，现在恐怕就是完全落入死局了，想害我却误伤了龙体。

"皇上，你竟……竟会……"华美人仿佛大梦初醒一般，难以置信却又带着几分嘲讽开口。

仲溪午眉头一皱，对身边的高公公说："高禹，赶紧把她们两个带下去关起来，嘴堵严实了。"

于是其他小太监一窝蜂地冲过去，连拉带拽地把华美人和她的丫鬟带走了。华美人似乎有话要说，但因嘴被死死捂着，只能满眼愤恨地看着我。

这个场景让我不由得生出了几分悲凉之意，这后宫之人的生死，还真是全在皇帝的一念之间。

片刻后，假山处就只剩我、仲溪午、高公公和千芷四人。

仲溪午半边身子都被打湿，高公公像是找回了理智，终于开口："皇上不如先就近找个宫殿暂避，老奴赶紧去寻件新衣衫。"

仲溪午点头应下，高公公就匆匆离开了，他也知此事知道的人越少越好，就亲自去了。

仲溪午也转身走了，刚走几步就回头对我说："还不跟上？"

虽然有点不情愿，但人家好歹也是为护我才落得这么狼狈，我也不好推脱，乖乖地跟了过去。

找了一处无人的宫殿，仲溪午推门便进去了。我刚迈进去一只脚，就听到仲溪午开口："让你的丫鬟在外面守着，等下高公公过来直接引路。"

我的另一只脚悬在半空中。

孤男寡女，共处一室，越想越不合适。

我就把脚缩回来开口："那我也不进去了吧，这样于礼不合。"

仲溪午并未有其他反应，只是笑眯眯地说："你我不言，会有谁知道？或者是你想让别人知道，我因为你落到现在的模样？"

这人真是过分，我们两个身份敏感，旁人若得知此事，对我们二人都不利。

正在权衡之时，仲溪午突然朝我抛过来一个小东西，我下意识地接着，是一个小瓷瓶。

"这是什么？"

"药膏。"仲溪午开口，"因你受的伤，你来帮我涂药，我够不到后背。"

……

这还真是给我找了个没办法拒绝的理由。

我磨磨蹭蹭地抬步迈了进去，一抬头，我吓了一跳："你在干什么？"

刚解开腰带的仲溪午一脸无辜地看着我："脱衣服呀。"

"你、你……你……"结巴了半天，我也说不出来"你穿着衣服上药"这种话。

我最终还是忍不住低着头开口："要不，我让千芷进来给你上药？"

听到脱衣服的声音一顿，然后仲溪午说道："你以为龙体是谁都能看的吗？"

我……你以为谁都稀罕看你？

"那等高公公回来给你上药吧？"我还是垂死挣扎道。

仲溪午的声音依然显得漫不经心："你是想让我疼晕过去吗？"

"哪有那么夸张……"我忍不住抬头反驳，却不由得一愣，说不出来话来。

只见他上衣已经褪到腰际，背对着我，后背上两个巴掌大小的红色痕迹，颇为显眼。

忍不住上前一步，才发现那片红色是烫伤的痕迹，因为我看到上面……起着指甲盖大小的七八个水泡。

竟然真的这么严重？

"华美人用的是什么瓷器？"我忍不住开口问。

仲溪午侧过头，目露不解："怎么想起来问这个了？"

"保温效果怎么这么好？"我下意识地嘀咕。

方才华美人的丫鬟已端了半天，没想到还这么烫，肯定是仲溪午太细皮嫩肉了，禁不起烫。

看到仲溪午明显无奈的半张脸，我才反应过来刚才说了什么。不等我开口掩饰，他又说："你是不是又觉得我太娇贵了？"

这皇室的人都会读心术吗？

仲溪午动了动，似乎想转过身来面对我说话，我赶紧上前几步按住他的肩头："皇上别动，我现在给你上药。"

这位大哥，你可是没穿上衣啊，背面我已经很尴尬了，你还想转过来吗？

不过我是在现代社会生活过的，所以这种看着暧昧无比的场景，我还能勉强接受。只是他仲溪午可是一个古人啊，这种封建制度下，他是怎么想的？在自己皇嫂面前裸着上身。

难不成这就是传说中的——长嫂如母？心里胡思乱想，手上却不敢懈怠，拔掉小瓷瓶的塞子，我蘸了一些到指尖。

感觉此时气氛似乎有点尴尬，我就没话找话说："皇上怎会随身带着烫伤药膏？"

"这不是烫伤药膏，是镇痛的，先凑合着用。"仲溪午身子未动，回我道。

我皱了皱眉，这随身带着镇痛的药膏也不太合常理吧。

"皇宫之事瞬息万变，所以有时候还需防患于未然。"仲溪午像后脑勺儿长了眼睛一样，主动解开了我心里的疑问，不过他为什么给我摆出这种推心置腹的模样？真把我当自己人了吗？

手脚麻利地给他背后烫伤处涂上了药膏，我退后几步开口："皇上请更衣吧。"

半天没有回应，我忍不住抬头看了一下，正好看到仲溪午侧着头好笑地看着我，说："我的衣服高禹还没有拿过来。"

"那我就去外面等高公公吧。"我迫不及待地想出去。

"华浅。"仲溪午声音响起，我认命地停下脚步，就知道他不会这么容易放我离开。

"方才在假山后面，你口口声声说的……牧遥，是什么意思？"

"牧遥太过出色，所以伍朔漠也心怀不轨，我好心提醒皇上罢了。"我毫不心虚地又开始栽赃起来。仲溪午目光跳了跳，沉吟片刻后开口："你为何……怎么知道的？"

我没留意他的语病，迎上他的目光，开口："因为爱一个人的眼神是藏不住的，皇上看我和牧遥的目光可是截然不同的，我是女子，自然心细。"

说完之后我暗自检讨，我现在是挑拨这几个男人早日为牧遥开战吗？

我看向仲溪午，他头转了回去，看不到表情，片刻后又转过身来……吓得我也赶紧转身，非礼勿视啊。

他的声音带着满满的笑意："我看她的眼神，当然和看你不同。"

我谢谢你再次告诉我这个事实。这么想着，正好听到高公公的声音传过来："皇上可在里面？"

"在这里，在这里。"我赶忙回答，正欲借此脱身，心里想了想又停下来，背对着仲溪午开口："方才多谢皇上相救，华美人一事就算是我送给皇上的回礼，皇上日后可以不必怀疑华府有不臣之心，一个心怀不轨的人总不至于自己毁了退路。"

说完后，我就径直走向门口，毕竟除去华美人明明是为了华氏，我却厚着脸皮把此事说成是为他考虑，所以还是赶紧跑，免得他反应过来。

我拉着门，刚开了一条缝隙，斜插过来的一条线条分明的手臂把门按了回去。

吓得我不由得一抖，这人走路怎么没有声音啊？

声音从耳后传过来："究竟要我说几次，你才会相信我不会再揣测你？"

"我不是不相信……"我无奈地转过头想回答，然而映入眼帘的却是一片精瘦匀称的胸膛。

裸的！！！

这个皇帝是暴露狂吗？惊慌之下，我快速把头转回来，然而速度太快没控制住，我"砰"的一下一头撞到了门上。

按在门上的那条手臂放下了，然后我就听到了毫不掩饰的嘲笑声，笑得我的脸热一阵冷一阵。

干脆眼一闭心一横，直接拉开门快速向外走去，千芷小跑跟在我身后，高公公则是一脸茫然地拿着托盘站在门口。

25

回到了宴席之上，我老实地坐了回去，仲夜阑看到我的额头似乎愣了一下，张了张嘴却又转头不再看我。

上次问我脸上的巴掌印，被我设计了一道，现在估计他也不敢再轻易招惹我了。

一盏茶的工夫后，仲溪午缓缓而来。步伐矫健，目不斜视，和席上之人继续谈笑风生，没有丝毫色变。

我不由得吸了口气，自己也说不出是什么感觉，烫伤的滋味我可清楚得很。

上学时一次打热水被人从身后撞了一下，水直接浇到了整个手背上，半个手掌当场就起了水泡。因为是冬天，所以每隔半个小时就沾一沾冷水，才能减轻一些灼痛。

我当时烫伤的是手，还能晾着，不碰就好一些，而仲溪午烫伤的是背，行走之间衣服无时不在摩擦着烫伤的水泡，那滋味……

我应是小瞧了他，他虽是娇贵的真龙天子，但忍耐力是极强的。

眼见宴席接近了尾声，伍朔漠突然开了口："都说这京城人杰地灵，我今天可算是长见识了，不知我能不能厚着脸皮向陛下讨个人？"

仲溪午仍是笑意浅浅："大皇子此话就太客套了，不知是何人能入了你的眼呢？"

伍朔漠站起来先拱手行了一礼："陛下厚道，我也不会空手套白狼，若是能得此人，我愿将边境五座城池拱手送上。"

宴席突然安静下来，官员们相互交换眼色，这出手可真是阔绰，不知究竟什么人这么有价值。

我端起面前的茶盏轻啜一口，再看看牧遥渐渐变白的脸色，心里不由得感叹——果然是红颜多祸水，古人诚不欺我。

仲溪午并未露出惊讶或是高兴的情绪，仍是目光无波地问道："大皇子可否告知究竟是何人这般重要？"

你就装吧，我明明都告诉你了，是牧遥，你还装。

"此人在别人眼里或许无足轻重，在我心里却是万物难以企及。"伍朔漠说得极为真诚，然后头一转，抬手指了过来，"就是……晋王府的那个丫鬟。"

其他官员看到只是个丫鬟，就明显松了口气，估计他们之前还以为伍朔漠准备狮子大开口，想要一个豪门贵女。区区一个丫鬟换五座城池，在他们看来简直是太划算了。

唯有仲夜阑脸色越来越黑，我忍不住盯着他看了起来，马上要上演开抢大戏了，我莫名地激动。

眼角余光瞥到了坐在上位的仲溪午，他也是面无表情，没了笑容，不过为什么他看的人是……我？我就是看看仲夜阑的反应，没有做其他惹人怀疑的动作呀？

只见仲夜阑重重地放下手里的茶盏，脸上像是结了寒冰："晋王府的人可不是别人说要就能要的。"

伍朔漠并未退缩，他勾起半边嘴角开口："一个丫鬟而已，晋王是不是太过小气了？"

仲夜阑微抬起下巴，目光扫过宴席上脸色各异的人，然后双目似箭地射向伍朔漠，轻启薄唇开口："谁说她是丫鬟了？她是……我的女人。"

听到这句话的我不由得抖了一抖，强忍住自己想伸手挠桌子的冲动，简直是又肉麻又尴尬！！

看小说也没这种感觉，为啥亲耳听到之后，恨不得上去抽说话的人两耳光呢？

简直油腻做作到令人发指，就不能好好说话吗？

然而看到牧遥深受感动的目光，我就深吸了口气冷静下来，人家当事人可是一个愿打一个愿挨，只可怜我这个旁观者起了一身鸡皮疙瘩。

"你的女人？嗬——"伍朔漠再次挑眉开口，"那你身边坐的又是谁？"

注意到大家齐刷刷地看向我，我才反应过来是在说我，这伍朔漠挑拨得也太明显了吧？

正当我纠结要不要借此机会蹦出来，说我善妒容不下牧遥，然后闹离婚时，有人比我先蹦出来了，是华相。

"晋王此话何意？老臣不明白。"华相一副为我出头的模样，也就我清楚他是怕动摇他的位置。

仲夜阑扫了我一眼，又看向华相，目光深沉："华相也太过激动了吧，男子三妻四妾有何不可？阿浅身为王妃向来大度，华相又何必多言？"

一番话带着警告，华相应该也听懂了，就甩手坐下，临了还狠狠地瞪了我一眼，似乎在怪我不成器。

这个没事儿找事儿的老头，他可别忘了华浅曾做过的种种好事。

伍朔漠见此也就不再纠缠下去，举了杯酒告罪。仲夜阑一饮而尽，算是和解。

然后我就看到伍朔漠看我的眼神颇有一种"同是天涯沦落人"的感觉，估计又想拉我合作了，我只当看不见。

宴席结束，众人纷纷散去，经过我身边时眼神各异，有带着同情的，也有幸灾乐祸的。

我心思一转，就做出一副黯然神伤的模样。如果不能操之过急地直接和离，那我就来演绎一个被伤透了心的妻子，这样就算是日后我再开口提走，旁人看来也不会是我之过。

仲夜阑看到我的表演，眉头皱了皱后就直接离开了，牧遥也跟着他一起，估计两个人又不知道要去哪儿敞开心扉了。

见身边没了人，我也就大摇大摆地上了马车，少了一个人，这马车也感觉没那么挤了。

自从洗尘宴上仲夜阑放出那一番惊人的话之后，伍朔漠是隔三岔五地给我递来拜帖，看来是一门心思想和我交流一下如何抢人。

他出使的时间也就一个月左右，也难怪他着急，而我只是屡次拒绝，不理不睬，在我的院子里足不出户，和丫鬟们唠嗑。大不了躲他一个月就是，他总不能闯进晋王府吧。

于是每天晒晒太阳，和丫鬟聊聊，也知道不少府里下人之间的趣闻。

"王妃，昨日练武场比武，华侍卫可是出尽了风头，那些老府兵都败下阵来。"翠竹这丫头三句话不离华戎舟，看她自豪的模样，颇像是讨论自己的男朋友。

我也就配合她的表演，惊讶地开口："这么厉害吗？他不是才进王府大半年吗？"

"王妃有所不知，连王爷都夸过他，说是跟着南风侍卫学了几招后，便能与南侍卫打个平手了。当初我第一次见到他，就觉得他一定不同凡响。"翠竹一脸崇拜地回道，活脱脱一个迷妹。

一旁的千芷不屑地哼了一声："那是南风侍卫让着他呢，你一个未出阁的丫鬟说这些话也不害臊。"

虽然我不曾留意过南风的身手，但是作为仲夜阑身边的第一侍卫，功夫应该也是不错的。

这个华戎舟倒是有点出乎意料，看着性子也不错，或许我日后可以考虑考虑，看看能不能收服过来，终归这个时代女子出去，身边总得有个会武功又忠心的侍卫才安全。

眼看着千芷和翠竹又要掐起来，正好瞧见华戎舟的身影从院子口路过，我便提高声音喊了声："华戎舟，你过来。"

翠竹看到自己的心上人来了，顿时安静下来。华戎舟应是刚从练武场回来，身着短装，额头还带着汗渍。

他踏入院子，好像很开心，我便套起了近乎："是遇见了什么好事儿吗？看你心情不错。"

华戎舟行了个礼后才开口："王妃终于记住了属下的名字。"

我这个人记忆力还不错，好像没有忘记过他的名字吧，看着翠竹有点不开心地嘟着嘴，我也就不探讨这个话题了。

"方才听翠竹说你比武时和南风打成了平手？"我开口问道。

华戎舟垂着头，没有半点自傲："是南风侍卫并未使出全力，不然属下无法在他手下过十招。"

不错，天赋异禀还懂进退，不因一时出头而得意忘形，我暗自点了点头，此人可堪大用。

想到这里，我就看向一旁的翠竹，带着几分戏谑开口："翠竹的眼光果然不错。"

"王妃……"翠竹一跺脚，涨红着脸跑屋里去了。丫鬟们见此都偷笑了起来，我看着翠竹落荒而逃的背影也忍不住笑了起来，这丫头真是，喜欢一个人就得让人知道啊，不然人家为什么会来喜欢你呢？

回头却对上了华戎舟棕色的眼眸，他眸中像是起了一层薄雾，生生地和这一院子的欢声笑语隔离开，我不由得笑容一滞，心里莫名地突了一下。

26

"王妃，宫里传来口信，说是太后娘娘许久不曾见你，宣人召你入宫。"府上的小厮禀告道。

我忍不住叹了口气，眼见着已经在晋王府躲了近二十天，这伍朔漠能停留的时间也越来越短，结果我又得出府了，太后可是个大靠山，这个大腿我可不敢得罪。

收拾了片刻，我便起程了。

太后宫里难得出乎意料地冷清，要么是我赶上了人少的时候，要么就是……故意支开别人在等我。

规规矩矩行了个礼后，我才落座，太后笑得不见丝毫异样："听说这几日你都在晋王府足不出户？"

我点头应和，太后继续说道："这可不行，你现在都是晋王妃了，平时应该多出来走动走动，这一府主母可不能拘于后院，要与其他府里的夫人多多走动才是。"

我笑了笑回应："臣妾记下了。"

看我明显不放在心上的模样，太后又皱眉开口："你别不当回事儿，前些时日接风宴上阑儿闹出那种动静，你也该留个心了。夫妻过日子，什么感情恩情都会慢慢淡去的，把属于你的权力牢牢握在手中才是长久。"

我一愣，太后严肃的面容、真真切切的教导，一瞬间有点儿像华夫人。

后宫最忌心思外漏，可太后历经无数宫斗后，还能这么露骨地对我坦诚想法，看来是真的将我当成自己人了。

鼻子一酸，若是我真的心系仲夜阑，说不定我会认真地听从她的话。正在我纠结着要不要赌一把说出我的心思，看看太后会不会站在我这边时，太后又开了口："那日的丫鬟是叫牧遥吧？她……你要如何处置？"我犹豫了一下，现在风险太大，还是不敢轻易赌："王爷喜欢，那我当然是要顺他的心意。"

太后叹了口气，语气加重了几分："这晋王府你也该好好管管了，要不然随便一个丫鬟都敢爬主子的床了。"

"牧遥不是那样的人。"我下意识地开口。

牧遥的女主光环我可是知道的，以太后的性情，日后二人一接触，太后定然不会讨厌她，所以我现在还是多为她说些话，免得她以为我曾在太后面前给她上眼药。

迎着太后不赞同的目光，我还是开口："太后娘娘还不知情，但是据我所知，牧遥从未主动勾引过王爷，日后有机会母后和牧遥见上一面，就不会有现在这种想法了。"

太后虽不再说牧遥，但还是略带惊讶地开口："你现在的性子怎么变得如此……绵软？"

这不是绵软好欺负，只是已知结局，不愿去争罢了。

见我低头不语，太后以为我是在委屈，又开口："你之前为阑儿差点丢了性命，他这次也是太没有分寸了，你可是他风风光光娶进来的，于情于理他都不该这样，若你不好开口，我便去提点他一下。"

"母后。"我抬起头，勾了勾嘴角，"我是如何嫁给王爷的，您不是也清楚吗？"

太后虽然知道华浅嫁给仲夜阑的真相，只是见之前的仲夜阑一意孤行，也就从未开口说过，却不想现在被我这般直白地说出来，她脸上也染上了几分尴尬的神色。

"你这孩子别顾左右而言他，我和你说的是那个丫鬟的事。"

我目光炯炯地回复："母后，我想讨个旨意。"

"何事？"太后眯了眯眼。

"想请母后下旨封牧遥为晋王……侧妃。"

太后盯着我问："你此话可是真心？"

我毫不闪躲地回道："是的。"

僵持许久，终究是太后服了软："那我便顺了你的心意，晚些时候我跟皇上说一声，明日派个公公去宣旨。"

"多谢母后。"我起来跪下行礼，带着真情实意。

太后虽不知我打的什么主意，但还是愿意如我所愿，看来这些时日我的努力没有白费，太后对我终于是少了许多猜忌。

离开了皇宫，不过刚行驶一刻钟，就听到一道熟悉的声音拦车："前面的可是晋王妃？"

果然还是躲不过，这个伍朔漠也太过执着了吧。

拦下正欲赶人的华戎舟，我挑开车帘，对着车外马匹上的伍朔漠开口："不知大皇子有何贵干？"

伍朔漠骑马又走近了几步，开口："晋王妃可是好生忙碌，我都递了数次拜帖，也不见王妃应约。"

"大皇子说笑了，我只是一介后院妇人，和大皇子相约于理不合，大皇子有事可直接去寻晋王。"我不卑不亢地回答，说罢就放下车帘，不欲和他多言。

孰料他却伸手拉住了车帘，俯身靠近了些开口："你我自然是有话说的，比如聊聊晋王府的那个……丫鬟。"

这个伍朔漠也太执着了吧，他凭什么认定我一定会和他合作，就因为之前华浅与牧遥有过节吗？

"我不懂大皇子的意思，哪个丫鬟？"我故意装糊涂。

伍朔漠歪了歪头，丝毫不在意我的冷漠，挑了挑眉开口："牧遥。"

"原来皇子说的是她呀。"我做出一副恍然大悟的模样，"大皇子还不知道吧，下个月她就要成为晋王府的……侧妃了。"

看着伍朔漠陡然变得暗沉的脸，我还是笑意盈盈。

"王妃可真是大度。"伍朔漠开口，带着浓浓的嘲讽。

我也被他激出了几分气性。不合作就翻脸，这是什么人呀？！

"大皇子与其在我这里浪费时间和心机，不如多放些注意力在别人身上，毕竟选择权可是在……她手里，若是她心里有你，又怎会让你独自费尽心思？"

伍朔漠瞳孔一缩："你知道什么？！"

他和牧遥一直都是私下偷偷来往的，所以只当他人都不知晓他们之间的事情。

"不是大皇子在洗尘宴上开口讨要牧遥的吗？若真的对她上了心，就该问问她的心意，不然一个人再怎么努力都是徒劳的。"我半真半假地提议。

伍朔漠还在发愣之时，我又开口："大皇子不妨认真想想我的话，若是下个月还在京城，欢迎你到时候来参加晋王府的婚宴，今日我就先行告辞了。"

伸手拉下伍朔漠手中的车帘，我低声对华戎舟说："走吧。"华戎舟点头应和，扬起了马鞭，伍朔漠这次没有再伸手阻拦。

我倒是真希望他能早日明白这个道理，爱情里一个人的努力只是无用功罢了，他只是个男三，所以早日清醒，也能早日脱离苦海。

第二日，宫里果然来了人宣旨。宣旨的公公前脚离开，仲夜阑就回头看向我。

我昨日进了宫，今天就来了旨意，所以显而易见这和我有关，不过我也压根儿没想过瞒他。

"你这是什么意思？"仲夜阑看着我，目光存疑。

我毫不畏惧地抬头迎上："顺了王爷的心意罢了，王爷怎么还不满意呢？"

我觉得我此时笑得定是如同一个反派，所以仲夜阑才一瞬间双目喷火。

"你知不知道你自己在做什么？"他伸手紧紧捏住我的手腕，把我扯到他身边，瞪着我开口。

"王爷可是觉得侧妃的位置委屈了牧遥？"我仍是做出一副大度知礼的模样，"那不如……我这个王妃的位置让给她来坐？"

27

仲夜阑终究甩开了我的手，力气之大让我差点摔了一跤，还好千
芷及时地扶住了我。

他转身离开，似是不愿多看我一眼。

既然所有的真相都已经了然，也不见他休弃我，那我就不必伪装
端庄贤淑了。我和牧遥绝不可能共侍一夫，而我把牧遥封为侧妃，是
把所有问题都抬到了明面上，看看他仲夜阑能忍我到几时。

他走后，牧遥手握圣旨看着我开口："这当真是你所为？"

"不然还能有谁呢？"我耸了耸肩回她。

牧遥沉默了片刻，看我的目光仍是冷意不减："你是觉得给一个
侧妃的身份，日后就好压制我了吗？"

"牧遥，你一向聪明，怎么现在糊涂起来了呢？"我笑着回道，
"你觉得丫鬟和侧妃，哪个更好欺负呢？"

牧遥皱了皱眉头，她也明白和侧妃相比，丫鬟更是没有地位，只
是她还是不愿相信我是为她好。

"我知道你不信我，但是此时的我是真的无意和你相争，不然怎
会拱手相让？你可以对我保持戒心，我无所谓，反正是日久见人心。"

说完，我也不再浪费口舌，转身回院子，此时我和牧遥的交际还
是越少越好，她有女主光环护体，接近她对我来说准没好事儿。

回了院子，我就开始筹备下个月的侧妃婚宴，这次我不仅要大办
特办，还要办得风光，给自己塑造一个好形象。

忙了几日，定下了宴席规格和邀请名单，华深却是上门来寻我了。

这些时日仲夜阑并未再下令拦华府之人，因此华深倒是可以自由
出入。

"妹妹可是在准备下个月侧妃的宴席？刚才在路上我还碰见了那

丫鬟，说了几句话我才认了出来，她不就是我之前看到的从晋王书房出来的人吗？早跟你说了，你却不听，现在人家都上位了。"

看着明明没什么事儿还东扯西扯赖在我这里不走的华深，我皱了皱眉头，没接他的话茬，开口道："兄长又惹什么事儿了？"

华深尴尬地笑了笑，开口："没事，没事，我就是想你了，来看看。"

我不理会他的说辞，端起茶杯吹了吹浮沫才开口："兄长若是无事，怎么躲到我这里？说吧，你又做什么让父亲生气的事儿了？"

"妹妹果然聪慧，什么事儿都瞒不了你。"华深的胖脸上挤出一抹强笑。

见我不语，他低头小心地说道："也不是什么大不了的事，就是给人送了个侍妾。"

我皱了皱眉，这算什么事儿，于是我重重地搁下茶杯开口："你还不说实话吗？若是只为此事儿，你何必躲到我这里？"

华深畏惧地缩了缩脑袋，才讨好地对我说："那我说了，妹妹记得在父母面前替我说上几句好话，你的话父母一向都能听进去。"

"你先说，我再酌情处理。"我并不着急应承。

"其实真的不算什么大事儿，就是前几日有个朋友看上了我院子里的一个侍妾，我便送给了他，没想到……那丫头性子烈，直接在华府门口自尽了，我本来都瞒下来了，后来也不知是哪个贱婢传出去的，害得我这几日都不敢回府了。"华深详细道来，语气似乎还格外恼火。

我心头如同刚吞下了一团烈火，灼得我五脏生烟。更让我生气的是，他凭什么认为此事我会护着他？就因为我这些时日对他的态度好转了吗？

"出去。"我努力控制住自己的脾气开口。

"妹妹……"华深刻意放软口气哀求着。

我终于忍不了压抑在胸口的那团火："华深，我本以为你后院那一堆女人只是你情我愿想攀附权贵，所以我才从不插手你后院之事，现在看来是我错了。"

看着华深明显不解的胖脸，我如同一座喷发的火山："华戎舟，你带着华深回华府……"

开了口我就觉得有点不妥，华戎舟只是我身边一个府兵，他去华府说不定会受欺负，于是我又转了话头："算了，你帮我把南风请过来。"

华戎舟抿了抿唇，拱手下去了。不过一刻钟，南风就过来了，华深此时显得有些坐立不安了。

看南风行过礼后，我才开口："南侍卫，今日麻烦你一件事，算是我欠你一个人情。"

南风忙拱手行礼："王妃不必如此，属下本就是王府的人，王妃有事直说便是。"

"好，你带些人去趟华府，我把王妃令牌交给你。你就说是我的吩咐，我兄长后院的女人，若有人愿意离开，就直接带回来，我会给她们一笔足够令后半生无忧的安置费。"我抬手示意千芷把令牌拿过来。

南风是仲夜阑的人，料想华相也不敢轻易阻拦。华深慌了神，站起来阻拦："妹妹你这是做什么呀？"

"兄长是觉得自己无错吗？一条人命对你来说是不是根本不值一提？"我的手已经握拳。

"只是个奴婢罢了，当初买了她进来，她的命就是华府的，是她自己想不开，关我什么事儿？"华深恼怒地坐了回去，背过身不看我。

这就是这个时代的特征，人命不值钱，尤其是奴婢的命。害人不需偿命，只因被害人身份低微，无人会去追究，所以便都觉得理所应当。

我感觉自己再开口时声音都是抖的，不知是被气的还是太难过："她只是一个奴婢？可奴婢也是人，她也有自己的亲人。若是我遇到这种事儿，兄长可会说是我活该？将心比心，那丫鬟的家人又会怎样心痛？"

华深垂着头，似是有了几分心虚，却还是小声说："那丫鬟是罪籍，一个孤儿罢了，没有家人……"

我觉得没办法再和他说下去了，就对南风开口："劳烦南侍卫了，顺便把我兄长押回去，告诉我父亲，这次如果他再不管教自己的儿子，我就动手替他管教。"

南侍卫犹豫了一下，便应下了。

华深却是不服气地还想争辩，我狠狠地瞪了过去："你该庆幸你的身份是我兄长，不然此时你根本不能完好地站在这里。"

南风带走了华深，我跌坐回座椅。华浅的这个姓氏，真是永远都不可能平静啊。

南风回来时真的带了四个女人，我便让千芷给她们每个人一笔盘缠，然后派人保护她们离开。

她们离开后，我就一个人呆呆地坐在院子里，难得有人有骨气愿意离开，毕竟这里都讲究嫁鸡随鸡，嫁狗随狗，所以女子一般跟了别人就是一辈子，也不管那人如何，只是想着将就过。

所以我想和离的想法才会显得颇为出格。

或许是看我心情不好，银杏便凑了过来，小声说："王妃，王府后院的桃花开了，王妃要不要去散散心？"

看着银杏明显为我好的模样，我也不好拂了她的意，便随她一起出了院子，华戎舟见此赶紧跟着，我也没有多言。

到了桃花林，却见有人已经捷足先登。

仲夜阑和牧遥如同一对璧人一般立于桃花林，我脚下一停，对上银杏不安的眼眸说："算了，我们还是回去吧。"

银杏讷讷地低头应和，我们便转身离开。

回去的气氛太沉闷，我就没话找话说："华戎舟，你是不是长高了？去年你刚进府时似乎还和我差不多，现在看上去都要比我高一些了。"

银杏先开了口："华侍卫正是长身体的时候，日后定是还要长上许多呢。"

华戎舟垂头不语，我就笑着接话："不过华侍卫这张脸看着还是稚气未脱，身子那么瘦，脸上还带着婴儿肥，如此更是显得年龄小。"

银杏应是没听懂什么是婴儿肥，继续说道："王妃是喜欢婴儿吗？"

"嗯，也算是吧。"我点了点头，"小孩子的脸都是肉嘟嘟的，看着就非常可口，让人忍不住想咬一口。"

这也是我的毛病，看到婴儿圆嘟嘟的小脸，就想上去捏一番，有时候喜欢得不得了，还会忍不住想咬上一口，不过当然不是用力地咬。

话说出口感觉有点不妥当，看到华戎舟瞪圆的双眸，我赶紧补充："放心，我是不会咬你的。"

这次华戎舟表情彻底蒙了，一旁的银杏忍不住笑出了声，气氛也没那么沉闷了。

我发现是不是这段时间日子过得太舒心，我越发口无遮拦，有些话不经大脑就说了出来。

华深之事算是给我敲了个警钟，原来我应受的磨难远没有那么简单，所以日后我还需注意谨言慎行才好。

第八章

反派之所以是反派

28

再次见到华深，是在牧遥封侧妃的宴席上。他看着人瘦了一圈，这次华相应是下了狠心收拾他，不过那又怎样，那个无辜的丫鬟终究是香消玉殒了。

我不欲多理他，他反而没有记性地又贴了过来，见此我便再次开口警告："今日出席的人都身份贵重，你给我管好自己，莫要再给我惹出什么事儿来。"

华深唯唯诺诺地回道："妹妹放心，我还是分得清轻急缓重的。"

这意思是今日他不会胡闹，但日后在平常场合，他还是改不了自己的臭脾性吗？

我忍不住翻了个白眼，不再看他一眼，真是懒得搭理他了。

仲溪午今天也出席了，其他人都是面露不解，觉得迎娶一个侧妃而已，怎么皇上也来了？

只有我心里清楚，今日成亲的可是他的心上人，他怎能不来呢？

忙里忙外招呼客人，好不容易把人都安置下来了，我才喘了口气，这当王妃也真是累。

不但要记那么多夫人、小姐的名字，还得接受她们同情的目光对我的洗礼。毕竟牧遥只是侧妃，这般大张旗鼓地举办宴席确实是有点落我的颜面，但是我可不在乎。

一回头看到仲溪午一身月白色锦衣站在一棵树下，正遥遥地望着我。想着他此时应该心情不好，我就绽放出最灿烂的笑脸，冲他走过去。

他看我笑得花枝招展，不由得挑了挑眉，我怕他觉得我是在幸灾乐祸，赶紧开口："皇上，这人都已经来齐了，你也赶紧随我入席吧，等下婚礼就开始了。"

仲溪午拨了拨腰间的玉佩，道："为何你能笑得这么开心？"

这是在和我取经吗？我又不喜欢仲夜阑，当然笑得开心了，他心里有牧遥，自然此时不舒坦。

我就语重心长地回道："皇上，今日是大喜的日子，所以还是笑脸迎人为好。"

所以你也别愁眉苦脸了，不然别人看见了怎么办呢？

我侧身做了个"请"的姿势，仲溪午终于迈开了步子。

只是他走到我身边时又开口："你现在心里是没了皇兄吗？"

心里"咯噔"一下，我挤出一抹笑容："怎么会，皇上想多了。"

看着我明显心虚的表情，仲溪午好像勾了勾嘴角，但没等我看清，他就径自迈步走了。

侧妃不同于正室，不需要三跪九叩拜天地，甚至连婚宴也不必举行。是我一力坚持才有了现在的宴席，旁人都是私下笑话我假仁义、装贤惠，做给仲夜阑看。

婚礼缩减到只需给我敬茶，我原本想把这一项也免去，没想到牧遥倒是拒绝了。仲夜阑也担忧牧遥因婚礼的出格成为众矢之的，所以也就默许了。

于是我只能心情复杂地接过牧遥递过来的茶水，真是喝之无味。

接下来就是假笑着应酬各方夫人，心累却也只能忍着。

然而宴席刚吃到一半，银杏突然神色慌张地跑过来，在我耳边说：“王妃，华……公子出事了。”

我心头一跳，迎着其他夫人探究的目光，努力保持若无其事的模样，找借口离开。

走出了宴席，我才开口问银杏：“兄长又怎么了？”

“回王府，华公子现在……在侧妃娘娘房里。”银杏面带难色。我踉跄了一下，转头呵斥：“那是什么意思？”

“奴婢也不清楚，就是听下人来禀报说……说华公子闯进了侧妃娘娘的房里。”银杏看着都要哭了。

我努力压下心头的忐忑，疾步赶去。

到了牧遥新住的院子，我抬步踏入房内，只看到一地的碎瓷器，牧遥则头发凌乱地缩在房间角落，正中间躺着昏迷不醒的华深，额头上还有未凝固的鲜血。

我眼前一黑，强撑着自己走到华深面前，忍着想抽他耳光的冲动蹲在他面前，摇了摇他：“兄长，醒醒。”

他迷迷糊糊地睁开眼，看到我眼里满是迷茫：“妹妹？这……”

“怎么回事儿？”

仲夜阑的声音也传了过来，我手一抖，回头看去。

只见仲夜阑看到屋里的场景后，面目顿时变得扭曲起来，他几步迈到牧遥面前，扶着她的肩问：“阿瑶，你没事吧？”

牧遥面色苍白，强行挤出一抹笑：“我没事儿，还好丫鬟及时打昏了……他。”

虽是在笑着示意自己无碍，但是她眼里含着泪。

仲夜阑向来聪慧，脸上霎时间露出了滔天怒火。

他伸手抽出了南风的佩剑，双目如同燃烧的烈焰，一步一步向华深走来。

我见此，赶紧起身上前，拉住他的手臂，强压住心头的慌乱，保持镇定开口道：“王爷，你冷静一下，听我说……”

仲夜阑用力抽出了他的手臂，我被他的力气波及，重重地跌倒在地，手掌按在了地上的碎瓷片上。

眼见仲夜阑走到华深面前，举起手中长剑，我身体比脑子反应更快，直接挡到了华深面前……天知道我为什么要挡到他面前。

"铛——"剑鸣声响起。剑并没有落在我身上，华戎舟举剑的身影挡在我面前，硬生生用剑接住了仲夜阑的一击。

只是仲夜阑作为男主，武力值旁人自然难以企及，看到华戎舟青筋暴起的手背，我就知道他是有多吃力了。

"不自量力。"仲夜阑冷嘲道，只见他抬起空着的那只手，一掌将华戎舟击出好远。

华戎舟的身子飞起，重重地砸到椅子上，椅子也变得支离破碎。看到他伏在地上，脸上没有一点血色，我心里一抽，却又强打精神。

不行，就算今天是华深又坏事儿了，也不能就这样任由仲夜阑杀了他，那样梁子就真的结下来了，再无回旋余地。

"王爷，你听我说……"

"让开。"仲夜阑冷峻得如同一个修罗，眼睛里的寒意似是要把我的血液冻起来。

"王爷，你不能杀他，我们好好谈谈行吗？"我放软语气，带上几分哀求。

只是仲夜阑眼里并未见怜惜，他看着我，如同第一次见我，他说："我说你为何好心为阿瑶请旨，难不成这是你们兄妹早就合计好的吗？"

现在这种剧情是我变成虐文女主了吗？也轮到我说什么他都不信了。之前的华浅骗过他许多次，难怪他现在对我再无信任可言。

"王爷……"我加重了语气，声音带着我控制不住的颤抖。

"我可以不杀他，但是我要废了他两条手臂，让他知道什么人不该碰。"

仲夜阑再次开口。

我应该让开的，我也想废了华深的手臂，让他以后少给我找麻烦，可是不知道为什么，身子却是无法移动。

仲夜阑眼眸越来越冷，最终他开口："不让开是吧？好，我成全你们兄妹情深。"

他再次举起了剑，我紧紧地闭上了眼睛，双手握紧。

等了许久剑也没有落下，耳边响起一道熟悉的声音。

"皇兄还是冷静些为好。"

睁开眼，看到仲溪午正站在仲夜阑身侧，一只手紧紧握住了仲夜阑持剑的手。

仲夜阑凝眉，眼神并未见半点好转。

对上仲夜阑如同沁了血的眼神，仲溪午并不介意，反而勾唇一笑，开口："难不成皇兄也想同我打一场吗？"

29

仲夜阑沉默了片刻，终于收回了剑。我松了口气，这才感觉到手心剧痛，方才跌倒时，几块瓷器碎片深深地扎进了我的手心。

身后的华深似乎也反应过来，明白现在的情况了，扯着我的衣服缩在我身后不敢出来。

"皇上这是什么意思？是要为那等废人出头？"仲夜阑面对仲溪午，无半点恭敬。

仲溪午迈了一步，身子移到了我面前，状似不经意地将我挡在身后，继续对仲夜阑说："华深可是华相的独子，皇兄的心情我理解，但还是莫要失了理智才好。"

仲夜阑把剑丢给南风，方才开口："他敢对我的侧妃不敬，难不成身份就成为他的保护伞了吗？"

仲溪午思索了片刻，才开口："那不如先将他关到京兆尹处，等日后再判罪过，今日还有很多事情需要处理，以皇兄的身份，京兆尹也不敢纵着华深。"

我看不到仲夜阑的脸色，只是许久后听到他的声音："便宜他了。"然后就见他走向牧遥，拦腰抱起她后头也不回地走了。

我终于放松下来，后背已经湿透了，恍惚间似乎和牧遥对视了一下，只是下一刻仲溪午就转身在我面前蹲下，我也就不再看向仲夜阑他们二人了。

有宫人走了过来，将华深拉了下去，他鼻涕一把泪一把地哭喊着救救他，我却是再没有半点精力去顾及。

"多谢皇上相助。"我勉强挤出一抹笑意。

仲溪午没有说话，伸手拉起了我的左手，看到血肉模糊的手掌，他眉头一皱，开口道："你回院子处理一下伤口吧。"

"可是前院还有许多夫人……"

"交给我来处理，你安心回去就是。"仲溪午打断了我的话，松开手站了起来，抬步向外走去。

我赶忙开口："恭送皇上。"

仲溪午走后，我擦了擦额头上的冷汗，银杏见此赶紧过来扶我，我推开了她的手，走向一旁还在地上的华戎舟，用完好的手扶他坐起："你还好吗？"

身为男主的仲夜阑盛怒之下的一掌自然不容小觑，见华戎舟面色仍是惨白："我没事……对不起，王妃。"

这个傻孩子，是觉得自己没有帮到我吗？

听着他声音还是有些气力，我就放下心来，伸手揉了揉他的头顶，迎着他变晦暗的眼眸说："不，你已经做得很好了，快去找大夫看看吧。"

华戎舟垂下头不语，我也就起身回院子了。

到了院子，银杏急急忙忙地拿来创伤药，我坐在椅子上，不敢再看自己手掌一眼。

"奴婢见过皇上。"

不多时，听到院外丫鬟的声音传过来，我还没来得及反应，就看到仲溪午月白色的身影走了过来。

他极其自然地走到银杏身边，道："我来吧。"银杏听话地将药和银针交给了他。

"皇上……"

"放心，前院的人都安排好了，正在离府。"仲溪午打断了我的话开口，看到他伸手，我下意识地把手缩回来。

"皇上，还是让银杏来吧。"我回道。

仲溪午却是长臂一伸，将我的左手扯了过去："你是不信任我吗？"

"不是的，这样似乎于礼不合……嘶……"话说到一半，我倒吸了口冷气，这手掌心真的是太疼了。

"无人知道我来你的院子，再说我们之间更不合礼的事都做过，你又在介意什么？"仲溪午漫不经心地回道。

我不由得嘴角一抽，这话也太容易产生歧义了吧，不就是我之前给他上过药吗？说得这么暧昧。

然而接下来我就无力顾及这些了，仲溪午挑瓷器碎片的动作虽然轻柔，但还是太痛了，我疼得直发抖，忍不住开口说："皇上，要不你打昏我再处理伤口吧。"

仲溪午动作未停，说道："既然这么怕疼，又为何要挡在华深面前？"

"他终究是我兄长。"我无力地开口，这是我再怎么努力都无法改变的事实。

仲溪午动作一停，却没有再开口问话。

在我感觉自己就要疼昏过去的时候，仲溪午终于处理完我手掌里的碎片，开始给我上药包扎。

仲溪午见处理妥当后才开口："此事我暂时给你压了下来，但是你要知道，你终究是需要给皇兄一个说法的。"

"皇上，你为什么要帮我？"我忍不住开口问，我似乎有点儿看不懂他了。

仲溪午没想到我会问这个，半晌才开口："你既帮我保守了我的……心意，我们现在也算是统一战线了。"

这个皇帝是有多无聊，暗恋别人就非得找个人分享吗？今天华深打牧遥的主意，他难道就不生气吗？

不过这话我也没敢说，就是自己想想。

仲溪午坐了一会儿，就起身回宫了。

他刚走，千芷就过来了，看到一旁呆呆站着的翠竹，就开口对我说："王妃，方才我去大夫那边取药，看到华侍卫在那里拿了一瓶外伤药后火急火燎跑出去了，连我打招呼，他都没看到。也不知道他的伤势怎么样了，我回来时好像看见他在门口，但一眨眼又没了人影。"

华戎舟也受外伤了？方才在牧遥院子里也没仔细看，想必他摔在椅子上，也应该会有些擦伤，想到这里，我就对翠竹说："翠竹，你代我去看看华戎舟怎么样了。"

翠竹低头答应，走了出去，我忍不住皱眉："这丫头是怎么了？往日有机会不是开心得要上天吗？今天怎么没见她欢喜呢？"

"或许是担忧华侍卫吧。"一旁的银杏回复。我点了点头，觉得有点道理。

而千芷犹豫了片刻后，还是贴近我，小心地说："王妃有没有觉得……皇上似乎对你有些不同？"

是有点不同，估计这个皇帝是憋坏了，逮着我来当闺密，还是那种分享暗恋对象的闺密。

"你想多了。"我并未跟千芷说实话，而是扯开了话题。

第二日华夫人就找上了门，哭天喊地地让我救救华深，说她的宝贝儿子受不了牢狱里面的苦。我强忍着头疼，带上她动身往京兆尹处去了。

牢狱的侍卫放我进去了，只是华夫人被挡在门外，我安慰了她几句就独自进去了。

牢狱里，华深蓬头垢面，一看到我就扑了过来，求我赶紧救救他。

"兄长，我跟你说过多少次，牧遥不是你能动的人，你怎么就不长记性呢？"我恨铁不成钢地埋怨。

他抹了抹胖脸上的眼泪，哑着嗓子开口："妹妹说的话我一直都是放在心上的，你说不能动的人，我是打死都不会乱动心思的，妹妹为何不信我呢？"

看他狡辩，我气得差点笑起来："那昨日是怎么回事？你为何衣衫不整地出现在牧遥房里。"

华深懊恼地抓了抓脑袋开口："我是真的不知道，昨日我多喝了几杯，在院子里醒酒，妹妹的丫鬟传话说母亲让我老实待着别乱跑，我就在一处凉亭里不敢乱动。"

"那后来是怎么回事？"华深看上去有点儿心虚，见他这个模样，我气得甩袖子就要走，不想管他了。

他吓得赶紧扯住我的袖子开口："我是在后花园看到……看到一个丫鬟生得不错，她又对我欲拒还迎，我因为酒劲……就忍不住跟着她过去了，结果刚进了一个院子就昏了过去。醒来就看到晋王要杀我，吓得我话都说不出来了。"

"你确定是有个丫鬟主动勾引你吗？"我皱起了眉头。

华深顿时结巴起来："我见她一直看我，可不就是……是对我有意思嘛。"

我真想一巴掌拍到华深头上。看他两眼就是对他有意思了？他喝多了，好色本性暴露，还为自己找借口。

见问得差不多了，我就准备起身离开，华深则是拉着我的衣角开口："妹妹快些救救我吧，这牢里还有老鼠，我是待不下去了。"

"你这次好好长长记性吧。"我抽出衣角就离开了，不再理会他的哭喊。

出去后，看到一脸焦急的华夫人，我把华深的话给她复述了一遍，看到她顿时气得发抖："我都说过深儿无数次了，他还是改不了好色这个毛病，竟然在你府上闹事儿，真是该好生打他一顿。"

"母亲觉得是兄长闯出来的祸吗？"我抚了抚刚才被华深拉皱的衣袖开口。

华夫人拿着帕子抹了抹泪才说："你哥哥虽然荒淫了些，但终究是喝酒才误事。我们华家只有他这一个儿子，你做妹妹的可不能不管他啊。"

这话也就是默认了是华深好色才惹出的事，却还为他开脱。我勾了勾嘴角，开口："可是……我觉得这次不是兄长的错。"

30

回到晋王府，我喊来翠竹问话，因为华深所说的那个传话让他老实待在后院的丫鬟就是她。

翠竹一脸懵懂，但还是老老实实地回答："是华夫人没看到大公子，就让奴婢前去寻他，并且交代他宴席人多，不要乱走动。"

"那你可有和别人说过华深在后院？"我又问道。

翠竹皱眉思索了片刻，还是摇了摇头："没有。"

这些话华夫人也跟我说了，只是我还是问了翠竹一遍，看看有没有什么遗漏的地方。

见我不语，翠竹小心翼翼地问："王妃，奴婢是不是做错了什么？"

迎着翠竹那双纯真的眼眸，我终究只是叹了口气，嘴上并没有多说："和你无关，你不要多想。"

在院子里待了一天一夜，千芷送过来的饭食我一筷子都没有动。

直到第二日天色渐渐沉了下来，我才仿如大梦初醒，深吸了口气开始抬步向外走去。

出了院子，看到华戎舟还站在院子门口，我停了停，开口对他说："王爷下手没有轻重，你之前伤势也不轻，就不必守在这里了，先回屋里歇着吧。"

"属下没事。"华戎舟回道，一动不动。我也没有再说什么，毕竟我还有更重要的事情要去处理。

到了牧遥院外，侍卫把我拦了下来，我并未动怒，只是开口说道："你去告诉侧妃一声，她自会见我。"

侍卫犹豫了片刻，看我那般从容有把握，还是进去通报了。不过片刻，他就回来请我进去。

进到牧遥屋子里，只见她手持一本书，正坐在油灯下翻看，书籍上赫然写着"兵书"二字，完全没有了昨日那惊慌失措的模样。

我也不见外，自己寻了把椅子坐下。她这才抬眸看我。

我迎着她无波动的目光笑了笑，开口："等我许久了吧？"

牧遥放下了手里的书，看着我说："你若是来为华深求情，那姿态是不是该放低一些？"

我并不在意她语气中的嘲讽，回道："华深又没有犯错，我为何要为他求情？"

牧遥面无表情，如同看着一截枯木一般盯着我。

"牧遥，我一直觉得你作为女……仲夜阑的心上人，是不会使这种手段的，现在才发现我错了，原来你和普通女人并没有什么两样。"我叹了口气说道。

牧遥面色未变，没有半点被戳破的窘意。

我看着她，感觉自己如同一个突然迷路的旅人一样，牧遥不是小说里那个不拘小节的边城女子吗？那为何要选这条路线去利用仲夜阑对付我，这是我一直想不明白的一个问题。

"我本是不想来的，可是你都这么苦心设计了，我还是配合你一下为好，免得让你一番苦心付诸东流。"我低头轻笑一声，说不清心里是什么滋味，"我说过不会再和你争仲夜阑，可是你始终不信啊。"

牧遥还是盯着我看："你觉得我是为了阿阑？"

"不然还能是为了什么？"我也直视着她问。

许久不见牧遥言语，我也没了耐心，便起身开口："你既然出手设计华深，此番我也不会视而不见。冤有头，债有主，即便我心里曾对你有愧……但是既然你用手段无故牵累我身边之人，那我也不会再留情面。"

说完，我就抬步向外走去，突然听到牧遥笑了起来，笑声很大，我忍不住皱眉回头。

只见她笑得眼泪都出来了，许久才停下，拿帕子擦了擦眼角的泪渍，开口道："冤有头，债有主？你怎么好意思说出这番话来？"

不等我开口，她又说道："你们华府之人果然都这么自私自利、是非不分，你说华深无错？"

我心里有些许不安，但还是按捺住，开口道："婚宴之事都是你设计的不是吗？华深虽荒淫，但是从未对你有过不轨之心。"

华深这个人虽然纨绔，但是在我面前不会说谎，我既然警告过他那么多次，他就绝不会违背我的意思。

而牧遥作为女主，可不是那种受点惊吓就慌乱哭泣的人设，所以就只有一个可能，她是在伪装，那目的也就显而易见了。

牧遥歪着头看我，眼里的讽刺越来越深："没错，那日之事全是我设计的，华深是没有对我出手。"

她的痛快承认让我愣了一下，我不语，等着她的下文。

她也不在乎我有没有回答，接着说："听说华府门口前两天死了个丫鬟，可是婚宴上见华公子却毫发未损。华府果然是权势滔天，区区一个丫鬟的命，压根儿入不了你们的眼。"

我心里一跳："你想说什么？"

牧遥看着我，目光似乎又不在我身上。许久她才开口，语气不悲不喜："那个在华府门口自尽的丫鬟，是我的贴身丫鬟——灵珑，无父无母，自小在边城与我一起长大。"

我一瞬间如坠冰窟，感觉手脚冰凉。

牧遥见此并未放过我，她起身步步紧逼地开口："当初你污蔑牧府一家造反，导致我们最后被流放，而牧府的家奴全被发卖。本就是奴隶，卖到哪里都一样，我之前也是这样告诉自己的，可是啊……为什么灵珑偏偏被华深买了去？"

我脑海里突然回想起那日华深对我说的话——"那丫鬟是罪籍，一个孤儿，没有家人"。

牧遥走到我身边，看着我继续说："所以啊华浅，你究竟是哪来的底气，才敢在我面前说华深无罪？死在你们华府门口的、你们眼里的低贱侍妾，是我情同姐妹的一个人。"

"我……"我张了张嘴，突然感觉有点喘不上气来。

我一直都知道这件事是华深之错，可是……我却不作为地把他推给华相处理。我明知道华相会偏袒他，可是我还是那样做了，是不是我潜意识里也曾经觉得那……不过是个奴婢。

牧遥直接点出了这个我一直试图忽视的事实：我因为自己的身份从而心安理得地偏袒着华府。

牧遥紧紧拉着我的衣襟，迫使我对上她满含恨意的眼眸："你曾对我说不会再针对我，我差点就愿意相信你向善了。可是灵珑的事让我发现，我没办法选择原谅你。因为你们华府的所作所为，在黑暗里受苦受罪的人数不胜数，我不能再因为看不到就假装不知道。"

"所以……这就是你设计华深的本意？是为灵珑报仇？"我努力扯起嘴角，感觉自己此时勉强保持的强颜欢笑定是比哭还难看。

"既然你们不处罚他，那就由我来让他付出应有的代价。丫鬟的命你们不放在眼里，那我这个侧妃的身份，可否让华深脱一层皮呢？"

牧遥说完狠狠地松开手，并推了我一把，我狼狈地撞在门上，左手下意识地抵在门上，顿时感觉一阵刺痛。

"哪怕是用这种手段吗？利用爱你之人？"我微微蜷起了手指。

牧遥背过身去，我看不到她的表情，只听到她说："只要是对付你们华府，什么手段都是干净的。"

"好……我明白了。"我开口，却感觉似乎听不到自己的声音。牧遥侧妃的身份是我捧上去的，华深的事也是我刻意回避的。

我总觉得在这个只有阶级，没有公平的世界里，我顶着华浅的皮，自然而然地选择原谅华深才是正确的。

今日牧遥还能为丫鬟灵珑出头，可灵珑若是没有和牧遥的这层关系，她是不是就只能含恨而终了？她是一个丫鬟，一个在小说里后来都没有提过的丫鬟。

也是我看到了却选择一叶障目的一条人命。

我抬步向外走去，牧遥没有理我。她已经向我宣战了，无论付出什么代价，她和华府只有不死不休这一个结局。

仿佛行走在赤火烈焰上，步步灼心，外面的千芷赶紧来扶我，一脸紧张地问我怎么了，我无力回应。

"你在这里做什么？"恍惚间听到仲夜阑的声音，定神望去，他正站在院子门口，皱眉看着我。

"日后没有我允许，你不许踏进阿瑶的院子。"他极度厌恶地开口，甩着袖子就要经过我。

我下意识地拉住他的袖子，在他挣脱之前问道："那日……若是没有皇上阻拦，王爷的剑可会落到我身上？"

仲夜阑回头看着我，目光沉沉如同子夜。

我也没有想过要他回答，就苦笑着开口："答案一定是会的吧？"

仲夜阑抿了抿唇，抽出了自己的袖子，抬步向院子里走去。

"那玉佩就那么重要吗？小时候陪你守陵的是谁真的那么重要吗？仲夜阑，你喜欢一个人就只凭玉佩和回忆吗？"看着他的背影，我终于忍不住开口。

仲夜阑身形一顿，没有再走，也没有回头。

"我是骗过你，可是我从未做过对你不利之事，连我这条命都差点赔给你，难道以前的事就那么难以原谅吗？那日你拔刀相向，就没有想过要好好听我一言吗？"

可能是手掌太疼，或者是委屈吧，所以我才忍不住眼泪，为什么我从来都是那个不被选择之人？

牧遥背后有仲夜阑，有仲溪午，有伍朔漠，都是义无反顾地相信她、支持她。而我背后……空无一人，唯有一个将颓的华府。

仲夜阑缓缓回过头，看着我泪眼蒙眬的面容，他的目光似乎闪烁了一下，许久后才开口："你现在又是在图什么？在我面前示弱，好让我心软放了华深吗？"

心里那片荒漠越来越大，我擦了擦眼泪，深吸了口气，稳定住心绪。

真是没出息啊，哭什么哭。说来可笑，他仲夜阑曾说过无论发生什么事，都会护着我的话，明明我从来都没有相信，可是为什么现在自己还会难过？

我俯首掩去所有表情，屈膝行了一礼："王爷说是……就是吧。"

话音落，我人也转身离开。

无论是小说还是生活，都是不可逆的，那些发生过的事情，如同吹散的蒲公英，落到各个角落，然后扎根，发芽，最终生长成一片汪洋大海，一发不可收拾。

仲夜阑不爱华浅是设定，华深好色是设定，华相利欲熏心也是设定，我可以改变剧情，可是那些之前就已经存在的伤害，是我无法挽回的。

牧遥的话提醒了我，因为过去的华府，无数人还在黑暗里挣扎求生。我私下以为保住了牧遥一家就会太平，然而还有无数我没注意到的小人物因为之前的华相和华浅，痛不欲生。

这才是我为了自己活命，而一直想救下来的那个家族的真面目。

反派之所以是反派，从来都不是做了踩死只蚂蚁、打骂别人这些小事才形成的，而是制造了无数苦难只为独善其身。

牧遥的话如同一把刀，割裂了我一直以来粉饰的太平。

第九章

惦记

31

仿佛是过了一年，又好像是只过了一天，我坐在窗前看着日出日落，安静到如同石化了一般。

时间缓缓流过，华夫人上门的哭诉被我拒绝了，太后的召见我也有胆子拒绝了。

我不知道华深后来怎么样了，也不知道牧遥后来又会怎么对付华府，有那么一段光阴，似乎全世界都与我无关。

院子里的丫鬟看着我日日沉默寡言，和以往大不相同，也都是小心翼翼的，而我却连安慰她们的余力都没有。

我……是不是抑郁了？

坐在躺椅上，我认真地思索着这个问题，要不然怎么突然对这里的人生没有半点兴趣了呢？

或者是我在逃避那些我不愿意面对的事实？所以才会躲在这个院子里。

然后如同一片日渐枯萎的落叶，慢慢凋零。

想过要冷血无情，也想过要大义灭亲，然而最后哪一种说法都说服不了自己。

想来想去我又困了，便斜躺在椅子上沉沉睡去。

半睡半醒之间我的头突然猛地一坠，身子还来不及反应，脑子里就想着——完了，要撞到脑袋了。

然而并没有想象中的疼痛传来，我睁开眼，只见华戎舟半弯着腰，一只手握在躺椅扶手上，而我的脑袋狠狠地砸在了他手背上。

我直起身子来揉了揉太阳穴，看了看四周开口："她们呢？"

怎么一个丫鬟都没有？

"属下不知。"华戎舟松开手，站直了身子。

"你的手没事吧？我都睡迷糊了。"我看向他的手背，那里已是通红一片。

我的脑袋有那么重吗？

"无碍。"华戎舟背过手去，恭恭敬敬地站着。

我坐直了身子，拉了拉他的衣服："你蹲下来，和我说会儿话，这会儿一点儿睡意都没了。"

华戎舟乖乖地蹲了下来，和我平视着，看着他温顺的模样，我开口："你的父母可在京城里？"

他的眸光跳了跳，片刻后才开口："我父母是乡下的人，小时候因为闹饥荒就把我卖给……有钱人家当奴才。"

我这张嘴真是……句句戳人家心口。

"那你怎么到晋王府了呢？"我问道。

华戎舟垂下了头，开口："我从那富人家逃出来了。"

虽然语气没有波澜，但是我看到他垂在身边的手已经握紧，定是那户人家苛待于他了吧。

这个世界的奴隶，都是低廉不值钱的，他们过得有多水深火热，上位者半点不知。即使是我这个现代人，竟然也曾因为身份而选择对他们的苦难视而不见。

抬手揉了揉华戎舟的头顶，我又问："那你……一定过得很苦吧。"

如同无数挣扎在底层的人，因为没有选择的权利，所以过得努力而辛苦。

华戎舟抬起了头，我看到他的眼尾已经泛红了，然而他口中说的却是："不苦……遇见王妃我就不苦了。"

我一愣，对上他的目光，干净而炙热，生生减去了他棕色瞳孔一直以来的淡漠颜色。

"你现在……还恨之前苛待过你的富人家吗？"我不知道抱着什么心思开的这个口，只是想听听答案。

"不恨了。"华戎舟回答，瞳孔似乎微微缩了一下。

"为什么？"我收回手，看着他问。

华戎舟的眼里全是我看不透的颜色，我第一次意识到，在这个孩子身上，从来都没有看到过半点儿孩童的天真，他说："因为我已经……"

却听到一道声音插了进来，打断了他。

"你寻我来所为何事？"

我一愣，看向院门口，只见仲夜阑高大的身影踏步进来，身后跟着双目通红，一看就是哭过的翠竹。

华戎舟动作极快地站起来挡在我面前，我愣了愣才站了起来，把华戎舟拉到一旁，对他摇了摇头。

仲夜阑看着我的举动，嗤笑一声才开口："你倒是养了个忠心的好奴才。"

我不理会他的嘲讽，反问："王爷前来又是为了什么事儿？"

仲夜阑眉头一皱，开口："不是你寻我来的吗？"

我一愣，看到他身后的翠竹，才反应过来。这傻丫头定是以为我茶饭不思是因为仲夜阑，才擅自去寻他了。

我叹了口气开口："是丫鬟擅作主张惊扰了王爷，我无事，王爷请回吧。"

仲夜阑的眉头越皱越深："你现在惺惺作态是想做什么？"

他的嘲讽并未激起我的半点斗志，我看着他说："是我做错了，还是王爷因为心里的偏见，才会觉得我无论怎么样都是错的？"

仲夜阑表情未变，目光仿佛压境的乌云落在我身上："你这是在怨我？"

"怨你有什么用？平白让自己心里不舒坦。"

我开口，无视仲夜阑渐渐变得危险的眼眸继续说道："你之前不愿听我说话，现在我也不想和你说了。我现在脑子很乱，所以也请你不要打扰我了。"

我说完，转身就向屋里走去，身后传来仲夜阑的声音："华浅……"不是恼怒的语气，似是有话要说，我回头看到他的眼神，不由得一愣，下一秒心里满是嘲讽。

手不由自主地握紧，我开口："华深的命，王爷想要就拿走吧，只要你能心安理得。"

然后我脚步未停，走到了里屋，径直把门关上，不再理会他。

现在我的脑子如同缠绕着的一团乱麻，我需要理清楚，所以他们爱怎么折腾就怎么折腾吧。

"王妃，你要不要去看看你的嫁妆铺子？"看着我在院子里待了一个月都没出去，千芷也忍不住了，往日我是提起铺子就开心，可是现在我觉得要那么多钱也无用。

对现在的我来说，钱又能做什么？钱能买什……

嗯？我突然坐起来，开口："走，千芷，我们出去看看铺子。"

千芷本就是试探性地一问，没想到我回应了，顿时她难掩眼里的喜色。拒绝了其他丫鬟跟随，我只带着千芷和华戎舟出去了。

于是从城南走到城北，忙到天色渐晚，我终于将手里的十几家铺子这几个月盈利的银钱盘点清楚了。

看着跟着我跑了一天却毫无怨言的千芷和华戎舟，我心头不由得一软，他们也同我一样滴水未进。

于是我拉着他们找了个馆子，用了些餐食。跟着我时间长了，他们也不同我客气，就直接三人围坐一起吃饭。

吃完之后出来，天色已经彻底黑了，路边开始挂起了灯笼，有各种小摊摆了出来，竟是一个热闹的夜市。

想着来这里大半年，我还真的不曾在晚上时出来过，就没有乘坐马车，和他们一起行走在小巷里，两边是人来人往的商旅，还有卖力吆喝的小贩。

这场景让我凌乱的心突然顺了下来，现代时无数次花钱去古镇里面寻找安静，全不如这真实的古迹让人安宁。

有行人推着车，吆喝着让路，我还来不及躲闪，就被一只手拉到了路边上。我一扭头看到了华戎舟那张脸，他的一双眼睛被这路边的灯笼照得流光溢彩。

这人是吃了增高剂吗？怎么看着好像又长高了？再这样下去，就要比我高上一个头了。

正欲开口说话，我的目光却飘到他身后的一抹人影上，蓦然睁大了双眼。只见仲溪午立于一盏灯笼下，灯火把他淡青色的衣衫染得昏黄。他望着我，好像看了很久，嘴角有着挥散不去的笑意。

32

既然已经对视了，那我就没办法装看不见了，于是我抬步朝他走过去，华戎舟这才松开了握着我的手。

"皇……仲公子怎么也在这里？"我先开口说话，特意转换了称呼。

他看着我说："你在晋王府闭门了一个月，今天怎么突然跑出来了？"

我忍不住皱了皱眉："皇上是在晋王府安了眼线吗？怎么一举一动都这么清楚？"

"你觉得呢？"仲溪午挑眉继续说着。

随便吧，现在的我也没心思去在意他了。

我还未回话，就听他说："既然找到你了，走吧。"

"嗯？"我疑惑地开口，"找我做什么？"

"带你去个地方。"仲溪午摆了摆头，示意我跟上。

站在一座高楼下面，我揉了揉自己因长期抬头看而酸痛的脖子问："这是什么地方啊？"

"摘星台。"仲溪午回答，"是钦天监白天办公的地方。"

那带我来做什么？

"走吧，上去。"仲溪午不等我说话就抬步开始走。

我小心翼翼地跟在后面开口："走上去？"

仲溪午诧异地回头看着我："不然还能怎么上去？"

我呵呵干笑几声，然后抱拳说了句"告辞"，转身就跑，却被他抓了回去。

他毫不动摇地拉着我一步一步地踏上楼梯，我挣扎半天也没把手臂挣出来，只得又开口："这摘星楼有几层？"

"二十。"

"我们要去几楼？"

"二十。"

我差点儿一口老血喷出来，颤抖着问："皇上觉得我能爬到二十层吗？"

"中途累了可以休息。"仲溪午咧着一口大白牙笑着，晃得我眼晕。

之后无论我如何撒泼耍赖，死缠烂打，他都毫不动摇地把我扯到顶楼，连累千芷和华戎舟也默默地在身后跟着爬楼。

终于，到了顶层之后，千芷和华戎舟等在楼梯口，而我几乎是跟着仲溪午爬着到了楼层靠里的地方。

我一屁股坐在地上，累得像条狗，而仲溪午却脸不红气不喘的。

"过来。"他站在栏杆处，朝我招手。

"我太累，动不了。"我毫不犹豫地拒绝。

"给你看个好东西。"

"乌漆墨黑的有什么好看？"我赌气般一动不动。

这个抽风的皇帝，一言不合就把我拉到这里干啥？

"看来你现在是真的一点儿都不怕我了。"仲溪午眯眼看向我。

我还是一副死猪不怕开水烫的模样一动不动，原来人累到极致真的可以连命都不在乎了。

"你是要我去拉你过来吗？"仲溪午见我不为所动，再次开口。

"皇上，你天天很闲吗……"我不满地嘟囔着，但还是一步步挪了过去。

站在他身边，我往下看去，只觉得一阵头晕目眩，一是我有轻度恐高症，二是我看到了京城里的大街小巷，因为通明的灯笼，被连成了一条火龙，盘旋在主干道上。

从这么高的地方看下去，脚下如同盘踞着一条金黄色的巨龙。仲溪午的声音从旁边传来："我是好不容易才挤出的时间。"

看着我愣愣的模样，他又开口："从这里看下去，有没有一种把万物全踩在脚下，三千烦恼都消散了的感觉？"

我伏在栏杆上一动不动，说："烦恼可不会因为站得高就没有了，站得越高，能看到的东西反而会越少。"

仲溪午伸手重重地在我脑袋上敲了一下，我恼怒地瞪着他，却听他又说："那也需要你上来亲眼看过了才知道，若是你今天没有费这么大功夫爬楼梯上来，哪里会知道别人口中的景色？"

我揉脑袋的手一顿，诧异地问："难不成你带我来这里就是看风景的？"

"看你连母后的邀约都拒了，我就好心地给你分享个观景胜地，寻常人可是见不到的。"仲溪午坦坦荡荡地承认。

我有点迷糊了："你为什么要对我这么好？"

仲溪午似乎没想到我会问这个，愣了一下才开口："盟友……之间不是应该互帮互助吗？"

我把头转回来，互帮互助？难不成他抱着和男三伍朔漠一样的目的，想让我抢走仲夜阑，然后他可以抱得美人归？

眼底的夜景还是转移了我的注意力，我忍不住将身子向外又探出一些，因恐高导致的战栗让我腿软。可是这种自虐一样的感觉却让我心里真的轻松了片刻，于是我忍不住又将身子向外探了探。

然而这次身子刚一动，一股大力就从我腰间传来。仲溪午竟然将我拦腰拉了回来，我回头对上他带着些许怒气的眼眸，他说："你想做什么？"

我就是想看看风景呀。

不等我开口他又说："我带你来这里，可不是让你自寻短见的。"

"噗——"

我忍不住笑出声来，这个人是感觉我有多脆弱呀！看我努力控制，却始终忍不住的笑声，仲溪午的脸色似乎黑了一下。

我这次开口："皇上，你这举止有点儿不合规矩吧？"

我指着他还环在我腰间的左臂，仲溪午若无其事地松开手，说："怕什么？现在摘星楼都是我的人，又没旁人看见。"

我疑惑地歪着头看他："皇上你这话是鼓励我红杏出墙吗？"

仲溪午狠狠地瞪我一眼，我赶紧噤声。

于是两个人沉默地在栏杆处站了很久，有夜风拂过，头顶的灯笼微微晃动，围栏处的光影也随之变动。

风也拨乱了我的发丝，让我忍不住生出一种错觉，转头看向他说："你是不是喜……"

对上他看过来的眼眸，我的脑子突然清醒，到嘴边的话转了个弯，出口时已经换了个对象："她都已经成亲了，你还惦记着她吗？"

仲溪午看着我，眼神温柔而坚定，让我差点感觉我就是牧遥。

他说："惦记。"

"真幸运啊……"

对上仲溪午疑惑的目光，我笑着转开了头。

牧遥真幸运，因为有这么多人都爱她。仲溪午没有再多问，转身走向里屋，片刻后拿着一个酒壶模样的瓶子过来。

"要喝吗？"仲溪午摇了摇酒壶。

"那是什么？"

"月露浓，说是解千愁，只有这摘星楼里才有。"仲溪午解释道。

解千愁？哪有那么容易的事儿。

我还是伸手接过了酒壶，拔下塞子，喝了一大口，挺甜的，还带着些许辛辣。正好爬楼爬得有些渴了，我一口气喝了大半壶，只觉得痛快。

对上仲溪午瞪大的双眼，我说："不会这么小气吧？不是都给我了吗？"

仲溪午似乎有点瞠目结舌："你可知月露浓是什么？"

"你不是说解千愁吗？"我摇了摇酒壶开口。

仲溪午似乎有点想笑，却又忍了下来，说道："这可是世间最烈的酒。"

我摇瓶子的手僵住了："酒？最烈？"

"嗯。"仲溪午郑重地点了点头，不过看着是掩饰不住的幸灾乐祸。

我真是……为什么不早说？

赶紧把酒壶塞到他手里，我说："我先走一步。"

仲溪午突然被塞了个瓶子，还没反应过来我就跑了。

他在后面喊着："你急什么呀？我送你下去。"

"不用，我有丫鬟。"我头也不回地说。

跑到楼梯口，千芷和华戎舟在那里守着。我的头已经有些晕了，拼命抑制住，走过去开口说："走，我们回去。"

然而脚下已经有些软了，想想还有二十层的楼梯，我把华戎舟一把拉过来，蹦到了他的背上开口："这次辛苦你一下，快背我下去。"

　　华戎舟似乎有点不知所措，僵了许久才有动作，用手背托起我的身子，开始快步下楼。

　　不是我着急，实在是我这个人……酒品不好，一喝多就耍酒疯，当着仲溪午，万一说出什么不该说的话，做出不该做的事，那多尴尬。

　　华戎舟到了楼下后，也有点儿喘了。

　　把我放下后，我紧紧握住他的手臂才不至于跌倒，千芷见此，赶紧去前面路口寻找我们来时乘坐的马车。

　　而我头脑越来越清晰，身体却不为我所控——这是喝多的人的通病，感觉自己是清醒的。

　　跟着华戎舟走了几步，不知是被石头绊到，还是自己已经没了意识，我双腿一软就要跪在地上。

　　然后好像跌到了一个热腾腾的怀抱里，我抬头，看到两颗一闪一闪的棕色宝石，忍不住伸出手去触碰，然后宝石却突然没了。

　　我好像听到结结巴巴的声音说："王……王妃，不……不要戳我……眼睛。"

　　没有拿到棕色宝石，我的手却碰到了一个异常柔软的东西，睁大眼却只看到白白的一片，忍不住捏了两下，手感真好，有点像棉花糖，说起来我好像很久没有吃过棉花糖了。

　　于是我当机立断，双手揪住那棉花糖，踮起脚狠狠地……咬了上去。然后就听到那棉花糖倒吸了一口冷气，这棉花糖成精了？我松开嘴，咂了咂嘴巴。

　　这棉花糖一点都不甜。

　　这是我昏过去之前的最后一个意识。

33

再次睁开眼，入目的还是那熟悉的床帷。坐起身子，脑袋沉得如同挂上了一个秤砣，那个坑货仲溪午，就会折腾我。我喊千芷过来，一开口发现我的嗓子干得都沙哑了，宿醉真是伤身。千芷一直用同情的眼神看着我，看得我心里发毛。

"干吗用那种眼神看我？"

千芷吸了吸鼻子开口："奴婢只是感觉王妃太辛苦了。"

我心里越来越不安："我昨天醉后干什么了？"

千芷用看自己孩子一般慈爱的眼神看着我，然后说道："没干什么，就是王妃在马车上骂了一路的街，要不是王妃喝醉了，我还不知道王妃心里这么委屈……"

我……我说为什么感觉嗓子哑了呢。

"我骂谁了？"我扶额问道。

"最多的是王爷和华少爷，然后就是华相、牧侧妃……对了，还有皇上……"看着千芷掰着手指头数的模样，我只觉得眼前一黑，难怪都说酒后……吐真言。

说起来今天起床感觉心里舒服了些，难道是因为昨天骂痛快了？

"有谁……听见了？"我视死如归地问。

"王妃放心，昨天华侍卫把王妃扶上了马车后，王妃才开始骂的，所以只有我和华侍卫知道。"千芷拍着胸口信誓旦旦地说。

"把华戎舟叫过来。"我拍了拍自己的脑门儿，试图让自己清醒一些。

华戎舟进来后，我不由得一愣，只见他右脸颊包着纱布。

"你的脸怎么了？"我开口问。

华戎舟目光躲躲闪闪地开口："属……属下练武不小心碰伤的。"

我皱眉质疑："这府里现在谁伤得了你？是不是王爷找你麻烦了？"

"不……不是的。"

看着华戎舟结结巴巴，又满脸通红的模样，我心里一突："那是我昨天打你了？"

我看向千芷，千芷一脸迷茫地开口："马车上我没看到王妃动手，不过我找马车时就不知道了，昨天华侍卫头发未束，我也没留意……"

"真的是我自己不小心。"华戎舟突然喊了一嗓子，吓了我一跳。

这孩子，动不动脸红什么，我还以为是我喝醉了打人呢！我就说我酒品不好，也不至于打人吧。

我也不再纠结此事，开口："我等一下要去华府一趟，你帮我去备好马车。"华戎舟应声退下了。

千芷一脸担忧地问："王妃，你怎么突然要回去了？现在恐怕……夫人那边……"

我漱了漱口，轻笑一声开口："自我麻醉了这么久，也该到我去面对的时候了。"

到了华府，看着真是格外冷清，华夫人估计还在埋怨我之前不见她的事，所以就闭门不出，我也不在意，本来我的目标也不是她。

到了华相书房，我不等通报就径直进去，并且示意千芷在外守着。

华相冷眼旁观我这一系列动作，屋里无人后才开口："不是不认我这个父亲吗？还回来干什么？！"

我淡定地找了把椅子坐下，才开口说："有件事情需要父亲帮忙。"

然而我之后吐出的几个字让华相骤然变色，他拍案而起："你是不是魔怔了，自己亲可可还在牢狱里，你却想着那牧家人？有这时间你不如好好想想怎么收回晋王的心！他一意孤行，我如今也没办法再插手深儿的事情。"

"父亲若是想让兄长从牢狱里出来，那就听我的。"看着暴怒的华相，我并未退缩。

第一次见他，他不动声色，我就吓得腿软，现在我却能应对暴怒的他，看来我自己也是进步了。

我心里暗自鼓气，但面上并未显示半分。"此言当真？你有什么办法？"华相皱眉问我。

我轻笑一声，看着他："这一个月以来，父亲应该已经试过各种办法了吧？兄长如今却依旧在牢狱里，如今你除了相信我，还有什么别的出路吗？"

华相并未被我激怒，只是看着我，如同一个陌生人般开口："你这番行事到底是什么意思？"

"替父亲赎罪啊。"

"你……"

"父亲没有亲手杀过人吧？"我打断了华相的咆哮声，"可是父亲知道自己手里……不，应该说是华府所背负的罪恶有多少吗？"

"哪个官员是完全干净的？我竟不知你何时变得如此天真，你以为仅凭政绩和仁心就能步步高升？是我千辛万苦一步步爬到了丞相的位置，才给了你现在站在这里顶撞我的机会，你口口声声谈正义时别忘了自己姓什么。"华相握拳，目光似箭般射向我。

"我当然不会忘，正是因为我的身份是华浅，你是我父亲，我才没有对华府不管不顾。父亲不听我的，不信我，无所谓，因为我会用自己的方式，让父亲知道，以往你汲汲于权势，全是居高才有的鼠目寸光。"我起身回道。

华相向前行了几步，又抬起了手，却在我冰冷的目光中僵住。

"父亲还想打我吗？"我扯了扯嘴角，"可是我不会再像从前一样乖乖任你打了，兄长之事如今你能期望的人也只有我了，等我顺利解决兄长的事，父亲不妨再来和我好好谈谈。"

无视华相铁青的脸，我转身就走，只是出门前又说了一句："方才我说的事儿父亲莫要忘了，兄长在牢里还需要待多久，就看父亲的动作有多快。"

踏出书房，我便径直离开，没有去看华夫人。从现在开始，我不会再浪费任何时间在无谓的事情上。

回到晋王府，我迅速盘点集齐了手里十几家铺子的可流动银两，然后就等待着。

不出两日，华相就派人送了封信过来。这个老头虽然固执，听不进去道理，但是事关他唯一的儿子，所以他虽生我的气，动作却没有减慢。

打开信，看到里面的名单，约有二十人。找出一个匣子，我把名单和银票装进去，思索片刻后便唤华戎舟进来。

"我这里有一件事，比较麻烦，我身边也没有几个心腹之人，你愿意替我跑这趟差事吗？"我的手放在匣子上，轻轻敲击。

华戎舟眼睛一亮，单膝重重跪下，脊背挺得笔直开口："属下万死不辞。"平时看着木讷寡言，心思倒也聪慧，知道我要开始重用他了。

"没那么恐怖。"伸出空着的手扶起了他，然后我把匣子交给他，"这里面有一个名单和足够的银票，三日之内，我要这些人的卖身契。"

"是，属下遵命。"华戎舟连问都不问就应了下来，眼里流转的锋芒如同一把出鞘的宝剑。

"还有你脸上的伤，记得找大夫拿些好药，别一直拿纱布捂着，那么漂亮一张脸日后别留下疤痕了。"我又开口，想缓解一下这严肃的气氛。

华戎舟顿时垂头不敢看我，又恢复了那种老实木讷的模样，耳尖也变红了。

第二日傍晚时分，华戎舟就拿着匣子回来了。我打开一看，里面厚厚一沓纸，还有一半的银票。

我手一顿，赞赏地看向华戎舟。这孩子可以呀，完全把时间和成本压缩了一半，完成了任务，多好的一名员工，我之前都没有发现，白白让他去守了那么久的院子。

"干得好。"我毫不吝啬地夸奖。

华戎舟抿了抿唇，双目却是难掩喜意。

现在就该我来反击了。

我走到里屋里，提笔开始写起来。

千芷默默地给我掌灯，看到我写字时开口问道："小姐不是向来用左手写字？"

我写字的手一顿，继续写着，开口回道："左手伤到了经脉，无法再提笔了。"

这我可要多谢仲夜阑了，要不是他，我都不知怎么解释了，我可写不出来之前华浅的那一手好字。

千芷一瞬间红了眼睛，愤愤不平地抱怨："女子的手多么金贵，王爷就算是在气头上也不能那样对王妃呀，王妃之前无论琴棋书画，都是一绝，现在被他毁得半点不剩。"

就算没有仲夜阑，你家小姐的琴棋书画也毁得连渣都不剩了，毕竟遇到的是我这个……现代人。

心里虽这么想，我却停笔吩咐："所以啊，帮我把这个给仲夜阑送过去吧。"

千芷之前跟着华浅也识几个字，她接过去一看，脸变得雪白。

"王妃，这是……"

"和离书。"

34

牧遥院外，不出意外，我被拦下来了，我也不与侍卫纠缠，偷偷地溜到了侧墙，然后回头对跟着我的华戎舟开口："你会轻功吗？"

"呃……会。"华戎舟虽然面带疑惑，还是点头回答了。

"带我飞过去。"我挑了挑眉。

"啊？"华戎舟这次再也掩饰不住惊讶，眼中满是错愕。

"啊什么啊，快！"

不等他反应，我就跳到了他背上，在我的催促下，他僵硬地带着我后退几步便越过了墙壁。

落地后，我便直接冲着主屋去了。

门口守着的几个丫鬟完全来不及反应，就被华戎舟给按下了。那小子倒是听话，没什么怜香惜玉之心，有个保镖就是靠谱。

牧遥皱着眉看着我闯进来，冷了脸色："你要干什么？"

"找你谈谈，进不来我就只能自己想办法了。"我明目张胆地走到她面前。

"我和你还有什么好谈的？"牧遥脸色依旧不好，但是抬手阻止了想进屋的丫鬟。

我把怀里揣的一沓纸放到她面前，说："你看完这个再说话。"

牧遥伸出手翻开纸，目光一下子变锐利了，连拿着纸的指尖都变白了："你这是什么意思，威胁我？"

"不是，是做交易。"我回答。

牧遥把那沓纸拍在桌子上，冷笑道："交易？拿我们牧府老家仆的卖身契做交易？"

那沓纸就是牧家未流放时老家仆的卖身契，我先让华相动用权力把人的下落一个个查出来，然后又让华戎舟去将他们全部买了回来。

这是一个奴隶不值钱的世界，尤其是曾被主人家连累的罪奴，因此让我钻了空子。

"你放过华深，我把你们牧府老家仆的卖身契全部还给你。"我依旧不急不缓地说。

"若是我不愿放过华深呢？"牧遥两眼紧盯着我。

"我来不是为了威胁你。"我并未接她的话，"所以我不会拿你家仆的命做筹码。"

"不是威胁，那这又是什么意思？"牧遥手指在卖身契上点了点。

"警告。"我开口，牧遥眉头微皱，似是有点不明白。

我看着她，开口："我能轻而易举拿到你过去的家仆的卖身契，就证明我能做的还有很多。华深做过的错事，他需要付出代价，我没意见，可是他没有做过的事，我也不会眼看着你将罪名强加在他身上。"

牧遥眼里闪过几丝晦涩，我仍是面不改色说下去："所有的是非曲直都是因人而异的，就算华府罪恶滔天，那也不该为没有做过的事情付出代价。所以你既然要报仇，就堂堂正正地来，我不插手你扳倒华府的过程，但是也不会对你的欲加之罪冷眼旁观。"

这话也像是对我自己说的，华浅之前如何和我无关，虽然穿越到她身上，但这不代表我必须为她做过的事情负责。法律上不也说了，人不需要为自己没做过的行为承担责任。

牧遥许久未语，最后她开口："现在是阿阑要处置华深，你觉得来找我有用吗？"

语气间似是松动了。

"牧遥，你不要太小看你在仲夜阑心里的地位，还有……"我补充，"你觉得仲夜阑不知道此次是你设计的吗？"

牧遥眼睛蓦然睁大，我叹了口气，果然恋爱中的人都是没有智商的。

"这一个多月仲夜阑都没有对华深出手，只是任他被关着，你觉得是为什么呢？毕竟那天盛怒下的仲夜阑可是差点杀了华深的。"我开口，说得牧遥脸色变白。

一开始仲夜阑应该是被骗过去了，可是前几日在院子里见到的仲夜阑，他看我的眼神里面，是有一点点愧意的。虽然只有一点，却也被我抓住了。

他会对我有愧意，也就只有一个原因了，那就是他知道真相，却还是选择忽视，关着华深。毕竟作为男主，他智商肯定不低，一开始在气头上会被蒙蔽，但是后来冷静下来也不难想到其中的疑点。华深就算再荒唐，又怎么敢在他的婚宴上动手呢？

说到底，牧遥只不过是仗着仲夜阑喜欢她罢了，才设计出这种漏洞百出的计谋。那日若没有我拦着，说不定华深真的就被仲夜阑斩于剑下了。

这也是很多小说女主的通病，总是太过自我，感觉自己的仇恨，永远比儿女私情更重要，所以才会不惜利用自己爱的人，然后把彼此都折磨得伤痕累累，才幡然醒悟。

"最后我提醒你一句，这世间最禁不起试探的就是人心，你的利用早晚会把所有的善意都消耗殆尽。"我开口，语气半是劝告半是警告，"因为从前之事，我才容忍你这一次的手段。可是你如果再用这些伎俩构陷，我也绝不会留情面，今天的这些卖身契就是一种警告。"

牧遥看着我，看了很久，她说："华浅，你究竟在打什么主意？"

我毫不示弱地看了回去："教你做人啊。"

牧遥估计被我气得不轻，她的手越握越紧。此时我心里并无愧意，是她做错了才让我有机会站上道德制高点。

"之前冒用你身份之事，我和仲夜阑坦白了，我把仲夜阑还给你，所以牧遥，此时的我，不欠你分毫。"

"还给我？"牧遥皱眉。

"千芷此时应该已经将和离书送到仲夜阑面前了，你的事情，你的感情，日后你就自己处理吧，我不会再牵扯其中半分。"

"你觉得这样我们之间就两清了？华浅，你未免想得太简单了，你们华府……"牧遥目光闪烁，嘴上却不服输。

"纠正一下，我是我，华府是华府，请不要混为一谈。"不等她说完，我就打断了她，"我之前想过，为什么我没有早一些或者晚一些来到这里，偏偏是大婚的时候。"

迎着牧遥满是不解的目光，我开口："因为若是来得早，恐怕我会一叶障目地庇护华府，而上天把我放入一场困局，却也留了一线生机。你们牧家流放之事是朝政，我不妄言，这事情给你带来多少伤害，我不是你，自然无法站在你的立场上体会。可是，我们之间并没有隔着血海深仇，你想华府落得的结局，正好，也是我想的。"

牧遥如同看一个异类一样看着我，久久不语，而双目疑虑重重。

流放和辞官，差别只是一个无钱，一个有钱，有钱自然一切好处理，所以如今我和牧遥都是想华相下台。

一个为报仇，一个为保华府之人性命。

华府倒了，可是明月公子还在，我自不必过于忧虑。若是我当初一念之差没有劝阻华相将牧家之人由斩首改为流放，那现在等着我的就真的是破解不了的死局。

这场困局里，一步错便步步错，还好我刚穿越过来就认清了形势，之后摸着石头过河也没有行差踏错。

回到自己院子后，却看到了仲夜阑的身影。"你去哪里了？"仲夜阑见我回来便开口问道。

"去解决了一桩旧怨，王爷来这里做什么？千芷没跟你说清楚吗？"我皱眉反问。

仲夜阑抿了抿嘴唇，拿起手里的一张薄纸，那纸似乎被他捏变形了："这是什么意思？"

看到字体丑陋的和离书，我开口回道："我离开晋王府，皆大欢喜不好吗？"

我越过了他向里屋走去，他扯住了我的手臂开口："你觉得你现在回华府会比较好吗？"

什么意思？

我皱眉，看向他，只见他垂下眼眸开口："华府自身难保，你一介女流，华府能护你到什么时候？"

这话的意思就是他知道牧遥要对付华府，他也准备要帮牧遥，唯一给我的施舍就是让我留在晋王府，日后不受波及。

我甩开他的手开口："这就不劳王爷费心了。"

"你……"仲夜阑的声音里似乎有了些恼意，"你救过我，我不会对你视若无睹，所以就算你要走……也再等一段时间，只有在晋王府里，我才能护你周全。"

让我等华府倒台后再离开吗？这仲夜阑倒是还有些人性，没有像小说里一样直接把我抛出去，和华府一起倾覆。只是，这番好意……对我无用。

"我救你是场意外，再来一次我绝对会原地旁观，所以你不用放在心上，权当那是补偿我之前的过错。你我两不相欠，所以不需要你，我自己也能护住我自己。"我头也不回地走开。

突然觉得自己有点像割肉还母、剔骨还父的哪吒，不过我可能更惨一些，因为我在为没做过的事付出代价。挡箭还仲夜阑真相，离开还牧遥幸福，真是个明事理的伟大女二。

身后传来纸张被撕碎的声音，然后仲夜阑抛下一句话就离开了。他说："和离之事……你做不了这个主。"千芷担忧地看着我说："小姐……"我笑了笑，毫不在意地开口："明日我们进宫一趟。"

"做什么？"

"请旨。"

第十章

我没有······他了

35

太后宫殿里，太后一脸严肃地看着我，目光深沉，如同针扎在我身上："你知道你自己在说什么吗？"

我忍着她如火炬一般的目光，又一次开口："臣妾请旨，与晋王和离。"

太后叹了口气，仍是劝道："阑儿有什么过错，你可以同我讲，没必要非闹到这一步。"

果然长辈都是喜欢劝和不劝分的。

"母后，臣妾此番前来可不是一时冲动，我和晋王已经缘尽，就不必强行凑合到一起了。"我仍是不动摇。

"胡闹。"太后也加重了语气，"哪有过日子还像女儿家一样讲缘分的！"

"太后娘娘不愿下旨吗？那臣妾就只能去求皇上了。"我索性敞开了说。

"你……"

太后被我气得嘴唇都在抖，身旁的苏姑姑赶紧上前给她顺了顺气，不赞同地看了我一眼。

事实上我手心也出了一层薄汗，但我还是强撑着不开口。

"罢了罢了，我再给你一个月的时间。"太后恼怒地摆了摆手，"到时候你若还坚持，我便下旨。"

"臣妾……绝不后悔。"我目光灼灼地回复。太后终究以为我是要性子，便给我留了余地，可是我半点不需要。

出了太后宫殿，就看到仲溪午身边的高禹在外面探头探脑，一看到我，他就快步走过来。

"华小姐，皇上让我过来请你。"

听到他的称呼，我心里"咯噔"一下，莫名地有些不适。

走了几步就见戚贵妃迎面走了过来，热情地冲我打招呼："晋王妃可是许久不曾进宫了，我可是想念得很呢。"

我和她才寒暄了几句，高禹就忍不住开口催促了。

戚贵妃目光扫过高禹，又看着我说："日后晋王妃若是无事可以来我宫殿里坐坐，我感觉和晋王妃可是很投缘的。"

她语气里的意味深长让我心思不定，但我面上还是笑着应下了。

跟着高禹到了仲溪午所住的偏殿，我刚踏进去，就看到仲溪午身边站着一个中年宫女。

那宫女对我一笑，行了一礼，就走上前来，拿着一条布尺开始给我测量身体。我一头雾水地任她摆弄，看向悠闲地喝着茶水的仲溪午问："这是做什么？"

仲溪午淡定地把玩着茶杯盖，看起来心情很好的样子："我想做一件衣裳给她，看你们身量相近，正好你进宫了，就叫你来量一下。"

现在虐狗的都这么残忍吗？

我忍住自己就要暴走的心情。那宫女迅速量完，冲我行礼后就离开了，我也就不再压抑自己的脾气："你后宫那么多人，和牧遥身量差不多的应该不少吧，为何非要寻我？再说你自己后宫一大堆都没处理好，干什么还盯着自己兄弟的后院？"

仲溪午的目光一下子冷了下来，我心里一抽，自己好像是太放肆了，这段时间他对我态度好了一些，我就蹬鼻子上脸了。

　　不过说都说了，还能怎么办？是他先冒着大不韪觊觎自己哥哥的媳妇儿。"你觉得我这后宫里人太多了吗？"仲溪午放下茶杯开口。

　　听到这句话，我手指缩了缩，面上仍是一派恼怒地开口："我对牧遥还是比较了解的，即便是没了仲夜阑，她也不会愿意入宫。"

　　仲溪午的脸色冷得如同在阳光下冒着寒气的冰块，完全没了笑容。

　　果然是英雄难过美人关啊，帝王也不例外。

　　"不愿入宫吗？"

　　心里叹了口气，我跪了下来："是我以己之心妄自揣测牧遥的心意，皇上日后若是不信，可亲自去寻牧遥一问，若是她亲口说，自然就作不了假。"

　　言语中特地加重了"以己之心"四个字，许久都未听到仲溪午的回答，我膝盖都跪疼了。

　　最后，终于听到了他的声音："你回去吧。"

　　语调冷漠得同我穿越过来第一次遇见他时一样，我俯首默默退下，这感情的事，只有自己能说清，他想不明白，旁人怎么说都是无用。

　　我好心提点了他，终归认识这么久，他人也不错，我也不希望他越陷越深，无论是对谁。

　　出了宫殿，和一个灰衣人擦肩而过，觉得似乎有点眼熟，但未等我回头细看，就听到千芷附在我耳边说，宫里刚得到的消息……华深出狱了。

　　牧遥行动果然快。

　　我当机立断，转而往华府的方向。

　　看到华深后，我即便是做了心理准备，还是不由得吓了一跳。

　　在牢里这一个多月，他竟生生瘦了一半，看着如同漏气的气球一般。

　　他看到我，眼里还是以往熟悉的神色，嘴巴有些委屈地撇着：

"妹妹，我在牢狱里待了这么久，怎么都不见你来看我呢？"

我狠了狠心，不去理会他，我走到华相面前开口："父亲，我说的已经做到，现在你想再听我一言吗？"

华相皱了皱眉，还是跟着我到书房去了，留下抹眼泪的华夫人和眼巴巴看着我的华深。

"我已经请旨和离了。"

我一句话就让华相骤然色变，在他发怒前，我又说道："现在牧遥已经和晋王联手，华府是她的目标。"

"没用的东西，连个男人的心都把握不住。"华相还是难忍怒火，狠狠地一掌击在桌子上。

我心中嘲讽，语气也不留情："父亲的第一反应难道不应该是……这是自己作恶多端才有的下场吗？"

"你……你……"华相气得胡子都在抖，我却没有留情面。

"获得权势本应是为了自己的话能够被人听到，同时让下位者的话能够上达天听，这是父亲最初为官时的想法。如今父亲却本末倒置，开始为了权势不断打压下面的声音。站得高了，眼里剩下的反而少了，这真的是父亲一开始就想追求的吗？"

华相未承想我会说出这番话，面色虽然难看，却没有插嘴。

"兄长之事，父亲应该比我还清楚是为什么，像父亲这样踩着无数人，只为登高，那爬得越高，树敌就会越多，最终四面楚歌之际只会失去更多。这是轮回，此番兄长入狱，父亲求助无门就是证明。"我迎着华相难以捉摸的目光，继续说道，"一个月后和离的旨意就下来了，父亲届时若是想明白了，我就回这华府同父亲一起面对，父亲若还是执意要权势，那我就此离去，华府荣光或苦难从此我不沾半分。"

说完，我就转身离开了，给华相留下自己权衡的时间。

接下来一个月内，我开始着重交给华戎舟许多任务，全按照小说里后来描写过的牧遥搜集华府罪证的步骤进行。

时间紧、任务重，我需要利落地处理好在皇城的所有事情，所以我要抢先一步把所有的证据都握在手中，这样我才有更多选择的余地。

华戎舟不负所望，按我所指示的人和地方，每一处都完成得极好。看着手里厚厚的一沓状纸，我只觉得心凉。

其实拥有上帝视角的我，对于这些罪状中涉及的证人和证物，完全可以一力毁去，那样即便牧遥有通天之能，也难以力挽狂澜。

可是……我不能。

这对所有受害者不公。

我并未将这些证据的存在告诉华相，因为我在等他的选择。

若是华相有一丝悔意和良知，我会将这些罪证交给他，让他自行认罪辞官，他好歹做了十几年宰相，也不是一无是处。无论是鉴于他的人脉，还是鉴于他寥寥可数的政绩，仲溪午都不会置他于死地，也不会祸及族人。这是他唯一的生路，选择全在他。

若他仍执迷不悟，我就彻底放弃，将这些证据收起来，待日后牧遥自己去找。然后我就远走他乡，华府是死是活皆是罪有应得，和我再无半点干系，这是我作为华浅给华府博的最后一丝生机。

36

一个月的时间过得很快，尤其是我还忙碌于所有收尾的工作，不管是和离，还是给自己准备退路离开，我都要保证不能出差错。

在中秋节宫里的午宴上，我没有选择和仲夜阑坐在一起，而是一意孤行地坐到华府这边的位置上，无视别人各异的目光。

华相则是从我坐过来后，从头到尾不曾看我一眼，仿佛坐在他身边的我不存在，虽然心口隐隐作痛，我还是抱着希望开口："一个月已到，父亲可想好了？"

我举杯向华相，面上带着微笑，让他无法再忽视我，可我的心情却如同手里酒盏中的酒水，层层波澜不止。

华相这才缓缓转过头看着我，目光深远又陌生，许久之后他避开了目光，我心里一凉，就听到他开口："浅儿日后还是莫要再提此事了。"

手心发冷，心却一下子静了下来，原来人设真是我无法改变的。

我勾唇一笑，将杯中酒一饮而尽："如此……那我就明了了。"

我们明明坐得这么近，是流着相同血液的一家人，可是我却觉得中间隔着无法逾越的鸿沟，华相还是放弃了他最后的一丝生机。

宴席间上演着什么我丝毫没放在心上，华相已经做出了他的选择，我该抽身离开了，华府之事自此和我再无半点关联。

又饮下一杯酒后，我就起身离开了宴席，自顾自地走向宫外。华府又一次没有选择我。

然而出宫的路刚走了一半，就被人拦了下来。

"和离的圣旨晚些时候就会送到你府上。"

我心头微松，开口："多谢皇上。"

说完就准备走，仲溪午伸出手似乎还想拉住我，然而一道人影却突然闪到我们中间。

我目瞪口呆地看着华戎舟，眼角的余光瞥到仲溪午微眯的眼睛，我赶紧把华戎舟扯开说道："皇上，这可是官道，来来往往都是人，和离圣旨如今并未下来，我可不想在这种时候传出什么谣言。"

比如是我红杏出墙仲溪午，才会和晋王和离之类的话。

仲溪午眼神并未从华戎舟脸上转开，问道："这是谁？"

"他只是我身边的侍卫华戎舟，平时也是木头一样，方才是过于担心我的名誉才会冒犯皇上，毕竟如今是敏感关头。"我赶紧解释道，这个华戎舟平时木木讷讷的，今天怎么竟然敢冲撞仲溪午了？是不是我这段时间对他委以重任后太过纵容了？

"姓华？"仲溪午眉头越皱越深。

我下意识地将华戎舟护到身后，回复："只是同姓，不是华府之人。"

仲溪午看着我，只是眼神让我发毛，我只得放弃了出宫的打算，打了个马虎眼后，便老老实实地回宴席接着看戏。

然而屁股还没坐到位置上，献舞的舞姬中突然飞出几个身影，直指几个座位，其中就有华府。

又来了？我是不是和大型聚会有仇？次次都没我好事。祭祖典礼也是，上次给男三的洗尘宴也是，这次还是。

我下次打死也不参加这些乱七八糟的聚会了，危险系数太大。

随着一声"有刺客"，宴席又乱成一团，我叹了口气后闪身躲在华戎舟后面。

这次小说里不存在的行刺……目标是谁？仲溪午方才在我身后，没来得及踏入大殿刺客就行动了，他如今被严严实实地护在殿外面，那么这次的行刺目标又不是皇帝。

我默默观察着四周的情形，然后看出了不对劲儿来。这次的刺客，似乎是两拨人，因为无论是出手的招式还是彼此之间的协作，都太过别扭。华戎舟挡在我身前，将我护得密不透风。突然响起一声尖叫，我看到翠竹跌倒在地，她是一个丫鬟，身边没有护卫。看了看我身边的华府侍卫，我开口对华戎舟说："你去翠竹那边。"

华戎舟仿佛没听到我说话，一动不动，我正欲再开口，刺客的攻势突然变得猛烈起来，尤其是针对我所在的位置。

难道目标是我？

可究竟是谁做的？我看向牧遥的位置，发现她身边并未比我好上多少。

这也太奇怪了吧？

身边侍卫一个个地减少，看起来似乎是要对我下死手。我究竟得罪了谁？

只是眼下的情况不容我思考，我随着华戎舟一步步地后退，突然后心处一阵发凉。

这种感觉太熟悉了，曾经我为仲夜阑意外地挡了那一箭时，就是这种感觉。来不及转身回头，就听到华夫人一声惨叫："深儿——"

华深？

脑子还没反应过来，我的身子就被人推开跌倒在地。华戎舟反应迅速，扶起了我，我才有时间抬头看。

只见刚才我站立的位置，华深跪坐在地，以手撑地，他的胸膛……一柄长剑穿刺而过。

黑衣人的目标果然是我。那刺客见一击未中，便抽剑又向我袭来。

仿佛是慢镜头，华深手捂胸口那个血洞，看着我咧嘴一笑，还是一如既往地傻气。

刺客被华戎舟挡住，我挪到了华深面前，想说话喉咙里却吐不出一个字。

"妹……妹妹……你……之前中箭也……也是这么疼吗？"华深嘴里含混不清地说着，血慢慢在地上积了一摊。

我伸出手，才发现我的手抖得如同得了帕金森，我扶住他将要倒地的身子，嘴里下意识地问："你为什么要替我挡？"

华深头枕在我的手臂上，费力地开口："妹妹……不也曾为我挡在晋王面前吗？我……我这个做哥……哥哥的，又怎么会对……对你的危险视而不见？"

华深瘦了一半的脸，已经隐约显露出清俊的面容，他挤出一抹微笑，再没有往日的油腻和猥琐。

我突然想起来我之前对他的称呼——胖粽子、纨绔、二傻子……他虽被我嫌弃，却一直觍着脸凑过来，从来没有因为我的恶劣态度，对我有过一丝怨言。这个我一直以来看不上的纨绔，却是这个世界上唯一一个真心对华浅的人。

我深吸了口气，才止住心底里升起来的战栗："哥哥，你不会有事的……我现在就……"

然而下一秒，我脖颈一疼，眼前一片漆黑。

昏迷之前，我唯一的想法就是——我不能昏过去，我要亲眼看着华深没事才行。

却终究事不遂人愿，再次醒来时，身上一阵剧痛，我睁开眼，差点又昏过去。

因为我脚下是……悬崖，我被绑得结结实实，吊在悬崖顶的一棵树上。强忍住心里对高度的恐惧，我看向四周，接着不由得一愣，我发现和我一起被吊起来的还有……牧遥，我们如同两条被挂起来风干的咸鱼。

她似乎还在昏迷。

这时一道低沉的声音响起："终于醒了？"

我转头看向悬崖上，是两名蒙面黑衣人。

看到我胸口干涸的血迹，我心里一抽，满是怒气地看向他们："这次的袭击是你们做的？想要我的命又为何多此一举把我绑在这里？"

也不知道华深怎么样了。

黑衣人对视了一眼，犹豫片刻后才开口："想杀你的那一拨，不是我们。"

"那你们是想做什么？我和你们有何仇怨？！"

黑衣人却没有回话，只是侧耳听了听，然后转过身去，丢下一句："你等一下就知道了。"

片刻后，仲夜阑的身影就出现了，他身后还跟着几个侍卫。他看到这个情形，顿时双目喷火，看向那两个黑衣人。

黑衣人并未畏惧，只是将手里的长剑插在悬崖上的树枝里，让仲夜阑不敢上前一步。

"你可知你绑的人是谁？"仲夜阑双目如同两个火球。

其中一个黑衣人回道："既然绑了，自然是知道的，晋王爷选一个吧。"

听到这句话，我心里忍不住翻了个白眼，什么乱七八糟的，这人是闹着玩的吗？怎么这么幼稚，来悬崖上玩极限挑战？

只是我还未说话，就听仲夜阑开口："你们到底有什么目的？"

"没什么，就是我家主子和晋王爷有些过节，就喜欢看你为难罢了。"黑衣人开口，语气满是挑衅。

在仲夜阑暴走之前，另外一个黑衣人又开口："只要晋王爷选一个，我们就会说话算数放一个，剩下一个就要去这悬崖潭底喂鱼了。"

潭底？我心里一动。

这时牧遥也悠悠转醒，和我对视后，她也不由得一愣。她先转开了视线，看向仲夜阑。

那两个黑衣人见仲夜阑一直沉默，对视一眼，然后就把剑往树枝里刺了几分，我和牧遥的身子都随之抖了抖。

仲夜阑目光一缩，脚下意识地迈出一步。

黑衣人又开口："若是晋王爷不选，那就两个都别要了。"

听到这里，我忍不住要发笑了，这黑衣人当真莫名其妙，再等一天我就和仲夜阑和离了，现在着急跳出来，透露着一种小家子气。

其实刚才仲夜阑已经做了选择，他紧张地迈出的那一步……是向着牧遥。

黑衣人……两拨刺客……潭底……选择……

综合这些信息，我有了个大胆的想法，于是我扭动了一下被绑在身后的双手。

然后开口冲着黑衣人说："喂，你们是不是第一次做绑架这种事情？"

那黑衣人一愣，回头看我，未遮住的眼睛里满是疑惑。

我轻笑，无视仲夜阑略带紧张的双眸，继续对黑衣人说："你们不知绑人之前要先搜身吗？"

不等黑衣人反应，我扭头冲向牧遥："记住，这次是你欠我的。"

她的眼睛蓦然瞪大，然后我的身影在她瞳孔里越来越小——我将那只手镯变成小刀割断了绳子。

37

风急速地从耳边擦过，如同刀子一样割裂着肌肤，在这紧要关头，我竟然还不忘把镯子扭回来戴上。

仿佛只是几秒钟的时间，我就重重地砸入水面，激起一大片水花，胸腔被此番冲击逼得差点儿一口血喷出来。喝了几口水后我才挣扎着游到了岸边，还好掉落的地方离岸边不远。

游泳果然是生存必备技能，真是没浪费我当初花的一个月工资。爬到岸上后，我发现身上大大小小全是伤口，左腿也是生疼。

方才掉落时身上全是擦伤，无数条藤蔓被我压断，最后还有一根树枝挂了我的腿一下，阻了我的降势，要不然我恐怕刚入水就被砸晕过去了。

这就是所有小说里的掉落悬崖不死定律，不过我敢这么冒险，还有别的原因，但那要等我上去之后解决了，现在的局面证明，我，赌对了。

仰面朝天躺着歇了片刻，看着天色就要一点点暗下来，我深吸了口气。不能原地不动，我要往河流的上游去，一般那里都会有人家居住。要不然这荒郊野外再加上天黑，多吓人，指不定就会来只野兽，我孤身一人，简直就是自投罗网。

忍着身上的疼痛，一瘸一拐地沿着河岸走着。天色终于黑下来了，不过此时的月亮倒是空前明亮，可能是老天知道我有夜盲症，所以格外照顾我。

我心里这样安慰自己。不知道走了多久，还是没有一点人烟。

说实话，大半夜孤身走在这荒郊野岭，还真有点吓人，四周太安静了，只有水流的声音。

我眼睛不敢乱看，精神紧绷着，因为越是四处看，心里越害怕，心跳太过剧烈，我感觉耳中回荡的全是心跳声。

我不由得有点儿后悔，瞎逞什么能？还不如老实待在悬崖上配合一下，等仲夜阑来选。

我手里紧紧握着镯子小刀，隐约好像听到了一些别的声音，一些不同于水流的声音。

正好看到前面有一块巨石，我走过去蹲在它后面，躲起来，不出一点声响，细心聆听。

果然有别的声音，有点儿像是脚步声，听不出来是人还是兽。

我掉下来的悬崖虽不是很高，但是这里山势地形都格外崎岖，就算仲夜阑马上派人下来搜查，恐怕此时也到不了崖底，所以肯定不是他的人。

那就是野兽或者……

月黑风高，荒郊野外，之前看过的野外抛尸电影一幕幕挤进脑子里。

我都想抽自己了，越是害怕，脑子里的情节反而越清晰、越血腥。

偏偏这个时候，不知道为什么，月光被云朵遮住了。此刻的野外，在我这种轻度夜盲症的眼里，简直是一片漆黑。

声音越来越近，一步一步似乎踏到了我的心上，终于脚步声在石头旁停下。

我再也忍不下去了，就直接闭着眼挥舞出刀子，手腕突然被一个冰凉的手掌握住。

我一抖，接着听到一个熟悉的声音："我终于找到你了。"

睁开眼睛，还是看不清，不过片刻后，月亮像是说好的一样露出了头，眼前一点点亮起。

我看见了华戎舟那张脸。

眼睛有点湿润，终于看见个认识的大活人了，看见他比看到雪中送炭的人还贴心，刚才我可是被吓得都想投河了。

我直接扑了上去，给了他一个大大的拥抱："我的妈呀，原来是你啊，刚才可真是吓死我了，我都不知道自己竟然这么胆小，终于有个人来和我一起……"

华戎舟一动未动，他伸手把我扯下来，握住我手腕的手掌慢慢收紧，语气里没有一丝情感："我给你这镯子，是让你防身，不是让你用来自行了断的。"

这语气……还是之前那个软萌听话的小侍卫吗？是不是披着华戎舟皮的妖精？

人设的转变让我的脑子变得呆滞起来，还没反应过来他口中的"我给你……"就听到他叹了口气，然后松开我的手腕蹲下来扶住了我的左脚踝，捏了几下后才说："没有伤到骨头，等下上去了找些药水擦一下就可以了。"

我刚才就走了一步，他怎么知道我左腿伤了？观察力也太好了吧。然后就见他转了个身，背对我说："我背你上去。"

我这才发现他一身黑袍也是湿漉漉的，难不成是因为找我掉水里了？不过话说回来，从山顶走到这里，应该没这么快吧。

"不用了，我还能走。"我有点尴尬地拒绝了，然后抬步继续走。

华戎舟并没有阻拦，而是默默地跟在我身后。

他的影子投在我的旁边，我没有回头看，只是盯着那个影子，心里说不清楚地别扭，还在他方才指责我的语气里没反应过来。这种感觉就像是一直比你矮的人突然有一天俯视你了。

没留神，本来瘸着的左腿踩到了一块石头，一阵尖锐的疼痛传来，我腿一软，然后我的左手臂和腰上就多了一双手掌。

"我……"没事。话还没说完，华戎舟就松开手在我面前蹲下，说道："上来。"

这次我没拒绝他的好意，爬了上去，突然想起来，上次我喝多了好像也是他背我下了二十层楼。

后来我醒来忙于华府的事，就忘了这回事，也没跟他道声谢。那可是二十层啊，感到有一点心虚，我就没话找话地说："你怎么知道我掉下来了？宴会后来怎么样了？华……兄长他又如何了？"

华戎舟的声音闷闷地传来："王妃和牧侧妃被掳走后，我是紧跟着……晋王到的山顶，因此不知宫宴和华公子后来的情况。"

"那我怎么好像没在山顶看到你呢？"压下心头隐隐的不安，不敢多言，我故作轻松地转移了话题。

"王妃对我一向不加留意，我习惯了。"华戎舟声音淡淡的。

这话说的，我有那么冷落他吗？

"不是的，在崖顶我被绑着吊起来晃得头晕才没有……"我努力解释。

"那你还记得第一次见我吗？"华戎舟突然问道。

我回忆了一下，开口："祭祖典礼上？"

华戎舟没有接话，就在我以为他不会回答我时，他才开口："果然如此。"

"什么意思？"我忍不住皱起了眉头。

"那王妃也不记得问过四次……我的姓名？"华戎舟的声音听着有点儿低落。

我问过他那么多次？不可能吧，我的记忆力应该没那么不好。

正当我准备继续问时，突然闻到一股血腥味。我一愣，下意识地说："你受伤了？"

华戎舟步子未停，说道："小擦伤罢了。"

"擦伤？是在树林里面伤的吗？话说你是怎么下来的呀？而且怎么只有你一个人啊？"我心里越发疑惑。

"王妃是还想见谁？"

这孩子今天语气怎么这么不好啊？如同看到我弟弟我说一句他顶一句的样子，我直接伸手揪着他的耳朵教训："怎么说话的？没大没小，我可是王妃……"

"你不是都和离了吗？"

这句话堵得我哑口无言，我却还是嘴硬道："那我也比你大，你还是要尊敬我的。"

"你和离之后，我应该唤你什么？"华戎舟却是避而不谈。

我还没想过这个问题，若是日后带着他们去江南小镇隐居，那他们是要唤我"小姐"吗？还是感觉叫我"姐姐"比较好，终归我比他们都大。

我沉浸在思考中，突然感觉华戎舟身子一僵，声音似乎也带上了几分恼意："你是没想过离开晋王府时要带上我吗？"

"当然不是。"我赶紧否认，身边能用的就这几个人，怎么可能不带走他呢？我嘴上还是调侃着："就是冲着翠竹，我也得把你从晋王府要走啊。"

华戎舟突然停了下来，不动了。我松开手，发现他耳朵都被我揪红了，我有点尴尬地问："怎么不走了？是累了吗？要不要休……"

"王妃日后不要再把我推给翠竹了。"他的声音打断了我。

"嗯？"我下意识地回应。

"无论是在院子里玩闹时，还是在遇袭时，都不要再把我推给翠竹了。"华戎舟开口，我只看到他的侧脸，眼眸低垂着。

"我还以为你在宴会上没听到我说话呢。听到了为什么……"

"因为我有心悦的人了。"少年如同宣誓一般郑重的语气，成功让我把话噎在了喉咙里。

第十一章

一直都是你

38

"是谁呀？"我还是没忍住八卦的心情。

华戎舟并未说话，继续抬步走，我有一种秘密听到一半抓心挠肝的感觉。

"是我们府上的吗？"

"是。"

我随口问的话得到了回答，顿时燃起了兴致："不是翠竹的话，难不成是千芷？"

"不是。"

"那是银杏？"

"不是。"

"那是谁呀？"我的八卦之心熊熊燃烧。

而华戎舟彻底不理会我漫无边际的瞎猜了，我自言自语了半天，最后随口说了一句："难不成是我吗？哈哈哈……"

干笑了几声后他还是没有反应，顿时感觉我好尴尬，这孩子怎么不接话呢？

"嗯。"

"啊？"我怀疑我听错了，他却死活不吱声了，不否认也不承认，最后我说得口干舌燥，只能放弃了。

伸手拍了拍他的头，我半开玩笑地说："虽然你长得很漂亮，可是姐姐我可不喜欢年纪比我小的啊。"

他没有回话，我也就没放在心上，无人再开口说话。

河流水声不止，月色清辉满地，我慢慢地有了些倦意，在他背上昏昏沉沉睡了过去。

醒来时发现我在床上，只是这个房间我似乎不认识。

我怎么会睡得这么沉，什么时候到了床上都不知道。

看到千芷走了进来，我才松了口气，有个认识的人就好了。

"这里是……"我忍不住开口。

"是华府。"千芷低着头回话。

原来这是华浅之前的房间，我不认识就有点儿露馅了。我抬起手装作头疼掩饰，后来我发现是我多此一举了，因为千芷并未在意我的不对劲儿。

"是华戎舟把我带回来的吧，我兄长他怎么样了？请过太医了吗？"说了半天也未听到回话，我放下手看去，却见千芷还是低垂着头。

"千芷？"我疑惑地再次叫她，却看到千芷眼眶通红，心里一颤，语气也加重了几分，"好好地哭什么？！"

千芷带着哭腔说道："王妃，华……少爷他……他……"双眼一黑，心狂跳不止。像是预见到什么可怕的事情，我两只手不受控制地发抖，努力握拳遏制住，我咬牙起了身，便推开千芷冲出院子。

外面果然是我来过的华府，只是……所有往来的奴仆都身披麻布。

我随手拉了一个丫鬟问道："华深呢？"

那丫鬟不敢看我，只是伸手指了一个方向，我一路狂奔过去，完全顾不上千芷的喊声。

跑到那里，我却看到一个……灵堂。

我双腿僵直，险些被门槛绊倒，隐约听到华夫人的哭喊声从里面传来："我的儿啊……"

华深真的……死了？

怎么会这样，是因为替我挡了那一剑吗？

我从未想过这种可能性，因为我中过箭，同样也是穿透了胸膛，所以，我潜意识里觉得他定会如我一样无碍。可是为什么我能活下来，他就不行了呢？

追过来的千芷拉住我的衣袖，我甩开继续向里面走。

然后我就看到了一具棺材。

不知道我是如何一步步挪过去的，棺材还未盖上棺盖，华深的脸随着我的步子一点点露了出来。只见他躺在棺材里，身着锦衣，双目紧闭，脸色青白，如同睡了过去。

脚下一软，我手撑在棺材沿儿上，嗓子眼一阵酸疼。脑海里华夫人对我说过的话止不住地回响："你哥哥虽然人迟钝了些，但总归还是真心实意对你好的……

"之前有什么都是先想着给你留着，连我这个做母亲的都没这个待遇。

"当年我怀你的时候，深儿不过五岁，每日都要来摸摸我的肚子，念叨着让你快点出来……

"他一天来看三四次，还说等你出生了要好好照顾你。"

……

往日最让我不屑一顾的话，如今回想起来却让我心头像有一群蚂蚁在撕咬。这是在做梦吧？

然而扑过来的华夫人打破了我的幻想。

"你这个赔钱货，害死了你哥哥……"

被她撕扯着，我一动未动。

最后还是华相开口了："来人，把夫人扶下去。"

华夫人的喊叫声越来越远，终于消失不见，灵堂越发显得冷清，没有人气。

初次相见时那个端庄大气的夫人消失了，而原来那个儒雅干练的华相也像是老了十岁，头发白了一大半。

"这不怪你。"华相拍了拍我的肩膀，"你母亲太过悲痛，说的话不是本意，你不要放在心上。"

这话简直比方才华夫人的撕扯还让人疼。

我木然地看着这个灵堂，华相的声音又传来，带着让人胸口酸胀的悲痛："以前总觉得自己白生了一个儿子，平日除了惹祸，无半点长处。然而现在他不在了，又觉得有人能惹祸让我收拾烂摊子也挺好的。"

眼眶突然红了，眼前似是有点模糊，我睁大了眼紧咬着嘴唇，不让自己发出声音来。

华相继续说："深儿一辈子纨绔无赖，屡教不改，这最后……总算是做对了一件事。"

我看向华相，他眼眶虽是难掩悲痛的通红，望着我时却满是慈爱，我从来都没有在他眼睛里看到过这种神色："我这些年费尽苦心不择手段地往上爬，想着给深儿日后打点好一条路，现在他不在了，我这个宰相的位置也毫无意义了。"

"父亲的意思是要重新考虑我之前提的事情吗？"我开口，声音麻木到自己都诧异，这真的是我的声音吗，怎么听着没有一点儿感情？

华相伸手轻轻抱住了我，厚掌拍了拍我的背，说："一直以来辛苦你了，我的乖女儿，是爹爹……错了，你哥哥的性子本就不适合官场，若是我能早点想明白，不贪那权势，致仕带你们离开，也不至于落得这个下场。"

我死命咬着嘴唇，嘴唇都咬出血了，头抵着华相的胸膛，再也止不住眼泪了。

这明明是和我没有血缘的父亲和兄长，可为什么我心里这么难过呢？心疼到比上次穿胸而过的箭伤还疼。

"爹爹决定……听你的，不做这宰相了。"

昏昏沉沉地从灵堂出来，我还觉得这一切都是假的。

如同行尸走肉一般回到院子里，抬步迈过门槛时又被绊了一跤，身子如同失去了支柱，像一堆烂泥一样地瘫软下来，身后的千芷虽没来得及伸手拉，我也并没有摔倒在地。

是华戎舟。

他一只手臂横在我的腰前，挡住了我将落地的身体。我握住他的手臂站好，抬头想对他说我没事儿，然而张嘴却是："我没……没有兄长了。"

身后传来了千芷小声的抽泣，我的心头仿佛被挖去了一块肉，手指也在华戎舟手臂上收紧。

"华浅没有……哥哥了。"我说完终于忍不住蹲下身来。

可能一直以来压抑得太久，华深的死如同一把斧头，剖开了我所有的情绪，我双手捂住眼睛，就这样蹲在门口放声大哭。

这一刻，什么都和我无关了。

我哭我一直以来委屈却不能提，我哭华深死了我却只能想着逼华相去辞官认罪，我哭我自己永远都是孤身一人，身不由己。

唯一一个对我好的华深，我却因为偏见，处处对他视而不见。我口口声声斥责牧遥利用仲夜阑的爱肆意行事，我又何尝不是？永远都是把自己最坏的一面露在对自己最好的人面前。

如今华深死了，这世间再也没有那一个傻乎乎买着最贵的首饰，然后小心翼翼想要讨妹妹欢心的哥了。

哭到心口和脑袋同时疼的时候，一个人将我拥入怀中，暖暖的体温传递到我身上，他说："没事，你还有我，我永远不会离开。"

千芷也扑到我的后背上，抱着我沙哑着声音开口："奴婢也会永远陪在……小姐身边的。"

我们三个人，如同脚下生了根的石礅，在院门口待了许久。

39

我躲在屋子里，已经一天一夜不曾下床，不过也没人会来烦我，隐约听到外面嘈杂得厉害，我才坐起身："外面是什么声响？"

"回王妃，今天是……华少爷的出殡之日。"千芷小心翼翼地回答。

"嗯。"我低头不语，又躺了回去。

"王妃可要起来梳洗束发？"千芷还是忍不住问了一句。

我背过身去，说道："我就不去了。"

身后传来千芷离开的脚步声，我头枕着靠枕，眼眶如同被撒了一把盐，干涩得生疼，我闭上了眼睛，仿佛这样就能逃避。

明明一夜未眠，到现在却还是无半点睡意，又听到一阵脚步声靠近，我未动，开口道："我不去前面参加殡礼了，不用再来催我。"

脚步声停了，不再有响声，我也就没去在意。

过了半晌才听到一道声音响起："已经巳时末了，你怎么还不起？你兄长的葬礼你终归还是要出席的，不然旁人会如何说你？"

仲夜阑？

我睁开眼，转身坐起，果然是他。

他和我对上眼，明显一愣，带着些许迟疑："你哭了？"

"你怎么进来的？"我没有回话，蹙眉问道。

我的语气并没有惹怒他，他在我床边坐下，才说道："今日……我也是受邀而来。"

华深的葬礼自是会邀请许多人。

"谁让你进我房里的？"我没有半点儿好脸色，现在我头发散着，只着里衣，这院里的仆人都死了不成吗？

"阿浅，我是你夫君，这府里的人自然不会拦我。"仲夜阑仍是好声好气地说道。

是看我可怜，或是对我心里有愧才这般和颜悦色吗？那把我当什么了？

我翻身下床，向外走去："千芷！"

千芷还没走进来，仲夜阑就一把扯住了我的手臂："阿浅，我知道你此时心里不好受，要出去你先束发穿好衣服。"

我回头看着他，目露讽刺："跟你有什么关系？"

"阿浅。"仲夜阑叹了口气，看着我说，"我来接你回去。"

"回去？回哪儿？你的晋王府？"我看着他冷笑，"回去继续看你和牧遥郎情妾意，然后我自己躲在院子里装作不知？"

"阿浅……"仲夜阑声音里带着几分无奈。

千芷和华戎舟都应声走了进来，看到我们后一愣。他们待在门口，千芷似是想退出去，见华戎舟一动不动，她进也不是，退也不是。

仲夜阑看到华戎舟，皱了皱眉头，还未开口，我就狠狠地挣开了他的手。我看向千芷开口："这几日太忙，倒是忘了宫里，千芷你明日派人去宫里催上一催，就说……"

我回头迎上仲夜阑的目光说下去："这和离的圣旨为何迟了这么久？"

仲夜阑目光一缩，终于也被我激得面色不善："你去宫里找过皇上？"

"对，现在我和你已经没有半点关系，明日我会派人去晋王府把我的东西、我的人都接回来，你有什么意见现在说，日后想必我们也不用再相见了。"我垂眉，扯了扯嘴角，见他不语就越过他往梳妆台走去。

他移身挡在我面前，似是想伸手抱我。

我还没来得及伸手推开他，一个身影闪到我面前，生生插到我们中间，一把佩剑出鞘半分置于仲夜阑面前。

"放肆！"仲夜阑开口，眼睛扫过我的衣着，"哪里来的不懂礼的奴才，滚出去！"

不等华戎舟开口，我先看不过去了，他仲夜阑到底是哪里来的底气跑到华府来管我的事儿？

"华戎舟如今是我的人，轮不到你来下令。"

仲夜阑似乎是想跟我说什么，但华戎舟还是一动不动地挡在我面前，终于仲夜阑眉宇间染上了几分怒气："让开。"

华戎舟硬邦邦的声音响起："属下只听小姐之令。"

我来不及开口阻止，仲夜阑就抬手击向华戎舟，华戎舟并未回击，只是拿手臂生生挡了下来，自己退了半步，面色惨白。

我心里一惊，再也控制不住了："仲夜阑，你给我出去！"

仲夜阑身子僵直，一动不动，我揉了揉太阳穴开口："你现在在这里胡搅蛮缠是做什么？既然做了选择，就不要再左摇右摆，真要等我找人把你赶出去吗？"

仲夜阑没有再说话，最终还是抬脚离开了，他走到门口，没有转身，开口道："阿浅，既然你坚持和离，那我便如你所愿。"

我勾了勾嘴角，在他要走远时才喊道："仲夜阑，你回去给牧遥带句话，这次她欠了我两条人命。"

仲夜阑回头看向我，目光惊疑不定，我不再理会，命人关了院子。

走到华戎舟面前，看着他脸色惨白，没有一点血色，我心里不安，问他："方才仲夜阑是不是出手太重了，你有没有伤到哪里？脸色这么不好。"

"我没事。"华戎舟抬头对我报之一笑，只是太过苍白的面容还是削减了几分他的颜色。

"下次若是遇到这种事儿，没有我的吩咐你不要妄动，你这并不是在帮我，而是在给我带来麻烦，我的事儿自己能解决。"我还是忍不住说他，这孩子不知道是不是到了叛逆期，这几次举动都有点出格。

华戎舟垂下头，我看不到他的表情，只听到他"嗯"了一声。

我转身往里屋走去，还是不放心地对他说："等下你去医馆看看吧，你脸色也太不好了。"

说完，我就和千芷去屋里面了，被仲夜阑折腾一场，我也无法再躺下去，索性就开始梳洗了。

华府的殡礼举办了一整天，任外面传言说我如何铁石心肠，我始终闭门不出。直到第二天黄昏后，华府才彻底安静下来。

这几日翠竹和银杏都回到了我的院子，我在晋王府的东西也都送了回来，看到躺在首饰盒里的一个小木匣，我伸出手要去拿，碰到它后却迟疑了，最后还是没有动它，任它躺在一堆珠宝里。

日落黄昏时，我带上千芷和银杏，悄悄从侧门出了府。

一路驶向华家墓地，那里已是一片冷清，一座新坟分外醒目。

我缓步走近，千芷和银杏极有眼色地站远，没有靠近。

走到那座新坟前，将提着的灯笼放到了墓碑旁边，照亮了那前面摆着的几碟点心果子和墓碑上的字——"华深之墓"。

因他没有官衔，所以墓碑上只写了姓名。

我一屁股在墓碑旁边坐下来，头靠着冰冷坚硬的墓碑，周围光影随着灯笼里的烛光不停地一明一暗闪烁，我却觉得这阴森的墓地并没有那么恐怖。

想起来我似乎从未和华深好好地坐在一起说过话，就算后来对他态度稍微好一些，也从来没有像一个妹妹对哥哥一样去亲近过他。

"哥哥，我来晚了……"

我低声说道，头抵着墓碑一动不动。

"不想和别人一起送你，所以我就单独来了，哥哥不会怪我又来迟了吧？"

清风拂过山岗，这个往日仅凭想象就让人心惊胆战的恐怖之地，此时对我来说，却没有半点骇人之处。

不知道坐了多久，我再也没有说话，此时似乎说什么都太过沉重，说什么都是无用。

灯笼里的烛火渐渐燃到了尽头，火光越来越暗。

我捶了捶有些麻木的腿，提起灯笼起身开口："我要回去了，哥哥，下次再来看你。"

说来可笑，华深活得好好的时候，我看到他就厌烦，现在他不在了，我却觉得连这个无回应的墓碑都格外亲切。

又伸手拍了拍衣角沾上的草木屑，我转身抬步正欲离开，脚下不由得一顿。

只见千芷和银杏的位置，多了两个人。

千芷和银杏垂眉敛目，大气都不敢出。

手里的灯笼似乎终于燃尽，"噗"的一下火光灭了，这下显得远处那个月白色的身影格外显眼。

仲溪午的便服似乎都是浅色的。

40

见我手里的灯笼灭了，仲溪午就从身边的随从手里接过灯笼，独自向我走来。

不过十几步就到了我面前。

"你来了多久？"我下意识地开口问。

"不久，也就半个时辰。"仲溪午开口。

看来我发呆实在太久了，都没注意到他们那边的动静："你怎么知道我在这里？"

"你向来都是嘴硬心软，别人以为你对华深无情，但是他惹祸你从来都不会袖手旁观，甚至还为他挡下皇兄的剑，我就知道……你一定会来这里。"

仲溪午看着我，目光如同这月色一样温柔，只听他又开口："我来晚了，浅浅。"

鼻子一酸，不知道为什么眼泪差点儿掉下来，我赶紧转开了视线开口："皇上又怎么会出现在这里？"

"给你送件东西。"仲溪午从怀里掏出了一个卷轴模样的物件递给我。我伸手接过来，打开一看——是和离的圣旨。

小心合上卷轴，我才看向仲溪午："皇上差个太监送来即可，何必亲自跑一趟。"

仲溪午看着我，灯笼的火光似乎映红了他的面容："是我想见你了。"我手指一紧，在圣旨的锦帛上划出一道痕迹："皇上这句话太不合规矩了，天色已晚，我还是早些回府里吧。"

仓促行了一礼，我就越过他往山岗上走去，而仲溪午却是不紧不慢地跟在我身后，给我提着灯笼，千芷和银杏见此也不敢上前，只好和仲溪午带来的人一起跟在我们身后，保持一段距离。

也不好开口赶人，我就换了个话题："那日宴席上行刺的黑衣人可有查到？"

仲溪午走到我身侧才开口说："暂无头绪，刺客后手处理得极为干净，被捕的全咬舌自尽了，现场没留活口，也没留下半点蛛丝马迹，不过京城这几日已经开始戒严了。"

"被捕的刺客，衣着、武器全都是统一的吗？"我皱眉问。

仲溪午的脚步似乎一顿，反问："你怎么会有如此疑问？"

我脚步未停，开口："只是那日见宴席上的黑衣人，配合很是不当。"

半晌后，仲溪午轻笑了一声，声音才响了起来："浅浅，你向来都是处变不惊，让我都止不住佩服。"

这句话太过暧昧，我也不再追问下去，只是回道："皇上不愿泄露，不说便是，何必拿这种话……来搪塞我。"

然而右手却被仲溪午握住，我对上他的眼眸，用力挣了挣，他却越握越紧。

"就算此处无人，你也不能这样逾矩，你把我当什么……"我语气中也带了几分恼怒。

"你不是向来都知道吗？如今还拿规矩来压我。"仲溪午并没有因我的说辞而松手。

握着圣旨的左手越来越紧，半响后我才开口："皇上这是什么时候变了目标？"

"没有变。"

"嗯？"我诧异地看向仲溪午。

只见他目光灼灼："一直都是你。"

听到这句话我下意识地用力想抽回自己的手，这次仲溪午没有再用力，我顺利地缩回了手。迎着他毫不动摇的目光，我只觉得喉头发紧，张了张嘴，稳了稳情绪才说："那牧遥……"

仲溪午眉头皱了皱说："为何你总是会把牧遥扯到我身上？"

我低头看着地上晃动的光影，开口道："是你说的，你看她的眼神和看我的不同。"

"当然不同。"仲溪午的声音低低地响起，"因为喜欢而让我眼神不同的人一直是你，已经成亲还惦记的人是你，量尺寸做……衣服想给的人也是你。从一开始，都只有你。"

手里的圣旨差点拿不稳，只觉得自己心跳声太响了，响到我耳中全是"怦怦"的回响："我……我可是……"

"晋王妃"三个字没说出来，我就看到了手里的圣旨，声音戛然而止。

仲溪午似是看透了我的心思，开口说道："怕你之前会因为身份有负担，所以现在才来告诉你，不过聪颖如你，又何必假装不知呢？当初不还信誓旦旦拿牧遥做借口在大殿上婉拒我吗？"

"既然皇上当时就已经听出了我的意思，今日又何必前来……"我感觉手里这道圣旨要被我踩蹋烂了，好像听说过圣旨是御赐之物，损毁会被重罚的。

"因为我放不下。"仲溪午无视我的抵触，开口道，"所以我还想再来问你一次，亲口问你，可愿跟我？"

心口有些酸疼，我开口："皇上是在说笑吗？依你我之间的身份，便是到了现在也是不合适的。"

要我做什么？跟他进宫做妃子吗？

"或许现在这个时候、这个地点都不适合说这些，可是我忍不住了，我只问你愿不愿。若是你心里半分有我，其余一切都交给我，我会让你光明正大地站在我身边。"

仲溪午开口，眼里满是柔和的赤诚，完全没有我最初见他时的试探和戒备。

他右手执灯，向我伸出左手，月光下手掌白皙又骨节分明："浅浅，一切都有我，只要你愿意，我就在这里。"

仲溪午的话，还有话里的感情我都清晰明了，可是我能握住这只手吗？

若我是十几岁的小姑娘，或者是真正的古代人，我会毫不迟疑地握住，可是两者我都不是啊。

我现在经不是做事只凭情感的小姑娘了，我和仲溪午之间隔了太多。先不说他和我价值观相悖的三宫六院，就是我们现在的身份也存在千重阻碍，我终究是嫁过仲夜阑，现在的我能以什么身份入宫呢？

仲溪午是喜欢我，可是我不确定长年累月的后宫生活，能让他的感情剩下多少。即使是现代社会，实行一夫一妻制，也会有很多离婚的，我不敢想，面对后宫不断更新的美人，他又能喜欢我多久呢？

迎着仲溪午如同潭水般宁静温和的眼眸，我的手越握越紧，指甲几乎要将自己的手心刺破。

感情若是被时间消磨殆尽，我又该如何自处？我的心思，我愿不愿意，在这重重困难下，都已经显得没那么重要了。我想走向他，拉住他，可是这起步太难太难了。

空旷的山岗突然响起一阵急促的脚步声，我回头看到翠竹带着泪冲我跑过来跪下，心里一跳，就听她说："小姐……小姐，求你去看看华戎舟吧……他……他……好多血……"

听她说出一堆乱七八糟的话，我努力稳住心神，扶起她，开口："好好说话，华戎舟怎么了？"

然而翠竹支支吾吾半天，哭着也说不完整，我的心里越发烦躁，拔腿就走。

走了几步才想起来仲溪午，回头看到他还在原地执着灯笼，手已经收了回去，只是看着我，目光未曾改变。

深吸了一口气我才开口："今日多谢皇上前来送旨，其他的事我只当是没有听过，日后就……不必再提了。"

说完我行了一礼转身就走，不敢再回头看一眼。

第十二章

我向来喜欢忽略他

41

匆忙赶回华府，看到一名大夫从我院子里出来，我拉住了他，问道："大夫，华戎舟如何了？"

那个长着络腮胡子的大夫对我拱了拱手，回道："回小姐，屋里之人并无大碍，只是伤口二次崩裂受了不少苦头，现下服了药，已经睡了过去。"

伤口二次崩裂？我晕晕乎乎地看着千芷去送大夫，自己走进了华戎舟的房间。只见房间极其简单，除了桌椅和一套餐具，再无其他。

走到他的床前，看到他躺在床上，双目紧闭，眉头紧锁，面色苍白，就可以得知他就算是昏睡了也很难受。

我抬手掀起了他的被褥，看到他只穿着裤子，露出赤裸的上半身，腰间已经包扎好，渗出点点血迹的纱布十分显眼。

"这是怎么回事？"我皱眉问跟过来的翠竹。

那丫头终于停了哭泣，才开口："小姐不知道吗？"

我皱眉，一旁的银杏见气氛不对赶紧开口："回小姐，华侍卫是那日落崖时受的伤，可能是昨日又接了……晋王爷一掌，才使得伤口再次崩裂。"

"落崖？"我眼睛一缩，心里突然浮上了一个想法。

接下来银杏就开口证实了我的猜想："那日华侍卫跟随小姐落入山谷，直到第二日早上才带着小姐回来，他腰间有一道伤口，大概是掉落时不小心被树枝划伤的，他也没有多说。"

跟随我跳下崖顶？

脑子里想起那日在崖底遇见他，他也是一身湿漉漉的，还有在他背上时闻到的血腥味儿，我当时还好奇他是怎么那么快找到我的，后来却不曾问过。

只因他穿黑衣，那时又是晚上，我竟不曾察觉，还任由他一路背着我回来。

这几日华深之事如同一个晴天霹雳，我浑浑噩噩的，也无心关注其他，原来那日他竟是跟着我跳了下去。在崖底我睡了过去，后来是如何回的华府，现在也可想而知，一个伤重之人还拖着我，这几日也是坚持带伤跟在我的左右。

他说过我向来喜欢忽略他，我还不服气，现在看来我还真是没心没肺。

华戎舟双目紧闭，他刚服了药，一时半会儿也不会醒。我放下了手里的被子，在床沿坐了下来，银杏见此就拉着翠竹出去了。

这是我第一次这么认真看他，一直以来我都把华戎舟还有千芷她们当成弟弟妹妹一样的存在，所以从来都是把他们护在身后，自己一个人去打拼谋划。

这次却发现原来会有人随我一起冒险，我跳下崖顶心里有七分把握，那华戎舟随我一起跳下去时，他心里又有几分把握？

我忍不住叹了口气，这个人在睡梦中还是眉头紧皱，往日如花般嫣红的嘴唇现在是青白色的。

昨日他咬牙硬接了仲夜阑那一掌，才导致伤口二次撕裂，定是痛极了吧，我事后还怪他擅作主张，他却不曾为自己辩解半句。

静静地坐在床畔，耳边是华戎舟浅浅的呼吸声，心里却渐渐回暖。

这几日发生的事情一幕幕在脑海里闪过，我不能再任自己沉湎下去。因为现在的我，不只是一个人，我的一时懦弱逃避，只会给身边之人带来不幸和苦难。

许久之后我才起身准备离开，看他药效还没过，那等他醒来再来问他吧，然而我刚站起来衣服就被扯住。

我回头看华戎舟还是昏睡的模样，而我的腰带却被他露在外面的手掌握住，应该是刚才我俯身给他盖被子时，腰带垂到了他手上，才被他下意识地抓住。

我拉了拉腰带，他却没有半点儿松动，我又坐了回去，尝试掰开他的手掌，却也没有作用。他的拳头越握越紧，手指甲都快要陷到肉里面了，像是正在被别人抢走东西。

我只得作罢，放弃了走的念头，总不能把腰带解了，衣衫不整地出去吧。我又给他掖了掖被角，就这样一直坐到了天亮。

半夜熬不住，我也就着床边昏睡了片刻，睡得极浅，因此华戎舟一动我就睁开了眼。

我抬起头，正对上华戎舟的目光。他双眼还有些发蒙，应是刚醒过来。我坐直了身子，冲他笑着开口："你醒了？伤口还疼吗？"

华戎舟似乎才反应过来，猛地坐起，动作之迅速吓了我一跳。

我还没来得及开口，腰上一紧，被他方才的动作扯了过去——因为腰带还在他手里。

我急忙伸手，一只手撑在床头，左手条件反射地按住了他的肩头，才不至于因突然的力道整个压到他身上，只是这一下我离他极近，近到呼吸都能投在彼此的脸上。

他方才刚坐直的身子也被我的举动按了回去，此时的我用一个如同壁咚的姿势把他扑倒在了床上。

左手传来暖暖的又十分僵硬的触感，我才想起来他没穿上衣，饶是我年龄比他大，此时也有些尴尬了，因为这个姿势太……

努力保持镇定，我坐直了身子，装作很自然地把手挪开，然后扯了扯我的腰带说："现在可以放开了吧？刚才还没来得及说就被你扯了过去。"

不管别的，先推脱责任，要不然刚才的情形太像是我在调戏他了。

华戎舟这次应该彻底清醒了，他像是被毒蛇咬了一样迅速撒开手，一个翻身就下床跪下，垂首对我说："属下罪该万死，请小姐责罚。"

我想着他的伤就想伸手扶他，但又想起来他没穿上衣，于是这伸出的手都不知道该扶哪儿了。幸好他没抬头，我就把伸到一半的手缩了回来，站起来说："你重伤在身，不必在意这些，赶紧先回床上吧。"

话出了口感觉有些不恰当，华戎舟还是垂首一动不动，只是身子僵硬得看着像是一个机器人。

我理了理腰带，才继续说："你先穿上衣服吧，我过会儿再来看你。"

不知道是不是我自己的心理作祟，总感觉这话说出来越发不对劲儿，我也就尴尬地加快脚步离开。

回到自己屋里，我想上床睡个回笼觉，千芷一边给我铺床，一边回头咬唇看着我说："小姐，你昨日在华侍卫房里一夜未归，这若是传了出去，恐怕有失身份……"

我脱衣服的手一顿，有点好笑地说："华戎舟因我而受重伤，我就算在他屋里端茶送水也是应当的。你们对我来说，从来都不是下人，所以日后就不要再说这种话了。"

千芷看着我，眼里满是毫不掩饰的感动，我心里好笑，继续上床准备睡觉。

然而刚躺了片刻，就听外面似乎有几个丫鬟在争执，我坐起来问："千芷，外面又怎么了？"

却是千芷和翠竹一起进来了，只见翠竹一下子跪下冲我磕头："小姐，华侍卫昨日还伤重昏倒，念在他……忠心护主的心意上，你就不要罚他了。"

我罚华戎舟？

我起身又把衣服穿了回去，然后绕开几个丫鬟来到外面，就见华戎舟背挺得笔直地跪在院子里。

我大步走过去问："你这是做什么？赶紧回去好好躺着。"

我伸手扶他，却没有拉起来，他声音带着几分颤抖地开口："属下……冒犯了小姐，请小姐责罚。"

我在心里叹了口气，他怎么这么实诚？

"那我命令你起来。"见拉不动，我就站起来吩咐。

华戎舟抬头错愕地看着我，见我坚持，他迟疑了一下站起身子来。

"跟我过来。"我转身回屋，他也跟在后面。

到了屋子里，我让丫鬟都出去，然后才开口问："那日你在山谷里那么快找到我，是随我一起跳下去了吗？"

"是。"华戎舟垂着头回道。

"那你腰间的伤是掉下去被树枝划伤了吗？"

"不是。"

我疑惑地看向华戎舟，他迎着我的目光回道："属下从水里上岸时，发现了一名黑衣人的踪迹，我以为是跟着下来的黑衣人，就对他出手，缠斗时被他所伤。"

黑衣人？脑海里闪过一个念头，我急忙问："你看到他的容颜了吗？"

42

"不曾，他戴了面具。"

听到华戎舟的回答，我也并没有太失望，这也算是个收获了。

"那后来呢？"

"那黑衣人似是不欲和我缠斗，所以过了几招，他趁划伤我腰际之时，就匆忙逃走了。我也划伤了他的手臂，之后我……忧心小姐安危，就没有去追。"

伤了手臂？我手指轻轻敲击桌面，脑子里思索着。

注意到华戎舟还在一旁候着，我才暂时收了心思："落崖、受伤，这些事为什么不告诉我？"

"因为小姐不曾问。"华戎舟看着我，目光澄澈，无半点埋怨。

我心里一堵，这几日我自我封闭，不问闲事，难怪他不曾和我说。是觉得若是主动对我说了就是在邀功吧，所以才自己做了那么多，却对我只字不提。

"以后什么事都要和我说，知道吗？"我开口。

华戎舟重重地点了一下头。

我觉得自己语气有点儿重，就又补充说："我总是忙于自己的事儿，无法顾及其他，我知道你平时话比较少，可是你为我做了这么多，要学会主动说，要不然旁人怎么会知道呢？你对我来说很重要，我也从未将你看作下人，所以你大可畅所欲言，我也不会觉得你是在邀功。"

"知道。"华戎舟开口，望着我时目光沉沉，却又像有云层翻涌。

"还有，受伤了就好好养伤，不要硬接仲夜阑没事找事的那一掌，护我之前先学会护住自己，知道吗？再说我也并不需要……"

"小姐之前就对我说过这句话。"华戎舟打断了我的话，冲我灿烂地一笑，眼眸里像是装了星河一样闪烁着，"可是我自己想了许久，无论小姐是否需要，我还是觉得小姐更重要一些。我怎么样无所谓，就是见不得小姐受半点委屈。"

少年明目张胆的告白，让我不由得老脸一红，当即尴尬地笑着回复："你……赶紧回屋歇着去吧，这几日院里不需要你来看守了，你好生休养，有什么需要的问千芷要就行。"

无视华戎舟明显的失落，我把他打发走了。

他难不成真的喜欢我吗，还是只是忠诚而已？想起在山谷里不知道是不是我幻听的那句"嗯"，我也不由得纠结了片刻，这种事也不能再舰着脸问第二遍。

不过我现在是怎么了？先是仲溪午，又是华戎舟，难不成我手里的剧本变成女主的了？

可惜这两个人……一个后宫佳丽无数，一个年纪太小，由此看来，我的桃花运也没有那么好。

摇头甩走这些杂念，我开始回想方才华戎舟的那番话——谷底、黑衣人……闭上眼睛在脑子里推算着种种可能性，最终我起身向外走去，再没了半点睡意。在华相房里，我默默地坐在椅子上，摆弄着自己的手指。

片刻后，华相的身影从外面走了进来，端着一壶茶水，满头白发的他看着再无半点威严，随和得如同一个普通的半老父亲。

"这是深儿生前给我拿过来的，他知道我喜茶，就没少花金银去买茶叶。为此我训斥过他许多次，他却充耳不闻，时不时地就给我送过来，你来尝尝怎么样。"华相亲自给我倒了一杯递过来。

伸手接过，手抖使得茶杯和底座一阵碰撞，清脆的瓷器碰撞声响起。我把茶盏放到桌子上，才勉强维持自己的镇定。

"母亲这几天怎么样了？"我低头问。

华相饮了一口茶水，才开口："情绪稳定多了，你没事儿可以多去她屋里看看，你现在终归是她唯一的孩子，她清醒了就不会再闹了。"

胸口疼得感觉自己又喘不上气了，正当我努力吸气保持镇定时，华相又开口："过些时日，你哥哥的牌位就送回老家那边的祠堂了，到那时候我再去辞官，免得族里那些老顽固见我没了权势，就生了别的心思来阻挠我。"

"一切听从父亲安排。"我手指抠着自己的手掌心才能开口回话。

现在对我来说，什么罪行累累、什么是非三观、什么善恶对错……都不重要了，我必须将华府完整地护下来，不然胸口燃烧的那把名叫"悔恨"的烈火，迟早会把我焚烧殆尽。

"浅儿有什么想去的地方吗？到时候我们不着急回老家，先好好游历一番。说起来，当官这么多年，都不曾单独带你们出去，是我之前太忽略你们了。"华相伸手拍了拍我肩膀，和蔼地说。

我身子不由自主地一抖，在眼泪出来之前赶紧开口："父亲能不能借我一些人手？"

华相一愣，放下茶盏开口："浅儿是有什么麻烦？"

"想办一件事，可惜手里能用的人太少。"我回道。

"什么事？告诉我，我可以来帮你……"

"父亲，这件事我想自己做。"我打断了他的话，回道。

华相也就不再坚持："这府里之人你随便调用，不必和我言说，有什么解决不了的来告诉我就是。"

"多谢父亲。"我起身行了一礼。

这件事必须由我来做，华深因护我而死，在华相辞官之前的这段时间，我必须给华深讨个公道。

得了华相的指令，我当即就从华府侍卫中抽出来六个机灵的，对他们说："你们几个轮流守在晋王府周围。两件事，第一是着重留意牧侧妃的一举一动，她出门你们就跟上，但不要打草惊蛇，她见了什么人只需要回来告诉我即可；第二是看有没有人夜探晋王府，如果有就打听出此人下落，再回来禀告我。"

六个侍卫拱手应和。

我又不放心地加上一句："若是你们被发现了也无妨，就直说自己是华府侍卫，受我命令监视牧遥。"

六个侍卫对视一眼，也没有多问，一起回道："属下知晓。"

我便摆手让他们下去了。

现在只需要等那人露出踪迹即可，仲溪午也说过，这几日皇城戒严，行刺的黑衣人一时半会儿也逃不出去。我派去监视的侍卫即使能力不济，被发现也无所谓，他人只会以为是我出于女子的妒忌，不甘心才有此举。

那日在山岗处见仲溪午，他分明是知道什么却没有提及，所以我这边也不用干等着，进宫打探一下消息也好，毕竟皇宫里的一举一动，可是会引发无数的风吹草动。

我转头对千芷开口："等会儿往宫里递个拜帖，就说我明日进宫向太后谢恩。"

千芷点头应下离开，我又对银杏说道："你帮我找一下之前太后在成亲后给我的镯子，现在我已经和离，有些东西也该还了。"

银杏点头后就转身去梳妆台翻找。

无论如何，这次行刺的黑衣人、幕后的所有主使，我都一定要找到，给自己留了三天时间去悲天悯人已经足够了，如今的时间那么宝贵，我可不能再浪费下去。

43

进了太后宫殿，她还是一如既往地面容淡淡难辨喜怒，我俯下身子行了一礼，太后的声音才响了起来。

"起来吧，这几日不见，看着你消瘦了许多。"太后身边的苏姑姑伸手把我扶了起来，我就势在太后身边落了座。

抬手从千芷手里接过一个木盒，我又起身开口："太后娘娘，此番进宫除了谢恩，也是来归还这只手镯，我终归是辜负了太后的一番心意。"

太后并没有接我递过去的木盒，半晌后她的声音响起："给你的就是你的东西了，何必再来还我。"

我还是保持着递送的姿势一动不动："这是先帝给太后娘娘的镯

子，臣女一个外人不敢收，也不该收。"

见我态度不卑不亢，太后最终伸出手，拉住了我的手腕，我抬头对上她的目光，她眼里比方才温和了许多："什么外人不外人的，纵使你和……阑儿无缘，也不必和我见外。"

见太后执意不收，我才把镯子收回来，太后拉着我的手未放："成亲以来，你的种种表现我都看在眼里，我知你明事理、知进退，是阑儿没那个福分，你们才到了这个地步。我也不是那种愚昧的婆子，只会偏向自己的孩子，所以日后你也不必同我疏离，想来这宫里就过来看看我，省得我一个人冷清。"

我点头应下，这太后言辞里倒是情真意切，没有半点旁人的小心思和算计。

"你父母可还安好？前段时间的刺客也太猖狂了，公然行刺，半点儿不把皇室放在眼里，终究是我们连累了你兄长。皇上这几日为了追查也是寝食难安，看着似是消瘦了不少。"太后状似无意地提起，我敛眉垂首，置若罔闻。

太后见此就又开了口："说起来，前两日我差点把下旨这事给忘了，等想起来时却听说皇上那边已经下了旨。"

这要是再不说话就有点儿过分了，我开口回道："多谢太后惦念，是我托人往宫里捎了信，皇上才想起来下旨的。"

太后的目光在我脸上转了一圈，我装作不知，她又说："这几日皇上为了刺客之事忙得连这后宫都极少来，连我都极少见到他。前日心里惦记，派人给他送了些吃食，结果却扑了个空。皇上向来稳重，也不知是为了何事，不知会哀家一声就悄然溜出宫去。"

"若是前日黄昏时刻，那皇上是去寻臣女了。"我开口。太后略显惊讶地看着我，似是没想到我会这么直接地承认。

我无视太后的惊讶继续说下去："皇上体恤臣女兄长新丧，又看在我父亲的面子上，特亲自前往送旨。"

太后沉默了片刻才开口："皇上这次行事失了体统，你也不要放在心上，以后我定不会让他再去扰你清净。"

我心里一沉，太后已经说得十分清楚了，我还能装作不知吗？

"太后娘娘，等宫宴行刺之事水落石出后，父亲就会辞官归乡，我也会一同回去，怕是此生都不会再回京城。"

太后眼睛快速地眨了眨，似是没有反应过来："为何？"

我垂头摸了摸手里的盒子，开口："这京城是……兄长长大的地方，无论是对我还是对我父母，久待都不是一件容易的事情。"

太后愣愣地看着我，我始终淡笑回应，只听她叹了口气："也好……这样也好。"

说了片刻，我就起身告辞，才转身就听到太后的声音传了过来，带着些许愧意："你不要……怨我，皇家向来重面子，若是闹出兄弟阋墙这种丑闻，恐怕我也……无法保你了。"

脚如同踏在寒冰之上，全身血液都被冻僵，我转身对着太后跪下，重重地磕了三个响头开口："臣女知晓，多谢太后提醒。"

出了太后宫殿，站在太阳下，我却还是感觉全身发冷，当初就知道会很难，却没想到还没开始就已经这么难了，更是让人不敢有半点念想。

"小姐……"身旁的千芷忍不住开口。想来我的脸色定然很差，所以她眼睛里全是担忧。

我扯了扯嘴角，还未开口就听到一道声音："又见到晋王……华小姐了，可真是凑巧。"

这么明显的口误忍不住让人侧目，我转头就看到戚贵妃一身锦袍向我走来，脸上妆容精致，更显得容光焕发。

"确实是巧，似乎每次进宫都能见到戚贵妃呢。"我回答道。

戚贵妃一愣，马上恢复如常的笑容："这就说明我和华小姐有缘分呢，难怪我第一次看到华小姐就感觉十分合眼缘。"

这示好也太明显了吧？

戚贵妃不在乎我的冷漠，继续说道："我这个人向来有一说一，若是华小姐日后能常来宫里，就多去我那里坐坐，我也能多个聊天的人，在这宫里不至于太冷清。"

后宫那么多人却还觉得冷清？

我手指轻轻拂过手背，才开口："说起来，我见戚贵妃也格外亲切，之前幸得贵妃相邀，不知今日可有幸去贵妃殿里一聚？"

戚贵妃愣了愣，似是没想到她的客套之词我会当真，当下也不好拒绝，就侧身领我一路前往她的宫里。

"华小姐这段时间都在忙什么？"路上为了不让气氛太冷落，戚贵妃刻意寻找话题。

"没什么，只是在追查害了我兄长的凶手罢了。"我淡淡地回答。

戚贵妃颇为惊讶地看着我："这不是京兆尹应做的事情吗？怎么华小姐也插手进来？"

"官府查案处处受制，不如自己查快，再说那刺客当时的目标是我，我可不能这样放过。"我状似无意地开口。

戚贵妃呆了片刻，看着我的眼神有了几分探究，她说："华小姐果然是巾帼不让须眉啊。"

手一瞬间握紧，连呼吸也无法保持顺畅了，就在我拼命掩饰自己的异常时，仲溪午的声音传了过来："你们怎会在一起？"

只见仲溪午的身影从远处出现，后面跟着一群公公。

戚贵妃极有眼力见儿地行礼，我僵硬着身体也行了一礼。

仲溪午的目光扫过我，看向戚贵妃："你们是要去哪儿？"

戚贵妃恭恭敬敬地回答："回皇上，臣妾方才偶遇华小姐，一见如故，便邀请华小姐前去宫殿一叙。"

仲溪午眉目冷淡地开口："朕和华浅有事相谈，你先下去吧。"

戚贵妃并不见半点恼怒，笑盈盈地回道："那臣妾就先行告退了。"

戚贵妃的身影走远，仲溪午才看向我，目光多了些许柔和。

我这时才找回自己的声音，开了口："皇上在哪儿找的这么知进退的贵妃？"这么不争不抢，这么恭顺贤良。

仲溪午眉毛挑了挑才开口："你这是在嫉妒吗？"

心里烦乱，我也不欲多说，转身就想离开，仲溪午却侧身挡在我面前："听说你来了，我放下公务就来寻你，怎么你一见我就要走？"

"皇上若是要见我，我在太后宫里待了一个时辰怎么也不见皇上前来？偏偏我和戚贵妃刚走到一起你就出现，这是什么缘故？"我后退一步开口。

仲溪午皱眉："你是受了什么气吗？"

我深吸了口气冷静一下，才开口："是我放肆了，请皇上恕罪。"

44

我无意多说，便想绕过他，而仲溪午并没有就此让我走。

他跟着我，面容看起来的确有点疲惫，却还是勾唇浅笑着说："浅浅，这段时间一大堆事儿都堆积着，我好不容易才抽出时间来寻你，你就不要再推开我了，行吗？"

宫人们早就很有眼力见儿地站远了，这种识趣的举动却刺痛了我的眼："我以为那天我说的话已经够清楚了。"

仲溪午看着我，眼里并没有恼火："我已经等了这么久了，不介意再多等你一些时间，等你能够接受我。"

"皇上，你总是把问题想得太简单了，我们之间可不是只要你情我愿就可以的。"我回道。

仲溪午的表情有些忍俊不禁，说："你现在的意思是说一个皇帝想法简单？"

知道他故意曲解我的意思，我不再多言，加快了步子，他也不介意继续跟着，对我开口："浅浅，你对我也是有意的不是吗？我知你一向忧虑过重，不过那日我说的话还作数，你可以随时转头来寻我。"

"我说过了不需要……"

"你现在说什么我都不会听的。"仲溪午打断了我的话，"浅浅，你只要知道我一直在等你。"迎着仲溪午仿佛能溺死人的眼眸，我只觉得心底发苦，最终仓皇而逃。

回了华府，我开始闭门不出，直到一直监视晋王府的侍卫传来了消息，说是看到一个人影出入晋王府，行踪颇为隐秘。

这人在和晋王府隔了一条街的地方才大意露出了踪迹，还好侍卫警惕，只觉得那人突然出现，来得莫名其妙，才留意上了。

我当即就组织了浩浩荡荡的一队人马，出发前往东城山脚下——那里是唯一一个能离开京城而不受盘问的出口，也是侍卫口中说的那名黑衣人的去向。

不出意外地等了约半个时辰，就看到几个人影经过，只是都遮去了面容，我当机立断呵斥："拿下！"

那几个身影似是没想到这里会有人守株待兔，于是慌忙之中乱了阵脚。再加上我带的华府侍卫少说也有一百人，那四个人寡不敌众，渐渐落了下风。

其中一个黑衣人终于忍不住了，冲我吼道："好你个华浅，你当真是要我的命吗？"

我充耳不闻，对偶尔路过的行人报以微笑："我们府里的仆人逃了，是在抓逃奴呢。"

行人虽半信半疑却也没有插手，四个黑衣人身上渐渐带上了或大或小的伤痕，刚才那个黑衣人又开口："华浅，诛杀他国皇子，这罪名你担得起吗？"

"皇子？"我掏了掏耳朵开口，"哪个皇子？"

那个黑衣人忍无可忍，终于破口大骂："我是伍朔漠。"

我冷笑着扯了扯嘴角："大胆奴才，使臣一行早就离开了京城，竟敢冒充他国皇子，给我狠狠地打。"

伍朔漠就算武功高又如何？他们只有四人，还到不了以一敌百的程度。怪就怪他太大意，以为真的无人知道他的踪迹，所以才这般放松了警惕。更何况在这京城里，他也不敢大肆张扬呼救，他的身份若是暴露，指不定就上升到外交问题了。我敢肆意抓人，他却不敢呼救，所以他才会捉襟见肘地落了下风。

一旁的侍卫长有些忧心，靠近我开口："小姐，这闹得越来越大，恐怕会不好，若是惊动了京城里的……"

我不慌不忙地回道："就是要闹大一点，我还嫌不够大呢。明日去宣扬一下，最好闹得尽人皆知，就说华府在山脚下抓了四个逃奴。"

侍卫长迟疑了一下，却不敢多言。

眼见那四人都去了半条命，我才开口叫停，命人将他们围了起来。

我靠近了些许才开口："若是现在束手就擒，我便就此停手，咱们有话好商量，不然……不死不休。"

三个黑衣人一同看向中间那个一直说话的人，那人犹豫了很久，才丢掉手里的佩剑，侍卫一拥而上，把他们绑了起来，押到我面前。

我伸手挑开他的面具，伍朔漠那张脸就露了出来，看着我咬牙切齿。我轻笑开口："好久不见啊，大皇子。"

第二日，如我所料，京城里传遍了华府追逃奴的事情，连仲溪午都派人来问了一下，我随便找话搪塞了几句，他也就不再过问。

柴房里，我坐在凳子上，伍朔漠被捆着去在地上，看着如同一条扭曲的毛毛虫。

"华浅，我真是低估了你的狠辣程度。"伍朔漠瞪着我开口。

"狠辣？"我挑着眉头看他，"只许你宴会屠杀，就不许他人反抗吗？"

伍朔漠的面色变了变，开口："你是怎么知道的？"

我没有说话，走到他身边，把镯子扭成小刀，划开他胳膊上的衣衫，一道刀伤映入眼帘，明显不是新伤。

"山谷下面的人果然是你。"我手里玩着刀子开口。

伍朔漠盯着我开口："我问你是怎么知道的！"

"我是怎么知道的？应该说是牧遥出卖的你？"我歪着头看向他。

只见他面色一变，却又瞬间恢复如常："我不知道你在说什么！"

我轻嗤一声："可真是让人感动的深情啊，不知道牧遥知道了会不会感动呢？你说我给她送个什么礼物能让她一下子认出来是你，是手指、耳朵，还是眼睛呢？"

我一边说一边转着小刀，目光在他身上扫来扫去。

伍朔漠被我气得双目通红："你这个毒妇。"

我走到他面前蹲下来："要不还是舌头好了，反正你这张嘴里也吐不出象牙。"

伍朔漠身子一退，躲开了我伸出去抓他脸的手，冲我吼道："你有什么冲我来！"

我皱着眉装作不解："我现在不就是在冲你来吗？我要割的舌头是你的，剁的手指是你的，戳的眼睛也是你的啊。"

我看过的小说里，华浅从勾栏里逃出来后黑化了，变得有些神经质，我觉得应该就和我现在做出来的模样差不多。

伍朔漠闭上眼睛，似是在忍耐，许久之后才睁开眼看我："华浅，你不是说我束手就擒就有话好商量吗？"

我收回了刀子，也收起了自己的笑脸："你有给过我好好说话的机会吗？"

"宴席上杀了你兄长的……不是我的人。"伍朔漠不等我问，就先开了口。

"那是谁？"

"我不知。"

我轻笑一声："也就是你的人里混进了别的人？"

伍朔漠低头说："对。"

"那你行刺的原因是什么？"我眯眼开口。

伍朔漠嘴唇动了动，最终还是垂下了头，不再言语。

"你不说我也知道，反正你在我手里，我就等着看牧遥会不会来寻你。"

"你不要去惊扰她。"伍朔漠听到这句话才开口。

"凭什么？"我面无表情地回答。

"我和她……已经彻底两清了，所以你不要再因为我的事去打扰她了。"伍朔漠自顾自地说着，眼里全是自以为是的情伤。

若不是还有些理智，我真想拿着刀子在他身上插几刀："你们之间如何关我屁事？难不成你觉得我会被你的深情感动，成全你们这对苦鸳鸯？"

伍朔漠没被我的嘲讽激怒，他看着我开口："你本来就知道原因不是吗？何必再去找她多此一问。"

我起身向外走："问了才有谈判的理由。"

身后传来伍朔漠的声音："你还真的是和以前大不相同了，难怪……她会有危机感。"

我脚步一顿，没有回头，大步迈了出去。

接下来几天华府都不太平，每天都有一拨人夜探，不过他们也不敢有太大的动作，最终都是无功而返。

这也是伍朔漠的软肋，毕竟名义上他早就离了皇城，现在不管是他的人还是牧遥的人，都不敢大肆搜查。

自己等得无聊，又频频收到戚贵妃的邀请帖，我索性就进宫赴约。

第十三章

我想让一个人消失

45

戚贵妃的宫殿一如她的为人，华丽却又不至于太张扬。在这后宫里除了太后，便是她一人独揽大权，想来除家族势力外，她自己也是不容小觑。

只见她伸出精心保养的玉手，亲自给我斟了一杯茶，温和得好像我是她的亲妹妹，我也是笑着接了过来。

她开口："早就想和华小姐好生聊聊了，可惜华小姐一直用忙来推拒，今儿个终于得了机会。"

我放下茶杯开口："这些时日我是忙了些。"

戚贵妃好奇地看着我问："是吗？不知华小姐都在忙什么呢？"

"说来也巧，前几日抓逃奴时误打误撞抓了一个逃犯，竟然和前几日的宴会行刺有关，这几日一直在忙着看从他嘴里能撬出来什么信息。"我低头回道，面上故意流露出几分喜悦之色。

戚贵妃闻言笑得越发和善："如此甚好，早日抓出那背后真凶千刀万剐了才痛快。"

"那就借贵妃吉言了。"我笑着回应。

戚贵妃不带一点儿架子，笑盈盈地在我身边坐下："华小姐难得来一次，可要好好陪我说会儿话。这皇宫里人来人往，难得遇到像华小姐这般说得上话的人。"

我眉头微皱，故作疑惑地开口："我还真不知自己有何特别之处，值得贵妃这样厚待。"

戚贵妃用帕子捂住嘴笑了笑，开口道："这旁人不知道，我可是看得一清二楚啊，第一次见就觉得华小姐不同寻常，果然如今就因祸得福不是？"

见我还是面露不解，她继续说："说起来，家父是边疆武将，华小姐父亲又是文臣之首，若是我们日后能相互照应，这……后宫里便没人能越过我们掀起风浪了。"

我还没入宫就找我示好合作？我低下头揪着帕子开口，做出一副懵懂的模样："我不懂贵妃在说什么。"

"华妹妹这么聪明的人，又怎会不知道我在说什么呢？"戚贵妃拿着团扇扑了我一下，那模样像极了电视剧中青楼里甩着手帕的老鸨。

她用团扇掩嘴："皇上待你如何，我这个过来人可是看得清清楚楚，日后我和华妹妹合作的地方……那多着呢。"

我低头不语，戚贵妃只当我羞涩，也就不提这个话题，转而说起其他事。

到了黄昏时刻她才放我出宫，坐上马车后，我就再无一丝笑意，一路沉默到了华府。

刚进院子就看到千芷在院外等我，面色不对劲儿，我脚步一停，就越过她进了屋子。

果然看到一个身披斗笠的身影，听到我的脚步声，她转过身来，正是牧遥。我自顾自地先坐下，给自己倒了杯水才开口："翻墙的感觉如何？"她这身打扮，绝不可能是走正门进来的。

牧遥走近才开口："人在哪里？"

"什么人？"我故作不知地回答。

牧遥伸手拂落了我手里的茶盏，开口："别给我装傻，你不就是等我来吗？现在我来了，人可以放了吧？"

我拿出手帕擦了擦溅上茶水的手背，才开口："既然是来求人，你的姿态是不是该放低一些？"

听到这番熟悉的话，牧遥的脸色一白，却还是开口："你不必如此羞辱我，我既然来了，要杀要剐随便你，你把不相关的人放了就行！"

"不相关？"我笑了一声，站起身来，"牧遥，你是有多厚的脸皮才得说出这三个字的？"

牧遥看着我说："此事全是我一个人的主意，你不要牵连别人。"

"可真是情深义重啊，都争着把责任揽到自己身上。"我讽刺地开口，"你把仲夜阑置于何地了？"

牧遥看向我，目光满是愤恨："不是你把他抢走了吗？现在又何必来假惺惺地指责我。"

"我把你抬到了侧妃的位置，自己又主动和离，你还想让我退到什么位置？"我皱起眉头看了过去，"我一直都以为你是个聪明人，你怎么会犯浑到这种地步？"

"我是犯傻了，傻到用这种方式去试探，不然也不会给旁人……可乘之机。"牧遥闭上眼，眼里似乎有泪光闪烁，"自从你为他挡了一箭后，他就……变了。他开始在乎你的看法，经过你的院子也总是止步不前。你曾经不是想毁了我拥有的一切吗？现在连唯一的他也被你成功做了手脚。"

"难道你不应该从自己身上找原因吗？"我毫不留情地开口，"再说，这天底下就他一个男人吗？没有他你就活不下去了吗？你的人生该是有多狭隘？！"

"我不是非他不可，我只是想知道他的真实心意。所以那日悬崖上，我是等他做选择，若是他选了你，我就跳下去，就此死心斩断情丝，倘若他……"

"不必和我说这些事情。"我听不进她矫情的女儿心思，古代女子都是天天闲的吗？分手就分手，非要来个仪式，一看就是想藕断丝连，自己还嘴硬不承认，平白害了别人。

牧遥满腹的牢骚被我一堵，她愣了片刻才开口："那你想要什么？你把我叫来不就是想听这些吗？"

我面无表情地开口："你的试探赔上了我兄长的性命。"

牧遥身子一僵，开口道："我从未想过借此对你们不利，是有人趁乱混了进来……"

"我知道，可若是没有你的算计，别人也插不进来。"我打断了她的话，"所以我兄长之死，你要负责。"

牧遥看着我，目光难掩悲苦："那你现在也应该知道我当初的感受了，你为你兄长伤心难过，我也曾为我的丫鬟灵珑心痛到寝食难安。她对我来说是亲人一般的存在，不也是因华深之举而死吗？所以现在我们两个一命抵一命，算是两清了，日后我不会再……追着你们华府不放。"

"清不了，我自己因你设计落下悬崖，这也算是一命。"虽知她有心示弱，我并未见好就收。

牧遥双目难以置信地看着我："那处山崖是我勘察过的，下面是潭水，中间满是藤蔓和树枝，根本死不了人的。再说我也从未想过丢你下去，那是我留给自己的一条路……"

"那又怎样，反正是我掉了下去。"我无赖地回道。

牧遥似乎气得发抖，最终再次开口："那你想怎样？"

"我要那一拨势力的幕后真凶。"我开口。

牧遥皱眉："我如何知道……"

"你惹出来的祸，自然要你来收拾，伍朔漠在我这里是没有饭吃的，所以你最好动作快一点，免得他被饿死。千芷，送客。"

不理会牧遥的恼怒，我转身就走，伍朔漠在我手上，无论她是否对伍朔漠有意，他终归是为她所累，她不敢轻举妄动。那就让我来看看，所谓小说女主的手段和光环。

本来只是在赌，牧遥的出现彻底证明了我的猜想，宴席行刺和悬崖上的那出戏果然是牧遥和伍朔漠联手而为。因为悬崖上之事太过蹊跷，和宴席上对我出手的刺客完全不是一派作风，反而透露着一种小家子气，像极了女子的赌气妄为。

一开始只是隐约感觉有些不对劲儿，在悬崖之上和牧遥无意对视的一瞬间，我就清楚了。她的那双眼里没有半点疑惑和诧异，反而如同灰烬里的火光，带着希冀和彷徨。

再加上华戎舟崖底遇到的黑衣人，整合来说就是牧遥和伍朔漠合作了。一个为了得到答案去设计，一个自以为有机会可以带走她，最后因我的突发之举，打乱了全局。

牧遥走后的夜晚月色格外地亮，我呆呆地看着夜空，察觉身边有人靠近，我头也不回地说道："伤好些了吗？"

片刻后，传来华戎舟的声音："嗯。"

然后我们两人就一起沉默了。

我轻声开口，不知道是说给谁听："我想杀一个人。"

"我帮你。"

我回头，对上华戎舟异常严肃的眼眸，心里的阴霾似乎散了，道："你不问问是谁吗？说不定是个达官显贵呢？"

华戎舟目光没有一丝波动："你想杀，我就帮你。"

我忍不住摇头笑了笑："小小年纪不要天天喊打喊杀的。"

"我不是小孩子。"华戎舟略显急促的声音响起，片刻后，他又迟疑地说，"我杀过人。"

我下意识地看向他，只见他垂着眼眸，睫毛在脸上投下细小的一片阴影。他当府兵的时候没少遇刺客，杀人也不足为奇，毕竟这个社会，人命可不值钱。

"我知道。"我随口敷衍道。

"你不知道。"华戎舟的声音硬邦邦的，不带一点儿感情。

我只当他是闹脾气和我顶嘴，也就随他了。

46

华相这几日没了半点儿对权势的欲望，连上朝也是时去时不去，通常都是在家照顾深受打击的华夫人，偶尔来寻我。言语之间全是属于父亲的温情，他似乎真的放下了丞相的架子，真正开始去承担一个丈夫和一个父亲的责任。

首饰盒里的罪证数次被我翻找出来，本欲放到烛火上焚烧干净，可是最后我还是放了回去。

我又开始闭门看书，两耳不闻窗外事，只等牧遥来确定我心里的猜想。这让我有时间分些注意力给身边之人，倒是发现了很多不同寻常的事情。

稳重的银杏，欢脱的翠竹，渐渐成熟的千芷，还有……我越发看不透的华戎舟。初见时只觉得他是个腼腆害羞的孩子，现在行事却与之前大相径庭，不知道是受了什么刺激。

"小姐……"银杏见我一天到晚无所事事，终于凑到我身边开口，她看起来欲言又止。

身边没有旁人，一向稳重的银杏露出这个神色，我没有说话，只是放下手里的绣品，静静地等她开口。

最终，她还是开了口："小姐，有件事奴婢不知该不该和你说。"

我抚了抚绣得四不像的绣品，开口："什么事？"

银杏看着有些为难，还是踌躇着开口："奴婢这几日私下见千芷和南风侍卫在一起。"

南风……仲夜阑身边的侍卫？

这我倒还真不知晓，看着银杏略显担忧的面孔，我笑了笑开口："银杏，千芷有她的生活，我不应该干涉的。"

"可是，南风侍卫可是……晋王爷身边的……"银杏仍是眉头紧皱。

"银杏。"我郑重地抬起头看着她，开口道，"我知道你的忧心，可是千芷的为人我清楚，你们终归是到了待嫁的年纪，只要你们自己看准了，无论是谁我都会支持，更不会因为身份而去阻拦，你们应该有自己的人生。"

银杏愣了许久，最终还是不再多言。我心里倒是多了几分趣味，枯燥生活里多了一抹颜色，这也算是件喜事吧。

千芷和南风真的是我不曾留意过的，小说里从来都不写小人物的感情线，不知道千芷和南风是本就两情相悦，还是因我改变了剧情才走到一起的。

于是我便开始了探究和蹲墙角之路，毕竟只听银杏一面之词便贸然去问，只怕千芷也不会说实话，所以我需要自己去了解一下，才能适当地帮她一把。

这一留意才发现，南风的确时常来寻千芷，可是千芷却一直能躲就躲，避而不见。估计那个傻丫头也是忌讳着彼此的身份，毕竟仲夜阑也算是我名义上的前夫。

回华府之后一直见千芷似是时常忧愁，本以为是担心我，看来是我自作多情了。

站起来捶了捶蹲麻的双脚，我对身边同样蹲着的华戎舟小声开口："我们走吧。"

他乖乖地跟着我，蹑手蹑脚地离开——毕竟听墙根是个技术活，还涉及千芷的隐私，所以我就只能带着华戎舟一起听。

舒展了一下手脚，我就对华戎舟开口："走，我们上街一趟去置办嫁妆。"

从城头到城尾，我认真地研究了一下所有铺子的位置及经营状况，因为怕有疏忽遗漏，便一直拿着纸和眉笔写写画画。一路看我心情极好地调侃着千芷的事，华戎舟突然插嘴："小姐，我有一件事想不明白。"

"什么事？"

"我娘小时候告诉我，若是亲了一个人就该负责。"华戎舟看着我，很认真地说，像极了一只不谙世事的小白兔。

我不由自主地笑出了声："没错，你娘亲说得对。"

看着华戎舟垂头不言，我好奇地问："你是偷亲了哪个……"

我话没说完，突然被华戎舟猛地一扯，我直直地撞到了他的身上。与此同时，我原先站立的位置，有一个瘦小的身影跌倒在地。

我这才反应过来，刚才我只顾说话没看路，差点被这地上的孩子撞到，是华戎舟及时拉开了我，不过那个孩子却是跌倒了。

仔细一看地上的孩子，身上破破烂烂，应该只是个小乞丐。

我过去正想伸手扶，却又被华戎舟拉住，这次他不等我说话就开口："脏。"

我眉头一皱，挣开了他的手："你这是从哪里学来的偏见？"

我扶起了那个小乞丐，见他膝盖已经磕破了，应该只有六七岁，瘦弱的脸上，一双圆圆的眼睛带着惊恐看着我。

"你没事吧？膝盖疼吗？要不要和我去医馆看一下？"我轻声问，怕吓到了他。

那个孩子摇了摇头，挣开我的手，拔腿就跑，才跑了几步就被华戎舟一双大手拎了起来。看着不住挣扎的小乞丐，我还未开口，就看到华戎舟从小乞丐怀里掏出来一个荷包。我一摸腰际，果然已经空了。

接过荷包，看到垂头丧气地缩成一团、瑟瑟发抖的小乞丐，我从荷包里掏出来几两碎银递给他，那个小乞丐眼前一亮，抓住转身就跑。

我心里微酸，方才看那个孩子膝盖上还挂着血丝。

"小姐，那个孩子偷盗不成又装可怜，你不应该给他银两的。这种街头的小乞儿惯用的伎俩，旁人都不会上当。"华戎舟见孩子跑远了才开口，已经退去了稚气的脸上，一双棕色的瞳孔衬得整个人越发冷漠，半点没有方才的敦厚纯良。

"什么叫装可怜？他膝盖可都磕出血了。"我皱着眉头回道。

"你还真是好骗。"华戎舟说完这句话抬腿继续走，把我留在原地气得半死，这孩子是真的叛逆期到了吗？

最终我还是跟了上去，开口转移话题："说起来是我的错，对你们的事情从来都不曾留意过，对千芷也是，这段时间她肯定不好受，我却不知……"

"小姐确实是记性不好又粗心。"华戎舟毫不留情地回答。

我顿时气不打一处来，特意找话题缓和气氛他还不领情："你还蹬鼻子上脸……"

"小姐现在还觉得第一次见我是在祭祖典礼上吗？"

难道不是吗？看到华戎舟一脸认真的模样，我也不好开口了，认真思索着，难不成是之前的华浅遇到过他？

华戎舟突然脚步一停，不再走了。

我下意识地看着他，只听他开口："就是在这里。"

大街上？我下意识地看向周围，没有一点印象。那估计之前遇见他的应该不是我了，我尴尬地笑着开口："哦，原来是这里啊……"

"不记得就不要说了。"华戎舟再次不给我留一点儿面子。

在我有点下不来台时，华戎舟又说道："不过小姐不记得没关系，我可以说给你听。"

华戎舟如今已经比我高上大半个头，他看着我的眼里满是赤诚。

"小姐方才不是好奇，我为何对这乞丐的行事这么熟悉吗？那是因为第一次见你时，我也是个乞儿，还差点撞到你的马车，可是你却不曾责怪我。"

撞车的孩子？脑海里有一点儿印象，是我归宁的那天？

"第二次是我在酒楼找了个活计，却恰巧在酒楼里再次见到了你，我不忍他人妄言，想为你出头，却自不量力落了一顿打，然后你告诉我，想保护别人，要先学会护住自己。"

酒楼？是华深闹事时那个被打的杂役？

"第三次见你，是在祭祖典礼，这次我终于靠自己保护了你，你还拍我肩膀，夸我有前途。"

这个我倒知道是他。

"而第四次，是我顺利地成了你院里的侍卫，我在晋王府待了半年，终于能够走到你面前了。"

听到这里，我有些反应不过来。过去的几个场景慢慢串到一起，乞丐、杂役……竟然全是他？

华戎舟并未停下，又说道："因为你，我才想让自己变得更好。你前后一共问了四次我的名字才记住，所以小姐，你还不承认是你记性不好吗？"

说自己叫"周"的乞丐，被打得口齿不清的那个杂役"周勇"，原来都是他。周勇，勇周，戎……舟。

迎着华戎舟满怀期待的眼眸，我心跳慢了几拍，讷讷地开口："你平时不是不喜欢说话吗？今天话怎么这么多？"

华戎舟义正词严地回答："是小姐说，让我日后有什么都要告诉你的。"真是厉害了，都会拿我的话来堵我了。

"哦……哦，那……是我的错，我日后不会了。"我略微尴尬地开口，觉得嘴唇似乎有些发干。

华戎舟冲我灿烂地一笑，如同一个不谙世事的孩童，我却不会再被他这副小白兔的模样骗了，他分明就是一头披着兔子皮的大尾巴狼。

47

因为不自在，我便提前结束行程回了华府，认真地从首饰盒里挑出一整套来。这些都是华深曾经送的，每件都应价值连城。

整理好之后，我喊了千芷进来，也不避讳银杏和翠竹，就把首饰盒子交给了千芷。

千芷一脸疑惑地接过来，打开一看，脸色唰地就白了。

我见此赶紧开口解释："这里面的契约是我名下的一家铺子的，白日我去认真挑选出来的，地理位置虽然不是特别好，但也算是有些客源人脉，毕竟这里的繁华地带全是达官显贵开的铺子，我怕日后没了我，你会保不住铺子。里面的一套首饰，我没用过，算是全新的，还有你的卖身契，一并送给你，算是全了这么久以来我们主仆一场的情分。"

千芷并未面露喜色，而是直接跪了下来，双目含泪开口："小姐，若是奴婢做错了什么，你可以随便打罚，奴婢绝无怨言，请小姐不要赶奴婢走……"

我赶紧扶起了她，说道："我这才不是在赶你走，是给你准备嫁妆呢！"

"小姐，我不想离开你，我和南风只是……"千芷慌张地开口解释。

"过些时日，我可能就要离开京城了，还好我现在知道了，要不然到时候带走了你，可不就耽误你的幸福了嘛，现在还来得及送你出嫁。日后若是南风欺负了你，就算是我不在京城里，你只要告诉我，我也会立刻杀回来给你撑腰的。"我打断了千芷的话，拍了拍她的手。

千芷两眼通红："小姐，我要和你一起走。"

"傻丫头。"我敲了一下千芷的脑袋，开口道，"嫁人可是一辈子的大事，我看南风人也不错，你们本就是两情相悦，不必介意我。再说我可养不起你一辈子，你别想赖上我。"

千芷被我逗笑了，终于不再眼泪汪汪了。

我见此就开口往轻松的方向聊："你和南风是什么时候的事儿啊，怎么都没有告诉过我呢？难不成是怕我阻挠？"

千芷略微有些羞涩地开口："就是……在晋王府时，南风过来拿走小姐的中馈印章时，我忍不住说了他几句。后来……后来都是南风侍卫一直在多加关照，我们院子才没有受冷落。奴婢没说是觉得……这本就是不可能的事儿……"

我之前还以为是晋王府的仆人忌讳我有华相做后台，才没有苛待我，原来还有南风这一重关系啊。

男主的侍卫和女二的丫鬟，这搭配诡异得好笑。趁着心情好，我回头对银杏和翠竹说："你们日后若是有了心仪之人，可以直接告诉我，无论对方是谁，只要你们愿意，我就风风光光地送你们出嫁。"

本来想多说几句，可看到翠竹一直垂着头的模样，我便想起了华戎舟，顿时也不好再多说了。拉着千芷说了会儿话，她坚持要陪着我，直到我离开京城，我也就不多劝了。

牧遥一直没有消息传来，我这儿一直关着伍朔漠也不像话，所以我的心思也活络起来，总不能坐以待毙，只等牧遥的消息。

让千芷备下一些茶点，我就再次进了宫。坐在戚贵妃的宫殿，她一脸惊讶地看着我："华小姐怎么想起我来了？"

我笑着开口："上次戚贵妃说的建议，我考虑了一下，感觉不错，所以就特地前来细谈。"

"我就说华妹妹是聪明人。"戚贵妃眼里闪过几分得意。

我拿手帕轻拭了一下嘴角才开口："只是我对这皇宫知之甚少，日后想帮戚姐姐恐怕也是力不从心啊。"

戚贵妃坐近了一些，低声开口："这些，妹妹大可以来问我，你我若是合作，我定会倾囊相授的。"

"那不知皇上平日可有什么喜好？"我故作欣喜地开口。

看到我毫不掩饰地打探，戚贵妃眉宇间似是有点不屑，但还是笑着轻轻附到我耳边开口："妹妹这就问对人了，妹妹也知道，皇上喜食甜，这蜂蜜呀……可是皇上的心头之好呢。"

之前听闻仲溪午爱吃荔枝，想必的确是嗜甜，只不过这蜂蜜嘛……

戚贵妃坐直了身子开口："这可是鲜少有人知道的呢，毕竟帝王向来喜怒不露分毫，我也是在这宫里待得久了才知晓，妹妹可不要外传啊。我见皇上待你很是不一般，日后若是……可莫要忘了我……"

我笑了笑正欲开口，就听到一声尖细的声音。

"皇上驾到。"

戚贵妃瞥了我一眼，冲我一笑，才起身行礼。

仲溪午一身明黄色龙袍，匆忙的模样像是刚处理完政务就赶了过来。察觉到他视线落在我身上，我垂下头不言语，做出羞涩的模样。

"不必多礼，朕来寻华浅。"仲溪午径直开口，语气竟是无半点客气。

戚贵妃毫不在意地笑着说道："那皇上可来巧了，我和华妹妹正好说得差不多了。"

仲溪午点了点头，就转身离开，回头看了我一眼示意跟上。

看着戚贵妃善解人意地冲我眨眼示意，我回以礼貌的微笑，就跟上了仲溪午。

出了宫殿，仲溪午就开口："这几日你怎么往戚贵妃这里跑得这么勤？"

"皇上似乎很不想我和戚贵妃多处，这是第二次赶过来打断，是为什么呢？"我并未回答，反而开口问道。

仲溪午无奈地回答："你难得进宫，不是找母后就是找戚贵妃的。母后还好说，凭什么戚贵妃见你的次数都要比我多？"

听着仲溪午越发无遮掩的说辞，我并未回应，反正我的拒绝之词，他向来只会无视。

等了片刻，仲溪午又开口："这几日你和你身边那个侍卫是不是走得太近了？上次你也是听闻他受伤就匆忙离开，还把我丢在原地，这个侍卫是不是已经逾越了自己的本分？"

"华戎舟是我的侍卫，忠心于我，我怎么会不把他放在心上？"我回答道。

仲溪午看着我，目光沉沉："只是侍卫吗？"

我心里一跳，不想他留意华戎舟，就转了话题："皇上喜欢食蜂蜜吗？"

仲溪午听到我的话，脸上终于露了些喜意："你这是在打听我的喜好吗？"

我又垂头不语，仲溪午凑近了些，我想躲开却被他拉住，他的声音在我耳边响起："这事宫里鲜少有人知晓，我虽喜甜，这蜂蜜却是不敢食用的。小时候误食差点儿去了半条命，太医说是和我体质相克。事关我安危，当时知情的宫奴都被母后处理了，不过告诉你也没关系，你别告诉他人就是。"

"原来还有这样一回事啊。"我拨开了他的手，语气淡淡地回答。

仲溪午并未在意我的冷淡，反而眉目含笑地说："日后你想知道什么都可以直接问我。"

"皇上什么都会对我说吗？"我反问。

仲溪午郑重地点了点头。

我便继续问道："那杀我兄长的刺客可有下落了？"

仲溪午明显愣了一下才开口："浅浅，这些事情交给我好吗？我保证不会放过幕后黑手，我不想你这么劳累。有我在，你在我身后就行。"

"可是……"我看着仲溪午的眼睛，不闪不躲地说，"我若是知道了幕后黑手，定会亲手去……处理的。"

和仲溪午无言对视了许久，最后他还是无奈地摇了摇头，不与我争辩。回府之后我就开始致力于铺子的事情，把手里的铺子逐一找了买家转让，银子还是拿在手里比较好，终归我……从未想过在这京城久留。

华戎舟一连几日都跟着我，我去哪儿他都跟着，我也就由他了。

偶然一天，看到街边有卖炒栗子的，让我觉着很亲切，这和现代倒是差不多，我回头问华戎舟："想吃栗子吗？"

华戎舟郑重地点了点头，许久没有看到他这么孩子气的模样，眼巴巴地看着吃的，我就颇为豪气地买了一大包递给他。

然后又走了几步，面前突然多了一只手掌，还有那手心里躺着的几颗圆滚滚的橙黄色栗子，是去了壳的。

心里一暖，我拿起栗子尝了一口，仰头笑着对他说："很甜。"

他也抿着嘴笑，我心软得一塌糊涂，想伸手摸摸他的头顶时，一道声音插了进来："浅浅。"

我的手不由自主地一抖，就看到仲溪午站在不远处，面无表情地看着我。

他又微服私访了？我正欲走过去，突然身边传来一声尖叫，吓了我一跳。

只见一个半老的妇人跌倒在地，旁边一个似是她丈夫的男子在伸手扶她，那妇人颤抖着伸出手尖叫："是……是你……你这个杀人犯。"

而她手指的方向是——华戎舟。

第十四章

那定是极为痛苦的童年

48

华戎舟看到那妇人之后，眼眸骤变，如同一匹恶狼一般，戾气宣泄而出，连我看了都不由得一抖。

我略微担忧地扯了扯他的衣袖，他看到我后，眼里的狠厉明显地一收。那个妇人继续哭号着："果然是你这个杀千刀的贼人，没想到竟然在这里见到你，真是天可怜我那年迈的公公啊……"

围观的人渐渐多了起来，我挡在华戎舟面前开口："这位夫人，话可不能乱说，这可是我的侍卫，你平白指责人可是要小心后果的。"

那妇人抹了抹眼泪站起来，拉着她的丈夫开口："老爷，你看看，这不就是那个小兔崽子吗？他害了公公，化成灰我也认识他。"

那男子也盯着华戎舟，恶狠狠地说："没错，就是他，害了我父亲。"

指指点点的人越来越多，那妇人见此越说越起劲儿："我本是边城富商李家的媳妇，当初我公公见这个兔崽子可怜，就买回来做仆人，可是这个天杀的却趁着我们不注意，杀了我公公，卷了钱财逃走了。这一逃就是七年，还好老天有眼，让我们又遇见了他，赶紧报官抓起来……"

我被她吵得头疼，开口："你说已经过了七年，那认错人也是有可能的，没有证据，光凭一张嘴就这样在大街上污人清白吗？"

那李氏妇人又开口："看他那双棕色眼眸和那张妖孽一般的脸，当初就是因他那好相貌才买他进来，不承想却是引狼入室，我可是打死都不会认错。"

"这天下可不是只有他一人生得棕色眼眸……"

"哎哟喂，贵人你心地善良，才会被这贼人蒙蔽。青天大老爷你可睁眼看看吧，莫让这杀人犯再来害人了。"我的话还没说完，就被那妇人打断，她蹲着放声哭喊。

说是偶遇，却只字不问我的身份，张嘴闭嘴就是问华戎舟的罪，当真是拙劣的把戏。只是这世人皆愚昧，易被言语左右，那妇人的哭喊却是引起了一堆人的应和。

眼看着人越来越多，这次我只带了华戎舟一人出门，寡不敌众，我回头本欲让他带着那夫妇二人先离开，却看到他双手紧握，青筋暴起，面容上眼尾出奇地红。

我心里一缩，便拉住他的手说："没事儿，有我在，我是不会看你被污蔑的。"

"若不是污蔑呢？"

华戎舟开口，我一愣，只见他看着我，眼神看得我心头难受，他说："小姐，我说过，我杀过人。"

身后那妇人耳朵倒是尖，又扯着嗓子开口："看看，他都承认杀人了，赶紧把他抓起来送官。"

看着蠢蠢欲动的人群，我大声呵斥："放肆，丞相府的人也是你们说动就动的？"

"官老爷来了，京兆尹来了……"人群中有人喊了一声。

接着就看到京兆尹带着几个人手走了进来，这官府来得倒是挺快。

那夫人看到京兆尹便开口："大老爷，求你做做主啊，就是那个贼人杀了我公公，赶紧抓起来，免得他跑了……"

京兆尹皱着眉听那妇人又说了一遍事情经过，为难地看着我：

"华小姐，你看这……"

"刚才的事到现在也不过是一刻钟，我倒是不知道京兆尹的速度竟然这般快。"我冷嘲热讽，京兆尹面上闪过几分尴尬。

"浅浅。"正当我们僵持之际，仲溪午的声音再次响了起来，刚才闹了一场，我倒是把他忘了。

华戎舟听到声音下意识地反握住我的手。

"过来，浅浅。"仲溪午再次开口，京兆尹想行礼却被仲溪午摇头制止了。

我并未动作，还是挡在华戎舟前面，说道："有人故意设计我，你帮我……"

仲溪午见我不动，沉着脸走到了我身边："你了解过你拉着的人吗？"

我一愣，仲溪午伸手就把我拉到他身边，华戎舟握着我的手没有用力，被轻轻一拽就松开了。

仲溪午没有对京兆尹说话。眼见京兆尹就要动手拿下华戎舟，我一急又想过去，身子却被仲溪午扳了过来。他眼里似是有了几分怒气："浅浅听话，跟我走。"

"华戎舟是被冤枉的……"我有些焦急地开口。

"冤枉？"仲溪午冷笑一声，"他可不姓华。"

我一呆，还没反应过来，就见华戎舟已被京兆尹带来的人按住。

"跟我来，我告诉你。"仲溪午拉着我抬步离开，我回头看到华戎舟垂着头，没有丝毫反抗。

"京兆尹会对华戎舟怎样？"我还是有些担心，不该留下华戎舟，让他被带走。

"我不想再听到你担心他的话了。"仲溪午的声音响起，带上了几分冷硬。

我咬了咬唇，终于不再多言。

到了一家酒楼的厢房，才坐了片刻，就有人推门进来。

我一愣，看着那极为眼熟的蓝衣男子，听到仲溪午开口："这是我身边的侍卫长林江，平日都在暗处。"

脑子里闪过一道光，我开口："你是不是还有个兄弟？"

林江对着我拱了拱手回道："华小姐说的是陈渊吧？他曾和华小姐有过一面之缘，他是我的副将。"

他们就是之前华深在酒楼里闹事时，出手相助的两名"江湖人士"，我就说怎么这么眼熟，还有之前在皇宫里也曾擦肩而过。

我转头看向仲溪午，他赶紧开口解释："当初在酒楼不是我刻意试探你，只是看你那兄长胡闹，我便让他们两人去助那琵琶女，没承想把你也引过来了。"

现在也不是纠结这事儿的时候，我继续看向林江开口："关于华戎舟你到底想说什么？"

林江看了仲溪午一眼后，才伸手递给我一沓纸："华小姐看过这些后就明白了。"

我打开，是卖身契、衙门状纸，看纸张的模样似是有些年头了，只是这上面的署名都是——齐戎舟。

我看向林江，他不等我问就开口："这些纸张上的齐戎舟，就是华小姐身边的华戎舟，他本姓齐。"

"浅浅，你是不是从来没有了解过你身边之人？"仲溪午开口。

看我默不作声，他又说道："之前我不曾留意，中秋宴会他突然挡在你面前，我才注意到曾经见过他。你曾遇到的街头乞丐，还有酒楼里的杂役都是他，一看就是接近你图谋不轨，我才让林江去调查他。"

"你怎么会见过街头上的他？"我忍不住皱眉问。

仲溪午的面目有点儿不自在，解释道："我也只是无意间看到他撞上了你的马车。"

这么巧吗？我归宁那天的事他也看到了？不过现在纠结这些问题也无用了，我握紧手里的纸张开口："我了解……华戎舟，他不是那样的人。"

仲溪午听到我说的名字,皱了皱眉头看向林江,林江便又开口:"即便李家之事不是他谋财害命,他手里也不止一条人命。"

看着我惊疑的面容,林江继续说:"华小姐可听说过匠人魏贤?"

我摇了摇头。

林江继续说:"魏贤是世间手最巧的暗器匠人,去年死于非命。没人报案也无人注意到,只是我查齐戒舟的事情时,发现魏贤曾有一徒弟,唤作戒舟。而魏贤死的前一夜,有人看到齐戒舟的身影出现过,只是后来没有踪迹,也就此作罢。"

暗器?我突然感觉手腕上的镯子冰凉彻骨,压得我手腕都无法抬起,谷底华戒舟发狠说的那句"我给你这镯子",再次鲜明起来。

林江说完就不言语了,我久久不曾回话。

仲溪午先开了口:"浅浅,这个齐戒舟年仅十岁就为谋财而害命,之后又欺师灭祖,我知你向来心软护短,可我怎能让那等危险之人在你左右?"

"今日之事是你所为?"我极快地抓住了他话中之意。

仲溪午叹了口气,说道:"我是为你好,怕你不信才让那李氏夫妇来京指认,又忧心齐戒舟被揭穿,恼羞成怒伤及你,才亲自前来看你。"

我的手越握越紧,我取下镯子,用力握得手指发白。仲溪午伸出手,似是想握住我的手,我起身躲了过去。

对上仲溪午的眼睛,我突然感觉全身无力,最终我只是垂下手开口:"多谢皇上。"

49

仲溪午送我回了华府,他刚走就见翠竹扑了上来,应是听说了白日的事,她双眼通红,一看就是哭过的。

"小姐，求求你救救华侍卫……定是有人……"翠竹跪着拉住我的衣袖开口。

"翠竹，你让我静一静。"我看着她，有气无力地说。

千芷见我面色不对，赶紧和银杏一起不顾翠竹挣扎，拉走了她。

我独自走到屋子里，整个人瘫倒在床上，手里紧紧握了一路的镯子顺着床滚到了地上，在床底打滚了片刻"咚"的一下落下。

然而只安静了片刻，千芷就走了进来，说是牧遥派人送了信过来。我强打精神接了过来，打开一看，这次信封也悄然落地。

为何所有的事情都凑到了一起。

"把柴房那个家奴丢出去吧，平白养着浪费粮食。"我开口。

千芷愣了一下，就低头下去了。

当天晚上，我房间里便多了一个人，我点上油灯才开口："放了你还不赶紧跑，又过来干什么？报仇吗？"

伍朔漠已经换了一身衣服，看着有了些精神："宴席的事情是我疏忽大意，导致有人插了一脚，刺杀你的家人。"

"你也觉得是我兄长倒霉，才被人浑水摸鱼害了，是吧？"我木着脸问道。

伍朔漠低着头开口："是我之错，间接害了你兄长……"

"那你知道华深是为我挡了一剑才死的吗？"我无视他示弱的话，又开口。

伍朔漠抬起头，眼睛里明显是惊讶："我不知……"

"是呀，连你这个幕后黑手之一都不知道的事情，别人又怎么会知道呢？"我笑着开口，笑声在黑夜里显得格外瘆人。

中秋午宴一片混乱，大家忙着自保，哪里有时间去关注别人，华相又因为难过，从未对外提过此事。

太后以为刺客行刺的是皇室而连累了华深，伍朔漠以为是有人特意混进来针对华府，那为什么有人听到行刺目标是我却能丝毫不诧异，问都不问一句呢？

"此事是我之错，我无可辩驳，你日后有什么怨气可以随时来找我发泄，只是莫要再……牵连她。"伍朔漠开口，言语中带了些踌躇。

我收敛了方才的笑，开口："为何没有直接带走她呢？你不是喜欢她吗，为什么还要让她留下来？"

伍朔漠再次开口，带了些释然的笑意："是她做了选择，而我尊重她。"

"尊重她的选择吗……"我开口，"那你帮我杀个人，我就不去找她麻烦。"

"我不会再掺和你们的事情了。"伍朔漠开口拒绝，然后又警告道，"我亏欠你，但是日后你若去找牧遥麻烦，我也不会袖手旁观。"

沉默半晌，我才开口："那你记住，你欠我一个天大的人情，我总有一日要去找你讨回来的。"

伍朔漠仿佛松了口气，才开口："好，我等着你来讨。"

伍朔漠离开后，我吹灭了油灯，躺在床上，瞪大了眼睛，无半点睡意。

第二日开始，我又一连几天闭门不出。最先看不下去的是翠竹，她趁千芷和银杏都不在，扑到我面前拼命磕头。

看着她额头通红也不停，我开口："我知道你喜欢华戎舟，可是这次的事情并不简单。"

"不，小姐，奴婢是前来请罪的。"翠竹瞪着红肿的眼睛开口。

我还没有反应过来，就听她继续说："奴婢之前犯了错，请小姐责罚。"

"你不必……"我正欲阻止她，她接下来的话却让我一愣。

她说："华侍卫他……喜欢小姐，一直都喜欢。奴婢一开始就知道，后来还为此做了不少错事……牧侧妃封妃宴席上的那件事，是我告诉她华少爷的位置，才让她有机会设计。还有中秋午宴，是我趁乱扑到了华侍卫身上，才让刺客有机会打昏小姐带走。"

一瞬间感觉呼吸有些困难，心口隐隐作痛，不知是为了谁，还是只是曾为仲夜阑挡箭留下的心悸后遗症？

翠竹继续哭诉着："奴婢因为有私心，做了无数小动作，实为不忠，小姐要打要杀我都无怨言，可是华侍卫……华侍卫他一直都把小姐看得比自己的命还重，数次危险他都以命相护，所以无论外人如何说，他从未有过害小姐之心，奴婢可以以命担保，求求小姐不要见死不救。"

看着翠竹额头马上就要磕出血了，我哑着嗓子开口："你起来吧。"

翠竹还是不起，求我责罚她，我转身回了里屋，到床下翻出来前几日被我丢下去的镯子，放到怀里后又出去。

对着仍在叩头的翠竹说："走吧，随我去趟京兆尹府。"无视翠竹欢天喜地的模样，我抬步走了出去，她也赶紧跟上。

京兆尹一开始不愿意让我见华戎舟，但是见我坚持，最终还是放我进去了，只放我一人。

这是我第二次来牢房了，第一次是为了华深，这里一如既往地潮湿阴冷。

随着狱卒走到了一间牢房面前，只见里面地上趴着一个人，身披麻布。我走进去，那个人影动了动，紧了紧身上披着的麻布坐了起来，露出了那张熟悉的脸。

"小姐，你来了。"华戎舟似乎又恢复了之前可怜兮兮的模样，像只小狗一样地看着我。

我俯身蹲下，伸手本欲拢一下他的头发，却被他偏头躲了过去。

"脏。"华戎舟低声说道。

胸口一疼，我双手捧住他的脸，说："不脏，一点儿都不脏。"

华戎舟一愣，绽放出了极为灿烂的笑容。

"你不姓华，对吧？"我在他身边坐下开口。

华戎舟目光明显缩了缩，点了点头。

"那为什么说自己姓华呢？"我开口问。

"因为小姐。"

我一愣，对上他的眼睛，他说："我……不想要之前的姓氏，所以一直都是无姓氏的，遇到小姐之后，我就给了自己这个姓氏。"

华戎舟看着我，目光满是虔诚，他一字一顿地说："以、你、之、姓，冠、我、之、名。"

眼眶一酸，我敲了敲他的头开口："笨……那是女子才有的说法。"

"我不在乎。"华戎舟眼睛里是前所未有的炽热。

我避开他的目光才开口："为什么不喜欢之前的姓氏？为什么要杀……那个李氏富商？还有，镯子是怎么来的？"

我摊开手，手心躺着那个镯子。华戎舟垂下头才开口："原来小姐都知道了，为什么还要问我？"

"因为我想听你说。"我把他的身子扳过来，让他看着我。

却听他倒抽一口冷气。我一愣，随即伸手掀开了他披着的麻布，只见他身上伤痕累累，全是鞭伤。

"他们敢打你？"我顿时感觉气极了，起身就要去找方才那狱卒，然而衣袖却被拉住。

华戎舟看着我，开口："小姐不想听我说话了吗？"

权衡了一下，我又忍气坐了回去。

华戎舟这才开口："小姐曾问我，恨不恨当初那富人家，我说不恨了，叮是小姐没有听到我的后半句话，因为我已经……杀了他。"

饶是听仲溪午说过此事，我心头还是难免一紧。

华戎舟继续说："我出生在一个乡村，父亲得了个秀才之名却一直眼高手低，碌碌无为，家里一直都是母亲操持。五岁那年，母亲累倒了却没钱买药，就这样去了。第二年，父亲娶了别人，然后她又给父亲生了一个孩子。十岁时，家里闹饥荒，那妇人就撺掇父亲把我卖了。然后她告诉我，是我生得好才选择卖我，因为我那弟弟生得不好看，卖不了好价钱。"

我静静地听着他说，没有插嘴，那定是一个极为痛苦的童年。

"被卖，我并没有怨言，只是决定自此不再姓齐。可是那妇人因嫉妒我父亲时常念叨我过世的母亲，便把我卖给了李氏富商。那个买我的老头是个变态，喜欢亵玩男童。"

50

我的眼突然睁大，华戎舟状似没有察觉，继续说着："一开始他对我很好，后来就开始对我动手动脚。我一反抗他就露出本来面目，开始打我，骂我不知好歹。然而我没有怕他，被打得遍体鳞伤也没有服软，那老头见此就对我下药，因为我心怀警惕，就换了我们的汤碗。他昏睡过去，我知道若是他醒来，我还会过之前的生活，所以我就拿着烛台，一下一下砸向他的脑袋……然后放了一把火。我并未敛财，只是自己逃走。那一年，我十岁。"

华戎舟停顿了一下，我没有言语，实在是说不出话来。

"之后我逃到外地，毕竟那里我不敢待下去了。流落街头做乞丐时，有个叫魏贤的匠人在街头领走了我，说是见我天赋异禀，想让我做他的接班人，可是后来，他同那个老头一样心思龌龊。不过他没有打我，说是喜欢听话的，就把我关起来，用铁链锁住我的脚，几天给一次饭吃，想磨平我的性子。饿得不得了我也没有屈服，日日看他做手艺，我也懂了些技巧，趁他不在，试了无数次才撬开了锁，逃了出去。之后我每天用泥巴涂满脸乞讨，直到无意之中撞了小姐的马车，我过去十几年脏污的人生才透进来一些光亮。"

我一直都知道华戎舟长得漂亮，却不承想他因为相貌竟然受了这么多苦，在这里，貌美而无权无势之人，无论男女都立世不易。

想起第一次见他，他骨瘦如柴的模样，我张了张嘴，却还是没有说话。

"我平生最恨别人说我生得好看，可是小姐说我生得好看时，我却觉得很开心。因为小姐，我想努力让自己变得厉害，这样才能……去保护你。在晋王府比试时，别人都夸我武艺进步迅速，那是因为，对他们来说是比试，而我每次都是在拿命相搏。"华戎舟冲我笑着，言辞狠厉，人却笑得像一个孩子。

"那我的手镯……还有那个匠人……"我半天才找回来自己的声音。

华戎舟眼里闪过一丝暗芒："我见小姐在祭祖典礼上手无寸铁险些受伤，想起他顶尖的手艺，便不计前嫌地回去找他买女子用的暗器。然而他却不知死活地继续以暗器为由要挟，企图……我一时失力，才杀了他。"

视线一阵模糊，接着就听到华戎舟惊慌的声音："小姐，你不要哭，我没事儿……"

我哭了吗？

伸手摸了摸脸庞，果然一手湿润。

华戎舟小心翼翼地伸着手指，给我抹去眼角的眼泪，然后说："我知道我做错了，小姐不用管我，我犯的错……"

"你没有做错。"我握住了他的手指，伸手抱住了他，"放心，我不会丢下你一个人的。"

华戎舟久久没有开口，棕色的眼眸仿佛失了神一般。我伸手轻轻拍了拍他的手背，站起来，一瞬间似乎看到他的嘴角微勾，像是笑了，不过再看时他仍是嘴角紧抿，一言不发。

我又安慰他几句才离开，走到牢狱门口时，我停下来对狱卒说："我不管你们这边是谁管事儿，但是我的侍卫还没有被定罪，你们日后若是再动他半根指头，我会让你们双倍奉还。"

那个狱卒为难地开口："这……华小姐，是里面那位……不合作，再说我们也做不了主啊，这都是上面的意思……"

上面？我脚步一停，又开口："那就把我的话告诉你上面的人，他自会权衡。"那狱卒面有难色，我不再言语，直接走了出去。出去后，翠竹一脸紧张地看着我，我没有理会径直往前走。

"小姐……"

身后传来翠竹的声音，我脚步未停，径直走到马车旁才开口："华戎舟之事不用你说，我自有主意。等会儿回了府，你就去管家那里领了银钱和卖身契自行离开吧，我可以不追究你所行之事，但是也容不下你。"

翠竹快步走到我身前跪下，我才停了脚步。

只见她重重地叩了三个响头，直起身子时额头已经破了皮。我不语，看着她，只见她眼含泪水开口："奴婢犯了错，任打任罚绝无怨言，银钱和卖身契奴婢都不要了，只求小姐能让奴婢留下来看到……华侍卫平安无恙，然后就算是小姐把我发卖了也行。"

如花般的面容哭得涕泗交流，果然感情之事最是扰人心智。

"好。"

我丢下一个字就上了马车，不再言语。翠竹擦了擦眼泪赶紧起身跟在马车左右。

回了华府，我便着人去寻那日当街闹事的商人李氏夫妇，然而竟无半点音信。京城没有人影，也不见他们回边城，不知是这华府侍卫无用，还是他们有本事……藏了起来。

华相也数次来我院子里问是怎么回事儿，我只说是被人构陷便遮掩过去了，终归在华相看来，不过是少了一个侍卫，对我无半点影响。

而我此时才发现，权势、人脉有多重要，没有这些，在这里万事都是寸步难行。于是我再次进了宫，这次是直奔仲溪午而去。

仲溪午见到我，眼里满是喜悦，径自丢下了手里的奏折。

我却开门见山地说："你能帮我再找一下那日的李氏商人吗？"

仲溪午垂头，片刻后才抬头，看着我的眼里带上了些让人心酸的滋味："你难得来寻我一次，我还以为你是为了我而来。"

侧脸避开他的目光我才开口："皇上，华戎舟之事另有隐情，那李氏夫妇此时无半点踪迹，摆明了就是心虚才不敢露面。他们所说若并不全为实，华戎舟不该这样一直被关着。"

"我告诉了你，他叫齐戎舟，你却仍唤他华戎舟，你这是在向我表明立场吗？"仲溪午声音越发冷了。

我只得放软口气："他是我的侍卫，多次救我于危难之中，我又怎能见他被人如此构陷冤屈？"

"侍卫？"仲溪午语调上扬，"他看你的眼神可无半点侍卫该有的模样。"

我的手不由自主地在衣袖里握紧，差点儿忘了，他是皇上，天底下最尊贵的人。他既说心悦于我，那自然容不下我身边有别人。

心里想得有点儿多，一时没来得及回他的话，直到被他狠狠扯了起来，我才反应过来。

他一双眼睛如同燃起了火，一直灼到我的心里。他说："原来你知道，却还容他在你身边，你把我置于何地？"

他还是……帝王啊。

我垂眸回道："我是在向皇上回禀有关……齐戎舟事情的真相，此事并不全如林江侍卫所查，皇上就不想听一下这其中的缘故吗？"

仲溪午松开抓着我手臂的手，转身说道："所谓各执一词，你相信你那侍卫之言，我又为何不能相信我侍卫所言？"

伸手扶住座椅把手，我深吸了一口气才开口："皇上不想听没有关系，那我把证据摆到你面前好了。"

仲溪午这一条路行不通了，他心里对华戎舟有芥蒂，自然听不进去我的话，所以我只能自己去寻证据了。

"只是未定罪之前……还是望皇上莫要再下令乱用私刑了。"仲溪午还是背对着我。我便行了一礼，垂首退下。

走到门口时，却听他的声音传来："浅浅，能不能有一次你主动来寻我，是真的因为……只是想见我？"

手不由自主地抖了抖，我深吸了一口气开口："那皇上日后行事可不可以考虑一下我？你有很多方式可以告诉我，可是为什么要选择那种方式呢？"

说完，我抬步迈出了门，抬头望了许久天空，脖子酸疼了才继续走下去。

第十五章

有没有罪

51

才出了宫门，马车就被拦了下来，我挑开车帘，却看到仲夜阑一身紫袍骑着马挡在马车旁。

看到是他，我直接甩下了车帘，不再去看一眼。片刻后，他的声音在车窗外响起："我有话要对你说。"

我在马车里回道："该说的我都和王爷说清楚了，这街上人多眼杂，王爷莫要再毁我清誉了。"

半晌后才听到他的声音："我在前面酒楼等你，那里虽人来人往，但还算清静，旁人就算知道也不会多说什么。你若是想解决你那侍卫的事儿，就过去吧。"

马车外马蹄声响起，千芷看了看我，我闭眼开口："去前面酒楼。"进了厢房，仲夜阑已经坐了下来，南风在他身后站立。

感觉到千芷变得拘谨起来，我便开口："你们去门口守着，不用关门，也不算是失礼。"

南风见仲夜阑没有反驳，便拱手退至门口。

我也在桌边坐下。仲夜阑倒是先开了口："听南风说，你把你那个丫鬟许给了他？"

"这是他们二人的事情，我没有插手，只是还了千芷自由身罢了，以后如何做看她选择。"我开口回道。

仲夜阑似乎勾唇笑了一下，不等他开口我就抢先说道："王爷方才说的解决我侍卫之事的方法，现在可以细说了吧？"

仲夜阑被我堵住了话头，便只得开口说："你侍卫之事我听说了，我知道你正在查一对商人夫妇的下落，我费了一番周折，才知道他们如今的住址。"

"在哪里？"我匆忙开口。仲夜阑却没回复得那么快了，只是面色似有迟疑。

我这才冷静了下来。他既说自己费一番周折，又这般犹豫，定是不会轻易给我消息："说吧，你的交换条件。"

仲夜阑这次是真的愣住了，片刻后才叹了口气说："我犹豫不是在思考问你索要什么，我查探那对夫妇的下落，也不是为了向你挟恩图报。"

我不语，仲夜阑又继续说道："此事并不简单，若只是因为一个侍卫，我想劝你莫要再插手下去。"

"王爷的意思是让我选择明哲保身，弃卒保车，对冤屈视而不见？"我嘲讽地开口。

仲夜阑并未动怒："你那侍卫杀人在先，也不算冤屈。"

"杀人也要看杀的是什么人，王爷敢说自己手上无半条人命吗？"

仲夜阑突然轻笑了一声："我倒不知道你这般伶牙俐齿。"

我不理会他的调笑，开口："所以，那对夫妇现在何处？"

仲夜阑收了笑容："也罢，让你自己去见见……也好。城南五里处，有一处院子，一直荒废，前些时日刚住了人。"

"多谢王爷，日后我定不忘这份恩情。"我起身行礼。

"不必，你只当是我还你之前的相救之恩。"仲夜阑站起身子，长身玉立，他看着我，眉目笑得一派坦然。

我也不由自主地勾起了嘴角："好，那我们两清了。"

正当我准备告辞时，仲夜阑又开了口："按理说，这些话不该由我来说，只是皇宫里……波澜太多，你若追求安静生活，就不该涉足其间。"

"我何时说要涉足其间了？"我开口反问。

仲夜阑并未接我的话，而是看着我："你我也算是相识一场，既然你执意不愿受我庇护，我也不再强求。日后你但凡有事，可以来寻我，我不会不应。"

心思转了几圈，我笑着开口："那就谢过王爷了。"

从酒楼里出来，我在千芷的搀扶下上了马车，上到一半，听到一声唤："阿浅。"

我停下动作，抬头看去，只见仲夜阑正站在二楼窗口处，看着我，我也望向他，许久后才听他又说道："再会。"

声音不大，我却听到了。低头一笑，我直接进了马车，并未回话。

华浅爱过他，他也因相救之情动摇过，现在我们都看清了。相对于女子用感性谈感情，大多男子则更为理智。

回了华府，直到天色已晚，我才又出了府，一路行到仲夜阑告诉我的地点，下了马车，果然有个不起眼的小院子，连守门的都没有。

外来商人，又无亲戚在京城，一般都是住客栈，就是有钱住自己买的院子，那也有买卖记录。而他们躲入荒废的院子里，华府侍卫这才查不到踪迹。

在侍卫的护卫下我一路行到里屋前，竟无半个人影，心里不由得觉得不对劲儿。

听到声响，里屋的门开了，一个男子走了出来，看到我们这些人马，大惊失色，马上关上了门。

"给我撞开。"我开口，侍卫立刻行动，不过片刻，就捉了两个人丢在我面前，正是那日那一对夫妇。

既然是审判，就该有审判的架势，院子里点上了灯火，我就势寻了把椅子坐下来，才看向地上跪的那两人。

那个妇人应是还记得我，便开口："贵人这半夜三更上门是做什么？莫不是想杀人灭口，来个死无对证？"

我看着她，开口道："若我要杀人灭口，你觉得你还有机会跪在这里说话吗？"

那妇人眼睛转了转，一看就是个不安分的。

我就先下手为强，开口："那日你在大街上平白一通污蔑，我一时不察才让你跑了，现在就来好生和你算算清楚。"

"我所说之话句句属实，没有半点污蔑。"妇人仍是嘴硬。

"你说的若是真的，你们早就去对簿公堂了，何至于跑到这个破院子里躲起来？"我接过千芷递过来的茶水，揭开茶盏轻轻驱了驱热气——也不知道这个丫鬟从哪里寻来的。

李氏夫妇对视了一下，却是没有言语，我就装作不经意地对侍卫开口："把他们给我绑起来，先打断双腿，免得生了贼心再逃跑。胆敢给丞相府抹黑，我可咽不下这口气。"

眼见侍卫就要动手，那妇人赶紧开口："贵人请明察，我可不敢给丞相府添堵啊。"

"还说不敢，齐戎舟是我的侍卫，你们污蔑他，不就是在打我的脸面吗？还愣着干吗，快动手！"我厉声呵斥，侍卫动手捆绑起来。

那妇人眼见要被绑起来，顿时开始鬼哭狼嚎："贵人饶命啊，是那齐家的小畜生先作恶，我……我们只是被人请来……"

"闭嘴。"那男子见妇人口无遮拦，慌忙开口阻拦。

我眼睛一眯，挥手示意侍卫先退下，冷笑开口："我知道是有人请你们来的，你们不必吞吞吐吐，我不问此事。只是你们有错在先，却还污蔑……齐戎舟，我此次只是来为他讨个公道。"

妇人双膝着地行了几步，被侍卫拦下才开口："贵人，我们所说句句属实，真的不是污蔑，确实是那齐家小儿害我公公。"

"你还有脸说，你那公公是什么人，还需要我来说吗？"我重重搁下茶杯。

那夫妇两人都是一抖，我见此又开口："齐戎舟没有去追究你们，你们反而跑来倒打一耙。你们应该庆幸，若是你那公公还活着，我保证他的下场会更惨。"

夫妇两人俱是惶恐不安，我才稍微放软了口气："不过你公公之过，我可以不牵扯到你们头上，但是你们需去衙门自行说清楚。知错就改，我可以既往不咎。"

"这……"那妇人回头偷偷看了男子一眼，一直吞吞吐吐。

见此，我眉毛一挑："怎么？还不愿意吗，是觉得我会比衙门更好说话？"

"不是的，贵人，只是我们说了恐怕没用……"

52

妇人的话还没说完就再次被那男子打断，我挑了挑眉开口："这是你第二次阻止你家娘子说话了，真当我是瞎的不成？"

那男子虽然眼里有恐慌，但还是镇定，开口道："贵人这一进门就是捆绑了要打要杀，根本就不是想听实情的模样，我们说再多又有何用？"

我收了蛮横的模样，盯着那男子开口："我已知道了实情为何还要问？你们为了一己私欲就颠倒黑白诓骗他人，我给你们机会去自己说清楚，也是给你们一线生机，但是你们要坚持不去说，那我不介意用些小手段让你们愿意说实话。"

男子面色不定，继续道："贵人们行事还真是如出一辙，都不听他人如何说，只凭自己心思。"

我一愣，心里跳了跳才开口："什么意思？"

"我们在边城过得好好的，如贵人所说我父亲……是如何，我们自己也清楚，就算记恨齐戎舟，既知他现在的身份，躲都躲不及，又怎会大老远地主动跑过来呢？"那男子这才开口哭诉。

我突然觉得手脚冰凉，心里像是破了一个大洞。

男子哭得累了，才冲我跪了下来："我们也是贪生怕死之人，当初我们就说清楚了事情经过，直言不追究陈年旧事了，却还是被人逼来指认，我们想离开京城，却又怕回去累及家人，才躲了起来，想等事情告一段落再说。所以，说与不说……都是无用的，从来都不是我们可以选择的。"

"你的意思是，你们说了真相，有人还是让你们前来吗？"我按住手掌开口。

男子面色还是存疑，我又开口："你们只需回答是或不是，回答了，此事我自会处理，只当没见过你们，送你们离开。若是敢说谎，连你们在边城的家人，我也要捉来问罪。"

许久后男子才说道："不敢不敢，小人所说句句属实。"

我脚下发软，勉强站起身子向外走，侍卫见此也跟着走出来，丢下那两人在院子里。

是我想错了，以为只要有人说了真相，就能问清是谁的罪责，华戎舟便会无事。原来一开始，华戎舟有没有罪，都不是事实说了算的。

出了院子，却见我的马车旁有一个身影，是牧遥。

她见我过来，便开口道："我知你今日会来此处，所以特意在此等你。"

"上马车再说。"

我开了口，只因我怕自己会站不稳。

入了马车，只有我和牧遥二人，她开口道："我知道你放走了他，你说话算数，我特地来寻你说……你有没有在听我说话？"

238 -

牧遥皱眉望着我，我还是觉得全身发冷，勉强地回她："今日我身体不适，恐怕没有精力听你说话了。"

牧遥沉默了片刻，并未离开："我可不想和你有太多纠缠，今日把话说清楚，日后也就不必再见了。"

我不语，她就继续说："我自己想清楚了，就算阿阑心里有你，我也不会再选择逃避了。我会向他证明，让他知道真心对他的是谁，因此我也不需要你让给我。"

"为什么到了此刻你还在纠结此事？"

我迎上牧遥不解的目光开口："从来都不是我让你，而是他选择了你，悬崖之上是这样，现在也是这样。"

牧遥愣了许久，探究地看着我。我一脸坦然任她看，最终她不再提此事："之前是我昏了头，做了错事，不过你兄长也不算是无辜之人。现下我明白了，这世间之事都是说不清的，孰对孰错皆是各执己见，日后……我不会再针对华府了，你们只要不再犯到我身上，我只当你们是陌路。"

看着牧遥明显的求和，我心里却无半点喜意，半晌后才勉强勾起了一抹笑意："好。"

牧遥起身便准备离开，下马车时还是问起："那日我给你送的信，你可看了？"

我点了点头，却并未回话，牧遥瞧了我一眼，开口道："虽不知你是如何惹上那……后宫之人，只是我劝你一句，就算你是为了……他，才选择和阿阑和离，但是有些高枝可不好攀，只怕你到时没命享福。"

不等我回话，牧遥就走了。许久后千芷才上了马车，小心翼翼地看着我。

我闭上眼装作假寐，片刻后才开口："明日陪我再去趟牢狱。"

千芷小声称是，接下来便是一路无言。

牢狱里，华戎舟虽然脸色苍白，看着却精神了些，伤也没有增加，这狱卒总算是有所忌惮，不敢滥用私刑了。

"小姐怎么又来了？"华戎舟一脸茫然地看着我。

我不拘小节地在他身边坐下，才开口："我见过那李氏夫妇了。"

华戎舟身子一僵，我叹了口气："是我连累了你。"

我伸手摸了摸华戎舟的头，他一脸的不解。我开口："不过你放心，我定会把你救出来的，不惜……任何代价。"

华戎舟拉下我放在他头顶的手，却没撒手，而是紧紧握住："我……对小姐来说，很重要吗？"

脸上还是小孩子的模样，眼里的紧张却泄露了主人的情绪。我并未抽回手，而是任他握着："嗯，重要。"

华戎舟笑了，笑容如同暖阳温暖了我的心底。

这个人，我好像越来越无法忽视他了。他一直都站在我身后，从未有过动摇，也因此才遭了罪。

我放软了口气："我把翠竹赶走了。"

华戎舟眉头一皱，面上又带上几分冷意："关我什么事儿？为何要告诉我？"

这人变脸还真快。

"千芷也要嫁人了，我身边所剩之人算是只有你了。"我垂首说道，感觉他握着我的手一紧，我才开了口。

"等你出来，我和父亲、母亲，估计就要离开京城了，此去可不是衣锦还乡，既没有奴仆成群，也没有家财万贯，说不定还得节衣缩食，你还要跟我一起走吗？"

察觉到华戎舟握着我的手越来越紧，就在我忍不住要提醒他时，他突然开口："我跟着小姐，从来都不是为了荣华富贵。所以，就算是日后小姐不要我了，想赶我走，我也死都不会离开。"

我低头一笑，心里无限惆怅，不假思索地开口："你说，若前面是一条前途未卜且磨难重重的路，所有人都劝我止步，那我是要走下去，还是换条路呢？"

华戎舟一脸懵懂地看着我，我不由得开口："你看我，跟你说这些做什么？"

华戎舟却是严肃地开口："既是前途未卜，还是及时止损，早日回头为好。"

我愣愣地看着华戎舟，他却一笑开口："我不想小姐受苦才这样说，不过为了小姐，就算是抽筋剔骨，我也不会回头。"

这还是他第一次这般直白地表明心意，我心里叹气，面上带笑。

在家里待了几天后，把所有铺子都典当了，钱财也存了起来，我才动身进了皇宫。

我求见仲溪午，却被高公公挡在门外，说是他正在忙，不见人。

我也不急，就这样等在门口，往来宫奴看我的脸色各异，我也不见半分变色，反而把高公公急得脸色苍白。

不到半个时辰，仲溪午就怒气冲冲地从屋里出来，我还未开口就被他扯了进去。

"咣当"一声，门就被仲溪午关上了，高公公等人都被关在门外。

仲溪午抬手把我按到门上，我这才发现我头顶只到他下巴处。很少和他离得这般近，似乎近在咫尺。说起来，上次离得这么近还是他为我挡了醒酒汤，不过当时我慌里慌张的，还撞了自己的脑袋。

想起自己的蠢事，还未笑出来，就听他咬牙切齿的声音响起："你当真……放肆，算准了我舍不得晾着你受人指点，就堵在我门口不走。"

53

因为离得太近，说话间他的鼻息都能扑到我的额头上。我抬手推了一下他，却没有推动。

我看着离我极近的明黄色衣襟，开了口："皇上，你离我太近了些吧？"

仲溪午开口，声音没有一丝感情："你又想把我推开了吗？"

我闻言抬头看向他，他因我的动作猝不及防，面上染上了几分不自然，因为我们离得太近，我抬头时嘴唇差点擦过他的下颌。

他终究是放了手，甩手后退几步："说吧，今天来做什么，还是为你那侍卫求情吗？"

"不是。"我开口，从怀里掏出了一封信，"我是来和皇上做个交易。"

仲溪午凝眉看着我，我又走近了几步才伸手将信递了过去，仲溪午接过信打开的瞬间，面上就不复恼怒，眼眸颤了颤，看向我："谁给你的？"

"若是皇上愿开口放过我的侍卫，这封信我就当没有看过，之前说过的话权当作废，自此我再不追究华深一事，全凭……皇上处置。"我回道。

半晌没有回答，我抬眸，只见仲溪午看着我，目染墨色："你既然相信这封信里所言，却还拿它来做交易，那侍卫对你来说就这么重要？"

"不是重不重要的问题，而是我身边本就没几个能真心以待的人，所以对我好的，我才更为珍惜罢了。"我避重就轻地回答。

"那我呢？我如何对你的……你是不是从来都看不见？"仲溪午走近，我反而退了一步。

"看见了又能如何？我也一开始就表明了自己的态度，皇上心中永远都有更重要的事情。"我面上带着笑回答。

"我只是……"

"皇上不必同我解释，我今日也不是为了此事而来。"我再次打断了他的话。

我看到仲溪午捏着信的手指已经发白，沉默许久，才听到他的声音："你那侍卫害人在先，岂是你说放就放的？"

我低下头才开口："华戎舟之事他确实有过错，可是也不至于要他偿命，他小小年纪就受尽苦难，遇事难两全也正常。那李氏富商害了无数孩童的性命，他家人都不曾要华戎舟偿命，皇上又何必逼他们前来？"

"年纪小？还真是他说什么你都信。"仲溪午的声音满是讽刺，"年纪小就不需要为他所做的事承担责任吗？即便那李氏死有余辜，可是齐戎舟手里可不止一条人命。"

"皇上的意思是，所有人都必须为自己做过的事负责吗？"我抬头看着他，却是意有所指。

仲溪午抿了抿嘴角没有说话，我觉得此时有些好笑："戚贵妃派人杀我，结果误害了我兄长性命，若是皇上真的追求公平公正，那为何还把此事压下来不让我知道？为什么权贵杀人就能酌情，平民杀人就只能偿命？"

我还是揭开了我们之间的遮羞布，露出让彼此忌讳的那道伤痕。牧遥给我的那封信……也就是如今他手上的那封，里面查出，那日黑衣人是戚家人所指使。

他一直都知道戚贵妃是中秋午宴的幕后黑手之一，却屡次阻挠我和戚贵妃的会面。我知道他定会有不容反驳的缘由，可是他想要制衡，想要保下戚贵妃，又想瞒下我，那凭什么华戎舟就要依罪论处？

"有时候我真希望你能笨一点儿。"仲溪午开口，目光虽有些闪躲却是并未反驳，"戚家会付出该有的代价，我可以向你保证，只是现在不行。"

我知道戚家手握兵权，想要瓦解不是一朝一夕的事情。我也知道，这后宫女子每一个都有自己存在的缘故，轻易不可动。我知道上位者不易，凡事不能只凭自己的心情。

可是知道……不代表就能理解。

我做错了吗？华深为我而死一事错了吗？戚贵妃不就是仗着家

大势大这一点，才敢肆意行凶吗？我如今才深刻地体会到，迟到的公正，跟不来没什么不同。

"皇上万人之上，亦不能事事公平，所以……"我跪下开口，"人都是有私心的，若是皇上放过齐戎舟，我会劝说父亲辞官回乡，永世不会返京追究戚贵妃一事。"

"你要离开？"仲溪午在我面前缓缓蹲下。

"对，齐戎舟的一条命，换我对戚贵妃的既往不咎和父亲的辞官归乡，于皇上来说，不算吃亏。"

华深作恶多端，可是曾经的我也不会旁观牧遥去陷害他。知道他被害的真相，我一度也想不惜一切代价让戚贵妃偿命，这个心思我在很多人面前都表露过。

因为我知道这个世道不公，杀人偿命永远是针对无权无势之人。

因为我知道在这里，人情凌驾于律法之上。

华戎舟为护我，无数次历险，他对我一片赤诚，我又岂能负他？人心都是肉做的，水滴还能穿石。我遇见他以来，他待我如何我自然再清楚不过，所以既然这个世道本就不公，我又何必宽以待人，严以律己？他从未主动去杀无辜之人，而律法也从来都不能照顾到所有的情况。

"我说过不会揣测你，可是你从来都没有信过。"仲溪午起身，笑了起来，只是这笑声让人心头钝钝地疼。

"也罢，既如此，我也不枉费心思了，只是……什么事都能依你，唯独你想带着那个侍卫离开京城去生活……此事绝无可能。"

仲溪午的声音带着几分冷意传来。我抬头对上他的双眸，只觉得遍体生寒，他虽一贯温润有礼，可是，他是帝王，和仲夜阑是亲兄弟，骨子里还是少不了皇室的狠厉。同时我心里又有些可悲，他还是不明白我想说的话，我们两人都像是在自言自语。

"皇上此话何意？"

只见他走向书桌，翻了半天冲我丢过来一个小匣子。我心中疑惑，伸手打开后，顿时如坠冰窟。

这里面，全是我之前搜刮的华相的罪证。

被我翻了无数遍的东西，我自然再眼熟不过，所以也不必再细看。

"银杏是你的人。"

这是肯定句。

仲溪午不语，我手指一点点收紧："你方才还说我不信你，却在我身边安插了这么一个人物。"

我向来防备心重，很难相信他人，所以能接触到我梳妆台的只有千芷和银杏。梳妆台上首饰盒子众多，一般人也不会翻找。

和离前，银杏处处引我撞见仲夜阑和牧遥相会的场面，我出门，仲溪午却每次都能找到我，我虽然觉得有异，却也不曾放在心上。

可真是一步……出人意料的棋，杀得我如坠冰窟。"我知道，如今无论我如何说，你都不会再信，但是你和华相想这般轻松地离京，却是不行。"仲溪午开口。

"也是，这上面的种种罪行累加起来当诛九族，不如皇上赐我一死。"

仲溪午走到我身前，伸手把我拉了起来："你明知我的心思，为何还要说这种话来刺我？"

"我知道你的心思？"我看着他，如同第一次见到他，"仲溪午，我从来都不知你的心思。"

仲溪午与我对视了许久，这是我第一次直呼他的名字，最终他只是松了手开口："我给你这些不是要问你的罪。"

"那是为何？"

"你方才说以……戚贵妃之事换你那侍卫安全，可以。那若想换华相安全，你要亲自来揭露这些罪证。"仲溪午开口。

心里一瞬间出奇地冷静，仿佛再也没有波澜，一直以来我的犹豫、我的迟疑，此时都消失了个干净。

我的手指在盒子上划出浅浅的痕迹："为何要我来做？皇上不都已经将证据握在手里了吗？"

仲溪午看着我，眼里明明灭灭是我看不透的神色："届时你就知晓了，下月初五宫宴上，你若是当众公布这些，我便饶华氏一族性命。"

是怕在朝堂上揭露华相的罪恶，会有无数支持他的党羽吗？所以由我，他的亲生女儿来做，便是无人能反驳了。

我忍不住笑了："皇上可真儿戏，这罪说罚就罚，说赦便赦。"

"浅浅……"

仲溪午似是想拉我，我侧身躲了过去，他悬在半空中的手显得有些可怜。

我垂头开口："皇上金口玉言，那我现在就去接华戎舟出狱，下月初五，定如皇上所愿。还有银杏，皇上自行召回吧，我是不敢再用了。"

我起身就走，却听他的声音从身后传过来："浅浅，我所做一切都只为让你能站在我身边。"

我没有回话，只当是不曾听过，径直走了出去。外头的太阳太刺眼，照得人头发蒙。

第十六章

你不信我，从来都没有信过我

54

离宫之后，我的马车径直驶向了京兆尹衙门的方向，坐在马车里感觉今天这一路似乎格外颠簸。

我从怀里掏出来一个小瓶子，是个一直被我藏起来的药瓶，今日带出来本想说个清楚明白，断个干净彻底，现在看来……它无用了。在手心里把玩了许久，我最终还是抬手丢出了车窗。

那是装止痛药的小瓶子，正是我之前给仲溪午涂过的伤药。

狱卒似是早得了通知，我到之时就已经解开了华戎舟的枷锁。

华戎舟安静地待在一片脏乱之地，脸却异常白净，我此时才觉得心里没那么压抑，勾了勾嘴角说："出来吧，我来接你回去。"

他缩在墙角一动不动，看着我的双眸如同雨后的天空，透着烟青。

我静静地在门口等着他，许久后他才有了动作。

刚走到我身边，他就皱眉问道："你怎么了？"

"没事。"我微笑回应。

"骗人。"华戎舟看起来像是有些不开心，"你不会说谎，不想说可以不用说话。"

我不语，携了他一同出去，抬步正欲上马车，却一脚踩空，还好身子被华戎舟及时扶住。

"小心你的伤……"话未说完，我只觉得天旋地转，华戎舟竟然把我打横抱进了马车里，饶是我一直心情低迷，也被惊了一下。

"华戎舟，你是不是……有双重人格啊？"在马车里，我忍不住开口。

"那是什么？"华戎舟懵懂地看着我。

我心头觉得不对，却又说不上来，毕竟如今的事情可是不少。

到了华府，我带着华戎舟回了院子，便吩咐他去梳洗，然后自己一人打包好了一个包裹。

银杏已经没了踪迹，如今这院子里所剩之人越来越少，最后或许只会留下我一人。

约莫半个时辰后，华戎舟就精神抖擞地走了进来。他洗了个澡，又换了身衣服，看着又是个气宇轩昂的少年郎了。

迎着他闪闪发亮的双眸，我把准备好的包裹一推，开口："这里是些银两和吃食，你没有卖身契，所以我就准备了这些东西。"

然后我就欣赏了一出名叫变脸的戏剧，华戎舟方才还熠熠生辉的面容一下子就变得阴暗起来。

看着他紧握的拳头，我抬手揉了揉眉心说："你杀人终究是错，我保你一命已是仁至义尽，日后你就去另寻出路吧。"

"小姐之前不是说过，不会丢下我一个人吗？如今却也要抛弃我了……"华戎舟开口，语气虽不见悲凉却让人揪心。

这个人惯知打蛇打七寸，知道什么话让人听了最难受。

只是我如今已是自身难保，先前想着和他一同归隐，没想到却出了银杏这一茬，我身边自是留不得人了。

"嗯，你走吧。"我狠了心不去看他。

"小姐这府上的人，应该没有打得过我的吧？"

听到这句话，我下意识地抬头，却看到华戎舟又说道："所以我不愿走，就没人赶得走我。"

我愣了许久才反应过来，这是那个敦厚老实的华戎舟吗？我当即握拳开口："你的意思是，现在连我也做不了你的主了，是吗？"

华戎舟睫毛颤了颤，终是垂下去遮住了棕色的眼眸："你之前说过要和我一起离开的，刚才又说是接我回来，我都已经相信了，怎么现在小姐却出尔反尔了呢？"

稳了稳心神，我开口："今时不同往日，我已经……"

"若是小姐怨我滥杀他人，那我日后没有你吩咐，绝对不会出手，之前都是为了自保……"不等我说完，华戎舟就又开了口。我第一次觉得他这么难缠，于是我收起了所有表情板起脸，准备厉声赶他走。

却见他手腕一转，左手拔剑，开口道："若是小姐心中不信，我可以废了自己右手以表决心。反正我学武从来都不是为了报私仇或恃强凌弱，这一身武艺从来都只是为了护你。你若不愿，我丢弃了也没什么可惜。"

我匆忙伸手拉住他，却见他右手腕有一道浅浅的划痕，惊得我全身发麻。

我知他虽性子绵软，但是向来执拗，却没想到会到这种地步，所以本来想用的"接受不了他杀人才赶他走"这个借口也夭折了。

我扯着他的手，看着这个已经比我高了一头的人。他眼里满是"你若赶我走就是不信我，那我就自己废了武功"。对付别人我向来手段万千，却唯独拿他没办法。

"小姐之前说过，若离了京城，身边就只剩我一人，所以不要再用什么理由赶我走了，因为我放心不下你孤身一人，而我……从头到尾也都是……只有你……"

华戎舟眼眶发红，声音越来越低，小到几乎听不见。看得我也心头发酸，他才十几岁，受尽了人间苦难后，却仍是一心想着对我好。我给了他希望，现在又想……丢下他一人。

"不走了，不赶你走了，赶紧把剑给我收起来。"我甩开他的手说道。

华戎舟眼眸顿时鲜活起来，只是那里面的欣喜，让我不由得背过身去，本来一肚子的气也咽了回去。

让他离开本是为他好……算了，还是想其他法子吧。

歇了一日后，我便修书一封寄了出去，等待回信期间，我难得地去了一趟华夫人的院子。李嬷嬷守在门外，看到了我，眼眶顿时红了："小姐终于来了，老奴还以为小姐记恨之前夫人失言之词，再也不会来了。"

我握住了她的手开口："是我不孝，这些时日，辛苦嬷嬷了。"李嬷嬷抖着嘴唇开口："不辛苦、不辛苦……"

说着进了里屋，只见华夫人拿着一个绣品，自顾自地绣着。她看着老了许多，满头华发，自华深被害以来，她一直闭门不出。

心中的愧疚仿佛要生吞了我的心肝，华深为救我而死，我却为了华戎舟放弃了给他报仇。不过就算我想报仇又能怎么样？这里没有法庭，仲溪午执意袒护，我又能拿戚贵妃如何？

我没有超能力，也没有滔天的权势，作为一个女配，穿越以来我处处受制，事事殚精竭虑却始终有我做不到的事情。我不可能拼了自己的性命去和戚贵妃同归于尽，所以我只能把此事当作一个筹码，给自己谋取最大的利益。

这就是我，不幻想不可能之事，永远都是清醒着，然后理智冷漠到自己都厌恶的我。

我在华夫人身边落座，轻声开口："娘亲，女儿来看你了。"华夫人刺绣的手一抖，身子却没有动。

我就这样把头靠在她背上，双手从背后环住了她的腰，开口道："女儿不孝，让娘亲受累了。"

华夫人抬起一只手，用手背堵住了嘴，呜咽声却是断断续续地传来。

我眼眶发热，嘴里轻声低语着："娘亲，女儿想你了。"

华夫人这下再也忍不住了，转身将我揽到怀里，放声大哭："是我是非不分，责骂你，伤了你的心，是母亲不慈啊……"

这一刻我无比后悔，若是早日多亲近华夫人一些多好啊。或是……狠下心从头到尾都不理会也可以啊，这个时候这样做，岂不是让她日后更难受吗？

可是……可是就算是在现代，我也不过是刚毕业的年纪，本该亲朋环绕，对未来满是憧憬，谁知偏偏来到了这里，来到了这个满是……压抑和不公的地方，小心翼翼地求生。

前途已经一片漆黑，如今我只想肆意妄为，不再委屈自己。

与华夫人一顿号啕大哭。都说母女连心，果然无半点虚言，这一顿哭竟然让我和华夫人之间少了许多隔阂。

华相听说我和华夫人解开了心结，一时也开心不已，华府的气氛倒是自华深下葬以来，空前地轻快起来。我小心翼翼却又贪婪地享受着这些宁静。

这样处了半个月，我终于接到了回信，而此时已经到了初四，晚饭过后，我单独去寻华相。

"明日宫里人多眼杂，母亲身体不好，还是不要去赴宴了吧。"我努力挤出几分忧虑之色，不过其中也有几分真，毕竟我担心华夫人受不得宴席上我引发的刺激。

华相犹豫了一下，点了点头："也是，终归这宫宴也没什么看的，你母亲不去也落得清净。"

我点了点头，又开口："父亲可有想好辞官之事？"

华相将了将胡子，才开口："你哥哥灵牌已归位，现在我唯一的心结就是那害了你哥哥之人，若是能有结果，我便是死了也甘心。"

我按捺住心口的疼痛开口："父亲莫要这样说，有我在，定会护父亲和这华府安全。"

华相笑了笑，伸手揉了揉我的头发开口："好孩子。"

55

回了院子，思来想去后，我叫来了华戎舟，递给他一沓银票："明日你去帮我办一件事，父亲过段时日就要辞官致仕了，我和父亲方才商议了要去江南那边定居，你先去那边寻一个好宅子，方便我们落脚。"

华戎舟皱眉，并没有接："为何要我提前去？你这看着像是在支开我。"

我心里一跳，面上却无半点心虚，笑盈盈地说："早些筹备肯定是好的，免得到时候搬迁时手忙脚乱。所以你就提前去安置一下，然后等我们前去。"

见华戎舟还是心中存疑，我抖了抖手里的银票继续说："我这院子只剩你和千芷两个人了，千芷到时候会留在京城，所以如今我身边能用和能相信的人，也就只有你了。"

听我如此说，华戎舟总算是脸色好了一些，却还是不接银票："可是我觉得小姐是在想着法子赶我走。"

我心里一跳，面上却皱眉开口："你这一去最多半个月，这么短的时间我和华府还能跑了不成？"

华戎舟垂头仍是不应："我觉得还是到时候一起走比较好，我是真的不放心留小姐一个人。"

我故作恼火地开口："守着这么大的华府，这么多的人，我又不准备远行，你有什么不放心的？让你办个事还推三阻四的，不愿意做，直说就是。"

说着我就准备收手，结果手里的银票被华戎舟拽住，我听到他迟疑的声音："我不是不愿做，那……我明日出发就是了。"

"好，我等你消息，记得多挑几个住处，到时候让父亲做决定。

房子不要在太繁华的地方，也不要太偏僻了。那是我们以后生活的地方，你可要上些心。"我做出一副不放心的模样嘱咐。

华戎舟目光灼灼："小姐吩咐之事，我没有办不到的。只是你可要说话算数，莫要骗我。"

"你不是说我一向不会骗人吗？还担心什么？"我冲他翻了个白眼。华戎舟总算是没有再多问了。

看他下去收拾东西，我心里才松了口气，总算把他蒙过去了，这人不知道是不是会读心术，每次我想什么他都能轻易看出来。

明日之事……唯恐会连累他，届时他定会为护我而闹起来，万一惹恼了其他贵人就糟糕了。

去江南加上房子选址，这一来一回少说也要半个月。就算他中途听到了消息想赶回来，那边……也有人让他回来不了，一切只等尘埃落定。

初五宫宴，我没有带千芷，而华戎舟坚持把我送到皇宫门口。

下了马车他又附在我耳边开口："小姐，记得快些去寻我，要不然我就回来找你了。"

他直起身子，目光明亮地看着我，然后冲我一笑，才背着行李策马离开。

我看着他离开的身影，张了张嘴，还是没有说出一句话，应该没有人会因为另一个人的离开而活不下去吧。

最终我转身进了宫门，那扇大门如同一条分界线，我们之间的距离越来越远。

此去经年，天涯路远。我这一步步走得着实辛苦，若我一开始就不是华浅，该有多好。

进了大厅，我和华相相挨坐于席上，片刻后，戚贵妃也出席了。想着这宴会才刚开始，时间还久，我就托身边宫婢去传了个口信，然后起身离开。

我的一举一动皆在仲溪午眼皮子底下，我也没想避讳他，毕竟他了解我，知道我不可能乱来。

寻了处无人的地方，不过片刻，戚贵妃就款款而来。

"妹妹这样着急地喊我出来是为了何事呀？"戚贵妃走近，一阵香风扑面而来。

我并未答话，只看向她的左右。她得了暗示，便抬手让左右退下。

宫婢们都退开了数步。没了人影，戚贵妃才拉住我的手又开口："妹妹怎么看着好生冷漠啊，是遇了什么事吗？"

我微笑着抽出她握着的手，拿起手帕擦了擦。她脸色一僵，顿时笑容也不自然了。

"戚贵妃还是别玩这套姐妹情深的把戏了，平白让人作呕。"

戚贵妃眉眼里闪过一丝怒意，却是笑容未减，言语故作糊涂："妹妹今儿是怎么了？"

看她还装，我就直接说道："皇上对蜂蜜过敏之事，贵妃莫不是忘了？"

戚贵妃拿帕子遮住了嘴，双目圆瞪，惊讶地说："还有此事？我只道皇上喜甜，就猜这蜂蜜他也定是喜欢，妹妹是因此事才对我这般疏离吗？我是当真不知道……"

"你天天演戏不累吗？"我打断了她的话，"你应该不会想到我会直接去问皇上吧。"

戚贵妃掩着嘴的手一停，却并未作声。

她只当我是一心想讨好仲溪午才进宫，所以便认为我绝不会直接去问仲溪午。换言之，我若不信，她无害处，她那日在我耳边说的，无旁人知晓；我若信了，她也能推得一干二净，于她而言百利而无一害。

戚贵妃眼珠转了转，又露出悲戚之色："妹妹真真是冤枉我了。"

我却不同她演戏："你若再这样下去，那我们今天就不必再谈了。"

戚贵妃放下手帕，也收了委屈的表情："谈什么？"

"谈谈你为何要杀我。"不等她继续露出震惊的脸色，我就又开口，"我既然问了，就是确定了，你也不必再演这拙劣的把戏。方才你肯定也看过这四周，此处除你我外，再无旁人，我不是在诈你，所以你可以大胆地直说。"

戚贵妃看着我，顿时恢复了那个高高在上的贵妃模样，显得前所未有地冷漠："你是怎么知道的？"

"是你告诉的我啊。"我挑眉说道。

戚贵妃眉头一皱，我就又说道："我之前无意中说过，中秋午宴刺客的目标是我，当时贵妃听了竟无半点惊讶。"

知道这件事的，除了我和华相、华夫人，就只有……幕后真凶了。我一开始只是怀疑，是牧遥的信把此事敲板定案。

"原来你从那时候就怀疑我了，这倒真是我大意了。"戚贵妃冷笑一声。

"毕竟贵妃向来都待我不同于常人，我知自己并无长处，所以难免心生疑惑。原本就是随口一问，没想到有了意外收获。"我回复道，"让我没想明白的是，究竟是何事让你对我起了杀心。"

"怪就怪你自不量力。"戚贵妃冷嗤一声。

我不语，她继续说："你既耍了手段得了仲夜阑，又何必去招惹皇上？朝三暮四的这般做派，真是让人不齿。"

我皱眉："我何时招惹皇上了？"

戚贵妃嘲讽地看着我："你当我是蠢的吗？你成婚以来，皇上看你的眼神就格外不同。皇上向来重兄弟情分，若不是你刻意招惹，他又怎会生出旁的心思？"

这后宫里的女人果真是被困的时间长了，心理都变得不正常了，所有不如自己心意的事，都能在旁人身上找借口。

"皇上生的心思，你却要杀我？柿子就拿软的捏吗？"

戚贵妃勾着嘴角开口："若你是个清白之身，我自然不会插手，怪就怪你是个弃妇，还妄想不该有的东西，我怎能眼睁睁看着你惑乱宫闱？"

听到这里，我突然笑了。戚贵妃皱眉："你笑什么？"

"笑你口是心非啊。"我笑容不减，"明明是畏惧我会抢你权势，却还义正词严地说为皇上着想。"

戚贵妃双目一眯，看着我时是毫不掩饰的杀意："你……"

"太后还健在，什么时候轮到你来主持宫闱了？"

我冷眼射向她，把她看得不由自主地一退。然后她瞬间面生恼怒，估计是气自己会被吓退。

只见她深吸了口气，开口："你不过仗着自己是宰相之女，却不想想自己身为弃妇，有什么资格指责我？"

我勾唇看着她开口："你忌惮我，不就代表了我若是想，便能轻而易举地把你踩在脚下吗？"

戚贵妃气得手发抖，眼神里却透露了些许不安。我见此就又开口："你该谢谢我，谢我放过你。我本就不想进宫，可是你偏偏这般对付我，我可是差点就想……把你的恐惧变成现实了。"

"贱人，你、你痴心妄想……"戚贵妃抬起手似是想打我。

我迅速侧身避过，她一个趔趄跌倒在地。养尊处优的生活真是把人都养废了，打人的动作都这么慢，还等着人把脸送到她手上吗？

56

她挣扎着想起身，只是宫装太笨重，一时起不来。我蹲了下去，伸手抓住她的头发，然后狠狠地把她的头按到了地上。

她正欲尖叫，我手一用力，她就闭了嘴。地上石子尖锐，我稍用些力便会磨破她一边脸颊。虽只是破了层皮，但对于她这种身份尊贵、爱惜容貌之人，恐怕也是骇破了胆。

"你这个……贱人，竟敢……"戚贵妃身子抖个不停，不知是气的还是吓的。多亏了我穿越过来之后一直锻炼身体，之前是为了给仲夜阑挡箭，之后是为了自保，戚贵妃本就比我矮了半个头，现在降服她也不是太难。怪就怪她太自负，早早支开了宫人。

"你给我听着，是我不要那后宫之位，可不是我怕了你，你视如珍宝的，可是我看都看不上的。"

戚贵妃眼神似是要杀了我："你疯了吗，敢这样对我？！你就不怕我要了你们华府上下的命？"

"恐怕你这辈子都没机会了。"

笑话，我马上就要自首了，她可抢不到掀翻华府的机会了。

"别以为你那浑蛋兄长给你挡了一剑，你就能安然无恙。早晚有一天我会让你……"戚贵妃嘴上还是骂骂咧咧的。

我的手一缩，一直压抑在心底里的戾气喷薄而出。

这个人真是不知死活，我本来只是想在自首之前打她一顿出口气，毕竟我现在是过一天少一天了。可是她偏偏提到了华深，为护我而死的华深，这是我最大的愧疚和伤痕。

我缓缓松开抓她头发的手，她双手撑地，似是想站起来，我手一抬，她下意识地护着脸，然而动作还是慢了一步。

一滴滴鲜血落了下来，慢慢地越来越多。她颤抖着手摸了摸脸，看见自己一手鲜血，然后……眼睛一翻昏了过去。

我毁了这后宫女子最为珍贵的东西，她定是没受过这种惊吓吧。

看着她一边脸上的一道划痕，我忍不住啧了啧，也太胆小了吧，一道伤痕还华深一条命，她可是占了大便宜。

我慢慢地把手里的小刀变成镯子戴了回去，抬步朝另一个方向走去，就看这贵妃的宫奴什么时候能发现她了。

我这么有恃无恐，是因为今晚还有更重要的事情，所以无论这个时候发生什么事，仲溪午都会压下来，让我能顺利陈情。

我答应过他不追究华深之事，可心里到底是意难平的，戚贵妃看起来也没有半点虚心悔改的模样。我只答应仲溪午饶过戚贵妃的命，这也不算食言。

而我之所以还愿意留着戚贵妃的命，是因为仲溪午明知那日刺杀是戚贵妃所为，却多次压下来，阻止我探查。这就证明他肯定是有所忌惮，所以留着戚贵妃的命是他的底线，我不敢碰，也不能碰。

不出所料，我回了宴席后，不过半刻钟就有公公面色惊慌地走进来，附在高禹耳边低语。

高禹极为惊讶地扫了我一眼，走到仲溪午身边窃窃私语。一瞬间仲溪午就转头看向我的方向，我毫不胆怯地瞪了回去，最终他只是勾了勾嘴角，似是有些无奈，接着抬了抬手让高禹出去，应该是让他去压下消息。

我收回目光，瞪着面前的酒盏，耳边响起华相的声音："这宴席之上的菜品是不是不合你的胃口？那等下回去我再带你去吃些别的。"

迎着华相慈爱的目光，我深吸了一口气，让一直飘浮的那颗心落了地："恐怕没有这个机会了。"

华相难得露出疑惑的表情，我勉强勾起嘴角低声开口道："父亲，接下来无论女儿做什么，都是想护下华府。"

正好这时候歌舞结束了，华相想开口说话，但我已经起身走到空下来的殿堂中央，跪了下去。

"浅丫头，这是做什么？"太后的声音遥遥传来。

我抬起头，看到太后虽是皱着眉，目光却并无不悦。皇冠上垂下来的珠帘，挡住了一旁仲溪午的双眼，我看不清他的神色。

宴席上渐渐安静下来，众人都看向我，我从怀里掏出那沓纸，伏在地上将双手抬高过头，开口："回禀皇上、太后娘娘，臣女有事要报。"

"何事？"仲溪午的声音遥遥传来，显得遥不可及。

我深吸一口气，大声说道："承蒙皇上和太后娘娘一直以来的厚爱，然华氏一族之作为，实在有愧于皇恩，臣女心中难安，今日特来请罪。"

殿堂顿时安静得如同无人之境，仲夜阑的声音却响起："阿浅……"语气带着些许暗示，他应该是猜到了我要说什么。

我不理会，继续说道："兄长华深自幼顽劣，家父未曾严加管教，使其为祸一方，教子不严为罪一。

"华府侵占民田，驱赶农夫，使诸多农家妻离子散，鱼肉百姓为罪二。

"淮南水患，令华氏一族押送赈灾银两，然到淮南时银两只剩一成，贪赃枉法为罪三。

"先时官员牧氏一族皆为忠良，然家父因一己私欲，构其罪名，陷其流放，惑乱朝纲为罪四。"

……

桩桩件件，我一字一句地把所有的罪行都说了出来。说完后，宴席上全是倒吸凉气的声音，估计没见过像我这么狠的白眼狼。

我不敢去看华相的表情，也未曾听到他的声音。

仲溪午的声音最先响起来："呈上来。"

一个小太监一路小跑过来，可能太过惊慌，还跌了一跤。他接过我手里的状纸，一瘸一拐地递给仲溪午。

所有人都静静地等着仲溪午发话，最终他开了口："晋王妃可知此事？"他问的是牧遥，前些时日她已经从侧妃升到了王妃的位置。

牧遥起身看了看我，眼里满是震惊，估计她不明白，她明明已经答应放过华府了，我为何还这般行事。

最终她看向仲溪午，行礼开口："回皇上，臣妇一介妇人，不懂朝堂之事。只是家父受皇恩早已离京，往日之事更是无迹可寻。"

难得没有落井下石，还真是大义。

仲溪午沉吟片刻，才开口："那就先拿下华相，这上面桩桩件件日后一一查证。"

我不由得抬头看向华相，却见他看着我，目光里无半点责怪，反而从容坦然。

我之前还怀疑过他是否真心想辞官，这一刻我相信了，我低估了……为人父母对子女的情感。我不曾告诉他今日之事，因为这是仲溪午说的保下华氏的唯一出路，我没有选择。但我万万没想到，华相竟然并不怪我。

仲溪午从高台走下，一步步走到我身边，带着松了口气的欣喜开口说："我知你向来明事理，果然没看错。你此番大义灭亲，实为女子表率，我不会迁怒苛待于你，我宫里……"

"皇上。"我开口打断了他的话，"臣女还有话要说。"

仲溪午眉头一皱。

离得近了，我终于能看到他的双眸，听到我的话后满是不安。

原来他也不是胸有成竹啊，还是会担心我突然变卦。

侍卫此时还未押解华相离开，我便大声说道："所谓父债子偿，天经地义，家父罪孽深重，我亦不能免责。今日我所行之事已违人伦，请皇上让我代父受过，也算全了我的一番孝心。"

"浅儿，不要胡闹……"华相的声音传来，终于不复刚才的沉稳模样。

"你明事理，不让华相就此错下去，已是孝。"仲溪午的声音也响起，带上了几分警告。

我不理会，又说了一遍："皇上仁慈，我不能心安理得受之，请皇上下旨，臣女愿代父受过。"

大厅里格外安静，都看着我和仲溪午，一个站着一个跪着。

"你当真要和我赌气？"仲溪午蹲下，看着我开口。

"皇儿……"太后的声音传来，带着斥责。

这里这么多人，仲溪午的话已经很是出格了。

"出去。"大厅里异常安静，无人理解仲溪午之语，无人有动作。

<h1 style="text-align:center">57</h1>

"都没听到吗？全部给我出去！"仲溪午的声音冷厉得如同一支利箭，射穿了这宴会上诡异的安静。

太后想说什么，对上仲溪午的目光后，也打着圆场说今日宴会就此结束。宴席上的人面色各异，却还是一一起身离开。

最后走的是太后，她经过我身边时，停了一下，我感觉脊背上似是有针扎上来。她没有说话，只是径直离开了，脚步却重了许多。

直到这大厅只剩我们两人，仲溪午才有动作，他伸手欲拉起我："别跪了，伤膝盖。"

我甩开他的手，声音止不住地发抖："你是疯了吗？"

仲溪午见我不动，他也仍旧蹲着，目光无波："我是疯了，被你逼的。"

我跌坐在地，他继续说："我说了会保华相，会保你们华氏一族，为何你还要这样拉自己下水？"

我不说话。

他双手握住我的手臂，皇冠的珠帘扫过我的脸颊，冰凉彻骨。

"你不信我，你从来都没有信过我。你知道我为此做了多少努力？我处心枳虑地拉拢人心，为你铺路，就是为了今天能名正言顺地把你……"

"把我收入后宫吗？"我抬头看着他说，"皇上可曾在乎我的想法，在乎我是否愿意？"

"你为何不愿？"仲溪午的手似是要将我的双臂扭断。

"因为我这个人……胆小又怕事，后宫里人太多……是非也多，若是有一天我站在皇权的对立面，皇上还敢力排众议，选择保下我吗？我从头到尾都只不过是想……简单地活着。"我闭眼说道。

仲溪午松了手："那你有问过我吗？你怎知我不会选择你？"

"还需要问吗？你的位置就注定了牵一发而动全身，我为什么还要抱希望？"

"说到底还是你怕了，你怕麻烦，你怕困难，可是你唯独不怕没有我。我在你心里的位置低到总是第一个就被放弃。"仲溪午语气满是悲凉。

我握紧手直视他，开口道："不是我放弃的，是你自己选择的，是你主动选择的……保下戚贵妃，我曾经给过你很多机会，可是你始终选择缄口不语。"

仲溪午身子一僵，我装作没有看到，继续说："你的做法或许没有错，我知道你肯定有不容反驳、身不由己的理由。可是，仲溪午，被误害的那个人是我哥哥，是唯一一个爱我、疼我、护我还不求回报的亲哥哥啊……你怎么能问都不问，就直接想将此事瞒过我？"

我想我的眼眶应该是红了，因为我已经无法看清眼前人的面容。不过这样也好，看不到他的表情，我也就能再狠心些。

"这样的你……让我还怎么相信日后你会一成不变地……选择我？你的权势太大了……"我低头揉了揉眼睛，喃喃着如同自言自语，"所以你需要顾忌的也太多了，你的心里……或许此时有我，可是一个皇帝的心里，需要装的人太多太多了。"

"好、好、好……"

仲溪午一连说了三个"好"才起了身，身形似乎有些踉跄："我曾说，我所做一切都是为护你一世安稳，你不信我也罢，只是我也说过，不会放你离开。"

仲溪午抬步绕过我向外走去，我跪坐在大厅一动不动，突然有点想笑，为什么想要简单地活在这个世界上，就这么难？

我不是不信他，而是他自己还不清楚……他根本做不到。接下来的几天，我都被软禁在一个不知名的宫殿里，仲溪午没有出现过，我现在身边只有一个……银杏。她一如既往地服侍我，我懒得和她计较前尘往事，权当她不存在。

仲溪午这样关着我，也不知道是想怎样。我违背了他的意思，他又该如何收拾这残局？

宫殿外时常传来喧哗声，似乎是戚贵妃清醒过来，要找我拼命，可是重兵把守，她只能每日在外面叫骂，据说她那张如花的脸上的刀痕无法消除了。

她想报复华府，华相却倒了，人也被仲溪午牢牢看住。想报复我，却没办法闯进来，她因此气得都要疯魔了。

银杏为博我开心，便日日给我说戚贵妃的丑态，我听着却是无感。

在这里我第一次体会到了度日如年。被关了十天后，仲溪午终于露了面。他向来和煦的面容如今全是阴郁，让人不忍多看。

我不语，自己坐着，只当看不见。

仲溪午走到我身边："浅浅，都过去十天了，你还不愿理我吗？"

语气中明显的讨好让人心酸，我还是冷了脸说："皇上说笑了，我一个罪臣之女哪里敢？"

他在我身边坐下，如同自言自语："自我记事以来，只见过我的外祖母四五次，他们久居南方。便是我做了皇帝，何氏虽是我母族，也不敢随意进京。你可知为何……"

我侧身，不欲听他所言。

他终于冷了口气："你这般模样当真是什么都不在乎了？那个被你支开的侍卫你也不在乎吗？"

"你什么意思？"我陡然回头，他目光一缩，明显像是被刺痛了。

"你终于愿意听我讲话了？"仲溪午还是阴着脸说。

"你方才说的是什么意思？"我心头发冷。

"你以为你把他支开，还找了个人看顾，我就无可奈何了吗？"

他是认真的，因为他眼里已经有了杀意，仓皇间我看到了手上的镯子。

想起华戎舟曾经的举动，我忍着颤抖，动作极快地取下镯子："你若是敢动他分毫，我便……"

后半句威胁再也出不了口，因为我的手连同手里拿着的小刀，通通被他握住，温热的液体渗过指缝流经我的手腕。

仲溪午看着我，眼眸里似是有河流淌过："你喜欢过皇兄，又喜欢那个低贱的小子，为何……唯独不能喜欢我？"

我想松手，可他还是握着一动不动，血越来越多，我再也止不住颤抖，无论是身体还是声音："放开……"

"今日是腊月十五。"仲溪午突然开口。

他冲我一笑，脸色苍白："腊月十五是我生辰，之前在皇兄府上见你做了长寿面，我一直惦记着。惦记了这么久，如今看来，我还是……无缘吃到了。"

他松开了手转身离开，脚步略微踉跄，我如同一摊烂泥跌落在地，手里的小刀也悄然滑落，只剩一只被血液染红的手掌。

这一招，一贯只对在乎你的人有用。

第二日我还未起，就听外面一阵喧哗，接下来就见太后带着人闯了进来，门口的侍卫全被她拿下，银杏也被她叫人拉走了。

"不必给我行礼了，我受不起。"太后的声音空前冷硬，像是我刚穿进来之时的样子。

我坚持把礼行完。

她又开口："你当初是如何答应我的？结果如今还是和皇上纠缠不清，是把我当傻子蒙骗吗？"

我跪着开口："太后娘娘不都瞧见了吗？若我是自愿，又怎会被囚在这里？"

"昨日……皇上的伤，可是你所为？"太后紧盯着我。

"是。"我心里出奇地冷静，似是解脱一般，因为我知太后来意。从很早的时候，还没参加宴席的时候，我就比谁都清楚自己的结果。

太后许久未语，过了一会儿才开口："你知道前朝是怎么亡的吗？"

书里不曾提过，我摇了摇头。

太后叹了口气才说："前朝皇帝太过宠爱自己的皇后，导致皇后母族逐渐势大，最终外戚只手遮天，民不聊生，百姓才揭竿起义，颠覆了王朝。"

心里一瞬间有一个念头闪过，我却不敢想。

太后并未察觉我的异样："所以建朝以来，我朝最忌讳外戚扰政，自我登上后位以来，我母族何氏便举家搬至南方，年关也不能来往。帝王家最是不能重私情，想做好一个帝王，那他所有的感情都应该留给他的百姓子民。"

我深吸了口气，稳了稳心神，努力赶走脑子里面的杂念。应是我想多了，太后也说了，母族是可以归隐的。

"皇上自小懂事知礼，却为你屡屡破戒，你若入宫，恐怕这后宫再难太平。我知你性情，本不欲同你追究，可是如今他对你的心思已经过重，昨日被你所伤却只口未提，为你掩饰。若是想坐稳那个位置，是绝对不能有弱点的。"太后低声说，语气带着些许迟疑，"你懂我的意思吗？"

我心里一片荒凉，勉强笑着说："懂。"

"那就莫要我动手了。"

太后侧过脸，一旁的小太监端过来一个托盘，上面有一盏酒。

我可能是疯了，此时竟然有点得意，恨不得跑到仲溪午面前去说："你看，是我说对了，没有人能一辈子护着另一个人，即便是……皇帝。"

太后开口："我很早之前就提醒过你，是你没有做到。"

我拿起来，看着明显躲避我视线的太后，开口道："枉费太后娘娘的一片苦心，我实在惭愧，只求太后能保全我华氏之人，我再无他言。"

太后沉默了一会儿，才缓缓点了点头。我闭眼抬高了手腕，冰冷的酒水滑入腹腔，片刻后疼痛就渐渐传遍全身。

先是疼，接下来就是全身麻木，无法动弹。这毒酒劲儿也太大了吧，是见血封喉吗？

身子倒下去的时候，我似乎看到太后眼里有水光闪过，还真是个嘴硬心软的老太太啊。

意识的最后瞬间，我突然想起华戎舟来。那个在宫门口骑马离开的身影，那果真是我们的最后一次见面。他说若我不去，他便来寻我，恐怕我要永远失约了。

模糊间听到太后的声音："快、快些抬出去，别被人撞见。"

抬出去？是把我丢去乱葬岗吗？那我是不是也太惨了？之后就是一片黑暗，再无半点知觉。我孤身一人来到这里，如今也要孤身一人……离去。

第十七章

大结局·上

58

"小姐，记得快些去寻我，要不然我就回来找你了。"华戎舟留下这句话，就翻身上了马，背过身后，嘴角便不由自主地勾起。

本来他是不愿意离开华浅的，可是听她说了那句话后自己就改变了心意，她说，那是我们以后生活的地方。

我们，生活……

多么美好的词啊，想想就让人忍不住嘴角上扬。

自己努力了这么久，终于能留在她身边了。

当初被抓进牢狱后，他不合作才激怒狱卒，挨了一顿鞭子。毕竟他的过去确实不堪，怕她责怪就先自我惩罚一顿，小心翼翼地想要博得她心软。

而华浅果然愿意护着他，在牢狱门口对他伸手说"我来接你回去"的画面，是他过去的人生里最美好的光景。

带着这种期待的心情，华戎舟日夜兼程行了八天，才到了华浅说的那个江南小镇，这里的确风景宜人，是个归隐的好地方。

随便寻了处客栈，就开始匆匆打听当地的房屋住处，一连看了许多个都不满意。

这个宅子不行，她向来喜欢安静，这周围的邻居都太吵了。

这个宅子也不行，她闲来无事喜欢摆弄花草，这个院子太过偏僻，恐怕花草都难养活。

这个宅子还是不行，她喜欢吃水果却又嫌弃别人买的不够新鲜，所以最好找一个带后院的，可以种些她喜欢吃的果子。

看了一个又一个的宅子，感觉哪一个都会有些委屈她。

寻了四五天，又看了一处宅子，这个宅子的后院有棵参天大树，华戎舟翻身跃了上去，惬意地在树枝上躺了下来。

这棵树倒是不错，方便遮阴乘凉。她总是喜欢坐在屋檐下的躺椅上发呆，到时候可以给她在树下绑个秋千，定会比躺椅舒服。

那就这里吧。

华戎舟睁开了眼，棕色的眼眸如同狐狸的眼睛一般透着狡黠的光。也该回去给她去个信了，就说找好房子了，让她赶紧来。

回客栈的路上，看到路边有卖炒栗子的，想起那日华浅问自己要不要吃的模样，他忍不住走了过去："给我来一斤。"

卖栗子的小贩一边手脚麻利地装着，一边时不时地偷瞄着他面前的人。这人怎么好像没有见过？生得真是好看。

察觉到小贩不加掩饰的视线，华戎舟眉头一皱，眼里透出了些杀气。他自小就因为相貌而受到过无数不怀好意的目光，因此对这种目光最为敏感，也异常厌恶别人打量自己。除了华浅，谁多看自己一眼，他都感觉浑身难受。

小贩吓得手一抖，哆哆嗦嗦地把装好的栗子递了过来。华戎舟丢下了一块银子就离开了。不能动手，她向来不喜欢无事生非的人。

到了居住的客栈，正欲上楼，耳边传来了大堂里的闲聊声，那个名字让他忍不住停下了脚步。

"王兄可听说了京城里华相的事情吗？"几个读书人模样的人围坐在一桌闲聊着。

一个长脸书生马上搭腔："怎么会没听说呢？好好的一个宰相府，说倒就倒了。"

"据说华相还是被他养的女儿揭了老底，要我说，那个什么华大小姐可真是心狠啊，好歹是自己的父亲，竟然不留半分情面。"第一个开口的书生唏嘘不已。

"你懂什么！人家华小姐那是深明大义才会大义灭亲，这换成寻常女子谁敢啊？我听说她还求旨代父受过……"第三个书生插嘴进来。

"还有此事？如此说来，那华小姐可真是让我等都自愧不如啊……"

……

书生讨论的声音不止，全然没注意到楼梯间停了个俊美的少年。

他手里的纸袋被捏破，栗子撒了出来，沿着楼梯滚落一地。

原来华浅骗了他，他还信以为真满心欢喜地四处看房子。

华戎舟最终抬步快速上了楼梯，进了房间拿起包裹就出发。

这江南离京城太远，京城里的消息传过来总是会晚上十天左右，也不知道她现在如何了。自己不在她身边，她如今定是孤立无援，连个帮手都没有。

一开门，门外却有了一个人。这个身影不算太陌生，他们还交过手。

伍朔漠缓缓抬起头，薄唇微张："不好意思，受人所托，现在不能让你离开。"

御书房外，一个小太监急匆匆地跑过来，太过着急还跌了一跤。

高禹一脸嫌弃地扶起他，教训道："小兔崽子，跟你说了多少次了，遇事稳重些。"

这个摔倒的小太监叫宋安，是高禹新收的徒弟。高公公见他为人实诚，手脚也快，便有心培养，收在身边。不过到底是年纪小，没见过世面，上次慌慌张张在御前摔了一跤，如今又摔在了门前。

宋安结结巴巴地说："师……师父，皇……皇上……他……他……"

高禹一巴掌拍打在宋安头上："会不会好好说话？"

"皇上在里面吗？"

宋安终于流利地说出了一句话。

高禹瞥了他一眼，才开口："皇上昨日饮了些酒，方才下了朝头疼，如今还歇着呢，有什么事等皇上醒了再说。"

宋安这次不结巴了："可是师父，我方才瞧见太后娘娘往……那位宫里去了。"

高禹脸色瞬间煞白，转身就往房间里走去。不知道是不是太过惊慌，他也脚下一滑，幸得宋安搀扶才没有倒地。

方才还说我不稳重呢。宋安默默腹诽道，可接下来他就看到了一个更加不稳重的身影。

高禹刚进去片刻，一道明黄色的身影就在宋安面前一闪而过，宋安还没来得及跪拜，人影就没了，只看到自己的师父拿着靴子，跌跌撞撞地跟了出来。

皇宫西南角走了水，火焰烧红了半边天。仲溪午赶到时，只看到了熊熊烈火下的残垣断壁，火光也映红了他的眼眶。

他仿若不知，抬步继续向里面走，紧跟在他身后的高禹见此，赶紧上去扯住他的衣角，跪在地上开口："皇上，这火势太大，可是进不得人啊！"

仲溪午仿若没有听到，高禹只得紧紧拉住他的衣角止了他的脚步。仲溪午转身就是一脚，正端到了高禹肩上，高禹疼得龇牙咧嘴却不敢放手。

一直在暗处的林江见此也出现了，他挡在仲溪午面前跪下："皇上，卑职方才已查探过，这屋里已经没有……活人了。"

周围一片寂静，只有噼里啪啦的木头燃烧的声音，仲溪午僵在门外，不再往里面闯，只是手上缠绕的纱布慢慢在变红。

许久之后，才听到他的声音响起，带着让人喘不过来气的压抑："陈渊呢？你的副使去了哪里？"

林江头触地开口，但没有直接回答："太后娘娘刚走。"

太后若想调开一人，自然轻而易举，毕竟仲溪午可是从来不曾防备她。他以为太后同他一样，喜欢华浅，所以一定不会对她出手。然而，他错了。原来在这个后宫里，只有他一人想要华浅平安。

见仲溪午一动不动，高禹这才小心翼翼地松开了手，将手中靴子给仲溪午穿上，然后就见他转身离开。

太后宫里，宫女、太监跪了一地。

"你们这些奴才是怎么当的？怎么能让皇上衣衫不整地跑出来？！再偷懒，哀家要了你们的脑袋！"太后拍了拍桌子，怒声呵斥，太后的威严彰显无遗。

一片求饶告罪声响起，却没能压下仲溪午清冷的嗓音："母后为什么要这样做？"

太后面色不改："奴才服侍不当，哀家还不能责罚了？"

仲溪午眼眶的红还未退去："母后明知道我说的不是这个。"

这些时日以来，他费尽心思护着华浅，为她挡下了戚家的施压，同时也不让后宫任何妃嫔去打扰她。然而他唯一相信的，唯一没有防备的人，却在背后给了他一刀。

两人僵持了许久，吓得一屋的奴才大气儿都不敢出，最后太后抬了抬手，他们才如释重负逃一样地出了宫殿。

直到只剩两人时，太后才开口："我是为你好。"

这一句熟悉的话语刺入仲溪午的耳朵，他突然明白了自己无数次打着这个名义行事时，华浅她会有多无力。

我是为你好。这种说辞让人连反驳都显得苍白，这种无力感简直能逼疯一个人。

"哈哈……"

仲溪午突然笑了起来，笑得连身子都无法直起来了。

最后他抬起了头，转身向外走去，太后的声音又响起来了："皇上……"

她语气里带着几分疼惜地规劝。

仲溪午脚步未停，一边走一边说着，像是自言自语，声音轻到几乎听不见："母后，我只是想要一个人，为什么就不能如我所愿呢？"

"因为你是皇帝。"太后的声音飘过来，威严的语气里好似有了几丝颤音。

所以没有任性的权利。

59

像是睡在一片云上，四周一直在晃荡，华浅终于忍不住睁开了眼，入目的又是陌生的床和房间。

华浅也没有大惊小怪，都习惯了，毕竟有好几次她都是在不同的地方醒来。她坐起身子看了看身上的衣服——还是古装。

她伸手掐了自己一把——会疼。

原来自己真的没有死，昏迷之前华浅的最后一个意识片段是听到太后说把自己抬出去的声音，她是把自己偷偷送出宫了吗？

真是个傲娇的老太太，给人喂假死药还装得一本正经。

华浅忍不住摇头笑了笑，差点以为自己真的要死了，白开心一场。

她本就是抱着必死的决心去赴宴的，所以才会毫无顾忌地对戚贵妃出手。想着说不定死了后就能回到现代，如今看来，自己可能这辈子就得在这个时代生活下去了。

不过……这是哪里呢，怎么一个人都没有？

华浅翻身下了床，可脚刚碰到地，就腿一软差点跪下，眼前也一片漆黑。缓了许久才恢复过来，也不知道自己昏睡了多久，睡到全身无力。

强打精神向四周观望，入目的是一个古典淡雅的房间，一切生活用品俱全，若不是看着陌生，华浅都要以为自己是在这里住了许久。

看到窗户还开着，华浅就抬步挪了过去。到了窗边，人一下子就愣住了，因为窗外全是陌生的景象。

这里似乎是一个水镇，窗户外是一条河流，河流两岸都是人家。青砖绿瓦，竟和自己现代时去过的旅游景点差不多。

华浅又回头看向房间，这次发现桌子上放着些东西。

她走过去一看，是一些包起来的糕点。本就全身乏力，华浅毫不客气地坐下吃了起来。

糕点还是温热的，看来备下的人也是有心，应该是见自己快醒了才离开。

吃完糕点后，华浅觉得有了些气力，正准备收拾糕点的残渣，手就碰到了一个厚厚的信封，就在糕点盒下面压着。

打开一看，先是一张房契，然后是厚厚的一沓银票，最后是一封信。信上面写着："房契和银票皆是你的，你若永生不离开此处，华府便可永葆太平。"

"这太后还真是出手阔绰啊。"华浅不由自主地感慨。

每一张银票数额都极大，足够一个女子后半生安享无忧，更别说还有一套房子了。不过自己也是不差钱啊，穿越过来之后，陪嫁铺子的收入还在钱庄里呢。

华浅突然想起，自己追的那些霸道总裁小说里面，总裁的母亲总是看不上灰姑娘，然后甩出一张支票说："带着这五百万，离开我儿子。"

如今，自己的经历倒是和那些灰姑娘颇为相似。想着想着，华浅就笑了起来，笑着笑着就想哭了。

这也算是最好的结果了，保下了华府，自己也过上了想要的生活。那就老老实实地待着，别再想其他。

华浅起身，伸了个懒腰就向外走去，屋外柳门竹巷，看着格外幽静简朴。

刚走了两步，就有人冲自己打招呼："你是前几日搬过来的吧？

可算是见着人了，我就住在前面那条路上，有时间来找我玩啊。"

入目是一张张淳朴的笑脸，没有丝毫戒心。

华浅也就势坐了下来，和那群妇人、姑娘唠起嗑来，唠得开心了，还被她们硬拉回家一起吃饭，女人的友谊就这样建立起来了。

华浅编了个谎言，说自己家道中落，如今只剩自己一个人，才逃难到了此处，更是引得那群姑娘媳妇心疼不已，于是很轻松就打开了社交圈。

这里的人可比京城里那些贵人单纯多了，她们什么事都写在脸上，华浅也渐渐放下了长久以来紧绷的神经。太后还真是给自己寻了个好地方，终于可以不用小心翼翼、日日猜忌了。

说起来前几日还在钩心斗角，为活命费尽心机，如今却能拿着大把银子，每天睡到自然醒，无聊了就去寻别人一起闲聊游戏。

之前的事情恍如隔世，如今简直就是在过现代人梦寐以求的退休生活。

在另外一个江南古镇里，伍朔漠费了一番功夫才拿下华戎舟。他还来不及松口气就对上了华戎舟的眼眸，心里不由得一惊。

只见华戎舟双眼血红，仅仅是对视都让人忍不住心悸，他声音里的恨意让人心头发麻："此事与你何干？"

伍朔漠下意识地避开了他的眼眸："我欠了她的人情，如今不过是来还债罢了。"

"放开我……"

华戎舟向来俊秀的面容此时变得扭曲，双眼通红像是委屈得想哭。

她在自己面前一贯不会撒谎，这次还真是厉害，一个接一个的套，先是好言把自己哄走，然后连困住自己的法子都提前想到了。

她究竟要做什么？没自己在她身边，有谁会无论黑白地护着她？自己就真的一点儿都不值得她信任吗？

伍朔漠看着不住挣扎的华戎舟，有些头疼，便摆了摆手，示意左右打昏了他。

一连数十日，华戎舟都不吃不喝，想各种方法离开。怕他死在自己手里，伍朔漠只得给他灌了些滋养的药，顺便还在药里放了些迷魂散让他睡去，自己才松了口气。

真是个赔本的买卖，倒贴了那么多金贵的药材。

看着昏迷之后还是拳头紧握、眉头紧锁的华戎舟，伍朔漠不由得摸着下巴感慨：这个人看着年纪不大，倒也是把硬骨头，若是去做暗探，定是个好苗子，即便是被抓了也肯定能忍受住严刑拷打。

这样过了几日，伍朔漠的手下行色匆匆地赶来，附在他耳边说了些什么，伍朔漠满眼难以置信，又问了几遍，才接受了那个消息。

他沉默了许久。在他的手下忍不住要开口再说一遍时，就听到他说："可惜了……她若是把这人情用来换她一命，我也未必会拒绝，偏偏把这么宝贵的人情用在了屋里那个……狼崽子身上，她到底还是顾虑太多……"

伍朔漠起身向外走，走到门口时说："我们收拾东西离开吧，屋里那个……也不必管了。我当初答应她的事，她死了也就作罢了。"

华戎舟一觉醒来，身边却无一人，他运了下气，药效已经过了，迫不及待地冲出屋子，竟真的无人拦他。

强压住心里的不安，他什么都顾不得了，寻了匹马，翻身骑上就朝京城方向飞驰。

赶到京城需要八日的路程，硬生生被华戎舟压缩到了六日。进了京城已经是黄昏，他直接冲向了华府，却看到满府缟素。

这一路他从未休息，因此根本没有时间去留意别的消息，也不曾听过任何消息。

应该是华相去世了吧？肯定是他，毕竟那么多罪名，他肯定是活不下来了。

华戒舟一直在对自己说，然而手却不停地颤抖，他从来没有这么害怕过。就算是十岁时被卖到狼窟里，他杀了人逃走，也没有这么害怕。

没人陪在华浅身边，她向来都是难过了只会憋在自己心里。不行，要赶紧去找到她才行，他可看不得她难过的模样，连想想都觉得心疼。

在华府门口被人拦下，拦人的侍卫应是皇家的，语气生硬："太后有令，封闭华府，无令不得进出。"

"华浅呢？"华戒舟终于开口。

那侍卫看了他一眼，才回道："华……小姐为替父赎罪，十日前已自焚于皇宫内。"

说话间不似方才那般强硬，语气也带上了些敬意。

然而华戒舟却觉得双耳嗡鸣，满脑子都是那两个字——"自焚"。

他不信，华浅说了要自己等她的，怎么可能就这样自焚？

心底涌上来的恐惧简直要扼断他的咽喉。他从来都没有这样后悔过，为什么当初要拿毁了自己的右手去吓唬她？

当初她赶自己走，自己假装走开，然后默默守着她不就行了吗？那样或许还能救下她，那样或许她就不会一人去面对那么多事情。

为什么自己要这么贪心，贪心到一刻都不想离开她身边，贪心到非要光明正大地站在她左右，才逼得她去找了人把自己困住。

华戒舟僵立许久，在侍卫越发警惕的目光下一言不发地转身离去，却是向着皇宫的方向。

在小镇里不过住了一个月，华浅就彻底融入了其中，无事还学些小手艺。比如，现在的她就拿着针线坐在妇人堆里学刺绣，然后听着她们的闲聊。

"前几日我家男人做买卖回来，带回了个京城里的大消息。"一个圆脸妇人开口，满脸都是神秘。

"什么事？"当即有人捧场地开口。圆脸妇人回道："听说京城里那宰相之女，在皇宫里自焚了。"

"啊？宰相之女？是那个揭了她父亲老底的华小姐？"有人满是惊讶地张大了嘴。

"就是她，我家男人说起她还满是敬佩呢，先是不留私情地告罪，然后便轰轰烈烈地自焚代父受过。连太后娘娘都感其仁孝，下旨免了华氏一族的死罪，只是将他们家革了功名圈禁在京城里。"

"我也听说了，据说京城里的皇上听说了她自焚的消息，鞋都没穿就跑出来了。"另外一个妇人插嘴进来，满眼都是八卦的光芒。

"你看看你说的，你又没亲眼见，尽是喜欢听那乱七八糟的花边消息，别忘了那华小姐可是皇上的前皇嫂。"最开始开口的圆脸妇人嫌弃地说道。

被反驳的妇人一脸不服气："你不是也没见过吗，怎么知道我说的不是真的？要我看，那华小姐和皇上之间……肯定有私情……"

60

指尖传来一阵刺痛，豆大的血珠就渗了出来，毁了刚绣到一半的绣品。华浅伸手擦了擦，那块血渍却晕开了，越来越大。

"刺绣需要慢功夫，你可不能心急，手指没事儿吧？"坐在华浅身边的姑娘先看到，开口安慰着。

闲聊的妇人们也止了刚才的话题，只是那圆脸妇人突然像是想起来什么，说道："说起来，浅浅你的姓名和那宰相之女一样呢。"

华浅抿嘴笑了笑，并未见丝毫不自在："这天下同名的人可多了，我可不敢和皇城那位贵人相比。"

寥寥几句便岔开了话题，都说这里民风淳朴，还真是半点不假。

坐在妇人里面，华浅还是面带笑容，然而思绪却飞得无影无踪。

听别人说自己的事儿，还真是感觉恍如隔世，这里不知是哪个地方的小镇，消息传得也慢上了半个月之久。不过看来太后倒是说话算数，真的保下了华府上下的性命。

有些事即使假装忘记，也还是会有人提醒，她和仲溪午之间……可不是简单的"私情"二字就可以说清楚的。

仲溪午曾经问，为何唯独没有喜欢过他，华浅没有回答，是因为说不出口。怎么会……没有喜欢过呢？

不过是自己心意已定，不想给彼此留余地，才只字不提罢了。

从仲溪午为她挡下了醒酒汤时，她就无法再做一个清醒的旁观者了。闹市回眸、摘星楼对视、墓地相陪……这一桩桩、一件件，她怎么可能一直无动于衷？

讽刺的是，作为一个现代人，华浅竟然真的考虑过要不要入宫。只是她这个人向来理智，永远都是在权衡利弊之后才做选择，所以才在感情和现实中一直摇摆不定，藏着自己的心思不敢言明，怕一着不慎，满盘皆输。

因为觉得，若是想入宫，华府就不能倒，所以才无数次想烧毁那些罪证状纸，可是她终究敌不过心里的"公道"二字，给了仲溪午后来威胁她的机会。

仲溪午一直瞒下戚贵妃的事情，她可以不追究，毕竟大家是各自为营，立场不同，她也算不上是绝对无私。可是连自己搜集的华相的罪证都能成为仲溪午用来逼迫她的把柄，这不亚于狠狠地抽了她一巴掌，让她彻底明白，自己和他之间都隔了什么。

她可以理解仲溪午作为帝王的雄图霸业之心，与此同时她也可悲地知道自己就算是孤独终老，也不能同这天下去争一个皇帝。因为她赢不了，而仲溪午也永远不可能为她丢下那个位置。

所以她就迅速而冷酷地整理了自己的感情，再不给自己留一点余地或是念想。

皇宫外，华戎舟到底还是有些理智，没有硬闯，而是借着夜色潜了进去。他跟着华浅来过几次皇宫，早已将这皇宫的布局熟记心间。

他不信华浅死了，肯定是被人藏在了这皇宫里。只要再见她一眼就好，只要能看见她安然无恙，便是要他永世不能在华浅身边，他都愿意。

只要她还活着，其余的他什么都不敢贪求了。

华戎舟躲在黑暗里随便捉了个小太监，刀子架在他脖子上开口："华浅在哪座宫殿？"

小太监一把鼻涕一把泪地指了一个方向，华戎舟心头一松，抬手打昏他丢回草丛里，自己只身向那个方向探去。

然而走到西南角，他只看到了一座……烧毁的宫殿，满是漆黑的木头断梁。身体的力气一瞬间就被抽干，他颤抖着抬步要往那堆木头里走去，却听到一个清冷的声音响起："什么人？"

华戎舟回头，看到一人立于阴影处，身影单薄得很难引起人注意，看着像是站了许久的样子。

华戎舟早已被这一连串的事情折磨得没了心智，华浅真的死了这个念头，简直要把他整个人都撕碎。

华戎舟脑子里全是临走前华浅说的那句"我们以后生活的地方"，也再想不起华浅说过的不要伤人，他当即翻转了佩剑朝阴影里的仲溪午刺去。

还未近身，一道影子便闪了出来把他隔开。华戎舟一看，是之前在酒楼里打过他的那个人。

原来他是皇帝的人，新仇旧恨一起算，华戎舟再次抽刀迎上。两人终究实力悬殊，再加上这些时日华戎舟都没怎么进食，二十招内，华戎舟就被那人一掌拍翻在地。

正当那人准备下死手时，却听到仲溪午的声音响起："陈渊，留他一命，把他丢出皇宫。"

陈渊听后就收回了掌势，抬手向华戎舟抓去。

虽然全身疼痛难忍，华戎舟还是开口："她呢？你把她藏哪里去了？"

仲溪午坐在那处阴影里，一动不动："她死了。"

"不可能。"华戎舟声音都抖了起来。他单手撑地，想要站立。

华戎舟看不到仲溪午的表情，却听到他的声音："为何不可能？"

华戎舟不语，仍是竭力想要站起来。

"朕虽是皇帝，但这天下仍是有做不到的事和护不住的人。"

"护不住为何还要把她强留在宫里——"一声悲鸣响起，就见华戎舟如同离弦之箭射向仲溪午。

陈渊刚才见他奄奄一息，就失了警惕，这一下竟是来不及拦。不过华戎舟还是没能到仲溪午身边，这次是林江出的手。

吐了口鲜血，华戎舟仰面躺倒，心里倒是有种解脱的滋味。

是他错了，大错特错了，当她一个人在这宫殿，四下皆生人时，会有多无助？而自己的一意孤行使得华浅不再信他，宁可使了手段也要让他离开，然后她自己去孤军奋战。

耳边传来一阵脚步声，震得大地仿佛都在微微颤动。接着仲溪午的脸就映入了他的眼帘，华戎舟瞳孔不由得一缩。

只见仲溪午面容瘦削，眉眼全是冰冷："真不知道她……看上了你哪一点，你想杀朕，便给你个机会。以后每月初五，朕都会在这宫里给你留条路，你若是能打败朕身边之人，届时再来谈……她的事情。"

说完，仲溪午抬步离开，华戎舟眼睛一亮，努力挣扎了许久，却始终无力动弹，只能任由陈渊把他随便丢到宫外的一家医馆里。

在小镇里住的第三个月，突然有人敲开了华浅的门，她打开一看，是一个陌生的圆脸妇人，应有三十岁左右，看着格外亲切。

那妇人提着一些吃食开口："我是隔壁新搬过来的，初来乍到，很多事日后还要麻烦你多多照料，这些吃食是我的一番心意。你可以唤我云娘。"

怪不得会觉得脸生，原来是新邻居啊。华浅笑着推辞了半天也没用，最终还是收下了，云娘就笑盈盈地回去了。回屋后，华浅打开提篮，里面竟然全是她爱吃的。

云娘非常亲切好客，总是时不时地就送吃的东西过来，每一样都对准了华浅的胃口。她们倒是投缘，不仅性情相近，连口味都这么像。后来熟络起来，她才知云娘嫁入夫家后十几年未生育一子，就被休弃了。

婆家不要，母家不容，云娘只能自己出来讨生活。

华浅听后心里止不住地敬佩，这里的女子将被休视为奇耻大辱，一个个天天寻死觅活的，难得遇见一个如此通透的人。

云娘性格爽朗又善解人意，于是她也很快就打入了这个小镇的社交圈。这个水乡古镇本来就小，人也少，因此大家彼此之间都是熟识的。

这样过了一年后，渐渐地别的妇人就起了心思，因为看华浅始终一人，她们便开始忙活起来，为华浅相亲。

眼见着姑娘们的社交圈里，男子的身影越来越多，还都是未娶亲的小伙子，华浅心里不由得觉得有些好笑。

原主华浅本就生得了一副好皮囊，此时托这副皮囊的福，自己身边也少不了春心萌动的小伙子。

这其中追逐得最不加掩饰的就是镇上盐商的小公子——徐茗。

在古代，盐可是大宗商品，因此徐家便是这镇上数一数二的大户人家。而徐小公子长得也算是眉清目秀，自小被众星捧月般长大，身上满是富家少爷的刁蛮任性。

徐家老爷和夫人为人却是极为和善，没有什么门第之见，并不嫌弃华浅是一个来历不明的孤女。见华浅貌美又谦逊，他们便格外喜欢，时不时就邀华浅前去喝茶吃酒。

所以华浅也不出意外地受到了一些少女的冷落，不过终究是这里的人单纯，一些小女生的心思华浅也不曾放在心上。

这些姑娘中属白洛对华浅最为敌视，因为她可是徐茗的头号粉丝。只是她一贯做派大大咧咧的，才招徐茗不喜。

果然是流水的故事，铁打的 F4，不管走到哪里，都会有一个众星捧月的道明寺。

61

十月初五，亥时。

高禹从御书房退出来，到门口时心里有些许不安，又开口询问："皇上，奴才这就退下了？"

片刻后听到一声"嗯"，高禹拱了拱手，才走出了房间，冲门口吆喝着："都下去吧，动作麻利些。"

"是。"

或高或低的应和声响起，片刻后御书房外只剩三人，高公公对另外两个人拱手说："林侍卫长、陈副侍，老奴就先告辞，有劳两位了。"

林江和陈渊点了点头，高禹就俯身退去。

方走出围墙，就看到一个小太监提着一个灯笼站着，高禹心中一暖，这个小兔崽子也算有些知恩图报的心，还知道等着自己。

"师父，小的给你掌灯。"宋安手脚麻利地接过高禹手里的灯笼，高禹也顺其自然地走在他身前。

才行了几步，宋安就忍不住开口："师父，这初五到底是什么日子啊？"

高禹眼睛一瞪，一向带笑的脸严肃起来，看着真挺骇人的："跟你说了多少次，不该问的不要问，小心你的脑袋。"

宋安缩了缩脖子讨好地笑着："这不是在师父面前吗？知道师父向来疼我，我才开口问。"

高禹斜眼看了他一下，又开口："你只需要知道，每月初五离御书房远些就行，若是压不下你那好奇心，小心侍卫斩了你的脑袋。"

宋安的眼珠转了转，不再多言，高禹回头看了一眼御书房，叹了口气继续向前走。

亥时刚过一刻钟，御书房就有了动静，刀剑相击的声音不断传来。仲溪午坐于房内，林江立在他身侧，两人仿佛没有听到，一动不动。

一盏油灯照亮了这个书房，仲溪午手持几页薄纸，上面是密密麻麻的字，似是信的模样，隐约可以看到落款是"秦云敬上"。

仲溪午很是认真地看着，指腹轻轻摩擦过每一个字，似乎想要把这信上所有的字都刻进眼里。

屋外的打斗声响了多久，他这封信就看了多久。约莫半个时辰后，陈渊走了进来，发髻凌乱、气喘吁吁，身上也带了些伤。

仲溪午这才抬起了眼睛，看向他问道："如何？"

陈渊单膝跪地，开口："回皇上，此次他在卑职手下已经能过百招了，再这样下去……恕卑职无能，恐怕就拦不住了。"

仲溪午面容没有一丝波动："无妨，你不行就换林江，实在不行就你们两人一起，朕倒想看看他能坚持到什么时候。"

屋里泛起一阵古怪的沉静，陈渊又忍不住开口："皇上，他第一次来不过二十招就败于卑职之手，如今还不到一年，卑职就需使全力才能将他击退。再这样下去就是在养虎为患，以卑职之见，还是早日将他处置了为好。"

"不能杀他。"仲溪午开口，但不像是在对陈渊说话，"若是杀了他……她会怨我的。"

模糊不清的几个"他"，含义不明，却无人提问。

仲溪午小心翼翼地合上了手里的信，动作轻柔得如同那是易碎的瓷器，然后取来一个精致的匣子，将信放了进去。

加上这一封，那匣子里已经装了三四十封，每张纸都是平平整整的，无半点褶皱。

做完这一切之后，仲溪午才起身走向自己的寝宫。

一转眼，时间流逝了快两年，可能是生活轻松惬意，所以华浅倒是不觉得时间过得慢。若是按这个身子的年纪来算，她今年也算是二十一岁了。七夕节放花灯，这个镇子里民风淳朴，倒是没有什么男女大防，因此一群小伙子、大姑娘通通挤在一起放花灯。天色刚晚，华浅就被街上的小姑娘拉了出来，一起在河边制作花灯许愿。

华浅向来不信这些，因此也就没有做花灯，只是在一旁看着。突然旁边伸过来一只手，拿着一盏精致的灯。

华浅转头一看，正是那徐家少爷。"看你是不是忘记做灯了？我的这个给你。"徐茗开口。

华浅笑了笑，没有接，只说："我不信这些，所以这盏灯给我也是浪费了。"

"为何不信？"徐茗好奇地问。

华浅笑了笑没有回答，徐茗也就不在乎地在她身边坐下："这是我母亲让给你的。"

华浅一愣，赶紧笑着说："那真是不好意思，劳烦夫人……"

徐茗却是突然笑了："你还真是好骗，我母亲一把年纪怎么会做这些东西。"

华浅的脸刹那间就没了血色，脑海里全是那句"你还真是好骗"，一句普普通通的话，却让她想起了那个曾经说这句话的人。

只是灯影闪烁，徐茗并未察觉，仍是调侃着她。

一道明显不开心的声音插进来打断了他的话："徐茗，我们都在这里忙着扎灯笼，你怎么坐着偷懒？"

正是那白洛，徐茗眉头一皱说道："你能不能小点声，整条街都能听到你的声音了。"

白洛颇不服气："又不是什么见不得人的事，我声音大些怎么了？"

徐茗终于坐不住了，站起来同白洛互掐起来。

年少时喜欢一个人，总是要和对方对着干。

在这一片繁华中，华浅始终觉得自己融不进去，便趁无人注意悄悄离开了。

走到安静些的小巷子，华浅的脸色也并未有半点好转。

以为只要自己不去想，加上听不到任何的消息，就真的可以假装不在意，可以忘记，这两年不都那样过来的吗？

为了保下华府，不连累旁人，她自来到这个小镇后，就一直老老实实待着，从来都不敢去想着联系别人，因为华浅这个身份早已经死在了火里。

不过……自己固执地还用着这个名字，不就是……心存侥幸吗？想着，会不会有人能找到这里？会不会有人……从未放弃过找她？

原来就算平时表现得再坚强理智，也会有自欺欺人的期待。华相、华夫人、千芷，还有……华戎舟。

当初走得匆忙，也没有给千芷张罗婚礼，不知道她和南风怎么样了。

还有华夫人，知道是她一手扳倒了华府，会不会心有怨恨？华夫人身子一直不好，不知道是否受得了这个刺激。

还有华相，自始至终都没有怪过她，听到她自焚的消息，他定是会非常难过吧？一双儿女都不得善终。

最后就是那个离开时开开心心，说你若不来，我便回来寻你的少年……当初把他骗走了，还写信让伍朔漠去看住他，按他的性格，肯定委屈得要死。

回忆像是一个被扎了一个洞的水桶，里面的水一点一滴不受控制地漏了出来。

华浅一个人沿着小巷走着，走着走着就忍不住蹲了下去，胸口太疼了，肯定是当初挡箭的后遗症。

在这个安逸的小镇里，天天在这里假装快乐，假装无忧无虑，装得自己都要相信了。这里的人虽友善，可是到底没有同华浅一起度过那段步步惊心的时光，她一肚子心事无人可诉，无论看谁都感觉隔了一层无形的墙，没办法去真正亲近她们。

所以能不能有一个人，不管是谁都好，来这里看看她，别让她觉得那些曾和她并肩向前的人都……忘记了她。

御书房外，刀光剑影不止。这应该是那小子第二十六次来了，算起来都已经两年多了。

不过这次华戎舟终于踏进了御书房，他提着刀，全身上下伤痕无数。而门外卧着的两个人，正是林江和陈渊，伤得更重，却还留着一口气。

仲溪午缓缓抬起眼眸，这是他第一次正视这个少年，他没想到的是，华戎舟竟然能坚持这么久。不但坚持下来，还进步神速。

冰冷带着血迹的剑锋横到了仲溪午的脖颈上，却未见他有半分变色。

"你把她藏到了哪里？"属于男人的声音响起，已经没了少年时候的清脆，反而透着几分低沉。

"我说过，她已经死了。"刀锋逼近了几分，仲溪午脖颈就有了一道浅浅的划痕。

"我不信，是你说我若能打败你的侍卫，便同我说她的事儿。"华戎舟握紧剑柄开口。

"我现在不就是在和你说她的事儿吗？你觉得若是她还活着，我会让她离开我身边吗？"仲溪午勾起半边嘴角，掩不住的讽意。

华戎舟手抖了抖，棕色的眼眸像是要烧起来了。

他们一个站着，一个坐着，彼此的气势却是丝毫不差。

最终华戎舟有了动作，却是收刀转身就走。

"你去哪儿？"仲溪午皱眉开口。

"我去找她。"华戎舟并未转身。

仲溪午目光抖了抖："你不杀我了？"

"杀了你……她会不高兴的。"

仲溪午手指微缩，面上却是冷笑一声："你能去哪里找？"

"大不了把这天下翻个遍，你不说，我未必找不到，反正我有的是时间。"华戎舟侧了半边脸，语气嘲讽，但看面容就知道，他是认真的。

"若是她真的死了呢？"仲溪午反问道。

华戎舟脚步一顿，开口："我本来就一无所有，所以现在也没什么能失去的了。"

"当初她可是赶走了你，若是她现在不想看到你呢？"仲溪午仍是询问着。

华戎舟握剑的手一抖，低下头，声音竟然带上了几分服软："我只是想亲眼看到她安然无恙，哪怕看一眼也好。她若不愿见我，我偷偷瞧上一瞧，就不再出现便是……"

华戎舟在门口站了许久，仲溪午的声音才再次响了起来："那你去找她吧……"

华戎舟蓦然回首，仲溪午的脸上却看不出来半点喜悲，最终华戎舟还是什么都没说，转身投入了黑暗里。

又过了约一个时辰，林江才慢慢走了进来，仲溪午还是坐在书桌前，一动不动。

"皇上，卑职办事不力……"林江跪下来请罪。

"和你无关。"

"可是，皇上为什么要把……告诉他？"林江仍是有些不平。

"你递个消息出去，让秦云回来吧，日后不必再每五日给我送信汇报她的事了，因为……"仲溪午开口，语气满是解脱，"有人会好好守着她的，也是她等的那个人。"

仲溪午起身走向里面，拿出了那个他一直视如珍宝的匣子。打开后，他将里面的信一封封取出，放到了还未燃尽的烛火上。一封信接着一封信化成了灰烬，如同燃尽了他的一腔深情。

62

都已经两年多了，徐小公子还是每日死缠烂打，华浅拒绝了无数次，他却一根筋地不在意。于是每日就上演着她和徐茗、白洛之间狗血的三角恋戏码，让华浅头疼不已。

一觉睡醒，华浅起身准备去隔壁找云娘讨论昨日未绣完的香囊，结果却扑了个空，隔壁的房屋已完全空置了下来。

这算怎么一回事？她搬走了？

华浅心里有些不舒服，这两年她和云娘走得极近，云娘对她几乎是有求必应。

云娘对自己好得一度让华浅怀疑，她是不是被男人伤了心……

结果现在人家搬走连说都不说一声，这古代也没有什么电话之类的，云娘这一搬走，就等于是与她彻底断了联系。

如同失去一个知心好友，华浅郁闷极了。不过说不定人家也不曾把自己放在心上，只是自己一厢情愿罢了，毕竟云娘为人和善，对谁都好。

郁闷了两三日后，就听说了徐茗外出不小心落马摔断了腿的消息，想着徐府夫人一直颇为照顾自己，华浅便带了些东西前去探望。

徐夫人还是一如既往地想要撮合他们二人，不过徐茗倒是史无前例地格外躲闪。饶是这样，华浅也被徐夫人强留到用了晚饭才离开。

她谢绝了徐夫人派人护送的提议，毕竟就这么大一个镇子，镇上的人都互相熟悉，走几步就到家了，很是安全，徐夫人也没有强求。

华浅提着一盏灯，独自一人沿着河流慢慢地走着，如今她都习惯了独来独往。

走到一个路口时，她突然惊出了一身冷汗，因为她看到自己脚下除了自己的影子，还有一个影子。

那人似乎和她还有一段距离，因为华浅只看到了一个头顶的轮廓。

这大半夜的，谁一声不响地跟在别人身后？

说来也奇怪，平时这条河流两岸的人家都是门户大开，华浅一路走还能一路打招呼，今天竟然全都大门紧闭。这让华浅连回头看一眼的勇气都没有，万一是个图谋不轨的人，那自己回头不就暴露了吗？

于是华浅装作不知，悄悄把镯子取了下来，握在手里。

这小镇上的人都彼此熟悉，不可能会有人一声不响地跟在自己身后，这就说明，此时自己身后的那个人，定是外人，而且这种鬼鬼祟祟的跟踪，一看就不是好人。

越想心越慌，华浅忍不住不露痕迹地加快了些脚步，然而那个人影还是如影随形地跟着。

心一慌，脚踩在凹凸不平的石子路上一崴，身子就要倒下。

扶住了身边的栏杆才站稳，再一看，那个影子已经走到了自己身边，看着比自己要高上一头多，还伸出一只手，似是想碰自己。

此时不出手更待何时？华浅抬手向身后刺去，不过也下意识地避开了要害部位，然后手腕就被一只大掌握住。

完蛋了，这是华浅心里唯一的想法。

正准备垂死挣扎一下，那人突然开了口："我终于又找到你了。"声音有些低沉沙哑，却有点儿熟悉，连说的这句话都很熟悉。

华浅僵硬地回过头，入目的正是那张熟悉的脸，只是又高了些，五官彻底长开了，没了婴儿肥，一双棕色的眼眸镶刻在棱角分明的脸上。

河流水声不止，月色清辉满地……一模一样的场景，一模一样的台词，一模一样的两个人……不过那时是在谷底，他们一个比一个狼狈，现在他们在小镇里，一个比一个……欢喜。

华戎舟过去的人生里从来都没有什么善恶对错，因为没人教过他这些，他人生的所有光亮，都在五岁那年随着娘亲一起没了。可能老天还是有些不忍，就让他遇到了华浅。

一个愿意无条件护着他的人，一个告诉他要学会先保护自己的人，一个能让他想变好、变强的人。

一开始相遇是他偷了商人的银子，逃跑时才撞上了她的马车，可是华浅却相信他的一面之词，打发了商人。

那是华戎舟第一次想要认认真真地活得像个人，只为再次相见时，他能挺起腰杆，口齿清晰地告诉她自己的名字。

他下定决心再也不做坑蒙拐骗的乞丐了，只是他还没做好准备就再次遇见了她，这次相遇让他知道了自己有多卑微，有多无能为力。

同时也看到了，她虽身处高位却仍是过得不易，于是他就换了心思，去做府兵，拼了命地学武，想着日后她若是有需要，自己就能去保护她。

却发现离她越近，自己就越贪婪，因为他的人生里好不容易再次有光透了进来。他甚至为了这抹光努力了一年才站到她的身边，所以开始害怕失去，变得想要去占据她的所有视线。

于是他从来都没有告诉华浅，当初摘星楼下仲溪午其实有追出来，是他一时起了私心抱着华浅躲了起来，没想到却有了误打误撞的"亲吻"。

因为这一次亲近，他的贪念竟然越发强烈。

所以他也没有告诉华浅，当看到她和仲溪午在墓地独处时，是他亲手撕裂了自己包扎好的伤口，然后故意昏倒在翠竹面前。

这些全是他耍过的小心机、手段，对于十六岁时的他来说，只要华浅能多看他一眼，多叫一次他的名字，他付出什么都愿意。

这一步错就步步错，他甚至为了能留在华浅身边，他甚至明知她定会不喜，却还是拿废了自己的武功去威胁，像是一个在地上撒泼打滚要糖的无赖孩子。

而孩子之所以会无赖，全是有人惯的。不过也没有人能一直都是孩子，人总是要为自己的行为付出代价，只是时间早晚罢了。

华浅虽让他留了下来，但他还来不及高兴就遭了报应。因为他的任性，让华浅没有考虑过同他共患难，对他用了手段，送他离开。

他终究为自己的任性，赔上了将近三年的时间，忍受了三年身体和心灵的双重折磨，还差点拼了自己的一条命，才再次有机会看到她。

一千个日夜的反思和懊悔，让他再也不敢凡事只凭自己的心意。其实他前几日就到了镇子，却不敢直接去找她，怕如同仲溪午说的，她不愿见自己怎么办？

然而无意之中看到一个男的在纠缠她，又见华浅不情愿的模样，他就自作主张去暗中警告了一番。只是那人太怂，被他几句话吓得夺路而逃，他还没来得及反应，那人就自己落马摔断了腿。

华戎舟知道自己又做错了，慌得更是不敢在华浅面前出现，直到眼看着华浅从那家人府上出来。

说不定那个男的已经告诉华浅见过他的事情了。想着自己总要解释两句，他不是故意而为之的，就忍不住跟了上去。又看到她一个人提着灯笼在黑夜里走着，模样太让人心疼，下意识地想陪在她身边，恍惚间就没注意到他们之间的距离太近了。

华浅差点摔倒，华戎舟伸手想扶却被她反手一刺，他条件反射地伸手握住，这是多么熟悉的场景啊。

看到华浅眼睛的一瞬间，华戎舟就知道自己完了，那些自己拼命想着只要看她一眼就行的念头，一瞬间全部丢盔弃甲。

因为她的眼睛里有欣喜，他也看到了那双眼眸里同样欣喜的自己，华浅是愿意看到他的。

他曾经瞒了华浅很多事情，可是他每一次的靠近，都是完完全全地把自己的一颗真心掏出来给她看，从来都不在乎自己是否会受伤。

这一次，也是如此。不过和之前不同的是，这一次他绝对不会肆意妄为地利用华浅对他的心软，而是会学着真正护着她，让她知道，自己是可以和她共患难的，所以她不用总是一个人扛起来所有。

只要她愿意，不过还好……她是愿意的。

63

皇宫里，宋安端着一个托盘在仲溪午寝宫外，犹犹豫豫的，纠结着要不要进去。

正好见了高禹的身影，他便迎过去开口："师父，这是方才绣坊送来的，历经两年半，用尽了无数绫罗绸缎，才绣成的。"

宋安等着讨赏，却见自己师父面色大变："拿走，赶紧拿走……莫让皇上瞧见……"

"怎么了？"仲溪午的声音传来。

高禹和宋安都不由得一抖，高禹赶紧上前一步："小太监不懂事，惊扰了皇上。"

然而仲溪午并未被他蒙混过去，而是绕过他看向宋安："这是什么？"

宋安咽了口口水，才开口："是绣坊送过来的，说是衣服做好了……"

"你这个不长眼的奴才……"一旁的高禹还是忍不住开了口。

宋安吓得双腿一软就跪下了，却看见一只手伸过来，挑起了托盘上的红布，然后拎起了那件衣服。

宋安眼角余光瞧见，上面绣着凤凰……这竟是一套凤袍。

"她若是穿上，肯定很好看。"仲溪午的声音响起，像是自言自语，无人应答。

宋安就瞧见自己师父似是抬手擦了擦眼角，皇上说的是谁？宋安只觉得手里托盘一沉，就听到仲溪午开口："拿下去烧了吧。"

烧了？

宋安一愣，就看到仲溪午走远了，他忍不住肉疼起来，好好的凤袍为什么要烧了呢？方才听绣坊说这一件凤袍可是费了几千两黄金的。

仲溪午走在这皇宫里，身后虽跟着无数人，但是他仍感觉自己只有一人。

突然想起和华浅闹翻的那场宴席上，华浅没能听完的那句话，他想说的是："你此番大义灭亲，实为女子表率，我不会迁怒苛待于你，我宫里……后位空置已久，现在看来，你坐正好。"

从一开始，他想要她做的就是……他独一无二的皇后。哪怕早知道她不想入宫，自己还是一意孤行地想要将她留下来，担心华相辞官归隐后，她便没了牵挂，说走就走。

所以华相必须在这京城里，哪怕是用来威胁她。听她为华深挡剑时说的那句"他终究是我兄长"，就知道她心里一定是把家人看得极重。

逼她去做这件事，不过是想借此给她博个深明大义、不徇私情的美名。

太后向来了解他，因此一开始就没想过华浅的死能骗过他。可就算他在华浅被送走后的第三个月就找到她了又能怎样？

太后已经用行动告诉了他，他即便是皇帝，也永远无法把一个人保护得滴水不漏，所以若想她好好活着，他唯有放手这一条路。

所以他用了两年多时间去考验和培养，最终亲手给华浅送去了……一个能护住她后半生的人。

他其实很羡慕那个不自量力的小子，羡慕那小子的一无所有，羡慕那小子没有什么能失去的。

"高禹，同我出趟宫吧。"高禹赶紧快走几步跟上，问道："皇上这是要去哪里？要不要叫上侍卫？"

"不必。"仲溪午脚步未停，在地上踩出一个个脚印，"跟我去趟摘星楼，我想那里的……月露浓了。"

第十八章

大结局·下

64

"若是无事奏请，便退朝吧。"

仲溪午起身抖了抖衣袖，正欲抬步离开，突然堂下一名老臣"扑通"一声跪下。仲溪午脚步一顿，看到还是那个熟悉的身影，不由得有些头疼，但又不能装没看到，只得耐着性子开口："李爱卿又有何事？"

李继已六十有余，颤巍巍地磕了几个响头才开口："回皇上，这国不可一日无君，后宫也不可久日无主啊……皇上登基以来，这后位空置已久，微臣斗胆请皇上……早日立后……"

果然还是差不多的说辞，仲溪午几乎每隔几日就要听上一遍，也就这个李继敢一而再、再而三地提。仲溪午虽然烦他，但知道李继是个忠君的孤臣，所以也不会是非不辨地处罚他。

"朕知道了。"仲溪午开口回答，抬步就想走，却又被那李继高声喝住。"皇上啊……这番话老臣可是听了很多遍了……"言下之意是说，仲溪午每次都是应下而无动作。

这个李继还真是会倚老卖老，仲溪午心里也有了些怒意，而李继此时聪明地跪在地上抖了起来，看起来真是年迈得"弱不禁风"。仲溪午只得压下怒气开口："那依爱卿所见，这后位……谁坐合适？"

这句话问得颇为危险，李继却未有丝毫迟疑："先前皇上说国库虚空，选秀已经停了有五年之久，如今国泰民安，也该恢复了……"

殿堂上一片寂静，大家头都不敢抬，只是一个个默默跪下不语，表达自己的立场。

一旁的仲夜阑见此叹了口气，并没有随着跪下来，而是向旁边移了几步，对上仲溪午看过来的目光。他耸了耸肩，表示无奈。之前他已经帮着仲溪午挡过很多次官员的劝谏了，这次是真的无能为力了。

过了许久，直到官员们的膝盖都跪疼了，才听到仲溪午的声音从头顶传来："好，恢复吧。"

官员们一愣，本以为这是一场持久战，没想到仲溪午终于松了口。

一片磕头谢恩声响起，其中李继的声音显得中气十足："谢皇上。"

仲溪午瞄了一眼方才还奄奄一息，现在却精神抖擞的李继，幽幽地开口："李爱卿已经六十有余，这马上就到了致仕的年纪，还是多多看顾些自己的身体为好。"

李继闻言，掩面虚弱地咳嗽了几声，看着好像又恢复了最初的老态。

仲溪午并未过多追究，抬步离开，将一片谢恩声甩在身后。

已是日落黄昏，华浅伸腿坐在庭院树下的秋千上，悠闲地翻看着一册话本。

她身下坐的那个说是秋千，却如同躺椅一般，不但有靠背，还十分修长，人都能躺在上面睡觉。

说起这个秋千，还是华戎舟来这个小镇的第一个月时，不知道从哪儿自己吭哧吭哧地扛来了一棵大树，然后栽在本来就不大的院子里的。等树成活后，华戎舟就动手打造了一个可以供人躺上去的秋千，捆在树干上。

刚做好时华浅还嫌弃地说："我又不是小孩子，做这没用的干什么？平白在院子里占地方。"

然而秋千做好的第三天，华浅"口嫌体直"地抱着靠枕在上面不下来了，华戎舟见此也没多说什么，华浅就更是厚着脸皮，当自己之前不曾嫌弃过它了。

话本翻了一半，门被推开了，只见华戎舟灰头土脸地走了进来，配上那俊美的脸蛋，显得格外可怜。华浅无奈地摇了摇头，说："是不是那群熊孩子又折腾你了？"

华戎舟用力地点了点头，华浅强忍着笑，开口说："赶紧先去屋里换身衣服吧……"

华戎舟在这小镇也待了一年多，成功地收获了小镇上下男女老少的欢心，毕竟装乖卖巧可是他最擅长的手段。

女人喜欢他就不用多说了，连男人也喜欢他，只因为他有着一身好武艺，每次其他人打猎或者砍柴都会拉他同去，有他在就会事半功倍，还能满载而归。

至于小朋友嘛……那是因为镇里人见他武艺好，便请他在武馆里教小孩子习武健身，于是他一天到晚没少被折腾，偏偏对方是小孩子，也没办法还手。

其实华戎舟本来是可以拒绝的，从未有人逼迫他，可他从头到尾都没多说什么。华浅看出来他是因为想在这个小镇留下来，才会努力地和每个人交好，所以也没有插嘴，毕竟华戎舟处理事情的能力她还是很清楚的，比如徐茗的事情就是……

"华浅，我师父呢？"

说曹操，曹操到。

只见徐茗火急火燎地跑进院子，像是被狼撵了一样。

华浅伸头朝屋里努了努嘴："一楼他房间里呢……"

然后徐茗就一头跑到屋里去了，他口中的师父自然是华戎舟。

当初得知徐茗断腿一事和华戎舟有关，华浅也并未插手，而是任由他们自己去解决。

也不知道华戎舟找徐茗说了什么，从那以后，徐茗就天天跟在华戎舟屁股后面，叫他师父，明明华戎舟比徐茗要小上两三岁，徐茗叫师父倒是叫得心无芥蒂。

不过一刻钟，白洛也出现了，站在院子里叉着腰说道："华浅，徐茗人是不是在你这里？"

华浅并未着急回答，反而扬了扬手里的话本开口："你给我的这册我都看完了，有没有新的？"

白洛深吸一口气，从怀里掏出了一册新话本，甩给华浅。

真是学聪明了，还知道有备而来，华浅满意地点了点头，才开口说："人在华戎舟房间里。"

白洛进去片刻，华戎舟就出来了，换了一身干净的衣服。华浅见此，缩起了伸直的双腿，给华戎舟在秋千上腾了个地方。

华戎舟坐下来后，自然地抬手，让华浅缩起来的双腿搭在自己腿上。华浅也不介意，就势又伸直了腿，开口问："他们又怎么了？徐茗找你做什么？"

华戎舟双手枕在脑后，开口："徐茗说让我教他一种能让白洛追不上的轻功。"

华浅一愣，下一秒就笑出声来："这两个人年纪都不小了，还这么幼稚，尤其是徐茗，要是不想见白洛，不是有千万种法子吗？偏偏自己还当局者迷。"

华戎舟默默地点头应和，华浅继续看起话本，而华戎舟则是坐在她身侧闭目养神。

刚翻了几页话本，华浅就又忍不住开口："你说为什么这些写情情爱爱的话本里，大多是富家小姐喜欢上穷书生，或者是贵女爱上戏子的桥段呢？我看了这么多都是女子下嫁，好像很少有皇亲国戚喜欢上平民女子的。"

华戎舟睁开眼，棕色的眼眸眨了眨，像是在认真思考。他回答道："可能写这些话本的都是男子。"

华浅脑海里顿时浮现出一幅抠脚大汉扭扭捏捏，写着你侬我侬的话本的画面，乐得腰都弯了。

华戎舟见她笑得开心，面上虽无过多表情，可棕色眼眸像是化了一样柔和。

察觉到华戎舟的目光从自己脸上移到腰际，华浅心里一突，还未来得及坐直就听华戎舟开口："这一年多你是不是吃胖了？"

问得十分认真，华浅也看到了自己腰上比之前多出来的一圈肉，没办法，这个小镇太小，她忧心有人监视也不敢出镇子，自然要比之前胖上一圈。

只是女生永远都对体重问题格外敏感，华浅抬脚就踹向华戎舟的肚子："你眼睛是不是有问题，谁说我吃胖了？"

被踹了一下后，华戎舟赶紧把手放下来，握住华浅的脚腕开口："好好好，是我说错了……"

被握住了脚腕，华浅还是不甘心地挣扎着要踹他。直到又有人进了院子，华浅才赶紧收回腿，盘起腿正襟危坐。

来的是白洛的母亲白夫人，她装作没看到秋千上那两个人方才的"打情骂俏"，开口问："浅浅，我家洛丫头是不是在你这里？"

华浅还未开口，就看到徐茗和白洛从屋里走了出来，徐茗看着表情颇为颓废。

"娘，你怎么来了？"白洛上前几步开口。白夫人回道："家里来了客人，我特地来寻你。"

白洛有些不情不愿，似是不想放过徐茗："什么客人啊？"

"就是你祖母的妹妹家的女儿，也是你的姨母。"

白洛凝了眉开口："这是什么亲戚？我都没听说过，隔了这么远。"

白夫人见此，毫不含糊地揪着白洛的耳朵说道："你姨母之前在京城里，她服侍的主人家遭了难，前几天主人家都故去了，碰巧赶上今年的选秀大典，皇家开恩，才放她们那些奴才归乡。"

白洛双手护着耳朵，嘴上还不服气："哪个主人家啊？之前富贵的时候也没见念过我们。"

白夫人一步步向外走去，嘴上还是解释道："话不能这么说，富贵可不见得是好事，你姨母之前是在京城里的华府，你看那前华相和他夫人，到头来连个送终的人都……"

徐茗看到白洛离开后，才又昂首挺胸地和华浅他们告别。一时之间，院子里安静极了，只剩了两人。主人家、故去、华府……

华浅看了看手里被撕成两半的那一页纸张，转头对华戎舟笑道："看我多不小心，这可是白洛的心肝宝贝，我去给她粘好，不然她要是知道了，就有的闹腾了，今天换你去做饭吧。"

然而手里的书下一刻就被抽走，华戎舟的声音响了起来："我来粘就行。"

华浅还是保持着低头的姿势，看着空荡荡的双手。

秋千一动，华戎舟坐近了些，开口："你若想回去，我有的是法子避开监视的人，把你毫发无损地带回去。"

等了许久也不见华浅说话，天色渐渐暗了下来，想起华浅的眼睛不好，华戎舟便起身准备去点上灯火。

然而人刚站起来，就感觉到衣服被人从后面拉住，只揪住了一点点，华戎舟稍微一动就能挣脱。

华戎舟没有再动，就这样静静站着，很久之后才听到身后华浅的声音响起，微弱得仿佛猫叫："我可以抱你吗？就像之前在华府里……我兄长去世时你抱我那样……"

65

"皇上，这是礼部呈上来的选秀名录，秀女们都已进宫了……"高禹弯着腰，将一本册子放在案上。

仲溪午拿起来随便翻了几下，就看到一页有戚家的人。

看着仲溪午的动作，高禹赶紧开口："这是戚家今年送来的秀女，正是戚贵妃的嫡亲妹妹。"

仲溪午讽刺地勾了勾嘴角，这戚家还真是能下血本，知道戚贵妃已经毁容失势，便赶紧又送了个人进来。不过这也算是一种示弱，这几年戚家被打压得日渐式微，竟然狠心将家里仅剩的一个嫡女也送进宫。

"既然是戚贵妃的妹妹，那便直接册封为美人，住在凝芳宫的侧殿吧。"仲溪午状似不经意地开口。

凝芳宫主殿住的正是戚贵妃。

"是，奴才这就去传旨。"高禹拱手，"那其他秀女，皇上……"

仲溪午合上册子，开口："其他人等等再说。"

高禹收起册子就离开了，宋安一路小跑跟着自家师父，去了秀女住的地方。

路上，嘴碎的宋安又忍不住念叨："这皇上对贵妃娘娘可真是好啊，这还没见过秀女们呢，就册封了贵妃娘娘的嫡亲妹妹，还体谅她们姐妹情深，让两位主子同住一殿。"

高禹慢悠悠地走着，脸上的笑让人琢磨不透："是啊，皇上对贵妃娘娘可真好啊……"

只是，让一个毁了容的贵妃，日日面对着自己年轻貌美的嫡亲妹妹……入了后宫哪里还有什么姐妹情深呢？

独自一人的仲溪午又唤出了林江："人……送出去了吗？"

林江半跪着回道："约莫着明日就能送到境外了，届时陈渊就能赶回来。"

仲溪午点了点头，起身开口："那朕就先去母后殿里一趟，接下来有段时日都见不到了。"

刚踏进太后殿里，就听到一阵欢声笑语传过来。

一个清脆伶俐的女声响起："太后娘娘此话差矣，为人子女自然是以父母为天，可是出嫁后可不能只以夫君为天，臣女觉得，夫君主外已是事务缠身，为人妻还是能同夫君一起扛起半边天的好。"

仲溪午眉头一皱，这宫里什么时候多了这么一个口无遮拦的人？

大步走进去，看到一个着鹅黄色罗裙的女子坐在太后身侧，面容清丽，尤其是一双眼睛，像狐狸一样滴溜溜地转。

一看就是个不安分的，仲溪午心里下了定义。

"放肆，你自己什么身份，敢在太后面前大言不惭？"仲溪午厉声开口，殿内的笑声顿时一停。

太后见此打圆场道："这是李太傅之女李婉仪，今年刚进宫的秀女，我看她聪慧伶俐，便特地叫她来陪我解闷了。"

太后从来没有如此夸过刚见面的人，更别说面对一堆刚进宫的秀女，唯独特殊地召她来闲谈。

如今言辞这般肯定，一则可能是这李婉仪当真聪颖讨喜，二则便是李婉仪是太后早就暗中选好的人，至于选的目的嘛……不言而喻。

难怪李继在前朝那般倚老卖老、撒泼打滚，原来是身后早已有了靠山。

想明白这层道理，仲溪午的脸色不是很好："李太傅年五十才得一女，他过些时日就要致仕，怎么此时还舍得把自己的独女送进宫来？"

李婉仪并未被仲溪午冰冷的脸色吓到，反而毕恭毕敬地行了个礼，然后说："家父说皇上是真龙天子，能进宫服侍皇上是臣女百世修来的福分，又怎么会舍不得呢？"

这装模作样的做派，可真是和她父亲一模一样，仲溪午仍是不留情面："谁说你能被册封了？等到二十五岁被送出宫的秀女也大有人在。"

李婉仪抬眸，毫不闪躲地回道："能在这皇宫里离皇上近一些，沾点皇上真龙天子的福气，臣女也知足了。"

巧言令色。

太后终究是看不下去了，插了一嘴："在这宫里，难得有人愿意真心诚意陪我这个老婆子说上几句话，皇上就不要再苛责她了。"

仲溪午一顿，对上太后略带惆怅的目光，心头也不由得一颤，顿时失了所有想继续斥责下去的心情。

曾经，也有那么一个人，待太后以真心。

其实仲溪午如此看李婉仪不顺眼，不只是因为她方才那几句不当之语，更多的是因为他心底里清楚太后的心思，可他还是控制不住地……不想有人坐上那个位置。

仲溪午不再看旁边站立的李婉仪，转而对太后说："那新晋秀女册封之事就劳烦母后多多看顾，儿臣接下来应是会……比较忙碌……"

太后垂眸，手指摩擦过腕上的白玉镯，说："皇上既然如此忙碌，那我就越俎代庖帮你定下这些秀女的事儿，皇上专心处理好……自己的事情就可以了。"

"一切听凭母后安置。"仲溪午垂首抱拳，头深深地低了下去。

僵持了快三年，做儿子的守着自己的后宫自欺欺人，做母亲的挟持着远方那个镇子里的人以退为进。

如今母子二人终于达成了共识，旁人可能听不出这几句话里的含义。可是他们二人都清楚地知道，这是仲溪午主动选择了妥协，才换取了一个……处理自己事情的机会。

言罢，仲溪午垂手告辞，宣完旨在门口候着的高禹见此赶紧跟上。

刚走了几步就看到身后跟着那个鹅黄色的身影，仲溪午忍不住停了脚步，转身冷眼看着那人："你跟在朕身后做什么？"

李婉仪被突然的呵斥吓了一跳，快速地眨了眨眼睛，说："回皇上，方才太后说身子乏了，便让臣女先行回去，而这条路正是臣女回去的路。"

仲溪午眉头越皱越深，李婉仪见此又试探性地开口："皇上若是不信，那臣女走前面？"

"大胆！"不等仲溪午开口，高禹就开口呵斥，"你一个秀女也敢走皇上前面？"

李婉仪有些委屈地撇了撇嘴："跟在后面不行，走在前面也不行，这就一条路，要不皇上先走，臣女在这儿等着？"

看着模样委屈，这说的话可是大胆，能被太后看上的人，又怎会如此莽撞？看来又是一个扮猪吃老虎的角色。

仲溪午被噎了一下后，深吸了一口气，甩着袖子就走，嘴上还是忍不住咬牙切齿："真跟她父亲一样，泼皮无赖。"

林间溪水旁，一群姑娘媳妇围坐着洗衣服，她们时不时看向一个方向，眼里满是羡慕，那个方向有两抹身影。

一个是正在洗衣服的华戎舟，一个是坐在溪边泡着脚，抱着一小筐樱桃吃得正香的华浅。

本来是华浅在洗衣服，她手刚碰着水，华戎舟就不知道从哪里冒了出来，端着一筐樱桃，换走了华浅的一盆衣服。

这一筐樱桃个个晶莹剔透，看着就是刚摘下来洗干净的，华浅脚掌拍着水面，一边吃一边说："这是哪来的樱桃啊？看着挺新鲜。"

"东边打猎的那座山，我上个月无意看到一处野生的樱花林，于是没事就去等它成熟。"华戎舟一边勤勤恳恳地洗着衣服，一边回答。

怪不得今天刚吃完午饭就看他跑得没影了，原来是摘樱桃去了。

看着华戎舟洗衣服的动作越发熟练，华浅也不由得啧啧称奇，感叹他学习能力之强，刚来的时候他要洗衣服，那时候经他洗过的衣服，可没一件能完好无损的。

不过之前那些洗坏的衣服也没浪费，全被华浅拿来教华戎舟缝纫了。华浅越看越满意，挑了一颗又大又红的樱桃递过去："给，赏你的。"

华戎舟双手握着衣服，伸头过去衔走了华浅手里的樱桃，软软的嘴唇擦过华浅的手指，像是指尖溜走了一块棉花糖。

华浅便又拿了一颗递过去，华戎舟还是乖乖张嘴吃了。像是投喂宠物一样，华浅倒是觉得比自己吃都开心。

只是隐约感觉气氛有点不太对，眼角的余光瞥见那一群嫌弃地看着她的媳妇姑娘，华浅顿时感觉脸上有点臊得慌，赶紧老实坐好，不作妖了。

只是坐得久了，屁股都有点麻木了，华浅挪了挪身子，不小心把放在岸边的鞋子碰掉一只，鞋顺着河流就流走了："我的鞋……"

话还没说完，岸边响起了一阵小姑娘的欢呼声，只见华戎舟一个翻身从河面掠过，落到岸边，手里便多了一只鞋，这一连串动作那叫一个行云流水。

华戎舟把鞋子放回岸边，说："你小心点，老实坐着吃东西还能把鞋子掉水里。"

华浅一愣："你这话是在说我笨手笨脚？"

华戎舟没回话，继续洗衣服，表情却是默认的。

华浅恶从心头起，放在水里的脚一挑，一片水就朝华戎舟泼了过去。

只见华戎舟身子一侧，没沾上半分，若无其事地继续洗衣服。

华浅不服气，继续用脚掌击打水面，几个回合之后终于有人说话了，是一同洗衣服的其他妇人。

"真是看不下去了，就欺负我们这些一个人来洗衣服的人……"

"就是，走走走，咱们赶紧走……"

……

一群妇人端着盆浩浩荡荡地离开了，华浅这才后知后觉地有些尴尬。

抱歉地笑了笑，转头目送那群人离开时，华浅身子突然一僵。

华戎舟飞快地察觉到了，顺着华浅的目光，他看到了河流斜对面……有一个他们都熟悉的身影。

华戎舟垂下了头，片刻后开始收拾身边的衣物，然后他半蹲下来，撩起自己衣服下摆，伸手将华浅还泡在水里的双脚捞了上来，擦干净后给她穿上鞋子。

华浅回头看着他，目光似乎有些疑惑，只见华戎舟拿起洗衣盆说道：“衣服洗完了，我先回去挂起来晾晒……”

然后伸手拿走了华浅怀里的樱桃筐，又说：“你等下……记得回来……”

华戎舟转身离开后，华浅这才反应过来，又看向那个方向，那个人影还在。

仲溪午已经站了有小半个时辰，可能是华浅过得真的太安逸了，他看了这么久，华浅都不曾察觉，之前在京城里他不过是看了她两眼，就差点被她捕捉到。

果然……这里的生活才是她想要的，所以她才能由之前的聪慧灵敏，变成如今这般慵懒迟钝，看着似乎还……吃胖了不少……

华浅抬步向他走了过去，走了一座桥，跨过一条河：“不都说国不可一日无君吗？你怎么会出现在这里？”

走到面前后，仲溪午才发现方才还纯朴得像个乡村姑娘的华浅，一瞬间好像又变成了那个防备心重的相府千金。

他心里发苦，嘴上却笑着说：“可是君王也会生病。”华浅一愣，才反应过来他是称病罢朝才偷偷来了这里，可真是……胡闹。两人面对面站了很久，都不知道该说什么，似乎他们之间是没什么话可说了。

眼见着华浅还是目含警惕，仲溪午慢慢将发抖的手背到身后，站直了脊背说：“华相还活着。”

只见华浅的眼睛蓦然睁大，呆了许久才反应过来，这皇家的套路还真是一模一样。

一刹那，华浅明白了仲溪午此次来的目的，因为华相“死”了，她就彻底自由了。

华浅低头轻笑了起来，笑得仿佛方才对岸那个抱着筐吃樱桃的傻姑娘：“谢谢。”仲溪午感觉眼眶发热，那些困扰他几年的心绪，也消失了个干净。她相信他，问都不问就相信了他。

华浅回到庭院时，里面一片寂静。

看到还堆在盆里的衣服，华浅心里不由得好笑，正欲进屋，却看到树上落下一人，正是华戎舟。

"好好的，上树做什么？"华浅皱眉。

"站得高，就看得远了。"华戎舟向来淡漠的棕色眼眸此时显得流光溢彩起来，华浅似乎从未见他这么开心过。

华浅心头一柔，抿嘴笑着说道："赶紧晾衣服去，我去……煮碗面。"华戎舟收拾好之后，就看到华浅提着一个密封好的食盒，说："他应该还没有走远，你把这个……谢礼给他。"华戎舟未有丝毫迟疑地点头接过去，正准备走，却听到华浅的声音响起，带着让人不忍离开的眷恋："早去早回。""好。"华戎舟哑着嗓子开口。多少年了，都不曾有人说过等他回来。如同被点燃的炮仗，华戎舟只用半刻钟就赶上了仲溪午一行人。

仲溪午皱眉，还未开口，就看到华戎舟在地上放了一个食盒，然后丢下一句话就没了人影。

"给你的，谢礼，她说的。"

仲溪午揭开盖子，是一碗还冒着热气的面，热气薄弱却轻易熏红了他的眼眶。

他想，这碗面……若是吃了还放不下那个人该怎么办？可若是吃了……就放下了又该怎么办？

最终他还是一言不发地合上盖子，起身登上马车离开。随行的林江想，那碗面肯定很好吃，不然主子怎么会没有吃就红了眼呢？

马蹄声响起，片刻后这里恢复了安静，仿佛从来都没有人来过，只留下空中飞扬的尘土，和地上半旧的食盒。

第十九章

仲溪午番外篇

1. 初遇篇

"皇上、晋王爷，晋王妃她……她不小心落水了……"

一个小太监气喘吁吁、急匆匆地跑过来，他话刚说一半，面前两个身影就只剩了那抹明黄色的了。

仲溪午眯眼看着快步离去的仲夜阑，却是未动，转头问那个小太监："怎么回事儿？"

小太监喘了口气才说："回皇上，方才太后娘娘和晋王妃一同在御花园里赏鱼，也不知怎的……晋王妃就掉到了池塘里。"

仲溪午眉头一皱，那个小太监又赶紧说："不过并无大碍，晋王妃……自己游了上来。"

仲溪午明显一愣，然后摆摆手让小太监下去。他还是没有着急走，对着暗处说："陈渊，你去查一下。"

不过一盏茶的工夫，陈渊就从暗处现身，附在仲溪午耳边说了几句。

仲溪午向来温和的眼眸里也有了几分冷意："还真是胆大妄为，成了亲还不知收敛，真当这皇宫是他们华家的天下吗？"

他甩袖离开，却是朝着和方才仲夜阑离开时相反的方向。

刚走到一所宫殿的窗扉前，就听到一道清脆的女声响起，带着几分不怒自威的气势："荒唐，华美人莫非昏了头吗？我父亲为何要知道你这后宫之事？"

脚步一顿，仲溪午停了下来，闪身到一旁，同时示意跟着的高禹屏息敛声。

接下来，仲溪午就听到屋里的那道女声，把他宫里向来蛮横又没脑子的华美人堵得几欲吐血。

"华美人既然对皇上痴心不改，那就别把心思放到其他地方，从一而终这个道理不用我来教了吧？"

声音刚落，一阵脚步声就传来了，仲溪午一愣，然后下意识地侧身走到墙角拐弯处，躲了过去。

直到屋里再无动静，仲溪午才回头看着身后的高禹开口："她们对外不是向来摆出姐妹情深的模样吗？你说这晋王妃是不是知道朕在这里？"

高禹低着头眼珠转了转说："奴才……不知。"

这话说得模棱两可，仲溪午也没有追问。没有抓住把柄，他也就随口一提，这人还不值得他去费心。

"走吧，先去母后宫里。"

2. 缘起篇

酒楼里，仲溪午坐着，听了林江的回复，皱了皱眉头："哦？皇兄怎么会插手牧家之事？"

林江犹豫了片刻才开口："先前牧家小姐是藏身于晋王府，才未被抓入牢狱。"

仲溪午手指微蜷在桌面上敲了敲，片刻后才开口："皇兄虽然易被感情之事蒙蔽，却也并非是非不分之人，你再去查查，这牧家之事是否有隐情。"

林江低头应和，仲溪午起身正欲起身离开，突然听到窗户外传来一声呵斥："哪里来的死要饭的，敢挡了晋王府的马车，不要命了吗？"

仲溪午眉头一皱，他向来不喜这欺压平民的官僚作风，于是转了脚步朝窗户外面望去。

刚走到窗边，就看到一抹熟悉的人影缓缓从马车上下来。仲溪午心里顿觉好笑，就如此巧吗？然而出乎他意料的是，向来骄纵又自恃身份的华浅，竟然会为一个乞丐出头。

三言两句就打发了滋事的商人，还让自家侍卫带着那乞儿去医馆。那小乞丐也似乎颇为意外，一直看着华浅离开的背影。

仲溪午勾了勾嘴角，这个华府千金做了晋王妃后倒是学聪明了，还知道大庭广众下拉拢民心。他只觉得这是华浅装出来的和善宽容，毕竟之前的华浅性情可并非如此。

仲溪午嘲讽的笑容还未露出来，就看见刚走到马车旁的华浅，突然转头往他所在的窗户看了过来。

一个闪身，仲溪午就躲到了窗扇后面。她怎么这么敏锐？

直到外面马车渐行渐远，仲溪午才又站了出来："我怎么觉得她像是变了一个人一样？"

林江应声道："应是得偿所愿后，便收敛了心性。"

仲溪午手指拂过窗棂，开口道："是吗？那可值得好好查探一番。"

林江不曾言语，仲溪午背对着他说："等下你在晋王府的人中挑一个伶俐点的，放到……她身边。"

3. 试探篇

"京城之中，天子脚下，这华深还真是被华相惯得不知轻重。"仲溪午重重地搁下手里的茶盏，转头对身边之人说，"你们不曾在明处露面，就下去帮那琵琶女一把，我要看看这个华深有多嚣张……能惹出多大的麻烦来。"

林江和陈渊一俯首，就翻身落到酒楼大堂中央。

"这位公子，光天化日、众目睽睽之下，强抢民女这般作为可是不太好。"林江率先开口。

华深小眼睛打量了一下，发现只有他们两个人之后，就有了些底气，叉着腰、挺着肚子开口："本少爷看上她，那是她的福气，关你们什么事儿？不想死就别多管闲事儿，一边待着去。"

说着华深就示意自己带的府兵去抓那个琵琶女，林江和陈渊对视一眼，都从彼此眼里看出些许鄙夷。不过片刻，几个府兵就被丢了出去，哀号声不止。

这次陈渊开了口："我们兄弟二人最见不得这种仗势欺人的局面，今儿个还就想自找麻烦，看你能不能从我们手里抢走人了。"

华深躲在府兵身后，他知道面前两人身手不凡后，就不敢轻易让府兵前去迎战了，只是这般灰溜溜地走也太失面子了，所以他还是嘴硬地骂骂咧咧，双方僵持不下。

大家的注意力都被华深一群人吸引走了，角落里的仲溪午默默坐着，倒是无人注意。

也就只有一个瘦骨嶙峋的酒楼杂役见他孤单一人，上前给他添了些茶水。

仲溪午通过眼角余光看到，华府的一个家仆悄悄退了出去。他嘴角勾了勾，转移了视线，并未派人阻拦。因为他也想知道，华相不久前才告假，这个家仆如今能搬来的……救兵，会如何处理此事呢？

华相向来圆滑，做事不留尾巴，让人无从下手，若是他的一双儿女互相包庇，那可就有处拿捏了。

只是仲溪午没有想到的是，华浅来了之后竟毫不留情地要把华深一干人等扭送官府，这若是见了京兆尹就有些麻烦了，说不定到时候就得他出面了。不过林江还是知事理的，不用仲溪午吩咐就把见官府的事拦下了。

若换作是任何一家贵女如此作为，仲溪午最多只是心里赞赏，也不会过多留意，可偏偏是华浅。她之前可是满口虚情假意，实为自私自利，此时还真是让人不得不注目。

眼见着华浅一直看向林江和陈渊离开的背影，似是生了疑心，仲溪午便径直走了出来吸引她的注意力。

"晋王妃可真是令人刮目相看啊。"

4. 起意篇

一连几日，华浅不知道是中了什么邪，隔三岔五就往皇宫里跑，天天拜见以往她最不喜欢的太后。

仲溪午一开始装作不知道，看看她想打什么主意。结果一连小半月过去了，华浅来皇宫真的只是为了拜见太后。除此之外，什么地方都没去，什么人也都没见。

又听银杏回禀，华浅此举似乎是在躲仲夜阑的恩宠。仲溪午更是疑惑，不怪他上心，毕竟之前华府一家可是劣迹斑斑，让人无法放心。

于是仲溪午在华浅来皇宫的时候，也时常"不经意"地去太后宫殿。

然而每次都能看到华浅和自己的妃嫔打成一片的模样，仲溪午不由得皱起了眉头。

这华浅是想做什么？

她自成亲以后，变得沉稳又圆滑，有几分华相的风采，让人更加忌惮。

不过华浅终归还是不如华相，几句话就把她吓得不复稳重的模样，也让仲溪午发现了自己的恶趣味，那就是……继续吓唬她。之前的华浅愚笨，就算是试探都听不懂，现在成了亲还真是变得聪颖起来了。

御书房里，仲溪午特意挑出一本奏折递给华浅，看着她战战兢兢却眼珠子直转，像极了仲溪午年少第一次打猎时猎到的那只狐狸，明明害怕得缩成一团，脑子里却还不放弃地打着鬼主意。

仲溪午莫名觉得心情好了些。

那时候，仲溪午并不知道自己的欣喜是从何而来，也不曾在意，只当自己是寻了个消遣。

直到看到华浅下意识地去拉仲夜阑的衣袖，两人握手而立时，仲溪午才清醒了些，那可是……他的皇嫂。

想着要转移自己的注意力，却在听到华浅为仲夜阑准备了生辰宴后，又忍不住开口要一同前往，仲夜阑浑然没发现他闪烁的眼眸，爽快地应了下来。

仲溪午一路忐忑，而入了晋王府，才知晓自己的忐忑是从何而来……宴席过半，华浅推出了一人演奏，明眼人都能看出来这是华浅在给仲夜阑安排人，尤其这个人还是牧遥。仲溪午心生疑惑。他早知牧遥的身份，当初华浅为了能和仲夜阑在一起，可是没少耍手段，怎么现在成了亲反而大方起来了？

心里有疑，连琴音都没听进去，只是为了掩饰，他还是故作自然地赞赏了几句。眼角余光看到华浅自顾自地坐在一旁，似是还有些……得意。

仲溪午忍不住开口："那晋王妃为皇兄准备了什么生辰礼呢？"

华浅明显愣了一下，仲溪午嘴角不由得一勾，看来她是没准备啊。

可是看到后来的那碗长寿面，仲溪午突然说不出话来，他不想承认的是……他竟然莫名有些眼红。

一个皇帝嫉妒一碗面，这说出来可真是可笑啊。

可是仲溪午笑不出来，胸口似是被什么堵着，让他在宴席结束后还赖着不走。

他故意岔开话题调走了仲夜阑，然后自己冷了脸，揪着一个问题不依不饶。

有一瞬间他自己都未曾察觉，他是有些想听她否认的，只是下一刻华浅就义正词严地把他堵得无话可说。

看着月光下华浅皎皎的面容，仲溪午心头莫名不舒服，心里的想法也不受控制地说了出来："这番告白听着可真是让人眼红，皇兄可还感动？"

5. 祭祖篇

喧闹的人声，凌乱的典礼，层层的侍卫如同层峦叠嶂一般挡在仲溪午四周。高禹也是死死地挡在仲溪午身前，抵着他挪动。

仲溪午并未被突袭乱了阵脚，反而微眯了眼睛扫过全场，然后不由自主地往一个方向看去，离开的步伐突然一顿，他的目光定格在层层人群外的那一抹人影上。

因为相比于其他鬼哭狼嚎的千金名媛，华浅显得太过特立独行。只见她脑袋不住地晃动看向四周，那模样像是在找……吃的？

仲溪午心头狐疑，为何她像早就知道了此事一般？思索时行走的步子也慢了几拍，身前的高禹马上疑惑地回头："皇上？"仲溪午这才反应过来，此事可容后再想。

正当仲溪午欲收回目光时，他的眼睛突然瞪大，身处喧哗之中却清晰地感觉到自己的心跳停了几拍。

远处，方才还悠闲从容的那个人影的胸口，慢慢晕开一片血迹，太过刺眼的血色刹那间也染红了仲溪午的瞳孔。

他的脚步不由自主地向前一迈，却又被高禹和层层侍卫硬推着后退了数步。

他们之间离得不算太远，仲溪午可以清晰地看到，华浅吐了口血，鲜血染红了衣领，还可以看到华浅眼睛里的难以置信。

只是直到华浅轰然倒地后被仲夜阑护入怀里，仲溪午也未能靠近半分，因为他们之间虽距离不远，却隔了数不清的人。

仲溪午被侍卫一路护送回了皇宫，不过片刻林江就单独出现回禀典礼情况。仲溪午只看见林江的嘴一张一合，却发现自己竟然听不见一个字，终于他开了口："晋王……府情况如何？"

林江明显了踌躇一下才开口："回皇上，晋王未受伤，其府兵也无伤亡……"

"她呢？"仲溪午终于忍不住了，语调也不复平稳。

林江心头一跳，立刻埋下头回答："晋王妃负伤昏迷，具体情况臣不知……"

仲溪午心中有说不出的烦闷，强行按捺住心情，开口道："让银杏看紧了，任何情况都要及时汇报。"

"皇上……这似乎不合情理……"林江终于还是忍不住开口暗示道。

仲溪午手指微缩，他又如何不知？

勉强让自己冷静下来，眼前却反复闪现典礼之上华浅一开始遇袭时的淡定模样，还有毫不犹豫跑向仲夜阑的身影，以及最后她中箭后的难以置信……

这其中分明有什么不对劲的地方，只是仲溪午想不透。

看到仍跪着一动不动的林江，仲溪午深吸了一口气，稳了稳心神才开口："朕……自有打算。"

6. 情定篇

终于等来了华浅脱险的消息，与此同时银杏还传过来仲夜阑突然弃重伤中的华浅于不顾，不闻不问的消息。

待了几日，仲溪午还是无法装作不知，心里说不清是怀疑还是其他情愫，他召了个太医，未曾打招呼就赶到了晋王府。

昏睡中的华浅看起来比平时要温顺得多，没了疏离和小心翼翼，也让仲溪午存了几分不愿叫醒她的心思，就这样静静坐等着。

若华浅能早一刻钟醒来，就会看到仲溪午望着她的眼神……让跟随而来的太医都深深地低着头，大气儿不敢出一下。

仲溪午也说不清楚是从什么时候开始，他开始猜不透华浅的心思，也猜不到她的所有举动的意图。

更可怕的是，他竟然想要去猜她的心思，猜她的举止。所以听到华浅在晋王府上闹着要和离的消息，仲溪午只是愣了一下。而相对于心头的怀疑，仲溪午发现自己听到这个消息后，却是欣喜更多一些。

之前为了嫁给仲夜阑，华浅可谓是丑态百出、坏事做尽，也就仲夜阑相信她的一面之词，被蒙蔽过去。现在她这般爽快地和离，还真是和从前判若两人。

或许这就是所谓的耳听为虚，眼见为实。

得知太后召见华浅的消息后，仲溪午就非常利索地将引见的太监换成了自己的人，然后自己装作不经意地守在路口等偶遇。

再次看到活蹦乱跳的华浅，仲溪午根本抑制不住自己上扬的嘴角："这么巧啊，晋王妃。"

只是这次的华浅却对他格外冷漠，比以往还要疏离。仲溪午认真地回想了一下，应该是自己在晋王府时，他和华浅之间因仲夜阑派人来请而中断的那场谈话，让她心生了不满。

想起那日面色苍白、委屈得眼眶泛红的华浅，仲溪午心头也有些愧意，于是不由得放软了口气。

本想借此时机，劝她日后遇事先把自己放第一位，莫要再为别人强出头，华浅却总是话听了一半就把他甩在身后，让仲溪午也不由自主地扶额。

自己惹恼的人，还得自己哄啊。

与此同时，他的嘴角上扬得越发厉害。这见了面才知道，如今的华浅，可真是看不出来对仲夜阑还有半分眷恋。

回忆起华浅以往在他面前数次剖白对仲夜阑的心意时的郑重模样，仲溪午才醒悟过来，华浅把她对仲夜阑的感情说得太过理智和滴水不漏，反倒是失了几分真情实意。

若是真心，哪里能侃侃而谈？

像是想骗别人去相信她对仲夜阑的一往情深一样，她恐怕更想骗她自己去相信。

心情越发好，仲溪午也就不在意华浅的忤逆行为了。不过华浅的一番话也提醒了他，他们如今的身份确实还有着种种顾忌。

若是他能早些认识她，再早一些去了解她，该有多好，定会比如今少些阻碍。

不过仲溪午自小集万千光环于一身，自己文韬武略，从不曾落后于人，母亲也是后宫之首，所以他想要的东西，只要肯努力，就不会有意外。

太后年纪已大，掌管后宫也渐渐力不从心，而如今的华浅简直就是为了这个后位而生的。她生性聪颖、心思灵敏，成亲后进宫几次，就和整个后宫的人拉近了距离，为人又知进退，并不争强好胜。

而最重要的是……仲溪午越来越无法忽视华浅对他的影响力，华浅为仲夜阑挡箭的那一幕，让他活了这么多年第一次体会到什么叫"后怕"。

他放在心口念叨的人，受伤后却被仲夜阑放在一边，不管不顾。那么就别怪他把华浅拉到自己身边来护着，他绝对不会让这种事再次发生。

太后如今很喜欢她，所以仲溪午并不担心他母后的那一关。他需要解决的也就只剩下两个问题：一是势大的华府，二是部分迂腐的前朝官员。

虽然过程可能会难了些，但也不是没有可能，毕竟他才是这天下的皇帝。

思绪已定，仲溪午就对身边的高禹开口："给银杏下道令。"

高禹侧耳过来，只见仲溪午眼里含笑："让华浅和皇兄，再无复合的可能。"

第二十章

华戎舟番外篇

1. 成长篇·上

"师父，那人今天又来了。"

小药童揉着睡意蒙眬的双眼，蹲在吴塘的床头小声埋怨道。

吴塘坐起了身，伸出一只手掌拍了拍小徒弟的脑袋，然后披了件外衣就下了床。

在屋里翻找了一阵后，才接过小药童手里的烛火开口："你去把门关好，继续睡去吧，我自己过去就行。"

刚走到后院的一个屋里，迎面而来就是一股血腥气，吴塘微微皱了皱眉头，表情却是习以为常。

他将烛火放到桌上，火光顿时照亮了这个简陋的屋子，这里是平时接待病人的地方。

此时屋里已经坐了一人，那浓郁的血腥气皆是因他而起，若是有认识的人在这里，定会一眼认出，此人正是……华戎舟。

屋里两人都没有说话，一人脱衣一人上药，有种诡异的默契。

看着本就伤痕累累的上半身旧伤未愈又添新伤，吴塘终于还是忍不住开口："人的身体是肉做的，不是铁打的，看你比我那小徒弟也大不了几岁，年纪轻轻总得为自己考虑，何必争强好胜一直和……别人过不去呢？”

摇曳的烛火使得华戎舟的面庞忽明忽暗，他却没有开口反驳。

烛火跳动了一下，吴塘一不留神下手重了些，一道刚止住血的伤口又流出了暗红色的血。

吴塘手上的动作一顿，眼角的余光却看到华戎舟仿佛没有知觉一般毫无反应，心头说不清是什么滋味。他若无其事地恢复了上药的动作，嘴上故作轻松地说：“就算你自己不介意，难道不怕日后这身伤疤吓到心仪的姑娘？”

阴影里的华戎舟突然转过头，一张俊美的容颜顿时暴露在烛火下，吴塘饶是见过十几次，此时心头也忍不住颤了颤。

此人怎么生得这般好看？

那张一向惊艳却又无感情波动的脸，此时却满是疑虑，他说：“会吓到人吗？”

吴塘心头好笑，此时才感觉眼前这个少年有了些人气。听起来这个人的声音也不难听，怎么先前来的时候都是一言不发呢？

“当然会了，你想想，哪个小姑娘看到这……些伤疤，不会被吓一跳？”

“她……可不是一般的姑娘。”

一句低声的喃喃响起来，声音太小，吴塘下意识地反问：“什么？”

华戎舟没有回答，只是突然坚定地说：“我要去伤疤的药。”

即便知道她定不会被伤疤吓到，他也不敢再用自己的身体去博同情了。

见他上了钩，吴塘手上动作未停——擦血、上药、包扎，然后缓缓开口：“这世上哪有能不留一丝痕迹的药膏呢？都说治病要治本，你还是少招惹麻烦比较好。即便是不小心得罪了哪位贵人而被报复，能躲还是躲着点吧，活着比什么都强。”

过了许久，才听到华戎舟突然又开口说：“你的徒弟……跟了你多久？"

吴塘一愣，似是没想到对方会问起他的徒弟。

"他是我老家亲戚的孩子，因家里穷，父母就让他自小跟着我学个手艺，今年才满十六岁，还是毛手毛脚的年纪。"吴塘说起自己的徒弟，嘴就停不下来了，"前几日给病人包错了药，还好不是什么大病，我只罚他一天不许吃饭，他还委屈得不行。这孩子平时也喜欢顶嘴，按辈分他该叫我师父，按关系他也该叫我叔。可是平时也只有惹了祸害怕的时候，他才会乖乖唤我一声'师父'……"

十六岁啊……多好的年纪。虽听吴塘言语中多是埋怨，可是语气格外慈爱。

吴塘说了许久后，才发现自己的"病人"问了一句就再也没说话，于是也略微尴尬地闭了嘴。

半炷香的工夫才将华戎舟浑身上下的伤口包扎好，吴塘看了看外面，天还没有亮。

于是他转身走向桌子，从药匣子里拿出纸和笔，边写边说："你的外伤我是包扎好了，但是我方才发现你脉络格外紊乱，虽然你年轻，身体底子好，但也不能一直这样折腾，我给你写个方子调理一下……"

就着烛火写完后，吴塘一转身，却发现屋子里只剩他一人，刚才那人坐的地方空荡荡的，多了一锭银子。

吴塘摇着头收拾了药箱，才拿着烛火向外走去，嘴里感叹道："每次都是一锭银子，真是败家啊……"

这种外伤药哪里用得了这么多银钱？

吴塘蹑手蹑脚地回了屋子，还是吵醒了小药童，他懵懵懂懂地从自己的床上坐起来问："他……走了？"

吴塘一边脱鞋一边说："嗯，走了。"

"老头……"小药童下了床凑到吴塘床前，压低声音开口，"你说这人到底是什么来头呀？每个月的这两日都是一身伤过来，这都连着一年多了……要不，我们还是报官吧？说不定他是什么恶霸，别给我们招来麻烦……"

吴塘听到此话重重地拍了一下自己徒弟的脑袋说："说了多少遍，要叫我师父。"

看小药童撇撇嘴不在意的模样，吴塘只得作罢，说道："不要整天胡思乱想，睡你的吧。"

说罢，就不理会小药童的疑问，自己翻身躺下。

报官？

躺在床上的吴塘勾了勾嘴角，还会有官比……宫里头的那位权力更大吗？第一次送他的"病人"来的那个侍卫模样的人，穿的可是宫里头才有的服饰。

吴塘有一个哥哥在太医院，所以他对皇宫里面的事情也算是知道不少，这层关系，可能才是当初宫里那位选择把"病人"丢到他医馆的原因吧。

皇室的隐秘，向来只多不少，就比如一年前那个自焚在皇宫里的前华相之女，恐怕也不是因为简简单单的"替父赎罪"四个字。

知道得越少，活得越久，这是吴塘在太医院当官的哥哥告诉他的，所以吴塘的医馆才被选择，因为他知道什么不该问，什么不该说。

只是今日却破了戒……那个每月都会丢掉半条命的求医之人……着实让人心生不忍。

看着另一张床上翻来覆去睡不安生的小药童，吴塘突然明白了方才那位"病人"为何突然问起自己小徒弟的事情，看着那人比小药童大个三四岁的模样，可是他们两个却过着两种截然不同的人生。

他如今过得那般苦，定是身边没有一个愿意护着他的人吧。想到这里，吴塘忽然感觉心底生出几丝寒意。

所以，一个在连着一年多的时间里，每个月都伤痕累累跑来求医的人，究竟是被皇室夺走了什么，才会这般执拗？

2. 成长篇·中

皇城里的生活还是一切如旧，一个华相倒台了，并没有给百姓的生活带来丝毫影响，只是多了不少茶余饭后的谈资。

这个世界如此之大，你永远不知道方才与你擦肩而过的那个人，心里有过怎样毁天灭地的伤痛。

"华戎舟。"

一道女声凭空响起，并未引起多少人的注意。华戎舟缓缓回过头，看到一家脂粉铺子里面匆匆忙忙跑出来一个身影。

再一看那个铺子，正是曾经华浅和他从街头走到街尾为千芷挑的那一家陪嫁铺子，喊住他的人也正是千芷。

只见千芷一身素衣，温和大方，再没有之前张牙舞爪的模样。

她跑到华戎舟面前才站定了身子，缓了口气说："方才瞧见你，还以为是认错了人，还好我这张嘴比脑子还快地叫住了你。"

"你……怎么会在这里？"华戎舟眼眸闪了闪问道。

千芷愣了一下才反应过来，便开口解释道："我的卖身契……小姐一早就同这家铺子一起给了我，那日的宫宴……小姐执意不愿带我，后来官兵闯进华府，我才明白过来……华府获罪，我这个自由身的平民……自是不受牵连……"

应是提起了那个名字，两个人不约而同地沉默了下来。在人声鼎沸的街道上，两个人就这样默默相对而立。

眼见因华戎舟的容貌，看向他们的人越来越多，千芷才又开口："要不去铺子里坐坐吧，这里人太多……"

"不必了。"华戎舟垂了头，"我还有事儿，先走了。"

那模样似是面对一个陌生人一般疏离，千芷也并未因他的拒绝而意外。毕竟一直以来，华戎舟在她们这些人面前都是沉默寡言到近乎冷漠，只有在……华浅面前，他才显得温顺。

记得当初华戎舟刚进王府的院子，有哪个小丫鬟没有动过心呢？只是到最后还是被他的态度吓退。

那时候千芷总是和翠竹过不去，就是因为看不惯翠竹总是热脸去贴别人的冷屁股。

想到这里，千芷对着华戎舟要离开的身影说："翠竹两个月前成亲了，是她家里人安排的，对方是个朴实的农夫小伙，对她也是一心一意的好。当初小姐把她赶出华府，没想到正好让她躲过一劫，终究是一起生活了那么多年，我们还是偶尔有联系……"

絮絮叨叨说了半天，只见华戎舟仿佛没有听到一样越走越远，千芷迟疑了一下，追了几步开口："华戎舟……有些事情过去了就让它过去吧，你总得向前看，小姐……之前就最看重你，如今你有这一身武艺，总不能就这样平白糟践……"

话音刚落，就看到华戎舟停了下来，他转身对上千芷的眼睛："你知道我这一身武艺是为何而学吗？"

为的是护住想护之人，而不是无数次面对刀剑，都被别人一掌隔开，然后眼睁睁看着刀锋对着她，自己咬碎了牙却无能为力。

千芷张了张嘴，却说不出话来。之前她虽看不过去翠竹的讨好嘴脸，却不曾抱怨过华戎舟对她们太过冷漠，因为她知道，华戎舟虽然对她们不假辞色，但他对小姐是真心好。那种好是不掺私心的，是可以不论黑白只看华浅一人。

所以隐约从南风口里听到了些风声后，今日又难得遇见，她才忍不住开口提醒，人都得向前看，不是吗？

"你对我说要向前看，那你呢，你做到了吗？"华戎舟开口，言语瞬间刺红了千芷的眼眶。

千芷握紧拳头才不至于让眼泪落下来："我的小姐是这世间最坚强的人，我甚至还见过她当面斥责皇帝，所以我自是不信她会自焚。

可是……可是我就算自欺欺人，也无法否认，那日……她定是抱着不能回来的决心，所以才会给我们所有人都安排好了退路……"

千芷的一番话无疑勾起了华戎舟最疼的记忆，一段因他逞一时意气而至今都在承担后果的回忆。他深吸了一口气，对着一个方向开口，语气已经不复初见时的平静："你既然相信她已……那何必还苦守着这家铺子，假装看不到五米之外那个虎视眈眈的人？"

顺着华戎舟的目光望去，不远处的街角有一道身影，一直对着他们这个方向，似是站了很久。

千芷僵硬着身子一动未动，即便不去看，她也知道那是南风，她知道他在，一直都在，一年来一直如此。

人总是喜欢自欺欺人，即使自己明明知道，一个弱女子逃出重重宫阙是不可能的事情，可心底还是留着念想，等待着。

"我现在只是想守着她的铺子，万一……万一她看到没人在等她，肯定会以为大家都忘了她，那她……肯定会难过的。"千芷勉强挤出一抹笑，却觉得自己说的话牵强得很。

若是真的相信她已死，那现在等的又是谁？

华戎舟并未质疑她的前言不搭后语，只是后退一步开口："当初她说这家铺子就是给你了，你若真心怕她难过，那就按她的说法，去找你自己的幸福，她……不需要人等。"

千芷听到这句话一愣，没想到向来眼里只有一个人的华戎舟，如今竟然也会开解别人了。

"那你现在要去哪里？"千芷最后又追问了一句。

"你选择等她，而我是去找她。"

因为通常来说，大部分的等待都是无用的。

千芷的手不由自主地发抖，说不清是因为什么。

最终她努力转过身，看向了那个一直守在不远处的人，然后一步一步向他走过去。

千芷清晰地看到随着她一步步走近，南风的眼里渐渐溢出的狂喜。

她向来都知道要去珍惜眼前人，只是不知道那个曾经说……若日后自己受了欺负定会杀回来给自己撑腰的人，说话还算数吗？

四月初五，三更天。

一声暴喝响起，两道缠斗的人影突然分开，一站一卧。

林江从暗处走出，扶起了方才跌倒的陈渊，看向虽站着却明显摇晃不定的华戎舟，说道："自己回去吧，击败陈渊已经差不多用了你的全力，我不想等下又要我们送你出宫去医馆。"

华戎舟握着剑柄的手紧了紧，沉默地站着。

只听林江的声音又传来："下个月再来，你同我对战，今日就省些气力回去将养着。"

华戎舟终于收回了剑，一言不发地离开，身影不稳，步伐倒是不乱。

半晌后，陈渊调理好自己的气息，狠狠朝着华戎舟离开的方向啐了口血："那究竟是个什么玩意儿？"

林江看着愤愤不平的陈渊，面无表情地说："你败得不亏。"

陈渊皱眉看着林江，只听林江又说道："方才你应该也察觉到了，此次对决，那……小子分明是束手束脚了许多，很多时候宁可硬接你一掌，也不愿碰到你的剑，瞻前顾后的状态下还能赢过你……"

陈渊的脸色越发铁青，应是被气极了，脏话都出来了："老子就应该在他第一次来的时候宰了他，打架还娘儿们唧唧地怕留伤口，看着我就来气……"

林江看着陈渊好一顿撒泼后，才又开口说："败了就是败了，何必在我这里逞口舌之快？休息好了就进去复命。"

陈渊看了看身后寂静到仿佛无人的御书房，终究还是闭了嘴，咬牙起身向里面走去。

出宫后，华戎舟还是朝着医馆的方向去，这次吴塘竟然早就在房间里等他。看到华戎舟没有鲜血淋漓地走进来，吴塘倒是吃了一惊。

粗略检查了一下，确实没有外伤，但是肋骨好像断了一根，肩胛骨也呈现出一个不正常的弧度。

一时之间，吴塘倒不知道是该庆幸还是该无奈。

今日的华戎舟心情好像格外好，竟然史无前例地先开口说话了："今晚的月色真亮。"

吴塘正骨的动作一顿，转头就透过窗户看到银色的月光照得外面宛如白昼。

本来想提醒华戎舟接下来的动作可能会很疼，只是看到华戎舟望着月色的眼眸格外明亮，吴塘还是把话咽了回去。

算了，这个人可能根本就不知道疼痛，自己何必多此一举提醒？

正完骨后吴塘累得满头大汗，只见华戎舟除了面色苍白了些，这一过程中竟然是眉头都不曾皱过一次。

吴塘在心里也啧啧称奇，这世间真的存在没有痛觉的人吗？

下一刻眼前一花，屋里就又剩吴塘一个人了，他默默地把凳子上的银两揣进怀里。

嗯，没事儿，反正这也不是他的这位"病人"第一次不告而别，他早就习惯了。

3. 成长篇·下

今晚的月色真亮，亮得就像是在崖底找到华浅那晚的月亮。

那时候他背着她，如同背着自己的整个世界，腰间的伤口有血液渗出，可是抵不过心头的明亮。

那算是第二次背她了，第一次是背着她下摘星楼，华戎舟第一次感觉二十层的楼梯也不算太长。

第二次就是在崖底找她，庆幸华浅的眼神不好，再加上华戎舟一身黑衣，因此只要他不开口，华浅便不知道他腰间刚刚被伍朔漠划破的伤口。

伤口不深，当时的华戎舟也舍不得说起此事，他对自己身上的伤势毫不在意，只知道华浅的脚腕受了伤行走不便。

只是……华浅在趴在他背上睡着前告诉他——"姐姐我可不喜欢年纪比我小的"。

一个女人可以毫无戒心地在一个男人面前睡去，要不就是心里有他并且相信他，要不就是不曾把他当作男人看待。

华戎舟觉得自己应该是第二种。

无人知道华戎舟听到那句话时心里的感受，也无人知道那一晚，他是如何忍着淌血的伤口，带着怎样绝望的心情，将安心睡去的华浅一步步从崖底背到了华府。

这世间有千百种不喜欢一个人的理由，可唯独年龄这一个，是他无论如何努力都改变不了的。

可是，那又怎样，看着因兄长之死第一次在人前哭出来的华浅，华戎舟就觉得，算了吧。

管他什么年龄，只有她需要，自己就会在。

只是那时候的华戎舟并不知道什么叫真正的需要，不是一意孤行地赖在她身边不走就叫守护。

夜色里，华戎舟向着一个方向，不停地前进，今日打败了陈渊，终于离她又近了一步。只是等他又一次赶到那个崖底，月亮却已经没了踪迹。远处的天空，初日正在一点点破开混沌的云雾，却无法照亮华戎舟心底的那个角落。

又来晚了。

出生到这个世界的时间晚了一年。

逃脱伍朔漠的控制，从小镇赶回京城也晚了。

如今只是怀念这一抹回忆里的月色，也终究是来晚了。

也不知道未来究竟还要迟到多少次，才赶得上……

虽然没了月亮，但是也凑合着歇息一下吧，华戎舟侧身躺在一块巨石上面，重重地吐了一口气，才感觉胸口没那么压抑了。

这一年多以来，除了习武对战，他从未放弃寻找华浅，只是皇室想藏下一个人太容易了，他几乎把这偌大的皇城翻了个遍，也无华浅的踪迹，所以现在就只有一条路——进御书房。

而华戎舟从来都没有想过会有……华浅已经不在了的可能，因为他现在还想活下去的唯一理由，就是要找到她。

腊月初五，御书房外。林江被华戎舟逼得步步后退，眼见就要被击败，却斜插进来一把剑。华戎舟仓促抽剑转身，只见陈渊和林江并肩而立，挡在房门前。"你什么意思？"华戎舟皱眉咬着牙问。

陈渊倒是丝毫不为自己的偷袭而感到羞愧，意气风发地说："主子说你要想进御书房，先要打败他身边之人，可从未说过是单挑。"

握剑的骨节在隐隐作响，如同一个濒死的人眼看就要抓住活下去的希望，这时却突然有人将这个希望放到了更高更远的地方。

林江好歹还有些自尊心，做不出来陈渊那一副得意扬扬的模样，只是闷声继续出招。

这一次华戎舟伤得极重，又是陈渊把他送到了医馆。

出了医馆，看到外面的林江，陈渊勾了勾嘴角说道："下个月我们应该能歇一歇了，看那小子的模样，估计这一月半月是好不了了。"

林江不置可否："要不要打赌？下个月他肯定还会来。"

陈渊瞪大了眼睛说道："怎么可能？他又不是怪物……"

话说到一半，陈渊也闭嘴了。

不是怪物吗？

若不是怪物，又怎么会在两年的时间里从一个普通的侍卫，成为现在连林江都险些抵不过的高手？

"我们的职责只是保护皇上，而那小子……"林江顿了顿才说，

"他的人生恐怕现在只有一个目的，就是要杀了……确切地说，应该是打败我们……"

这世间不可能有人能把所有心思只放到一件事上，若是做到了，那便是真的无人能敌了。

可能是他们老了吧，才会被后浪拍在沙滩上。陈渊这样安慰着自己，顺手勾住了林江的肩膀，开口："你说这小子，按道理是不是该叫咱们一声师父啊？好歹也是在我们手里一点点练出来的……"林江嫌弃地看着凑过来的陈渊，满脸都是"你还有脸提此事"的表情。被丢在医馆后，华戎舟好像做了一个很长的梦。

在梦里，他看到仲夜阑的剑锋离华浅只有一个手掌的距离，而他目眦欲裂、用尽全力，却还是伏在地上动弹不得。

他还看到华浅被瓷器割伤的手掌鲜血淋漓，他不顾自己的伤势拼了命去大夫那边寻了一瓶金疮药，回来后却在门口看到仲溪午正小心翼翼地给华浅包扎上药。

他还看到夜晚的街道上，他拉住华浅险些被人撞到的手臂，而下一秒华浅的目光就一如既往地越过他，同时人也习惯性地挣开了他的手，向远处灯笼下的仲溪午走去，而他还是只有松开手看着的资格。

还有很多场面……睁开了眼睛后，华戎舟渐渐反应过来，方才的不是梦，而是真实的回忆。

真实到仿佛就发生在昨天，他还是那个一心一意想待在华浅身边，却总是被忽视的小侍卫。

他曾经不止一次地后悔过，为何那么早遇上华浅，偏偏是在他最狼狈不堪、最无能为力的时候，遇到了最想去守护的那个人。

可是，若不是一开始就遇到了华浅，又哪里会有现在的华戎舟？

如果没有遇见华浅，过去的那个华戎舟可能是被人打死了，也可能是被饿死了，更有可能是因为对人生无半点留恋而自我了断了。

从来都没有梦到过华浅，这次却一次性回忆了个完整，是自己太急于求成了吧，所以才失了心神，一时之间无法接受希望落空。

华戎舟运了运气才缓缓坐起，这还是自己的报应，曾经任性妄为、一意孤行的报应，如今只是罪还没有赎完罢了。

恼怒归恼怒，要让他就此放弃也是不可能的事情，也不差这一两天，打败两个就打败两个吧，最难的都熬过来了，现在还怕什么？！

他只要想到华浅有可能在某个角落里独自一人等着，就觉得眼前的所有都不是做不到的事情。

吴塘走进来时就看到华戎舟努力坐起来的模样，他赶紧走近了些，把手里的药递了过去，开口道："之前还以为你长记性了，怎么昨天又落了一身伤？还比以往都严重……"

语气里是非常熟络的埋怨，毕竟他们也算是一月一见的"老熟人"了。

华戎舟一口喝完了药，眼角的余光看到门口探头探脑的小药童。这两年来，小药童也没那么害怕华戎舟了。只见他此时脸上满是嫉妒与不满，毕竟他可从来没有见自己师父对病人这么关心亲近过。

华戎舟搁下药碗开口："是我太着急，才给了别人可乘之机。"

习惯了华戎舟的沉默，见他突然回答了自己的话，吴塘一时之间倒不知道该接什么话。

只是看到华戎舟撑着床榻努力想要站起身的模样，吴塘赶紧阻止他道："方才不是说了你这次伤势颇重吗？不好好养着还想去哪里？"

华戎舟不理会他的阻拦，一点点站起来向外走去，步伐缓慢而有力。"习武，报仇。"一开始不说是群架，还玩偷袭这一招，那就得做好随时被报复回去的准备。

时光匆匆又过了半年，送走了最后一位病人，吴塘才反应过来今天是初五，赶紧吩咐小徒弟去落了锁，然后自己收拾了一大堆药品，在小房间里点上一盏烛火候着。

只是这次，吴塘等了一个通宵，也不见有人前来。

初六，吴塘又肿着眼睛等了一晚上，还是不见人影。

初七也是……

小徒弟终归是看不下去了，对着白日里因睡眠不足而恍恍惚惚的吴塘说道："老头，人家都不来了，你干吗还眼巴巴等着呢？"

吴塘这才反应过来，那个人是真的不会来了。

这样也好，毕竟每月一次的伤痕累累，他还只是一个刚长大的孩子，谁见了不心疼呢？

哪里会有人没有痛觉？不怕疼只是因为疼习惯了而已。

吴塘笑了笑，心里像是有块石头落了地："也好，不来了也好，不来了就证明……他终于得到他想要的了。"

看着自家师父一脸的欣慰，小徒弟心里格外窝火，不过是个每个月来看病的病人罢了，凭什么分走了这老头那么多的注意力，就是因为长得好看吗？

想到那人那张一见难忘的脸，小徒弟怒从心头起，说道："哪有那么容易的事，说不定是他死了才来不了……"

接下来，还在医馆里的人就免费欣赏了一场师徒大战……哦不，应该是徒弟单方面被殴的好戏。

第二十一章

仲夜阑番外篇

　　仲夜阑觉得自己不是华浅的良人，从成婚以后就有这种感觉，可他无法开口说，因为他们的成亲礼全是仲夜阑一时糊涂犯下的错，所以他必须负责。

　　皇宫里，刚走到宫门口的仲夜阑迎面就碰上了一身便服的仲溪午。"皇兄，你的晋王妃如今可真是越来越聪明了。"

　　仲夜阑皱了皱眉，看着仲溪午的打扮问道："皇上这是又出去微服私访了？方才母后还在问你。"

　　"我若是不乔装改扮出去，怎么会碰见如此有趣的场面？"

　　仲溪午丝毫没有被捉到偷偷出宫的窘迫，反而坦坦荡荡地承认。迎着仲夜阑越皱越深的眉头，他笑而不语，侧头示意林江上前说明。

　　华浅要绑了华深见官？

　　这怎么可能？以往无论华深如何胡闹，她不都是只会袒护说情吗？

　　这是仲夜阑之前唯一不太满意华浅的地方，不过华浅从小性子就善良，心软，倒是也可以理解。

　　如今怎么……变化如此之大？看着仲溪午调侃的目光，似乎他能看透此时自己心里的意外，仲夜阑心里莫名地有些不自在。于是，他匆匆敷衍几句便开口告辞，径直回了晋王府。

　　踏进华浅的院子，仲夜阑这才意识到，成婚这几个月以来，他几乎从未主动来过这里，偶尔一两次也是为了府上的一些中馈之事，交代几句就离开了。

华浅不曾提，而他忙于处理牧遥的安置问题，竟然忽视了自己新进门的妻子这么久，那为何华浅她……不提呢？

这一次仲夜阑多了几分心思，不再像从前一样，说上几句话就转身离开，而是认真地看起了面前的华浅。

一观察才发现，如今的华浅虽是同之前一样温和，却守礼中带着些疏离。

想来她一个金枝玉叶的相府千金，自嫁入晋王府后却备受冷落，难免伤心失落，她却只字不提。

仲夜阑心头升起淡淡的愧疚感，仿佛是想说服自己，他格外认真地开口："我们既然已经成了亲，我就该对你负责，之前是我……之错，成亲以后对你诸多冷落，往后我会好好对你。"

只是这一番话似乎惊到了她，正在喝水的她呛得满脸通红。

仲夜阑觉得好笑，抬手想帮她顺气，却见她转身去拿丫鬟手里的手帕，正好躲过了他探过去的手。

"我要的可不是你不会负我，王爷不妨给自己一些时间想想清楚，不然贸然做决定可能对……所有人都不公平。"

对上华浅一双明亮的眼眸，仲夜阑下意识地闪躲，不敢直视，因为他觉得自己的满腹心思，在华浅面前好像无处可匿，仿佛她一直都知道……牧遥对于他的特殊意义。

仲夜阑心里由此更觉得愧疚，若是她一直都知道却从未主动提及，那这几个月里，她的心里该有多失望啊。

于是他闲暇之余开始主动去寻华浅，像是想弥补自己心里那深厚的愧疚感。然而华浅却总是刻意避开她，用的把戏拙劣而刻意。

一个被冷落了几个月的人，有点儿小脾气也是应当的，仲夜阑在头疼之余还有些庆幸，若是华浅轻易便接受了他的示好，他还真不知道自己是否能把华浅当成妻子来对待。

未等仲夜阑想明白，就迎来了华浅自成亲以来第一次主动亲近他——虽然只是拉了他的袖子，仿佛带着小心翼翼的试探，仲夜阑仍是毫不迟疑地回握住了她的手。终究华浅已经是他晋王府的人，护着她是理所应当的。

与此同时，仲夜阑也注意到华浅似乎有很多心事，她总是宁可自己忐忑不安，也要把所有人都隔离开，让人感觉抓不住她。

即便是仲夜阑忍不住主动开口询问，华浅也不愿开口，以往并没有见过她如此忧郁，似乎是成婚以后才如此的。

是自己一直以来徘徊不定、心思不明，才让她没安全感吗？

仲夜阑心头的愧疚越来越盛，开口问道："阿浅，我们成亲以后你似乎有很多心事，你不愿说，我不逼你。你只要知道有我在，我定会护着你。"

这句话也是对自己说的，本就是他醉酒才犯下的错，无论自己真正的心思如何，他都应该好好护着她的。

回了晋王府就见华浅病倒了，仲夜阑瞧见她病得脸色苍白，自己却不知该如何去劝慰，只得托人去华府将她母亲请来。毕竟生了病的人，最想见的应该就是自己的家人了。

相安无事地过了一段时间，华浅从未主动邀过宠，仲夜阑也就继续自欺欺人地假装不知。生辰那日，他一如既往地早起，正欲出门上朝，却听南风通报华浅的大丫鬟千芷求见。

想着华浅无事不会主动派人寻他，他停留了片刻，只见那个丫鬟规规矩矩地行了一礼，眼里是掩饰不住的期待，对他说："王妃让奴婢来给王爷传个信，今日忙完宫里的事，还请王爷早些回来，王妃备下了宴席给王爷庆生。"

因为生辰这个特殊日子，仲夜阑下意识地就想开口拒绝，只是想到华浅难得主动想给自己做些事，他还是把到嘴边的"不必了"给咽了回去，只是回了句："我知道了。"

丫鬟欢天喜地地离开了。仲夜阑看了看一边低着头的牧遥，心头有些许烦闷，终究还是什么都没说，大步走了出去。

上完朝被仲溪午留下商讨国事，眼看着天色不早了，仲夜阑几经犹豫还是开口打断了仲溪午的长篇大论："皇上，今日我府上还有事，关于边防之事咱们改日再谈吧。"

看到仲溪午有些不满地皱眉，仲夜阑便开口解释："是阿浅她难得备下了宴席，说是让我今日早些回去。"

仲夜阑感觉这一番话说出来后，自己都有点儿不好意思了，尤其是看到仲溪午听完他一席话明显呆愣了片刻，似乎很是意外。

片刻后却听到仲溪午开口："能让皇兄这般惦记，我倒是想去瞧瞧了。"仲夜阑并未拒绝，便直接领了仲溪午出宫。

宴席上看到华浅竟然推出了牧遥进行演奏，仲夜阑忍不住偷偷看了几眼她的表情，却瞧见华浅是真的无半点嫉妒之意。

难不成她想给自己纳妾？

这个想法吓了自己一大跳，仲夜阑心头说不清是什么滋味，有一点排斥，却又有一点期待，华浅不介意他身边有别人吗？那他是不是可以不用两难了，牧遥是不是可以……

仲夜阑赶紧打消了这个想法，牧遥的性子他是了解的。宁为寒门妻，不做豪门妾，她是不会愿意屈居人下的。

他正在胡思乱想之际，又发现仲溪午似乎是和华浅格外过不去，想起华相在前朝的种种劣迹，倒也不难理解。正当仲夜阑想开口帮华浅说上两句时，却看到华浅一溜烟儿地跑走了。

等她回来时，双手捧了个瓷碗，里面装着热腾腾的长寿面，当她在仲夜阑面前放下瓷碗时，仲夜阑看到华浅本来洁白如玉的手掌已经被烫得嫣红。

向来十指不沾阳春水，平日只爱吟诗抚琴的华浅，竟然会为了他，去后厨那等脏乱不堪的地方。仲夜阑只觉得自己方才还想着要……的心思，真是格外不堪。

为了掩饰，他把那一碗面吃得干干净净，仿佛这样就能让方才的小心思消失个干净。

饭后仲溪午又拉着他说起了在宫里未说完的边防话题，说到兴起，仲夜阑便起身要去书房里拿边防图，看到一旁的华浅一副走神的模样，仲夜阑倒是不曾开口叫她。

这里还有很多下人作陪，倒也无事。拿到边防图从书房出来，就看到牧遥在外面候着，一脸心思不定。

仲夜阑犹豫了片刻还是开口说："收起你的那些小心思，别以为皇上在这里，你就能做什么。"

只见牧遥抬起头，露出一抹满是嘲讽的笑："你想多了，如今的我能做什么？连你都不愿信我，我又怎么敢奢求仅见过一次的皇上信我？"

握着城防图的手紧了紧，仲夜阑开口说："华浅绝对不会如同你说的那样。"

牧遥嗤笑一声："是，你的华浅柔弱纯良、不谙世事，她不曾设计我，更不曾诬陷我牧氏一族谋反。可是仲夜阑，你觉得我是那种随便攀咬的人吗？"

仲夜阑大步一迈越过牧遥，有点不敢再看她的表情，嘴上说着："和你说过多少遍了，以后这些话我不想再听到。"

"放心，这些话是我最后一次说了，只是仲夜阑你自己的心你看不清楚吗？若华浅真的像你以为的那般善良，那明知这样会伤害到她，你为何还要冒着那么大的风险收留我？"

身后牧遥的声音显得飘忽不定，仲夜阑忍不住回头，只看到她站在书房的灯笼下，整个人都显得模糊起来。

最终仲夜阑还是仓皇而逃，不敢多言，因为他救下牧遥的心思，他自己其实很清楚，只是不敢承认。如今娶了华浅，更是不能承认。

他第一次发现，原来自己是如此优柔寡断的一个人，一直逃避这个问题，因为他难以抉择。

一面是放不下的责任，一面是藏不住的真心。

刚回到亭子附近，听到华浅清脆的声音传来："我虽依然爱王爷，却不像以前只想把他据为己有。也是因为太过爱他，我才明白了，只要他开心，我什么都可以。"

全身的血液仿佛一瞬间冲到头顶，仲夜阑僵硬得一动也不敢动。他从来不知华浅的这个心思。当华浅看到他后掩面跑走时，仲夜阑反而松了口气，因为他不知道听了这一番话后，自己又该如何去面对华浅。

亭子里的仲溪午仍旧是坐着的，仲夜阑恍惚间从他眼里看到了点点凉意，认真看过去，却只看到满眼的揶揄。

仲溪午缓缓展开手里的折扇，在手指间反复翻转："皇兄的风采，向来都让我等望尘莫及。"

无暇顾及仲溪午的调侃，仲夜阑匆匆送走了他，回过头便看到牧遥站在房檐下，看着离他格外遥远。

若是华浅没那么喜欢自己该有多好。

明知这个想法不可取，此时的仲夜阑还是忍不住地想。最终他自嘲地摇了摇头，人家姑娘已经把一辈子的清誉都托付到了自己的身上，自己又怎么能生出这样的想法？

最终仲夜阑抬步往另一个方向走去，他会好好对待华浅，护她一世安稳，即便是没办法给她想要的情义。而牧遥……是时候送她离开了，不然日日相对，仲夜阑害怕自己无法再做到无动于衷。

怪只怪他和牧遥相遇的时间太晚，此生他身边已有一佳人，和她终究是无缘。

暗中托人帮牧遥被流放的家人安排未来的生活起居，仲夜阑便不再日日同牧遥相对，而是主动去华浅院里，虽然被她挡在院外，但仲夜阑不介意。

若是要断，那就断得彻底，不能再给他和牧遥之间留任何余地。

这些想法都在仲夜阑心里，不曾外露，他想，等安排好牧遥和她家人的后路，就彻底送牧遥离开吧，同时也彻底断了自己心里的杂念。

祭祖典礼上突然发生混乱，仲夜阑还是下意识地挡在牧遥身前，他自欺欺人地想，他要送牧遥离开，就万万不能让她在此时出事。

挥剑期间，突然听到华浅大喊一声："放着我来！"

来不及回头，就被一个柔软的身体抱住，还好仲夜阑早有防备，不然会被她扑得一个趔趄。

当仲夜阑皱眉转头时，看到的却是华浅那张无半点血色的脸，还有她胸口那个血流不止的伤口。

身子比脑子更快地反应过来，单手揽住华浅往后倒的身子，仲夜阑只觉得耳朵旁边全是"怦怦"的心跳声，震得头脑发蒙。

"你……"

话未说出口，就看到华浅头一歪，闭眼昏了过去。

"南风！"

随着自己的一声咆哮，南风很有默契地在人群中开出了一条道路，仲夜阑把佩剑丢给其他侍卫，双手抱起华浅就向外走去。

只是离开之际，他终究忍不住低声对南风吩咐了一句："牧遥……交给你了。"

院子里，仲夜阑走来走去，胸口方才抱华浅时被染上的血迹已经半干。

他通过眼角的余光看到丫鬟端出来的一盆盆血水，还有那换下来的被血浸透的衣裳。

仲夜阑的手不由自主地有点抖，方才抱华浅回来的路上，听到她意识不清地喃喃着："疼……好疼……"

若是那样怕疼，那究竟是多大的勇气才迫使她挡在自己面前？

仲夜阑无法切身体会华浅此时的感受，只是他心口发紧，为自己一直以来对她的忽视，还有在她和牧遥之间的反复游离。

"只要她能醒来，那此生我身边有她一人足矣。"仲夜阑心里暗暗对自己发誓。

华浅的伤处理完毕后已经过了两刻钟，仲夜阑坐在床边看着华浅格外苍白的脸，耳边响起大夫的声音："回王爷，王妃的伤口已经包扎完毕，只是此次的伤实在是离心脉太近，再有分毫偏差，即便是华佗再世，恐怕也回天乏术。"

让下人送走了大夫，仲夜阑就一直坐在华浅床前。这一刻，他才彻底把眼前的这个人看作自己的妻子，而不再是一个名义上的"晋王妃"。

所以当仲夜阑看到华浅房间里单调的装饰后，他张了张嘴就想唤下人进来，把自己书房里的衣物用品全部搬到华浅的院子里。只是想了想，怕惊扰到昏睡中的她，他才生生地忍了下去，还是等她醒来再说吧。

日后他不会再独居他处而冷落华浅，这个为他挡箭的人，是他曾八抬大轿、十里红妆娶回来的妻。

华浅昏睡的这段时间，仲夜阑几乎从未出过院子，只是守着她。所以听到华浅醒来的声音后，他才能第一时间走进来："阿浅，你终于醒了。"

他有很多话想对她说，比如我日后会真正好好待你，比如我会处理好牧遥的事情，不再让你为难，比如我会努力忘记牧遥而只要你……

可是他来不及说就听到华浅费力地开口："小时候在寺庙陪你守陵的那个女孩……不是我，而是牧遥。"

一连串的话打了仲夜阑一个措手不及，看着刚说了几句就又昏过去的华浅，仲夜阑上前一步却又生生止住。

她中箭后自己的愧疚，自己的心疼，自己想要好好对的……这些心思，在她方才这一席话之下，仿佛变成了一个笑话。

仲夜阑本就心思灵敏，所以他能一下子就反应过来，华浅为她挡箭并不是出于爱意，更多的是一种挟恩图报的心思。

不然，明明未来还有很多时间、很多机会，可是她偏偏选择在刚醒来就说这些话，目的性实在是太强，分明就是想让他在重恩之下难追其咎。

长寿面，月下告白，典礼挡箭……仿佛都带上了其他色彩。心头的恼意竟然一瞬间大过了被欺骗的感觉，想起自己一直以来想要努力去认真对待她的自作多情，仲夜阑恨不得此时就摇醒这个昏过去的女人。

最终他只是大步向外，屋外的下人看他脸色不对，也不敢说半句。

他径直走到牧遥的住处，看到牧遥一脸惊愕地看着他："这个时候你怎么会来这里……"

"十三年前，皇陵里的我遇到的那个小姑娘……是你吗？"仲夜阑抬手握住牧遥的手腕，语气里满是焦急。

牧遥愣了半天才反应过来，苦笑一声说："我还以为这件事你早就忘了，只有我一个人还记着。"

得到了肯定的答案，仲夜阑反而松开了手："那我给你的玉佩呢？"

牧遥转身去屋里翻找了片刻，便拿出了一个碧青色玉饰，仲夜阑一瞬间就认了出来，那是他母亲的遗物，他自然清楚。

华浅究竟对他说了多少谎？除却她今天承认的，还有多少？信任这种东西，破了一个角就会全盘崩塌。

"你父亲谋反一案，我帮你查。"话音刚落，就看到牧遥震惊的双眸，仲夜阑勾了勾嘴角，掩去满腹的怒火。

接下来的几天，仲夜阑都对华浅不闻不问，因为他也不知道该如何去面对她，不想看见她因受伤而格外虚弱的脸庞，那只会让他想起华浅对他的欺骗。

听说仲溪午不打招呼就到了自己府上，还径直去了华浅的院子，仲夜阑越发觉得不对劲儿，便派了牧遥前去请人。

被请来的仲溪午一脸理所应当："母后忧心华浅伤势，便派我带了太医过来瞧瞧。"

仲夜阑压下心头的异样，只觉得是自己想多了，毕竟一直以来仲溪午可是看华浅颇为不顺眼。

仲溪午寻了把椅子坐下，倚在靠背上单手撑头说："只不过方才听晋王妃院子里的丫鬟说，这几日你对自己伤重的王妃问都不曾问一句？"

"这是我的家事，皇上就不必挂念了。"仲夜阑硬邦邦地回复一句。半响后才听到仲溪午的声音，带着几丝懒洋洋的惬意："如此甚好。"

因为自己对华浅不加掩饰的突然冷落，惹得华府的人都上门说道，而仲夜阑几句话便说得华夫人和华深灰头土脸地离开了。

他们养的女儿，他们又怎会不知道是什么样子的？

如此看来，果然是华府上下都在骗他，也就他傻才会乖乖地入套，越想越恼的仲夜阑更是半点都不想再看见华浅。

而她却自己找上了门。

书房外，她清脆的声音仿佛没有一丝感情："臣妾华氏，今日前来自请下堂。"

半点没有被伤了心才要和离的绝望之情，她还真是无丝毫顾忌地演着戏啊。

一瞬间仲夜阑想起华浅那日说的，他们之间清清白白，无夫妻之实，那他就不需要对华浅再抱着承担责任的愧疚之心了，甚至想要顺了华浅的心意，就这样和离。

只是一个想法突然跑进脑子里——会不会这一切都在华浅的谋划下？先前的深情款款和之后的舍命挡剑，是不是都是为了如今把所有真相揭开后，她可以顺其自然地离开？

可若是不愿嫁他，当初又何必下药设计他？这实在是前后矛盾。

不过仲夜阑想清楚了一件事，那就是他之前想要华浅没那么喜欢自己的想法，全是在自作多情。华浅先是宣称对他情根深种，然后设计失身嫁给他，让他以为是自己的错，一直都心怀愧疚，最后她却又主动坦白真相想要离开。

越想越气的仲夜阑恨不得现在就出去，掐死那个在门外掷地有声的华浅，枉他一世聪明，如今华浅这一番作为简直是把他当猴耍。

最后仲夜阑也没有出书房，只是忍一时越想越气，最后，大半夜睡不着的他还是忍不住跑去了华浅的屋子里。

他一进去就看到她在收拾东西，自己想得还真没错，她果然是准备跑路了。

油灯不小心熄灭了，仲夜阑才发现黑暗之中的华浅竟然看不到丝毫东西，认识她这么久，他竟是才知道这件事情。

这个想法刚冒出来，仲夜阑就更气了，气自己对她怀有愧疚之心都成习惯了。

恶狠狠夺过华浅手里的灯点上，仲夜阑接下来就欣赏了华浅异常拙劣的表演，口口声声对他情深义重，可是那双眼睛里可并无半点情义。

也不知道自己以前是怎么瞎的，这么明显的把戏都没看出来。

"你既然如此深情，那本王成全你，让你留下。"仲夜阑心里暗讽，故意刺她。

果然看她脸色僵硬地开口拒绝，仲夜阑心里倒是觉得有些痛快，然后转身离开，还故意伸手扑灭了烛火。

接着他就在窗外听到她咬牙切齿的偷骂："仲夜阑，你个忘恩负义没人性的东西。"

忘恩负义？也不知道他们俩是谁忘恩负义，自己之前的一番愧疚之心全都喂了狗。

第二天天刚亮，仲夜阑就吩咐南风去华浅那边拿中馈印章，接下来的一段日子，他暗中吩咐府中之人，都当华浅不存在就好。

府里倒是有些势利眼的下人，暗中苛待华浅院子里的人，所以她的院子一时间走得没剩几个下人，知道南风私下里偷偷去关照他们，仲夜阑也不在意，反正他只是想冷落华浅，并不是真想虐待她。

所以看到华浅顶着一张红肿的脸回来时，仲夜阑还是忍不住主动过去问了一句："谁打的？"

应该没有下人敢这么大胆吧？

只是这个不按套路出牌的华浅却故意当着牧遥的面抱了他，仲夜阑也由此才发现自己的赌气行为，是把牧遥置于了尴尬之地。

赌气赌了这么长时间，也差不多了，让华浅走，眼不见心不烦也好。

他转身去追牧遥，正想开口解释，却看到牧遥掏出一封信说道："我父亲那边已经查出了结果，牧氏一门谋反一案全是华相背后所为，只是相关人和东西已全被他们销毁了。"

仲夜阑迟疑地接过信封，看到了一行行字，大意就是追查之时发现相关人士都无故失踪，全被毁尸灭迹，但是在买凶杀人的背后，有华氏一族的人插手进来的痕迹。

仲夜阑此时已经信了大半，或许他一开始心底里就是相信牧遥的，只是嘴上不承认罢了。而现在他却有些犹豫，覆巢之下安有完卵，那华浅她……

"现在追查之事已至穷途末路，此事本就困难重重，王爷若是心中不忍，不想追查下去，我亦不会强迫王爷。"牧遥像是能看透他的心思一样，语气格外平静。

"不，既是冤案，那就要查个水落石出。"仲夜阑握紧了手里的信，最终还是开口。

至于华浅……他会留她一命，权当还她之前为他挡了一箭的情分。

使臣进宫的晚宴上，牧遥和华浅的问题再一次被摆到了明面上，似乎所有人都逼他做一个选择。他自是会选牧遥，过了这么久，他倒是也没那么气恼华浅之前的所作所为了，只是现在放手让华浅离开，那日后他就没有任何立场去护她了。

成亲这么久，他知道华浅即便是有些小心思，也并不是什么大奸大恶之人，而华府所行之事必定会株连一族，让华浅此时回华府，那她终究是难得善终。

至于为什么想要护下华浅，仲夜阑心里也说不清楚，只是觉得不能冷眼旁观她和华府一起倾覆，毕竟曾经的华浅不管是出于什么心思，都差点为他命丧黄泉。

只是没想到，华浅却又自作主张地跑去请旨，把牧遥赐给他当侧妃。牧遥哪里是能当妾的性格？他也不愿让牧遥给他做妾。

由此说来，华浅当真是摸透了他的心思，所以才会把所有矛盾激化，逼他做出抉择。仲夜阑气得都想揪着她，问她知不知道自己不和离是为她好，为什么就不能再等等，他早晚会还她自由之身，只是现在要用"晋王妃"的身份去等尘埃落定。

既是太后下的懿旨，那多说也是无意义，仲夜阑只能先把牧遥以侧妃之礼娶进门，却没想到封妃宴席上出事了。华浅那个向来荒淫无度的哥哥又闹事了，第一次看到牧遥泪眼蒙眬的双眼，仲夜阑一度是真的想杀了华深的。

一个纨绔子弟，他便是杀了也能承担后果。

可是看到挡在华深面前求情的华浅，仲夜阑还是退让了，他想着废了华深的手就好了，而华浅却还是一意孤行地护着那个纨绔。

她一直以来都喜欢做这种无声的抵抗，直让人心头烦躁，仲夜阑举起了手里的剑，终究被匆匆赶来的仲溪午拦下。

后来仲夜阑问了自己很多次，如果当时仲溪午没出现，那他真的会伤害华浅吗？其实他自己也不清楚，更无法面对牧遥院子里华浅的质问。

仲夜阑是喜欢牧遥的，不只是因为小时候的守陵相陪，毕竟在华浅一开始冒充这个身份时，他还是忍不住对牧遥有了别的感情。

他喜欢牧遥，喜欢她不同于京城贵女的温顺淑良，喜欢她天生带着的一种野气，喜欢她无视阶级把仆人当至亲，喜欢第一次相遇时她骑在马上不亚于男儿郎的风姿……

他从未怀疑过这一点，可是现在的他却迷糊了，之前在牧遥和华浅之间纠结，只是出于对毁了华浅清白的责任。而如今他们之间并无此层羁绊，为何他看到华浅哭……也会心疼？

自己的心意已是一团乱麻，他又发现了……仲溪午对华浅的不同。他挡在华浅身前的那个模样，像极了是在护着自己的所有物。

他们从小一起长大，对于这个弟弟的心思，仲夜阑向来十分清楚，之前没往这方面想，只是因为仲溪午一直对华浅不冷不热。不知道什么时候他就变了，或许是他掩饰得太好，仲夜阑也刚刚察觉。

可是仲夜阑需要处理的事情太多，他根本无暇再去管仲溪午对华浅生出的不明心思。关于牧遥之事，冷静下来他就想明白了其中不对劲儿的地方，而牧遥也未想过能瞒下他。

仲夜阑可以理解牧遥出于恨意对华深出手，也知道华深那个纨绔是罪有应得。可是看到华浅的眼泪后，他却没办法装作不知，继续对华深狂追猛打，因为华深是她兄长。

所以他只能拖着，仿佛这就是最好的解决办法。

而悬崖之上的两抹身影，终于逼得仲夜阑做了选择，他看到华浅哭会心疼、会难受，可是看到牧遥哭是想不惜一切代价杀了那个弄哭她的人，这就是区别。

因感动而慢慢滋生的怜惜之情，终究在他发现了一直以来都是他自以为是地想护住华浅之时停止了。因为在华浅最难过的时候，她想要的那个人并不是他，因为她从头到尾根本就不需要他。

心里虽然有些不舒坦，但仲夜阑还是坦然接受了这个事实，如同后来华浅告诉他："既然做了选择，就不要再左摇右摆。"

他已经在两个人之间徘徊太久了。

和离后，仲夜阑还是听到了很多关于华浅的消息。一方面是他在刻意留意；另一方面是因为华浅一反之前的柔弱，追凶抓人均是雷霆手段，惹人侧目。

仲夜阑才明白，自己真的不曾了解过她，一开始是他心里装着牧遥，下意识地不想去了解，后来是华浅不再想让他去了解。

看她往皇宫里跑得越发殷勤，仲溪午对她的态度也越来越不加掩饰，仲夜阑有些坐不住了。他本来不应该再管的，可是心里是压不住的担忧。

仲夜阑了解抚养他长大的太后，规矩森严的贵族出身，太后是绝对不会允许华浅兄弟双嫁的；同时他也了解仲溪午，虽然他的这个弟弟向来处事温和有礼，但终究是坐在皇帝的位置上，又怎么可能没些狠辣手段？

正如后来华浅身边的侍卫事件，一个性子再温和的皇帝，眼里也容不得沙子。

而母子若是对上，最后的牺牲品就只会是华浅了。

犹豫了很久的仲夜阑还是出手了，当街拦下了华浅，然后言语中几番暗示……皇宫不是属于她的地方。仲溪午知道此事后，对他的态度明显冷了许多，仲夜阑便借此把早就写好的折子递了上去——晋升牧遥为正妃，才打消了仲溪午的疑虑。

自仲夜阑成亲以来，身边的每件事和每个人似乎都在逼着他做抉择，当他在楼上对华浅说了句"再见"之后，才觉得压在心头那块沉甸甸的石头，终于彻底地消失了。

每个人处事都不可能十全十美，正如他一开始的徘徊不定，正如牧遥后来不安的设计试探……知了错，方能改错，还好他们余生还长。

而所谓的愧疚之情、怜惜之情、恩情……爱情，哪里能区分得清清楚楚呢？只是大家都还有更重要的人和更重要的事罢了。

图书在版编目（CIP）数据

洗铅华 / 七月荔著 . —— 南京 : 江苏凤凰文艺出版社，
2021.5（2025.5 重印）
ISBN 978-7-5594-5506-2

Ⅰ . ①洗… Ⅱ . ①七… Ⅲ . ①长篇小说 – 中国 – 当代
Ⅳ . ① I247.5

中国版本图书馆 CIP 数据核字 (2020) 第 258625 号

洗铅华

七月荔 著

责任编辑	张　倩
特约编辑	席　风
装帧设计	吴思龙 @4666 啊
出版发行	江苏凤凰文艺出版社
	南京市中央路 165 号，邮编：210009
网　　址	http://www.jswenyi.com
印　　刷	嘉业印刷（天津）有限公司
开　　本	880 毫米 ×1230 毫米　1/32
印　　张	11
字　　数	286 千字
版　　次	2021 年 5 月第 1 版
印　　次	2025 年 5 月第 14 次印刷
书　　号	ISBN 978-7-5594-5506-2
定　　价	48.00 元

江苏凤凰文艺版图书凡印刷、装订错误，可向出版社调换，联系电话 025-83280257